MEER
VIDRIG
TALAM
GAOFA
DIE SALZWASSER WÜSTE
OSTMEER
CALDO

PLAYLIST

LET ME TOUCH YOUR FIRE – A R I ZO N A

WHERE'S MY LOVE (ALTERNATE VERSION) – SYML

CRUEL WORLD – ACTIVE CHILD

SOLDIER, POET, KING – THE OH HELLOS

DYNASTY – MIIA

WOULD THAT I – HOZIER

CONSTELLATIONS – THE OH HELLOS

ARE YOU WITH ME – NILU

MONDZYKLUS

ROTER MOND – JUNI

HEUMOND – JULI

ERNTEMOND – AUGUST

HERBSTMOND – SEPTEMBER

REBENMOND – OKTOBER

NEBELMOND – NOVEMBER

KALTER MOND – DEZEMBER

ALTER MOND – JANUAR

SCHNEEMOND – FEBRUAR

ZUCKERMOND – MÄRZ

WANDELMOND – APRIL

WONNEMOND – MAI

Sie wollten nie, dass es so endete.

Nie war das Ziel gewesen, ihre Welt in Flammen und die Menschen, die sie liebten, sterben zu sehen.

Aber trotzdem standen sie nun hier.

Im Inferno ihrer Liebe.

PROLOG

Das Leben war ein Ozean und sie ertrank in ihm. Sie ertrank in den Ballkleidern, die Sie ihr aufzwangen. Wurde von den Ketten, die ihr Volk ihr anlegten unter die tobenden Wellen gerissen und spürte, wie ihr jeden Tag mehr die Luft aus der Lunge wich. Sie waren es, die ihren Kopf unter Wasser drückten und nur darauf warteten, dass ihre Beine aufhörten zu zappeln. Und sie hatte schon so lange aufgehört dagegen anzukämpfen.

Das Funkeln in ihren Augen, das sie als Kind begleitet hatte, war schon lange erloschen. Ihr Lächeln wurde zur Seltenheit und das erfreute Kribbeln unter ihrer Haut zur Legende. Wenn sie nicht gerade an den Ketten unter die tobenden Wellen gerissen wurde, kämpfte sie darum, mit ihrem Kopf an der Wasseroberfläche zu bleiben. Aber mit jedem Tag, der verging, fiel es ihr schwerer die Kraft dafür aufzubringen. Zu schwer war das teure Kleid an ihrem Körper, zu schwer die Ketten an ihrer Seele und zu gering die Hoffnung in ihrer Brust.

Und wenn sie spürte, dass das Zappeln und Treten ihrer Beine schwächer und langsamer wurde, kam jemand zu ihr. Er griff unter ihre Arme und zog sie mit einem Lächeln unter den Wellen hervor. Aber auch nur so weit, dass sie gierig die Luft einsaugen und ihre Lunge sich kurz erholen konnte. Immer nur so weit es nötig war. Die Menschen sahen sie nur so lange an, wie sie mussten. Sie merkten sich ihren Namen nur für eine Sekunde und hatten ihn in der nächsten vergessen.

Denn wer merkte sich schon den Namen des Mädchens, das sie wie ein Schwein zum Schlachten aufzogen?

Niemand.

KAPITEL I

„Und so gehen wir in den nächsten Tag über, und erfreuen uns an dem Licht", beendete der Priester das Gebet, senkte seine erhobenen Hände und deutete ihr, ohne in ihre Richtung zu blicken, an, aufzustehen. Ihre Knie schmerzten beim Strecken. Trotz des weichen Kissens, welches auf dem hellen Marmorboden des Tempels lag, waren drei Stunden voller Gebete und Geschichten zu viel für ihre Knie gewesen. Das weiße Kleid fiel fließend über ihre Beine, als sie sich aufrichtete und dankend den Kopf neigte. Der Priester senkte sein spitzes Kinn kaum nennenswert in ihre Richtung.

„Ruhe dich vor heute Abend aus", verabschiedete er sie und schloss die Fenster, durch die das morgendliche Sonnenlicht seinen Weg in den kleinen Tempel gefunden hatte. Sie nickte und drehte sich, um den Ausgang anzusteuern, als Ele, ihre persönliche Kammerzofe, direkt neben sie trat und ihr folgte. Sobald sie aus der stickigen Luft des Tempels entkommen waren und die Holztür hinter ihnen zuschlug, atmete sie ermüdet aus. Ihr Kopf hing in ihrem Nacken, während sie die ersten Sonnenstrahlen auf ihrer Haut spürte.

„Ich hasse die morgendlichen Gebete!", stöhnte sie genervt, hob ihr Kleid am Saum an und ging auf den Platz, der sich vor dem Tempel erstreckte. Gemeinsam steuerten sie direkt die Treppen am anderen Ende an, um im Schloss zu verschwinden, bevor die Hitze den Sonnenstrahlen folgte und über sie herfiel.

Große weiße Steine formten einen achteckigen Hof vor dem Tempel, den sogenannten *heiligen Platz*, über den die beiden Frauen an diesem Morgen mit klackernden Schritten liefen. Um ihn herum standen verschiedene Bäume, die immer Millimeter genau geschnitten waren, sodass sie weniger wie ein Wunder der Natur, als das Werk aus der Schmiede der Menschen wirkten.

Der Tempel, der in ihrem Rücken lag, türmte im selben Gestein wie der Platz, gegenüber der kleinen Treppe, die der einzige Weg hinab zum Schloss war. Dicke, verschnörkelte Säulen bildeten seinen Eingang und die Sonne, die hinter ihm aufging, tränkte ihn in ein goldenes Meer aus Licht.

„Es ist deine Pflicht“, merkte Ele an und versuchte in ihrem eigenen weißen Kleid mit ihr Schritt zu halten. Die junge Frau war seit mehreren Jahren in ihren Diensten, nachdem ihre Vorgängerin in den Ruhestand gegangen war. Es hatte einige Zeit gebraucht, bis Ele endlich die förmliche Anrede weggelassen hatte. Dabei war sie weder Prinzessin noch eine Lady. Nein, sie war einfach nur Kalea.

Außer Ele hatten sich die Königsfamilie, die Priester und auch alle anderen Schlossbewohner und Bediensteten daran gewöhnt, sie ohne Förmlichkeiten anzusprechen. Dies passierte nur noch neuen Bediensteten oder Schlossbesuchern, die sich dessen einfach nicht bewusst waren. Augenkontakt herrschte aber trotzdem mit niemandem. Nicht weil sie es nicht wünschte, sondern weil alle anderen sich davor scheuten. Zu groß war die Gefahr einer emotionalen Bindung zu ihr.

„Ich weiß. Aber warum müssen wir am Morgen der Bälle immer zwei Stunden früher starten? Ich bezweifle, dass sich die Geschichte unseres Landes innerhalb eines Mondzyklus ändert", antwortete sie am Schluss grinsend und ging an dem schwarzen Steintisch vorbei, der auf dem hellen Platz wie ein dunkler Fleck wirkte. Sie sah nicht einmal hinüber, als sie dran vorbeigingen, auch wenn sie das Gefühl einer Drohung von ihm ausgehend spürte. Als wüsste er, dass sie genau in zwei Monaten auf ihm liegen würde. Bereit für das, was kam.

„Nun hast du es ja hinter dich gebracht, Kalea", versuchte Ele sie zu besänftigen und folgte ihr die Treppe hinunter. Ihr eigener Blick hing kurz an dem schwarzen Steintisch, ehe sie den Blick losriss und wieder zu ihr aufholte. Kalea schnaubte und steuerte direkt das glänzende Schloss an, das durch die Sonne in ihren Augen brannte. Generell war es auf dem Schlossgelände zu dieser Zeit viel zu hell. Nicht nur, dass ihr Reich jeden Tag von Sonne durchflutet wurde, nein, auch das Schloss und jeder Weg war aus strahlendem, weißen Marmor gebaut. Ihre Kleider und die der anderen Schlossbewohner und Bediensteten passten zu der auffälligen Haarfarbe ihres Landes. Leuchtend helles Haar, das selbst in der Dunkelheit schimmerte, ließ die Abkömmlinge Solas, dem Reich des Lichts, kilometerweit erkennen. Das Haar der Solasia, dem Volk von Solas, ähnelte sich untereinander wie ein Sonnenstrahl dem Nächsten. Und so wie der schwarze Steintisch auf dem lichtdurchfluteten Platz einem Fleck auf einer weißen Weste ähnelte, so stach auch Kalea mit ihren dunklen Haaren heraus. Einzig und allein eine breite, weiße Strähne glich den Haaren ihres Volkes, welches die vordere linke Gesichtshälfte umrahmte. Das Markenzeichen ihrer Person. Der einzige Anhaltspunkt, an dem die Solasia erkannten, wer sie war. Denn um sich ihr Gesicht zu merken, sah sie kaum jemand lang genug an.

Im Schlossgarten waren sie froh, dass die Unterführung etwas Schatten spendete. Es war zwar noch früh am Morgen, doch glühte die Sonne so erbarmungslos auf sie herab, dass beide Frauen erleichtert durchatmeten, als sie in die schattige Erlösung traten. Kaleas Haut hatte wie im restlichen Jahr eine gesunde olive Farbe, die mit der Zeit nicht mehr brauner wurde. In Solas gab es die verschiedensten Hautfarben, obwohl sie alle gleichermaßen der Sonne ausgesetzt waren. Ele, die mindestens genauso oft in der Sonne war, wie sie, war ein sehr heller Typ.

„Wie lange habe ich Zeit, bis es Frühstück gibt?", fragte sie ihre Kammerzofe und blickte über ihre Schulter zu ihr nach hinten. Sobald sie den Blick zu Ele wendete, glitt deren direkt auf den Boden zu ihren Füßen. Schon lange störte sie diese Abfuhr nicht mehr. Denn sie hatte sich daran gewöhnt, dass alle ihre Blicke mieden. Alle außer Emil.

Ihr Herz hüpfte als sie an ihn dachte.

„Noch ungefähr eine Stunde. Dann gehen wir spazieren, bevor es Mittagessen gibt. Danach machen wir dich fertig für den Ball", zählte Ele die wenigen Punkte auf Kaleas Tagesanordnung auf. Wenigstens wurde ihr an diesem Tag das abendliche Gebet mit dem Priester erspart. Dieser war zwar relativ nett zu ihr, doch konnte sie die immer gleiche Rede über Moral und Pflichtgefühl gegenüber ihrem Reich nicht mehr hören. Beinahe jeder Tag in ihrem Leben sah gleich aus. Eles Plänen zustimmend, nickte sie leicht und blickte kurz zum Turm des Schlosses hinauf, ehe sie hineintraten.

Am Nachmittag trat Ele wieder in ihr Gemach hinein, schnippte mit dem Finger und machte mit ihrer Magie die Lichter an. Sie selbst besaß keinerlei Magie. Eine Leere, so wurden die Menschen in Caldo, das Land der vier Reiche, genannt, die keine Magie ihres Elements besaßen. Als das Licht anging, riss sie ihren Blick vom Wald los, der vor ihrem Fenster türmte. Der stets warme Wind wehte durch die Baumkronen und ließ die sattgrünen Blätter langsam tanzen. In ihren träumenden Gedanken versunken, war der Tag bisher nur so an ihr vorbeigegangen.

„Er kommt heute wieder“, murmelte Kalea und sah wieder aus dem Fenster, ohne sich von der kleinen Bank zu bewegen, auf der sie, an die Fensterbank gelehnt, saß. Ele brummte nur zustimmend und begann damit, das warme Wasser in die Wanne zu kippen. Diese stand in ihrem angrenzenden Bad, welches durch eine kleine Tür mit ihrem Gemach verbunden war.

„Er hat versprochen, rechtzeitig zum Ball wieder da zu sein“, flüsterte Kalea und drehte sich allmählich wieder zu Ele um. Sie beobachtete die junge Frau dabei, wie sie ihre täglichen Pflichten erledigte, bis sie sie wenig später zu sich winkte. Nur noch wenige Stunden, dann war Emil, der Kronprinz ihres Landes, wieder im Schloss. Einer der wenigen Menschen, der sie auch wie einen behandelte und nicht nur als *die Eine* betrachtete, die sterben musste. Denn was Kalea und allen in Solas seit ihrer Geburt klar war, war, dass sie sterben würde.

Sie musste sterben, damit alle anderen leben konnten.

Deswegen nahm sie es den Menschen in ihrem Leben nicht mehr übel, dass sie sie nicht ansahen. Denn niemand wollte eine Beziehung zu ihr aufbauen. Dies war der Grund gewesen, warum ihre Eltern sie freiwillig dem König überließen und keinerlei Kontakt mit ihr wünschten.

„Du bist fertig“, lächelte Ele leicht, fokussierte kurz ihren Blick auf das Kleid im Spiegel und klemmte ihr dann die letzte Haarnadel ins dunkle Haar. Eles weißen Haare steckten in einem strengen Dutt in ihrem Nacken und wirkten neben den ihren noch heller. An ihren Schultern drehte sie Kalea zu sich herum und strich das weiße Kleid glatt, welches ihre Kurven sanft umschlang. Ele flüsterte leise, dass dies das schönste Kleid von allen war. Kalea sah skeptisch an sich hinunter und fragte sich, ob Ele bewusst war, dass es genauso aussah, wie alle anderen Kleider in ihrem Schrank. Schließlich durften sie alle, bis auf die Wachen, nur weiße Kleider und goldenen Schmuck tragen, um die Landesfarben zu repräsentieren. Einen großen Unterschied zwischen den Kleidern sah sie nicht. All ihre Ballkleider waren pompös und schnürten ihr beinahe die Luft ab. Aber am schlimmsten waren die Kleider, die sie an ihrem Geburtstag tragen musste.

„Versuche diesen Abend zu genießen. Schließlich ist es der vorletzte Ball vor der …" Ele verstummte und starrte Kalea wohl zum ersten Mal ins Gesicht, weswegen sie bleich wurde, „der letzte vor deinem Geburtstag." Schnell riss sie ihren Blick von ihr los und ging mit noch immer bleichem Gesicht die Wachen holen.

Verwirrt durch ihre Kammerzofe, atmete Kalea ermüdet aus und drehte sich zum Spiegel zurück. Die einzig weiße Strähne in ihrem sonst so dunklen Haar, hing wellig aus ihrem strengen Zopf. Damit auch jeder sehen konnte, wer sie war. Wie immer, wenn sie allein war, steckte sich Kalea die Strähne hinter das Ohr und wünschte sich, dass sie dortbleiben könnte. Abschätzend drehte sie ihren Kopf weiter nach links, wobei die Strähne beinahe gänzlich aus ihrem Blickfeld verschwand. Doch als Ele mit den Wachen und dem goldenen Käfig zurück ins Gemach kam, ließ sie die Strähne wieder vorrutschen und ging vom Podest hinunter.

„Also dann", begann einer der Wachen, ohne sie zu begrüßen, und deutete auf den goldenen Käfig, der den Platz zwischen ihrem Bett und dem kleinen Schminktisch vollends ausfüllte. Der Karren, auf dem der Käfig stand, hatte nicht nur einmal den Balken ihres Bettes attackiert und eine hässliche Kerbe hinterlassen. Mit dem Ring des Käfigs, den nur die zuständige Wache, der König und der Priester besaßen, öffnete der Wachmann die Gittertür. Er fummelte zunächst etwas herum, steckte dann aber das Siegel des Rings in das Türschloss und drehte. Mit einem quietschenden Geräusch sprang die Tür auf. Routiniert schritt Kalea die kleine Holztreppe hoch, zog ihren Kopf ein und stellte sich in die Mitte des Käfigs. Nur knapp war es ihr möglich, aufrecht zum Stehen. Einmal hatte Ele ihr zu hohe Schuhe angezogen, weswegen sie den ganzen Abend gebeugt stehen musste, um nicht das Metall des Käfigs zu berühren. Nur der Boden war mit einem Teppich ausgelegt, um sie vor dem Metall zu schützen. Denn das goldene Material, aus dem der Käfig bestand, wurde von einem Volk, den Imiset, abgebaut und verarbeitet. Ein wunderschönes Material, das auf reiner Menschenhaut jedoch noch mehr brannte als die glühende Sonne im Juli. Die Imiset selbst, waren Mischwesen aus Menschen und den Elfen des Waldes. Ein altes Volk, welches schon lange nicht mehr auf dieser Welt lebte.

Mit einer Hand umgriff sie das Seil zu ihrer Linken, welches vom Käfig hinunterbaumelte. Sobald die Wachen den Karren anschoben und sich alles in Bewegung setzte, verabschiedete sich Ele nur mit einer kleinen Verbeugung, ehe sie in den Flur huschte.

„Wann kommt die Einheit von Prinz Emil zurück?“, fragte Kalea den zuständigen Wachmann, der neben ihr herlief. Langsam schob die kleine Gruppe an Wachmännern den goldenen Käfig durch den breiten Flur. Das Tageslicht tanzte durch die hohen Fenster und spiegelte sich in den weißen, sauber polierten Marmorsteinen. Alles in diesem Schloss war sehr hell und lichtdurchflutet, bis auf die Klamotten der Wachen. Diese waren durch ihre golden-braune Uniform, neben Kaleas Haaren, der einzige Farbkleks in ihrem sonst so strahlenden Schloss.

„Heute Abend", antwortete er knapp und beschleunigte nicht viel später den Schritt, um vor dem Käfig herzulaufen. Sein kaltes Verhalten ignorierend, wendete sie den Blick zu den Fenstern. Auch vom Flur aus war der Wald gut zu sehen. Doch war, nach ihrer Sicht, der Ausblick auf das satte Grün der Blätter von ihrem Fenster aus viel besser zu sehen. Die meiste Zeit beneidete sie die Sonne, denn diese sah jeden Winkel von Caldo und der restlichen Welt und bahnte sich ihren Weg, während sie in diesem Schloss ihr Leben absaß. Jeden Tag schien die Sonne und prallte ohne Erbarmen auf sie hinab. Ein ewiger Sommer, der, wenn es die Sprinkleranlagen und die Arbeiter aus Hidrig, dem Reich des Wassers, nicht geben würde, das gesamtes Reich ausgetrocknet hätte.

Nicht mehr lange, dachte sich Kalea und blickte sehnsüchtig zum Fenster hinaus auf den Hof, in der Hoffnung, Emil zu sehen. In den letzten Wochen war das Verhalten der Schlossbewohner noch unerträglicher geworden. Umso mehr freute sie sich auf ihn. Es fühlte sich unglaublich kalt im Schloss an, wenn er nicht da war. Als sie jünger waren hatte der König alles daran gesetzt ihrer Freundschaft den Gar auszumachen. Doch hatte sich Emil immer wieder in ihr Gemach geschlichen und mit ihr geredet. Er wollte nicht, dass sie allein war. Und als sie älter wurden, sagte der König nichts mehr zu ihnen. Emil kam immer am ersten Abend seiner Wiederkehr zu ihr und erzählte ihr von seinen Aufträgen. Von den anderen Völkern und deren Ländern, die er durch seine Reise durch Caldo sah. Aber auch von ihrem

Land und dessen Bewohner. Sie sah nicht oft andere Bewohner ihres Landes, wenn sie nicht im Schloss arbeiteten. Nur an ihrem Geburtstag wurde das Schloss geöffnet. Dann stand sie im prächtigsten Kleid in ihrem Käfig.

Wie eine Statue.

Sie stand da und hörte den Menschen zu, wie sie sich für ihr Glück bei ihr bedankten. Das war ihr einziger Austausch mit ihnen.

Und das musste ihr reichen.

KAPITEL 2

Der weite Ballsaal, in den sie geschoben wurde, war wunderschön geschmückt. Ihr Mund blieb offen stehen, als sie zur Decke emporblickte. Glitzernde Laternen hingen wie Flammen von den Decken und verbündeten sich nach oben mit den Seidenlaken, die dem Saal Charakter verliehen. Verschiedene Blumen waren in die Laken genäht worden, sodass sie das Gefühl hatte, dass die Erde auf dem Kopf stehen würde. Es war eine gewaltige Würdigung des Sommers, der zeitlich bald enden würde, auch wenn sich ihre Umgebung keinesfalls änderte. Denn in Solas blieben die Bäume immer grün und die Tage warm, hell und lang.

Neben ihrem Gesicht schwebte eine kleine Lichtkugel, die sich in ihren Käfig verirrt hatte, sobald sie auf ihrem gewohnten Platz stand. Vorsichtig hob Kalea die Hand und hielt sie unter die schimmernde Kugel, deren Licht auf ihre Handfläche fiel. Sie war gerade mal so groß wie ihre Daumenspitze. Eine angenehme Wärme ging von ihr aus, weswegen sich eine sehnsüchtige Gänsehaut über ihren Körper legte. In ihrem Volk war es der Brauch, dass alle Anwesenden bei einer Geburt, dem Neugeborenen das Beste wünschten, indem sie gemeinsam eine kleine Lichtkugel in den Himmel gleiten ließen. So war jedes lebende Mitglied ihres Volkes ein Teil der immer aufgehenden Sonne am Horizont und jeder Verstorbene ging mit dem Sonnenuntergang in den *nächsten Tag*, der Ewigkeit, über. Nur bei ihrer Geburt wurden keine glücksbringenden Kugeln aus Licht in den Himmel geschickt. Als die Heilerin nämlich das spärliche dunkelbraune Haar und die einzelnen weißen Haare bei dem Neugeborenen gesehen hatte, strich sie sich mit leuchtenden Fingern über ihre eigene Stirn und ließ lächelnd nach dem König rufen. Denn endlich war das Kind geboren, auf das sie alle seit fünfzehn Jahren gewartet hatten. Das Kind, welches sie opfern konnten.

Seitdem wurde sie mit Argusaugen bewacht und verließ das Schloss und das Gelände unter keinen Umständen. Nicht nur einmal hatten die anderen Völker von Caldo, versucht, sie zu töten, um ihre Opferung zu verhindern. Sie hatten gefährliche Wege auf sich genommen, um den eigentlichen Pfad nicht gehen zu müssen. Denn es führte nur ein Weg in die Hauptstadt, die beinahe an der Spitze eines Berges lag. Ihr Schloss lag gefährlich nah an den elfenbeinfarbenen Klippen, die in ein tiefes Tal hinab führten. Umgeben von einem dichten Wald, war es eigentlich unmöglich, ungeladen ins Schloss zu gelangen. Ein Schutzzauber, der jeden Nichtabkömmling von Solas daran hinderte, das Schloss ohne Hilfe zu betreten, wehrte die meisten Eindringlinge ab. Doch hatten ihre Feinde nun schon des Öfteren dieses Risiko auf sich genommen, um die bestehende Macht ihres Volkes zu beenden. Immer wenn sie an die anderen Völker dachte, spürte sie eine beißende Wärme unter ihrer Brust, die sich in ihrem Magen sammelte und noch eine lange Zeit später weiter brodelte. Denn wenn sie so unbedingt sterben musste, dann starb sie lieber für die Ihrigen.

Die Lichtkugel, die von Bediensteten erschaffen wurden, verschwand, als Kalea sie berührte. Sie war aus dem Gleichgewicht gekommen, da die Wachen und die Diener den goldenen Käfig an der eisernen Kette befestigten, die von der Decke hinunter hing. Die kleineren Ketten, die auf dem Boden lagen, wurden in Ringe am Boden des Käfigs eingehängt, wodurch die Bewegung des Käfigs nur minimal war. Sobald alles fest war, wurde der Karren langsam unter dem Käfig hervorgezogen. Nun hing sie am gewohnten Platz zwischen zwei Fackeln und vor einem riesigen Spiegel. Auf ihrer linken Seite, quer durch den Ballsaal, stand der unbesetzte Thron des Königs. Es würde noch mindestens eine Stunde dauern, bis die ersten Gäste kamen. Die Wachen redeten kurz miteinander und gingen dann ohne ein weiteres Wort fort. Mit den Jahren hatte sie sich immer mehr mit dem Gedanken abgefunden, dass sie nie eine engere Beziehung mit anderen Menschen haben würde. Zwar bezeichnete sie Emil als ihren Freund, aber auch ihn sah sie in den letzten Jahren nur ein oder zweimal für wenige Stunden. Außerdem quälte sie, nicht gerade selten, das Gefühl, dass Emil sich nur aus Mitleid mit ihr beschäftigte.

Aber egal.

Ändern konnte sie es ohne hin nicht. Auch wenn ihr Volk plötzlich entscheiden würde, eine Verbindung mit ihr aufbauen zu wollen, bevor sie für sie sterben würde, wäre es zu spät. So oder so würde sie für heute in ihrem Käfig sitzen, den Geschichten der betrunkenen Adeligen lauschen, ehe sie zurück in ihr Zimmer gebracht wurde und ihre letzten Wochen anbrachen.

Normalerweise freute sie sich immer auf den monatlichen Ball im Juni. Denn dann wusste sie, dass es zu ihrem Geburtstag nicht mehr lange hin war. Der einzige Tag, an dem sie die anderen Bewohner ihres Landes sah. Der Ball im Juni war dem roten Mond zugeteilt, sowie jeder andere monatliche Ball einem anderen. Dieser war ein wunderschöner Anblick, der ihr immer wieder die Sprache verschlug. Doch an diesem Abend hatte der Gedanken an den roten Mond einen bitteren Geschmack auf ihrer Zunge hinterlassen. Ihr Volk feierte den diesjährigen roten Mond groß, da er der vorletzte Mond vor dem Erntemond war. Wie groß der nächste Mondball, der des Heumonds werden würde, wollte sie sich gar nicht erst ausmalen. Dies würden die letzten beiden Bälle sein, bis sie in wenigen Wochen unter dem Schein des Erntemondes sterben würde. Nur noch zwei Wochen, bis sie einundzwanzig wurde. Ein letztes Mal würde sie wie eine Statue im goldenen Käfig stehen, ehe sie es wenige Wochen später geschafft hatte. Endlich würde sie allen das jetzige Leben sichern, die große Flut verhindern, die das Leben in Solas, laut einer Prophezeiung, auslöschen sollte und ihnen weiteren Reichtum schenken.

Die Wellen würden sie ein letztes Mal unter die Oberfläche reißen und sie könnte aufhören dagegen anzukämpfen.

„Wirklich zu schade, dass der König sie so von uns wegsperrt", hörte sie einen dickbäuchigen Lord zu ihrer Linken sagen. Mittlerweile war der Saal brechend voll. Selbst der König saß auf seinem Thron, lachte und feierte. Eine Künstlerin führte einen Lichttanz mit Hilfe ihrer Magie auf, in dem sie das Licht in allen Farben brach und um sich herum fließen ließ. Der dickbäuchige Lord hatte sich zu seinem Sitznachbarn hinübergelehnt und starrte Kalea über den Rand seines Kelches hinweg an. Der Herzog neben ihm drehte sich ebenfalls zu ihr und ließ unverhohlen seinen Blick über ihren Körper wandern. Ekel kroch ihren Hals hinauf, als sie merkte, wie sein Blick bei ihren Brüsten hängenblieb. Der Herzog grinste seinen Sitznachbarn zustimmend an. Als sie merkten, dass Kalea ihre Blicke gemerkt hatte, wendeten sie sich von ihr ab, um ihr ja nicht ins Gesicht zu blicken.

„Da kann man nichts machen, mein Freund", lallte der Herzog, dessen Namen sie nicht kannte, „der König wird kein Risiko eingehen und sie hinauslassen. Erinnerst du dich daran, als sie als Kind weggelaufen ist?"

Natürlich erinnerte er sich.

Und sie genauso.

Sie schluckte und wendete sich von den Beiden ab. Sie würde nicht wieder daran zurückdenken. Nicht hier.

Still beobachtete sie die tanzenden Gäste. Die Reflexion der kleinen Lichtkugeln ließen das Meer aus weißem Haar geradezu grell wirken. Niemand aus den anderen Ländern war bei den diesjährigen Bällen anwesend gewesen. Sie vermutete, dass es an der Opferung lag. Doch fragte nicht weiter nach. Gerade wollte sie sich zu den Musikern umdrehen, als sie etwas am Fuß berührte. Sie blickte zu ihren Füßen und sah, wie eine kleine Nuss umher kullerte. Eine weitere Nuss folgte und als sie zur Seite blickte, spürte sie, wie sich ihr Puls beschleunigte. Vor ihr stand der Kronprinz und lächelte sie an.

„Emil, du bist wieder da!“, hauchte sie und nahm jede Struktur seines Gesichts in sich auf. Der Kronprinz war nur zwei Jahre älter als sie, doch erzählten seine Augen so viele Geschichten. Er sprach und bewegte sich, als hätte er schon hunderte Leben zuvor gelebt. Emil war unglaublich groß und seine weißen Haare waren ihm seit dem letzten Mal leicht über die Ohren gewachsen. Er trug noch nicht seinen Festumhang. Wahrscheinlich war er eben erst von seinem Auftrag zurückgekommen. Seine blauen Augen blickten sie warm an, eine weiter Eichel tanzte durch seine Finger und ein kleines Lächeln umspielte wie immer seine Lippen. Sie hatte ihn vermisst. Ihr Körper zog sie beinahe so nah es ging an ihn heran. Beide würden es nicht wagen den Käfig zu berühren.

„Eben angekommen.“ Emil lächelte nun breiter und griff in seine Tasche. „Ich habe dir etwas mitgebracht.“

Neugierig blickte sie zu seiner geschlossenen Hand und staunte, als er die Faust öffnete. Ein Blatt kam zum Vorschein. Es war tiefgrün und besaß eine kleine orange Spitze. Vorsichtig nahm sie es aus seiner Hand und drehte den kleinen Ast des Blattes zwischen ihren Fingern.

„Dort beginnen die Blätter ihre Farbe zu wechseln. Sie kündigen das Ende des Sommers an“, erklärte er ihr über das Spiel der Musiker hinweg. Erstaunt und neugierig sah sie sich den kleinen Farbklecks auf dem Blatt an und wünschte sich, dass auch der Wald vor ihrem Fenster in solchen Farben erstrahlen könnte. Doch würde dies in Solas nie passieren. Dem Reich des Lichts, war solch ein Naturwunder nicht vergönnt. Aufmerksam hörte sie ihm zu, als er weiterredete. Sie liebte es, wenn Emil ihr etwas erzählte. Es konnten die banalsten Sachen sein und sie hätte trotzdem das Gefühl, ein großes Geheimnis zu erfahren. So war Emil schon immer. Wenn man mit ihm sprach, dann gehörte einem seine gesamte Aufmerksamkeit. Dabei gab er einem immer das Gefühl, an etwas Tollem teilzuhaben.

„Es ist wunderschön. Danke, Emil“, flüsterte sie und hielt das Blatt behutsam zwischen ihren Fingern. Emil beobachtete sie nur, ehe er sich entschuldigte, um sich umzuziehen.

„Wenn ich wieder da bin, tanzen wir!“, rief er lachend, weswegen sie ebenso kichernd den Kopf schüttelte. Sie tanzten nicht wirklich miteinander. Aber der König billigte ihre Freundschaft, weswegen es ihnen einmal an einem Ballabend erlaubt war, so zu tun, als würden sie tanzen. Emil stellte sich dann so dicht es ging vor die Gitterstäbe und sie ebenso. Sie tanzten miteinander, indem sie sich in die Augen sahen, während er vor dem Käfig und sie in ihm herumwirbelte. Dass sie dabei einen Meter über ihm im Käfig stand, ignorierten sie gekonnt. Es war nicht viel und kaum ein normales Leben. Aber es war alles, was sie hatte. Den Wald vor ihrem Fenster, der ihr zuhörte, der Wind, der sie streichelte und Emil, der sie an einem normalen Leben teilhaben ließ.

Es war nicht viel, aber es reichte ihr bis zum Schluss.

Kaum war Emil in den Saal gelaufen, hatten ihn die adeligen Damen in Beschlag genommen. Er lächelte freundlich und entzog sich ihnen entschuldigend, ehe er aus dem Ballsaal verschwand. Kalea hatte nicht gemerkt, wie sie die Luft angehalten hatte. Tief einatmend blickte sie zur Tanzfläche hinüber und beobachtete ein tanzendes Paar. Die Frau lachte an der Brust des Mannes und schmiegte sich glücklich näher an ihn heran. Sie blickte zurück zu dem Blatt zwischen ihren Fingern und erinnerte sich daran, wie sie sich als junges Mädchen immer gefragt hatte, ob sie im nächsten Leben die Chance bekäme, jemals einem Menschen so nah sein zu können.

Kapitel 3

Langsam, aber sicher, spürte Kalea, wie die Energie mit jeder weiteren Sekunde ihren Körper verließ. Ihre Füße schmerzten in den hohen Schuhen und durch das lange Stehen waren ihre Beine unangenehm warm geworden. Nach einer weiteren Stunde schlüpfte sie heimlich aus ihren Schuhen und verdeckte ihre nackten Füße und die Schuhe mit dem Rock ihres langen Kleides. Ein erleichtertes Seufzen entwich ihren Lippen, als sie ihre Zehen wackeln ließ. Sie kribbelten erfreut über die neue Freiheit.

Emil war schon vor einiger Zeit zurückgekommen und tanzte gerade mit einer jungen Dame auf der Tanzfläche. Zuvor hatte er versucht, zu ihr durchzukommen, bis er wieder von einem Gast angesprochen wurde. Keine adelige Dame ließ sich die Chance entgehen, mit dem Kronprinzen von Solas zu reden.

Sie verstand dieses Bedürfnis.

Könnte sie sich unter die Menge mischen, würde auch sie einen jungen gutaussehenden Mann schöne Augen machen wollen. Darauf warten zu einem Tanz aufgefordert zu werden, scheinbar schüchtern ja sagen und dann den ganzen Abend auf der Tanzfläche verbringen. Genau das hätte auch sie getan, wenn sie nur könnte.

Aber dies war ihr nicht vergönnt, also stand sie still in ihrem goldenen Käfig, der sie vor den Feinden schützte und wartete darauf, dass der König den Ball verließ. Denn erst dann würden die Wachen ihren Käfig zurück in ihr Gemach bringen, wo sie sich aus dem Kleid schälen und sich in ein entspannendes Bad legen konnte.

Vor einigen Minuten hatte sie sich ein Lachen verkniffen, als der dickbäuchige Lord gestolpert war und haltsuchend nach dem Käfig gegriffen hatte. Zwar hatte sie sich aufgrund der plötzlichen Bewegung des Käfigs erschrocken, doch als der Lord fluchend seine Hand in der Luft umher wedelte, vergaß sie den Schrecken sogleich. Zwei rote Striemen zierten sie. Kalea schmunzelte verstohlen, als sie an das rotangelaufene Gesicht des dickbäuchigen Lords dachte. Seine Augen waren schmerzerfüllt zusammengekniffen gewesen und sein grauer Schnurrbart hüpfte bei jedem seiner Flüche hin und her. Er war wirklich ein widerlicher Mann. Immer wieder sah er den jungen Damen nach, ohne es zu verstecken und suchte sich bei beinahe jedem Ball einen Platz, von dem aus er Kalea gut sehen konnte oder direkt in ihrer Nähe war. Wie es an diesem Abend der Fall war. In diesem Moment kam er schnaufend von der Tanzfläche zurück und ließ sich schwer atmend auf seinen Platz nieder.

„Hübsches Gesicht, aber da lässt sich jeder Gaul besser führen!", verkündete er seinen Freunden das Urteil über das junge Mädchen, welches gerade zu ihrer Mutter flüchtete. Kalea schloss die Augen und versuchte dem Gespräch der Männer nicht weiter zuzuhören. Ihre Aufmerksamkeit wich zu der Melodie des neuen Liedes, welches nicht viel später angestimmt wurde. Es war ein sehr ruhiges, aber gefühlvolles Lied. Sanft wog sich Kalea von einem Fuß auf den anderen, sodass das Gespräch der Männer in den Hintergrund rückte.

„Na, konntest du nicht mehr auf mich warten?", gluckste Emil neben ihr und holte sie aus ihrer Trance. Schnell öffnete Kalea die Lider, wobei sich das Licht des Saales in ihren grauen Augen widerspiegelte.

„Du hast mir einfach zu lange gebraucht", antwortete sie schmunzelnd und schlüpfte zurück in ihre Schuhe. Emils Blick wich kurzerhand zu ihren nackten Füßen, dann zurück zu ihrem Gesicht, aber er sagte nichts dazu. Er wusste, wie sehr ihr die Füße schmerzten. Vor einigen Jahren hatte sich der König auf einem der monatlichen Bälle so gut amüsiert, dass er erst um vier Uhr morgens den Ball verlassen hatte. Emil war schon Stunden zuvor gegangen, kam aber in ihr Gemach, als sie endlich zurück war. Zusammen saßen sie an diesem Abend auf dem Boden vor ihrem Kamin. Müde massierte Emil Kaleas wunde Füße, während er ihr von dem Volk des Wassers erzählte.

„Verzeih mir. Heute sind alle aufdringlich", murmelte der Prinz und kratzte sich verlegen im Nacken. Sie wussten beide, warum alle so auf ihn fokussiert waren. Im letzten Wochenblatt hatte der König bekannt gegeben, dass Emil sich im kommenden Jahr eine Frau suchen würde. Sie hatte davon gehört, als sich zwei Dienerinnen darüber unterhalten hatten. Ihr Magen hatte sich damals bei dieser Nachricht schmerzhaft zusammengezogen. Kalea folgte seinem Blick zu dem Haufen an adeligen jungen Damen.

„War denn jemand Nettes dabei?", fragte sie ehrlich interessiert. Doch Emil schüttelte leicht bedrückt den Kopf und wand ihr den Blick zu.

„Bisher nicht", antwortete er ihr schulterzuckend, „aber Baria hatte schon zwei Tänze mit einem sehr reichen Lord. Vielleicht hat sie ja Glück." Anzüglich wackelte er mit seinen dichten Augenbrauen. Kalea suchte neugierig Emils jüngere Schwester in der Menge. Gerade wollte sie es aufgeben, als sie Baria in der hintersten Ecke der Tanzfläche sah. Sie trug ein wunderschönes weißes Kleid mit langen Ärmeln und ihre weißen Haare fielen offen an ihrem Rücken hinab. Dank der kleinen Tiara in Barias Haar, konnte Kalea sie erkennen. Ansonsten hätte sie auf diese Entfernung kein Glück gehabt. Schließlich hatten alle Bewohner des Landes weiß leuchtendes Haar, welches in der Dunkelheit schimmerte. Deswegen stach ihres auch so heraus. Sie war wie eine schwarze Wolke am sonst so hellen Himmel.

„Ist er nicht etwas zu alt?“, gab Kalea zu bedenken und versuchte, einen besseren Blick auf Barias Tanzpartner zu erhaschen.

„Hm. Ja, er ist älter als ich. Also ungefähr fünfundzwanzig“, stimmte Emil ihr zögernd zu.

„Baria ist sechzehn“, merkte Kalea an und sah seitlich zu Emil. Seine Augen wurden kurz schmaler, ehe er sich wieder entspannte und Kalea anblickte.

„Sie ist eine Prinzessin, da ist das egal“, brachte Emil mit trockener Stimme hervor. Kalea brummte nur. Zu oft hatte sie mit ihm über die königlichen Sitten gestritten. Das wollte sie nun nicht schon wieder tun. Emil konnte nämlich sehr emotional und aufbrausend werden, wenn er wollte. Und da Kalea bei ihm ebenso wütend wurde, konnten die beiden ohne Probleme mehrere Stunden über ein Thema streiten. Als sie ungefähr elf und dreizehn Jahre alt waren, hatten sie mehrere Tage nicht miteinander geredet. Sie hatten sich damals über ein so banales Thema gestritten, dass Kalea schon gar nicht mehr wusste, was den Streit ausgelöst hatte. Sie erinnerte sich nur daran, dass sie zwar selbst wütend, aber auch traurig und einsam jeden Abend vor ihrer Tür gesessen und auf Emil gewartet hatte.

Nach drei Tagen kam er wieder auf sie zu.

„Also, willst du tanzen?“, fragte Emil, nachdem die angespannte Stille zwischen ihnen zu kribbeln begann und unter ihrer Haut juckte. Kalea nickte und drehte sich vollends zu ihm. Still warteten sie das nächste Lied ab und als die ersten Töne erklangen, ging Emil noch näher an den Käfig heran und ließ seine Hand schwebend an den Gitterstäben hinauf gleiten. Aufgrund der Aufhängung des Käfigs stand sie höher als er. Also ließ sie ihrer Hand normal hinunter hängen und traf die Seine auf der gleichen Höhe. Getrennt durch das brennende Metall begannen sie zu tanzten. Ihre Hände schwebten hin und her und beide führten die Schritte aus, ohne einmal darüber nachzudenken. Zu oft hatten sie auf den monatlichen Bällen diesen einen Tanz zusammen getanzt. Und obwohl Emil bei den letzten zwei Bällen nicht da gewesen war, tanzten sie wie immer. Ihr Blickkontakt endete nur dann, wenn sich einer von ihnen drehte oder wenn ihre Hände sich vor ihre Augen bewegten. Sie berührten sich nicht, aber trotzdem war das einer der wenigen Momente, in denen sich Kalea einem anderen Menschen nah fühlte. Ihre Atmung ging im selben Takt und ihre Gedanken waren nur beieinander. Sie kicherte, als der Kronprinz die Hand hob und kleine Lichtkugeln in den Käfig schickte. Diese streichelten warm über ihre Haut und erloschen dann. Die Musik stoppte und mit dem letzten Takt blickte sie in die eisblauen Augen, die ihr entgegenblickten. Wie immer umspielte ein schiefes Lächeln Emils linken Mundwinkel. Und wie immer fehlte Kalea der Atem. Bei seinem Anblick, wie er leicht vorgebeugt vor ihr stand, ihrem Blick standhielt und sanft durch seine leicht geöffneten Lippen atmete, wäre Kalea am liebsten durch die brennenden Gitterstäbe in seine Arme gesprungen. Gerade wollte sie etwas zu ihm sagen, als ein Diener von der Seite kam und ihm etwas ins Ohr flüsterte. Emils Blick wich zu seinem Vater, der vom Thron aus schon in ihre Richtung blickte. Entschuldigend sah er sie an, verbeugte sich dankend vor ihr und folgte dann dem Diener durch die Menge quer durch den Raum, wo sein Vater ihn lächelnd begrüßte. Der König war ein sehr kühler und pragmatischer Mann, der außer bei seinen zwei Kindern, kaum Emotionen zeigte. Seien es gute oder schlechte.

Noch immer hob und senkte sich Kaleas Brust nach ihrer kleinen Tanzeinlage. Das Glückgefühl, welches sich an ihrer Kehle hinauf stahl, schluckte sie mühsam hinunter und stellte sich mit beruhigter Atmung wieder gerade hin. Die Schuhe lagen wieder unter ihrem Rock neben ihren nackten Füßen. Sie ignorierte die vereinzelnden bösen Mienen der jungen Damen. Stur starrte sie geradeaus, denn sie wusste, wenn sie den Blick erwidern wurde, hätten die Leute schon längst ihren von ihr abgewendet. Für einen Moment hatte sie das Gefühl beobachtet zu werden, als sich ihre Nackenhaare aufstellten. Suchend blickte sie zu ihrer Seite und legte ihre Hände auf ihren Bauch, um sich selbst zu beruhigen. Doch sie erblickten niemand, der in ihre Richtung sah.

„Auf unser Volk! Mögen wir alle den nächsten Tag erreichen!“, schrie der dickbäuchige Lord laut und hob seinen goldenen Becher empor. Sein Schnurrbart hüpfte bei jedem seiner Worte, als es ihm die nächststehenden Gäste gleichtaten und die Becher zum Anstoßen hochhoben. Gerade wollte er den Becher an seine dünnen Lippen setzen, da durchschnitt ein pfeifendes Geräusch die Luft und seine weit geöffneten Augen starrten ins Leere. Die Musik stoppte, als eine Frau hell aufschrie und der Lord zu Boden krachte. Reglos lag er bäuchlings auf den sauber polierten Fliesen. Ein Pfeil ragte seitlich aus seinem Hals, während sich eine dunkelrote Blutlache unter seinem Kopf ihren Weg bahnte. Schockiert starrte Kalea den toten Mann vor ihrem Käfig an und griff zitternd in den bauschigen Stoff ihres Kleides.

Der nächste Pfeil schoss in Richtung des Königs. Doch bevor ihn der Pfeil treffen konnte, hatte sich einer der Wachmänner vor ihn geworfen und brach stöhnend zusammen, als der Pfeil seinen Bauch durchbohrte. Panik brach unter den Menschen aus und die Wachen schrien sich untereinander Befehle zu. Kalea suchte hektisch Emil in der Nähe des Thrones, doch erblickte sie nur seinen Rücken, als er hinter dem König und der Prinzessin durch den Seitengang verschwand. Sie war allein und spürte, wie ihr Körper vor Angst und Adrenalin zitterte.

Im Hintergrund hörte sie, dass die Musikinstrumente zu Boden geworfen wurden und einen kläglichen Klang von sich gaben. Ein Kind schrie nach seiner Mutter. Immer mehr Chaos brach in dem überfüllten Ballsaal aus, während beinahe sekündlich Pfeile aus den verschiedensten Ecken in die Menge flogen. Die Gäste schrien und rannten durcheinander. Nicht nur einmal stolperte jemand gegen den goldenen Käfig, nahm den brennenden Schmerz gar nicht wahr und rannte weiter. Dabei kippte sie zur Seite und fing sich mit ihren Händen auf. Die Angst pochte in ihrer Brust mit ihrem Herzen um die Wette, als sie sich hoffend nach ihren Wachen umsah. Doch diese waren damit beschäftigt, die Angreifer abzuwehren, die nun aus ihren Verstecken hinausgerannt kamen. Die komplett in schwarz gehüllten Angreifer warfen sich auf die Wachen.

„Holt mich hier raus!“, schrie sie zwei Wachmänner an, die neben ihr einen Angreifer zur Strecke gebracht hatten.

„Der Käfig beschützt dich. Wir holen dich, sobald wir können!“, rief ihr ein junger Wachmann über die Schulter hinweg zu.

„Nein! Wartet -“ Zu spät. Er rannte schon weiter, um einem anderen Wachmann zu helfen, sodass sich Kaleas flehenden Worte in der Luft verirrten und ihn nicht erreichten. Nur wenige Meter von ihr entfernt stand einer der Angreifer und beobachtete die ganze Szenerie. Langsam nahm er die Kapuze vom Kopf und trat an den kämpfenden Männern vorbei zu ihr heran. Eine schwarze, ausdruckslose Maske, mit einem ebenso schwarzen Muster, verhüllte sein gesamtes Gesicht. Das pechschwarze Haar fiel ihm fast über die Augenlöcher der Maske. Seine dunklen Augen huschten hin und her. Nur der schwarze Kapuzenmantel war derselbe, wie bei den anderen Angreifern. Er hielt den Blickkontakt. Kalea ignorierte die Gänsehaut, die sich auf ihrem gesamten Körper ausbreitete und sah zitternd dabei zu, wie er immer näher an den goldenen Käfig schritt.

„Hey!", rief sie erneut einem Wachmann zu. Doch sah er sich nicht einmal nach ihr um.

„Sie hören dich nicht", sagte plötzlich eine dunkle Stimme neben ihr. Sie zuckte zusammen, als sie den Mann direkt am Käfig stehen sah. Durch das laute Rauschen ihres Blutes in ihren Ohren, bemerkte sie nicht, dass die Geräusche des Kampfes nur dumpf zu ihr gelangen. Ängstlich stolperte sie zurück als er langsam um den Käfig ging und dem Kampf um sie herum keine Beachtung schenkte. Er wandte den Blick von Kalea ab und blieb vor der Tür des goldenen Käfigs stehen.

„Ihr könnt sie nicht öffnen", sagte sie mahnend und versuchte das Zittern in ihren Händen zu unterdrücken. Denn obwohl er ihn nicht aufbekommen würde, wusste sie, dass ein Pfeil oder ein Schwert ohne Probleme durch die Gitterstäbe passen würde. Eine Tatsache, die eigentlich auch ihre Wachen wussten, aber anscheinend gekonnt ignorierten.

„Ach ja?", flüsterte er mit gedämpfter Stimme, zog langsam den schwarzen Lederhandschuh von seiner linken Hand ab und legte sie, ohne die Miene zu verziehen, um den Knauf der Tür. „Wie sicher bist du dir?"

Kaleas Blut rauschte in einer schwindelerregenden Geschwindigkeit durch ihren Körper. Sie spürte, wie ihr die Farbe aus dem Gesicht wich und ihr Mund austrocknete.

Es war unmöglich.

Ihre Augen huschten zu den Ohren des Mannes, doch sahen sie normal aus. Nicht spitz, wie es in den Legenden um die Imiset hieß. Er war ein normaler Mensch, der das brennende Metall anfasste, als würde er wie Butter mit dem Käfig verschmelzen. Ein leises Lachen ertönte, als er ihren erschrockenen Gesichtsausdruck sah. Als er mit geneigtem Kopf anfing, etwas zu murmeln, verstärkte sich die Gänsehaut auf Kaleas Körper und sie wich bis an den hintersten Rand des Käfigs zurück, ohne diesen zu berühren. Das dabei ihre Schuhe in der Mitte des Käfigs zurück blieben, war ihr egal. Nach wenigen Sekunden hörte das Gemurmel auf. Das Schloss gab das vertraute Klicken von sich und mit dem ihr bekannten Quietschen, sprang die Tür auf. Kalea gefror in ihrer Position, als der Mann seinen Kopf wieder anhob und ihr mit seinen dunklen Augen ins Gesicht blickte. Er wirkte auf sie wie ein gefräßiges Tier, welches zum Sprung ansetzte und bedrohlich sagte:

„Anscheinend hast du dich geirrt."

KAPITEL 4

Der Boden unter ihr neigte sich nach vorne, als sich der Mann mühelos an den Stäben in den Käfig hinaufzog. Langsam kam er zum Stehen und zog sich den schwarzen Handschuh wieder über die entblößte Hand. Kalea musste sich dazu zwingen, dem Drang nicht nachzugeben, sich so weit es ging an die Stäbe nach hinten zu drücken, um mehr Platz zwischen sich und dem Mann zu bringen.

„Ich will dir nicht weh tun", sagte er über den Lärm des Kampfes hinweg und schritt auf sie zu. Ihr Blick huschte zu seiner Leiste, von der er ein dickes Seil löste. Er wollte sie fesseln. Hilflos huschten Kaleas Blicke im Saal hin und her. Sie beobachtete die Wachmänner und dachte an die vielen Male zurück, in denen sie bei ihrem Training vom Fenster aus zugeschaut hatte. Von dort oben sah alles so leicht aus. Gerade wollte er ihr Handgelenk packen, ehe sie dieses rechtzeitig wegzog und mit der anderen Hand in seine Magengrube zielte.

Nichts.

Kein schmerzliches Aufstöhnen, kein zusammenzucken, kein in sich zusammenfallen, wie sie es bei den Wachmännern beobachtet hatte. Er blickte zu ihrer Hand hinunter und wäre ihre ganze Aufmerksamkeit nicht auf das schnelle Pochen ihres Herzes gerichtet, hätte sie ein leises Lachen gehört.

„Auch, wenn ich es nicht will, scheue ich nicht davor zurück, Gewalt anzuwenden", sagte er mit bedrohlicher Stimme, umgriff ihr Handgelenk und zog sie so schnell an sich heran, dass Kalea nach vorne stolperte. Ihr zitternder Atem prallte gegen seine Brust. Seine dunklen Augen beobachteten sie, während er geschickt das Seil um ihre Handgelenke knotete und am Ende noch einmal fest dran zog. Er sah wieder in ihr Gesicht und schluckte. Ihr Blick tobte, als sie den Schmerz in ihren Handgelenken wahrnahm. Mit voller Kraft schleuderte sie ihr Knie zwischen seine Beine und zögerte nicht damit, ihre gefesselten Hände auf seinen Kopf niedersausen zu lassen, als er sich stöhnend nach vorne lehnte schwank der Käfig erneut. Ruckartig stieg Kalea über ihn drüber und ging zur geöffneten Käfigtür, wobei sie das Gleichgewicht verlor und sich reflexartig mit beiden gefesselten Händen am nächsten Gitterstab festhielt. Sie schrie vor Schmerzen auf und blickte keuchend auf ihre feuerroten Handflächen. Da sie aber schon sah, wie sich der Mann wieder aufrappelte, ignorierte sie den Schmerz und sprang aus dem Käfig. Ihre Knöchel schmerzten kurz beim Aufprall. Doch sie rannte, ohne zu stoppen, weiter. Sie wusste nicht, wann sie das letzte Mal so gerannt war, aber sie wusste, dass sie all ihre Kraft in ihre Beine stecken musste, die sich mühsam unter dem Kleid bewegten. Gehetzt blickte sie zurück und stellte erschrocken fest, dass der Mann schon die Verfolgung aufgenommen hatte und wie ein Geist zwischen den kämpfenden Männern hindurch rannte. Als würden sie ihn nicht sehen, stellte sich kein Wachmann in seinen Weg.

Kalea riss den Kopf herum und rannte weiterhin auf die Tür zu, hinter der Emil und der König verschwunden waren. Sie rempelte einen blondhaarigen Angreifer an, sodass eine Wache ihn zu Boden drücken konnte. Nur knapp wich sie einem Schwert aus, welches von seinem Führer weit geschwungen wurde. Ihr Kleid schien immer schwerer zu werden, während es mit dem Blut der Gefallen beschmutzt wurde. Mehrere Herzschläge brauchte sie die Treppe hinauf, ehe sie keuchend an der Tür zusammensackte und mit den gefesselten Händen gegen die hölzerne Tür hämmerte.

„Öffnet mir! Ich bin es, Kalea!“ Keine Antwort. „Ich bin *die Eine*!“, schrie sie verzweifelt und blickte wieder über ihre Schulter nachhinten. Er zog gerade einen Dolch aus dem Hals der Wache, die sich auf den blonden Angreifer gestürzt hatte. Danach kam der Mann beinahe schleichend die Treppe hoch und steuerte sie direkt an.

„Sie hören und sehen dich nicht, Schätzchen“, rief er ihr über den Lärm hinweg zu. Kalea glaubte ihm nicht und hämmerte weiter an die Tür. Doch niemand antwortete ihr.

Kaum hatten sich die Arme des Mannes um ihren Bauch geschlungen, brach sie in Tränen aus. Sie zappelte in seinem Griff und flehte ihn an, sie gehen zu lassen.

„Bitte, bitte! Ich muss zu ihm. Ich will ihn nur noch einmal sehen“, schluchzte Kalea in voller Verzweiflung. Denn auch wenn sie damit Frieden geschlossen hatte zu sterben, wollte sie es nicht so. Nicht in einem fremden Land mit Feinden und ohne Emil an ihrer Seite.

„Emil!“, schrie sie sich, an die Tür gewandt, die Seele aus dem Leib. Er musste doch für sie zurückkommen, oder nicht?

„Emi-“ Ihr weiterer Schrei wurde in der behandschuhten Hand des Mannes erstickt.

„Sei ruhig. *Pois Paaika*“, flüsterte er voller Konzentration in einer für Kalea fremden Sprache und umschlang sie noch etwas fester. Kalea kämpfte weiter gegen seinen Griff an, als eine Kraft an ihrem rechten kleinen Zeh zog und sie den Boden unter sich verlor. Ihre Sicht verschwamm und drehte sich, als alles dunkel wurde. Nur der Griff des Mannes und seine Atmung an ihrem Haar, versicherten ihr, dass sie noch irgendwo war. Aber wo, wusste sie nicht. Die Kraft, die an ihr zog, wurde kräftiger und kribbelte auf ihrer Haut, und da erkannte sie es: Magie zog an ihr und wirbelte sie umher. Doch diese Kraft, welche sie in diesem Moment spürte, war anders als die von Solas. Wilder. Dunkler. Ehe das Gefühl sie vollends verschlang, kroch Panik in ihr hoch. Ohne groß zu überlegen, riss sie die Arme von sich und spürte den plötzlichen Fall.

„Nein!", schrie der Mann, während sein Schrei nur noch wie ein Echo klang. Ächzend schlug sie auf dem Rasen auf. Ihre Knie bluteten, als sie sich mit suchendem Blick aufrappelte. Sie brauchte einen Moment, um zu verstehen, was gerade passiert war. Vor wenigen Sekunden stand sie noch weinend im Ballsaal und nun blickte sie vom Schlossgarten aus zu den hell erleuchteten Fenstern des Saales hinauf. Der warme Wind trocknete die Tränen auf ihren Wangen. Selbst von hier hörte sie die gequälten Schreie der Kämpfenden. Und mit jedem Windhauch, der ihre Schultern streifte, kam auch das Pochen in ihren Handflächen zurück. Sie verzog das Gesicht, als sie erneut die roten Striemen ansah.

Das entfachte Licht in einem Zimmer der obersten Stockwerke, fing ihre Aufmerksamkeit auf. Ihr Herz hämmerte, als sie im Schatten des Fensters erkannte, dass Emil dort auf und ab ging. Sie wollte nach ihm rufen, als sich erneut eine behandschuhte Hand auf ihren Mund presste.

„Also, so langsam werde ich wirklich wütend", zischte er in ihr rechtes Ohr. „Wir hätten beide auch in Einzelstücke fliegen können!"

Kalea schluckte bei seinen Worten und spürte das kühle Metall eines Dolches an ihrem zarten Nacken.

„Wenn du das noch einmal probierst, ramme ich dir diese Klinge in deinen schönen Hals."

Ein letztes Mal blickte sie zu dem Fenster hoch und sah, wie sich Emil von diesem entfernte, ehe die Magie sie nun vollends verschlang und sie diesmal still in seinen Armen stehen blieb.

KAPITEL 5

Das Licht vor ihren Augen flackerte und der Wirbel in ihrem Kopf schien keine Ruhe zu geben. Der Mann hinter ihr keuchte vor Anstrengung und umklammerte sie immer fester. Sie spürte für kurze Zeit den Boden, aber es war nicht möglich, einen fokussierten Blick auf irgendwas zu richten. Mehrere Männer schienen miteinander zu streiten. Kniend versuchte sie am Boden etwas Halt zu finden und spürte Fliesen unter ihren Händen.

„Nein, so war das nicht abgesprochen. Es tut mir leid", jammerte die ihr bekannte Stimme ihres Entführers. Irgendwo hörte sie noch immer den Kampf toben.

„Faun", unterbrach ihn jemand entschlossen. „Wir haben nun keine Wahl mehr." Komplett überfordert mit der Magie, die noch immer wie eine zweite Haut auf ihr ruhte, konnte sie das Gesicht des unmaskierten zweiten Mannes nicht erkennen. Nur die Schwärze seines Mantels und die langen braunen Haare erkannte sie verschwommen.

„Ich lasse sie hier."

„Sei nicht dumm. Geh. Jetzt", mischte sich eine dritte, jüngere Stimme ein.

„Aber-"

„Geh!“ Sie murmelten noch weiter, doch war das Dröhnen in Kaleas Kopf so laut geworden, dass sie kaum noch etwas verstand. Erst als sie wieder Arme unter sich spürte, die sie unsanft auf die Beine zogen, hörte sie die Stimme ihres Entführers nah an ihrem Ohr sagen: *„Pois Pauika.“*

Kalea kippte zur Seite und ehe sie sich an den Boden unter sich gewöhnen konnte, spürte sie das erneute Ziehen an ihrem rechten kleinen Zeh und der Wirbel in ihrem Kopf begann erneut. Starke Arme pressten sie an eine warme Brust und für diesen Moment, versuchte sie sich an genau dieses Gefühl zu klammern, um nicht ganz im Wirbel zu verschwinden. Sie schlugen erneut auf den Boden auf. Er stöhnte noch erschöpfter als zuvor, bei ihrem Aufprall.

„Faun“, flüsterte Kalea benommen den Namen des Mannes, den sie in ihrer Erschöpfung gerade so aufgeschnappt hatte. Ihr Kopf schmerzte. Der Magen rebellierte und das Flackern vor ihren Augen wurde immer stärker.

„Pois Paaika“, zischte er mit zusammengepressten Lippen. Das Ziehen und der Wirbel begannen nur Momente später erneut.

Kalea verlor den Überblick, wie oft sie dies wiederholten.

Er hielt an.

Sie schlugen auf.

Er sagte erneut: *„Pois Paaika.“*

Gedämpft meinte sie ein Schluchzen zu hören.

„Pois Paaika.“

Es war kühler um sie herum.

„Pois Paaika.“

Irgendwo heulte ein Wolf.

„Pois Paaika."

KAPITEL 6

Ungebremst raste sie mit ihren Händen voraus auf den Untergrund zu. Der Wirbel in ihrem Kopf und das Ziehen an ihrem rechten kleinen Zeh hörten schlagartig auf. Stöhnend versuchte sie die Augen zu öffnen. Kühle Luft durchströmte ihre Lunge. Doch gerade als sie von dem kalten Boden aufstehen wollte, überrollte sie eine Welle der Übelkeit. Schnell kniete sie sich wieder hin und übergab sich blind vor sich auf den Boden.

„Das erste Mal ist am schlimmsten", erklärte ihr der Entführer, Faun, trocken, griff unter ihre Arme und hob sie auf die Füße.

„Du meinst die ersten Male", wandte Kalea schwer atmend ein und strich sich ihr Erbrochenes mit dem Handrücken vom Gesicht. Sobald sich das Flackern vor ihren Augen gelegt hatte, erkannte sie endlich, wo sie waren.

Sie standen inmitten eines dunklen Waldes. Nur die Sterne und das schwache Licht des roten Mondes über ihnen spendeten ihnen Licht. Beim Anblick des Mondes spürte Kalea, dass sich ihre Verbitterung, wie ein langsames Gift in ihrem Körper weiter ausbreitete. So hatte sie sich diesen Ball nicht vorgestellt. Sie wollte einfach den Abend hinter sich bringen und am Ende mit Emil vor ihrem Kamin sitzen und reden. Reden und für einen Moment vergessen, was ihr noch bevorstand. Doch nun stand sie frierend und direkt vor ihrem Erbrochenem in einem fremden Wald mit einem fremden

Mann, der wer weiß was noch mit ihr vorhatte. Ihre Handgelenke und die Handflächen schmerzten, ihr Magen überschlug sich. Die Magie saß ihr noch erschütternd im Nacken. Sie hatte sie so lange und so oft gespürt, dass sich ihr Körper noch immer an sie erinnerte. Im Vergleich zu Emils Magie war die von Faun kühler auf ihrer Haut gewesen. So kühl, wie der Wind, der sich unter ihr Kleid stahl.

„Was für Magie war das?", fragte sie und hasste es, wie dünn ihre Stimme klang. „Wie sind wir hierhergekommen?"

„Damit", antwortete Faun beiläufig und deutete auf den dunkelblauen Kristall, der an einer silbernen Kette um seinen Hals hing. Kalea betrachtete den leicht leuchtenden Kristall und blickte ihn fragend an. „Wir sind im Raum gesprungen", erklärte er weiter und steckte die Kette wieder unter sein Hemd, sodass Kalea nur noch das leichte Glühen unter dem dunklen Stoff sah.

„Aber da ja jemand meinte, durch den Raum zu stürzen, konnte ich uns nur hierherbringen." Wütend über den nicht geplanten Ausgang seiner Mission, band er etwas zu harsch ein Seil zwischen Kaleas Handgelenk. Sie fühlte sich, wie ein Hund an der Leine. Seine Erklärung machte Kalea nicht unbedingt schlauer. Sie wusste zwar, dass die Völker verschiedene Arten der Magie beherrschten, doch kam es ihr noch nie zu Ohren, dass jemand durch den Raum springen konnte. Manipulation des Wassers, des Windes, der Erde und des Lichtes, ja das kannte sie von Geschichten. Aber des Raumes?

Kaleas Miene verhärtete sich. Die Angst, die sie zu Beginn des Angriffs verspürt hatte, war so gut wie weg. Übrig blieben nur der Zorn und die Verbitterung. Und Grund dafür war der Mann vor ihr, der sie wie ein Hund durch den Wald führte.

„Tut mir ja sehr leid, Faun, dass ich nicht einfach mit dir hinaus spaziert bin“, zischte sie, spuckte ihm seinen Namen entgegen und lief hinter ihm her, als er noch tiefer in den Wald ging. Sie sah nur, wie er den Kopf schüttelte und stur weiterging. Ihm schien es egal zu sein, dass sie seinen Namen wusste.

Nach einer halben Ewigkeit hatte Kalea aufgegeben einen Ausweg zu finden. Egal, wie fest sie an dem Seil zog, Faun war stärker. Ebenso wusste sie nicht, wo sie war und wie sie zurück zum Schloss kommen sollte. Ihr war nur bewusst, dass sie außerhalb ihres Reiches war. Denn so eine Kälte hatte sie noch nie gespürt. Ihre nackten Füße waren mittlerweile so kalt, dass es ihr schwerfiel, überhaupt einen Schritt zu machen. Faun merkte, dass sie immer langsamer wurde und steuerte gerade einen umgefallenen Baum an, als sie über eine Baumwurzel stolperte und auf den Boden fiel.

„Scheiße“, fluchte sie laut und rappelte sich langsam wieder auf. Ungeduldig sah er ihr dabei zu. Sobald sie stand, zog er wieder an dem Seil und führte sie an den Baum.

Die Erschöpfung breitete sich mit jedem weiteren Schritt in seinem Körper aus. Diese vielen, kurzen Sprünge, hatte ihn komplett ausgelaugt. Er merkte, wie sehr die Magie an seinem Inneren zerrte. Der Kristall war so beansprucht, dass er auf seiner Haut brannte. Die Spuren seiner vorherigen Verzweiflung, die sich auf seinen Wangen gebildet hatten, waren mittlerweile getrocknet.

„Setz dich“, befahl er ihr und band das Seil an einer Wurzel fest. Gerade als sich Kalea Hoffnung machte, holte er ein weiteres Seil heraus und band es mit komplizierten Knoten um ihre Knöchel.

„Ich bin gleich wieder da“, murmelte er und verschwand zwischen den Bäumen. Als es nur noch sie und die Geräusche des Waldes gab, erlaubte

Kalea sich, endlich durchzuatmen. Sie dachte an Emil zurück, der so schnell aus dem Ballsaal verschwunden war. Ob er einen Gedanken an sie verschwendet hatte? Hatte er sie von dort oben gesehen? Hatte er nur zugesehen, als Faun sie mitnahm? Wie lange würde es dauern, bis die Wachen sie zurückholten?

Ein Knacken zu ihrer Linken wies sie darauf hin, dass sie nicht mehr allein war. Mit einem kleinen Stapel Ästen kam Faun wieder zu ihr zurück und schaffte es nach wenigen Minuten, ein kleines Feuer zu entfachen. Sehnsüchtig rückte Kalea näher an die wärmende Quelle heran und streckte ihre frierenden Füße dem Feuer entgegen. Er blickte müde in die tanzenden Flammen und richtete seine Maske. Auch er suchte nach Wärme am Feuer. Neidisch blickte Kalea zu seinem Mantel, ehe sie zu ihrem Kleid hinabblickte. Es war an den Füßen zerrissen und rote kleine Flecken zierten den weißen Rock. Sie wusste nicht einmal, wessen Blut es war.

„Wer seid ihr?", fragte sie nach wenigen Minuten in die Stille hinein und fixierte ihn mit ihren mandelförmigen Augen. „Was habt ihr mit mir vor?"

Er warf den kleinen Ast, den er zuvor zwischen den Fingern hin und her gedreht hatte, ins Feuer und erwiderte ihren Blick.

„Ich bringe dich in meine Heimat. Was mit dir geschieht, wird dann erst entschieden", sagte er über das Knistern des Feuers hinweg.

„Ihr wisst nicht, was ihr mit mir machen sollt?", lachte Kalea beinahe und sah ihn ungläubig an. Sie konnte gar nicht anders. Nicht nur, dass es ihr nicht vergönnt war, ihre letzten Tage so zu verbringen, wie sie es wollte. Nein, ihre Entführer und ihre Feinde, wussten nicht mal, was sie nun mit ihr machen sollten.

„Was ist daran witzig?", brummte er und neigte den Kopf zur rechten Seite.

Kalea zuckte mit den Achseln und grinste stumm weiter. Erneut schüttelte er genervt den Kopf, wobei seine Haare, die ihm auf der Stirn lagen, hin und her wehten. Erschöpft und das Pochen in ihren Händen ignorierend, blickte Kalea noch eine Weile ins Feuer, ehe der Schlaf sie empfing, obwohl sie mit aller Macht dagegen angekämpfte.

Sie träumte vom Meer. Emil stand bis zu den Knien im Wasser und rief ihr zu, zu ihm zu kommen. Glücklich stampfte sie ins Wasser hinein und scherte sich nicht um ihr Kleid. Das Wasser war kalt, doch Emil nahm sanft ihre Hand und führt sie weiter hinein.

„Wir sollten nicht so weit gehen", äußerte sie ihre Sorge, doch Emil lächelte nur und ging weiter. Kalea spürte mit jedem weiteren Schritt, wie schwer ihr Kleid wurde und sie nach unten zog. Erneut wollte sie auf Emil einreden, als dieser plötzlich verschwunden war. Panisch blickte sie sich um, während das Wasser immer höher stieg und auf ihre Lunge drückte. Und während sie darum kämpfte, an der Oberfläche zu bleiben, sah sie ihn. Seelenruhig stand Emil am Strand und winkte ihr breit lächelnd zu. Die Wellen stiegen. Die Luft wurde knapper. Doch in dem Moment, in dem sie die Kraft verlies und sie sich den tobenden Wellen hingeben wollte, schreckte sie aus ihrem Traum hoch. Nach Atem ringend, blickte sie sich um und begegnete den pechschwarzen Augen unter der Maske.

„Wir müssen los", wies Faun sie mit dringlicher Stimme an und half ihr auf die Beine zu kommen. Sie spürte, dass etwas los war. Er schien nervöser als zuvor. Immer wieder blickte er nach hinten und ließ sie keinen Schritt von ihm wegtreten. Waren die Wachmänner ihnen doch so schnell gefolgt?

„Was ist los?", fragte sie und versuchte mit seinen langen Schritten mitzuhalten.

„Wölfe", erwiderte er und beschleunigte ihr Tempo.

„In unseren Wäldern gibt es keine Wölfe", erwiderte sie verwirrt.

„Aber in unseren", beendete er die kleine Diskussion.

In ihrem? Wo genau befanden sie sich? Verwundert versuchte sie sich an Emils Geschichten zu erinnern. In welchem Reich gab es Wölfe? Sie erinnerte sich nicht. Aufmerksamer als zuvor huschten Kaleas Augen über den Wald um sie herum. Doch war es so dunkel, dass sie nur die Umrisse ihrer Umgebung ausmachen konnte. Ein langes Heulen durchschnitt die Stille, sodass Faun ruckartig stehen blieb und an ihr vorbei in die Dunkelheit blickte.

„Sie sind schon viel näher", murmelte er und rannte beinahe durch den Wald. Das Heulen wurde lauter und nun durchfuhr auch Kalea wieder die bekannte Panik, weswegen sie das Brennen in ihrem Körper ignorierte und ihm hinterherrannte. Sie hetzten zwischen den Bäumen hindurch und wenn Kalea stolperte, hob Faun sie so schnell es ging wieder auf die Füße. Atemlos hockten sie sich hinter einen großen Felsen uns horchten in die Dunkelheit hinein. Kaleas ganzer Körper schmerzte. Noch nie musste sie so viel rennen, wie an diesem Abend. Eigentlich musste sie nie rennen. Sie blickte zum Himmel und beim Anblick des roten Mondes, der sich hinter den Wolken versteckte, fasste sie ein Entschluss. Sie musste hier weg. Von den Wölfen und von Faun und seinem Volk. Auch wenn sie nicht wussten, was sie mit ihr machen sollten, wusste ihr eigenes Volk umso mehr, was zu tun war. Sie musste zurück, um ihr Volk vor der Flut zu retten. Und sie würde so lange ihr Herz noch Blut pumpte, gegen ihre Feinde ankämpfen. Das Böse durfte nicht gewinnen. Sie musste diesen Moment nutzen. Mit flacher Atmung blickte sie an Fauns Hüfte, wo der Dolch steckte, den er ihr zuvor an den Hals gehalten hatte. Ein erneutes Heulen verlangte Fauns Aufmerksamkeit, wodurch Kalea die Chance ergriff und den Dolch packte. Schnell schnitt sie das lange Seil durch, welches Faun noch immer in der Hand hielt und ehe er reagieren konnte, rammte sie ihm den Dolch in die linke Seite. Faun brüllte laut auf und versuchte nach Kalea zu greifen. Diese war jedoch schon längst aufgesprungen und rannte vor ihm weg.

Vor Wut schäumend, stürzte er ihr hinterher. Kaleas Kleid verfing sich beim Rennen zwischen ihren Beinen, weswegen sie langsamer wurde. Faun sprang, erwischte ihre Beine und katapultierte sie auf die Wiese unter ihnen. Die Luft wich aus ihrem Brustkorb, als sie mit voller Gewalt aufschlug.

„Lass mich los!", mahnte Kalea und trat mit ihren Füßen nach ihm, da er sich an sie klammerte. Ein Tritt traf Faun direkt im Gesicht, doch die Maske blieb an Ort und Stelle.

„Sei verdammt nochmal ruhig. Sonst schneide ich dir deine Zunge aus dem Mund! Soweit ich weiß, ist diese für kein Ritual dieser Welt notwendig!", drohte Faun ihr zornig, riss sie am Becken zu sich heran und drehte sie auf den Rücken. Kalea unterdrückte das schmerzerfüllte Aufatmen, als ihr Körper über den Boden kratzte. Wütend schlug sie mit ihren Händen nach ihm und packte etwas Erde neben sich, die sie ihm Gesichts schleuderte. Faun knurrte wütend, nachdem er noch rechtzeitig seine Augen vor dem Dreck schützen konnte. Schweratmend stand er auf und zog sie an ihrem Arm auf die Beine. Noch immer quoll Blut aus seiner linken Seite, doch war er so voller Adrenalin, dass er den Schmerz kaum spürte und einfach seine Hand auf die Wunde presste. Das Blut rauschte in seinen Ohren und am liebsten hätte er dem warmen Zorn nachgegeben, der sich durch seinen Körper biss.

„War das alles, was du kannst?“, fragte er stattdessen provozierend und zog sie an den Händen weiter.

„Das nächste Mal ziele ich besser“, konterte Kalea knurrend. Er schnaubte hämisch. Es blieb ihnen nicht viel Zeit, weiter zu Diskustieren, da die Wölfe nun fast bei ihnen waren. Kalea sah ein, dass sie erst von den Wölfen wegkommen mussten, ehe sie einen weiteren Fluchtversuch starten konnte. Also rannte sie mit ihm weiter und hoffte, nicht zwischen den Zähnen eines Wolfsrudels zu sterben.

KAPITEL 7

Zähnefletschend standen sie ihnen gegenüber und Faun merkte, wie sie neben ihm zitterte. Sie waren im Dunklen umhergeirrt und beinahe von einer Klippe hinuntergestürzt. Gleich darauf kamen drei Wölfe durch die Bäume gesaust und hielten die beiden zwischen sich und der Klippe gefangen. Gerade wollte Kalea etwas sagen, als Faun sie zischend unterbrach. Seine dunklen Augen huschten über die Wölfe vor ihnen. Sie hatten Hunger. Und sie würden keine Chance gegen das Rudel haben. Es war zwar ein kleines Rudel von dreien, doch waren diese Wölfe geerdet. Wenn ein Tier ein grausames Leben gelebt hatte und am Ende eines ebenso grausamen Todes starb, erhielt es eine zweite Chance von der Natur, in dem sie geerdet wurden. Sie wurden mit mehr Kraft beschenkt und waren größer als ihre Artgenossen. Als Dank trugen sie immer ein Stück der Natur bei sich und fanden meistens alle zueinander.

Kaleas Atem stockte bei ihrem Anblick. Die Wölfe gingen ihr mindestens bis zu den Schultern und aus ihren Rücken wuchsen Dornen und Blumen. Sie sahen ebenso angsteinflößend, wie wunderschön aus. In der Dunkelheit leuchteten die kleinen Pilze, die zwischen den Blumen hinauswuchsen. Erst ab der Oberkörpermitte kam das graue Fell wieder zum Vorschein.

Langsam kam der Größte von ihnen auf sie zu und knurrte laut, als die Beiden zurückwichen. Kalea spürte den Abgrund hinter sich, als Faun die Hand hob, eine kleine Glasflasche warf und Feuer vor ihnen auf dem Waldboden entflammte. Überrascht beobachtete sie, wie ein kleiner brennender Kreis das Rudel von ihnen abgrenzte. Sie spürte die Hitze der Flammen auf ihren abgekühlten Gliedmaßen und bevor sie es realisierte, griff Faun nach ihr und hob sie kurzerhand hoch.

„Versuch dich festzuhalten. Das wird sie nicht lange aufhalten", schrie er über das Jaulen der Wölfe hinweg. Hungrig fletschten sie die Zähne, ohne die beiden aus den Augen zu lassen.

Überrumpelt klammerte sie sich mit den Beinen so fest es ging an seinen Oberkörper und hielt sich mit den gefesselten Händen an seinem Mantel fest. Er rannte schnell, doch kurz bevor sie das Feuer aus den Augen verlor, sah sie, wie die Wölfe über den Feuerrand sprangen und in ihre Richtung pirschten.

Faun rannte weiter an der Klippe entlang und presste die Lippen zusammen, als Kaleas Bein über seine Wunde rutschte.

„Sie kommen!", rief sie ihm zu und drehte sich in die Richtung, in die sie rannten. Ihr war es schleierhaft, wie er noch immer Energie fand, umso so schnell mit ihrem Gewicht zu rennen.

Gerade drehte sie sich wieder zu den Wölfen herum, als Faun laut fluchte und herumwirbelte. Er verlor das Gleichgewicht und zusammen knallten sie auf den Boden. Erneut wurde ihr die Luft aus den Lungen gepresst, als Fauns Gewicht auf ihr landete. Sie lagen am Rande der Klippe, die eine scharfe Kurve nach links machte. Er hatte den Abgrund gerade rechtzeitig gesehen, bevor sie im reißenden Wasser gelandet wären. Ihr Rücken schmerzte, während Faun sie auf die Beine zog und sie fest an sich drückte. Er überlegte. Blickte zu den Wölfen, die nur noch wenige Meter von ihnen entfernt waren und sah zurück zum Wasser. Er war nicht so weit gekommen, um nun zu sterben oder sie in ihren Tod rennen zu lassen. Seinem Ziel war er schon so nah gekommen. Zweifelnd blickte er zu ihr, als sie nervös in seinen Armen zappelte.

„Hör auf dich so zu wehren. Oder willst du das ich dich hierlasse?", keifte der Entführer und griff fester um ihre Taille. Sie stoppte und sah ihn wütend an, „Hab ich mir gedacht."

Das Heulen hinter ihnen wurde immer lauter und ihre Herzschläge immer schneller.

„Was machen wir jetzt? Sie kommen!", wimmerte sie ängstlich. Sichtlich kämpfte er mit sich, blickte immer wieder auf Kalea, dann auf seine Kette, dann zu den Wölfen und betete, dass es reichen würde. Das dumpfe Gefühl in seinem Magen, war sich sicher, dass es knapp werden würde.

„Halte die Luft an", sagte er rasch, als auch schon die Grauen Wölfe zum Sprung ansetzten und Kalea aufschrie. Faun packte ihre Arme und schmiss die zusammengebunden Hände über seinen Kopf. Fest drückte er sie an seinen Körper heran und gerade als ein Wolf mit seiner Pfote nach ihnen schlug, sprang Faun mit ihr über die Klippe.

Sie schrie weiter, während sie den zischenden Wind an ihrem Körper spürte und ihre Beine panisch nach Boden suchten. In dem Augenblick, in dem ihre Füße die Wasseroberfläche durchbrachen, spürte Kalea, dass nun bekannte Ziehen an ihrem rechten kleinen Zeh. Das Wasser um sie herum riss weg und wieder war da einzig und allein er in einem Wirbel aus Nichts.

Fest presste sie die Augen zusammen, als das Ziehen stärker wurde. Und plötzlich brach Wasser wieder über sie herein und eine Dunkelheit umschloss die beiden. Die Luft, die sie angehalten hatte, entwich aus ihrem

Mund und sie merkte, wie angestrengt Faun mit seinen Beinen strampelte. Gerade als sie dachte, dass ihre Lunge platzen würde, durchbrachen sie die Wasseroberfläche und atmeten hustend ein. Noch immer schwer atmend, schwamm er zum Rande des Flusses und als sie endlich die Wiese unter ihrem nassen Körper spürte, konnte sie erleichtert einatmen.

„Geschafft", murmelte er nach einigen Minuten erledigt und zog sie auf die Beine. Kalea blickte hinter sich, doch sah sie nirgends die Klippe, von der sie gerade gesprungen waren. Auch das Heulen der Wölfe war verschwunden. Zögerlich blickte sie auf Fauns Rücken. Sie wollte nicht wissen, wie viel Kraft ihn diesen Raumsprung gekostet hatte.

„Da ist sie ja", hörte sie ihn beinahe fröhlich sagen. Er führte sie in eine kleine Höhle, setzte Kalea auf einen Stein und band ein weiteres Seil wieder um ihre Knöchel. Ohne ein weiteres Wort verschwand er plötzlich und ließ sie zitternd und vor Nässe triefend in der Dunkelheit zurück. Ihre Handgelenke brannten. Sie hatte das Gefühl, dass es noch kälter geworden war.

Nach einigen Minuten kam Faun in die Höhle zurück und entfachte ein kleines Feuer. Das Licht erhellte ihre Umgebung. Neugierig ließ sie ihren Blick schweifen und war erstaunt, als er hinter einem großen Felsen eine Steinplatte zur Seite schob und eine kleine Öffnung zum Vorschein kam.

Ächzend zog er an einem Seil und fing dann einen braunen Sack auf, der aus dem Versteck herausfiel. Sie reckte neugierig ihren Kopf und beobachtet ihn dabei, wie er einen ähnlichen Mantel und ein weites Hemd herausholte. Schnell wandte sie ihren Blick ab, sobald er sich seinen nassen Oberteilen entledigte und sie gegen die Trockenen tauschte.

„Du scheinst das hier nicht zum ersten Mal zu machen", murmelte sie bissig.

Er schnaubte lachend. „Wenn du wüsstest." Nachdem er sein Versteck wieder verschlossen hatte und seine Klamotten über dem Felsen zum Trocknen lagen, setzte er sich zurück ans Feuer.

Faun blickte zu ihr hinüber und beobachtete sie. Sie zitterte und zog das nasse Kleid fester an ihren Körper heran. Ihre Haare lagen mittlerweile offen und in Strähnen in ihrem Gesicht, obwohl sie sich diese ständig aus dem Gesicht strich.

Er seufzte bei ihrem Anblick und sah aus der Öffnung der Höhle hinaus in die Nacht.

Sie zuckte zusammen, als etwas Schweres auf ihre Schultern fiel. Verwundert blickte sie hoch zu Faun. Er hatte ihr stumm seinen trockenen Mantel umgelegt und stampfte zurück ans Feuer.

„Danke", flüsterte sie leise und zog den Mantel enger um ihre Schultern. Die Wärme stahl sich allmählich in ihren Körper zurück und für einen kurzen Moment atmete sie erleichtert aus.

„Du hast also doch Manieren und kannst nett sein", murmelte er und setzte sich ihr gegenüber an die Wand. Er hielt den Kopf schief, während er auf ein weiteres Wort wartete. Doch sie schmiegte sich nur mehr in den Mantel hinein und schwieg.

„Wir werden morgen weitergehen", begann er wieder und beobachtete sie weiter. So zitternd und in seinem Mantel ertrinkend, wirkte sie unglaublich schwach auf ihn. Die helle Strähne in ihrem Haar funkelte noch immer unnatürlich in der Dunkelheit. Er hatte von den Haaren des Volks des Lichts gehört. Doch es wahrhaftig zu sehen, war etwas Anderes. Wie konnte sie das Unheil aller sein?

Faun dachte an den Moment zurück, als er an dem Käfig angekommen war und sie ihn so ängstlich angesehen hatte. Er hätte schwören können, dass auch ein Hauch Erleichterung in ihren Augen lag. Diese Augen so grau und tief, wie die Ruhe vor dem Sturm.

„Ich bin nett“, durchschnitt ihre sanfte Stimme die Stille nach einigen Minuten, in denen nur das Knistern des Feuers zu hören war.

„Ach ja?“, fragte Faun, „dann bist du miserabel darin, einen guten ersten Eindruck zu machen.“ Er lachte, während Kalea die Augen verdrehte.

„Ich bin nett, wenn ich nicht gerade entführt werde“, gab sie zuckersüß lächelnd zurück, was ihm ein amüsiertes Schnauben entlockte. Ihr Blick wanderte vom kalten Höhlenboden, zunächst zum Feuer, dann zu seinen Füßen und schließlich zu den Schlitzen der schwarzen Maske, die er noch immer trug.

„Ziehst du das Ding auch mal ab?“, fragte sie und zog die Augenbrauen fragend hoch.

„Nicht hier“, antwortete er.

„Du meinst, nicht vor mir. Keine Angst, ich werde kaum Zeit haben, jemandem zu sagen, wie du aussiehst. Eher wird mir ein Dolch im Herz stecken. Von dir oder von ihnen“, sagte sie ruhig.

Faun war froh darüber, dass er noch immer die Maske trug. Denn ihm waren alle Gesichtszüge entglitten. Ihr Blick war noch immer genau auf ihn gerichtet, als wüsste sie, wie er guckte. Als wüsste sie, was sie mit solch einer Aussage in den Menschen auslösen konnte. Ihre ganze Ausstrahlung wirkte in diesem Moment so gebrochen, dass er sich wirklich fragte, ob er sich den Sturm in ihren Augen nur eingebildet hatte.

„Wie heißt du?“, erkundigte er sich neugierig. Es war schließlich nur fair, da sie seinen Namen wusste.

„Kalea", antwortete sie direkt und mit fester Stimme. Das Licht der Flammen tanzten dabei in ihren grauen Augen.

Das Feuer war beinahe heruntergebrannt, als sie endlich eingeschlafen war. Ihr Kopf hing in einer Position, die nicht angenehm sein konnte, doch das leise Schnarchen, das zu ihm hinüber tanzte, zeigte ihm, dass es ihr egal war. Müde stand Faun auf und ging leise zu ihr hinüber. Vorsichtig überprüfte er den Stand der Fesseln an ihren Handgelenken, bevor er aus dem Eingang der Höhle trat und sich umsah. Die Wunde an seiner Seite schmerzte zwar nicht mehr so sehr wie zuvor, doch merkte er nun das ständige Pochen. Er ging nur wenige Schritte, bis er einen hohen Baum erreichte. Die hellgraue Rinde des Baumes, ließ sich zum Glück auch im Dunkeln leicht finden. Mit einem Ruck schlug er seinen Dolch in die Rinde und fing das braungelbe Harz mit seiner linken Hand auf. Das Hemd hatte er sich aufgeknöpft, um es nun über die Wunde zu reiben. Es brannte für einen Moment, sodass er die Zähne zusammenbeißen musste, um nicht laut zu fluchen. Noch einige Sekunden pochte die Wunde stärker als zuvor, ehe endlich die betäubende Wirkung des Harzes einsetzte und Faun erleichtert ausatmete. Zum Glück hatte die Wunde aufgehört zu bluten. Noch kurz horchte er den bekannten Geräuschen des Waldes, ehe er etwas von dem Harz mitnahm und zurückging. In der Höhle entzündete er das Feuer erneut und wartete darauf, dass das Harz erhärtete. Ohne groß darüber nachzudenken, nahm er die Maske ganz ab, um in die kleine Flamme zu pusten und setzte sie dann wieder auf. Für einen kurzen Moment beobachtete er die bunten Funken, die zur Decke schwebten und dann erloschen. Schon immer hatte er es geliebt im Herbst ein Feuer zu entzünden. Sein Bruder hatte sich immer so darüber gefreut, wenn durch die bunten Blätter die Funken ebenso bunt umher tanzten.

Jemand sog scharf die Luft ein und riss ihn aus seiner Erinnerung. Sie war wach geworden und starrte ihn mit weit aufgerissenen Augen an. Errötet blickte sie schnell zu Boden.

Faun lachte dunkel und zog sich sein Hemd wieder über.

„Was ist das?“, fragte sie verwundert, blickte wieder auf und sah die braune Flüssigkeit an seiner Wunde, ehe das Hemd die Sicht versperrte.

„Das ist heilender Harz. Er hilft gegen den Schmerz“, erklärte Faun, „habt ihr ihn nicht bei euch?“

„Nicht, dass ich wüsste“, sagte sie mit einer Stimme, die Faun denken ließ, dass sie ganz woanders als in dieser Höhle war. Brummend kam er zu ihr hinüber und hielt ihr ein kleines Blatt entgegen, auf dem er eine kleine Menge des Harzes getröpfelt hatte. Ihm waren die Wunden an ihren Händen aufgefallen.

Sie zögerte, ehe sie ihm die Hände reichte und er stumm das betäubende Harz auf ihre Handgelenke und die Handflächen strich. Zischend beobachtete sie ihn dabei, als der Schmerz einsetzte und er ihr versicherte, dass es bald besser werden würde. Und das wurde es auch.

Gegen Ende blickte sie von ihren Handgelenken auf und blickte in Fauns maskiertes Gesicht „Warum trägst du eine Maske?“

„Durch sie kam ich an dich heran. Sie lässt mich an Leuten vorbeigehen, ohne dass sie sich an mich erinnern. Und sie versteckt, was nicht jeder sehen will“, sagte er ruhig und sah ihren neugierigen Blick gegen Ende. „Schlaf. Wir haben morgen einen weiten Weg.“

„Wohin gehen wir?“, versuchte sie erneut ihr Glück, doch auch jetzt antwortete Faun ihr nicht. Stumm ging er zurück zu seinem Platz, platzierte den Dolch neben sich und setzte sich so, dass er sie und auch den Eingang im Blick hatte. Bald würde er daheim sein. Dann würde er diejenigen holen, die er zurücklassen musste und sie wäre jemand anderes Problem.

KAPITEL 8

Es war erstaunlich, wie schön die Welt sein konnte. Im Schlossgarten waren die Büsche und die Gräser immer sorgfältig geschnitten und die Bäume sahen das ganze Jahr lang gleich aus. Aber hier mitten im Nirgendwo, an der Seite ihres Entführers, betrachtete Kalea das Schönste, was sie jemals gesehen hatte. Kaum war die Sonne aufgegangen, brachen sie auf und verließen die kühle Höhle, in der sie die letzte Nacht verbracht hatten. Erneut gingen sie in einen Wald hinein und es dauerte nicht lange, da befanden sie sich in einem Meer aus bunten Blättern. Ihre grauen Augen weiteten sich bei dem Anblick, der sich ihr bot. In diesem Moment füllte sich ihre Lunge mit der klaren Luft, die sie in Windeseile durchströmte. Egal, wohin sie blickte, umgab sie das bunte Farbenkleid der Bäume. Und für jemanden, der bisher nur grünen Wälder kannte, war dies wie der orange Himmel auf Erden. Es erinnerte sie an den morgendlichen Himmel, wenn sich die Sonne ihren Weg hinauf bahnte und den sonst so blauen Himmel in sanfte Farben tränkte. Genauso hatte sie sich immer *den nächsten Tag*, die Ewigkeit, vorgestellt, wenn eine Beerdigung im Schloss stattfand. Orange, Gelb, warm und von Licht durchflutet. Zum Zeichen des Abschiedes von der verstorbenen Person wurden in Solas fliegende Laternen in den Himmel geschickt, um den Weg der verstorbenen Menschenseele zu begleiten. Das diese in Form einer farbigen Lichtkugel schon im Moment des Todes in *den nächsten Tag* verschwunden war, war irrelevant. Es zählte die Geste. Wann immer sie diese Laternen sah, blickte sie von ihrem Gemach aus gen Himmel und stellte sich die Ewigkeit vor. Ein Ort, der auf sie wartete.

Sie atmete tief ein, nahm den Geruch des Herbstes in sich auf und konnte den zweiten Geruch, der sich in ihre Nase schlich, nicht ignorieren. Den Duft des Waldes gemischt mit dem Rauch ihres kleinen Lagerfeuers, der sich im Stoff des Mantels gesetzt hatte.

Faun drehte sich zu ihr um, als er ihre Schritte nicht mehr hörte und das Seil in seiner Hand zog. Er schluckte bei ihrem Anblick. Mitten im Wald stand sie mit geschlossen Augen und ließ die dunklen Haare im Wind tanzen. Sein schwarzer Mantel war ihr viel zu groß und auch die Fesseln an ihren Handgelenken passten nicht zu dem Bild, das sich vor ihm befand. Aber er konnte es nicht leugnen. An diesem Morgen, inmitten der Farbenpracht des Waldes und getränkt im Sonnenlicht, war sie wunderschön. Und das Lächeln, das ihre zarten Lippen umspielte, sobald sie die Augen geöffnet hatte und zu den Bäumen hochblickte, raubte ihm den Atem.

„Komm weiter", unterbrach er den Moment nach einigen Sekunden.

Nur schwer riss Kalea ihren Blick von den Bäumen los und folgte ihm tapsend weiter. Der Boden war noch immer unerträglich kalt an ihren nackten Füßen, während sie über die heruntergefallenen Blätter lief und dem Knistern lauschte. Für einen Moment fühlte es sich nicht so an, als müsste sie bald sterben.

Als sie am Abend ihr Lager unter einer tiefhängenden Trauerweide aufschlugen, sich den Magen mit Beeren und Nüssen vollgeschlagen hatten, wobei er natürlich allein und aus ihrem Sichtfeld stand, entzündete Faun wie immer ein kleines Feuer. Dabei versuchte Kalea ihr Glück erneut: „Wohin gehen wir?"

Schweigen. Doch sie merkte, wie Faun überlegte.

„Es ist nicht so, dass ich weglaufen könnte, auch wenn du es mir sagst. Ob ich nun mit dir gehe oder mich auf dem Rückweg verirre. Sterben werde ich sowieso", sagte sie unbekümmert und zuckte bei seinem Blick nur mit ihren Schultern. Zwischen ihnen knisterte das Feuer.

„Hast du jemals versucht wegzulaufen?", brummte er wirklich interessiert und schmiss kleine Äste in das Feuer hinein. Er erinnerte sich an den Moment, als er sie das aller erste Mal gesehen hatte. Er hatte nicht damit gerechnet, sie eingesperrt zu sehen. Seine Verbündeten und er hörten zwar, dass *die Eine* in einem schützenden Käfig stand, doch nicht, dass dieser abgeschlossen war. Er dachte, dass Kalea selbst einen Schlüssel besaß. Doch als sie hilflos nach den Wachmänner gerufen hatte, wurde ihm klar, dass sie gefangen war.

„Einmal", antwortete Kalea und blickte in die tanzende Flamme zwischen ihnen. Es gelang ihr nur schwer, die Bilder aus ihrem Kopf zu verbannen, die sich viel zu oft in ihre Träume stahlen. Sie war damals in den Wald gerannt und die Wache, mit der sie aufgewachsen war, kam ihr hinterher. Schneller als sie es realisieren konnte, war er tot, ein Attentäter im Verlies und sie wieder zurück im Schloss. „Seitdem nicht mehr."

„Nur dieses eine Mal?", hinterfragte Faun skeptisch, „ich meine, wenn mich jemand umbringen wollte, würde ich bis zum letzten Tag versuchen zu fliehen", ergänzte er, als er Kaleas finsteren Blick gesehen hatte.

„Nur dieses eine Mal", bestätige sie, „ich habe gelernt, dass es für mich kein Leben geben wird. Weder dort noch hier draußen. So oder so werde ich in wenigen Wochen sterben. Und wenn ich schon dies nicht entscheiden kann, dann aber die Tatsache, für mein Volk zu sterben. Lieber sterbe ich tausend qualvolle Tode, als euch zum Sieg zu verhelfen."

Faun schnaubte verächtlich: „Weil euer Sieg so viel ruhmreicher wäre?"

„Durch meinen Tod wird ihr Leben und ihr Reichtum gewahrt. Ich sterbe, damit sie länger und besser leben", erklärte sie Faun mit den Worten, die ihr der Priester seit Kindertagen gepredigt hatte. Sie starb damit ihr Volk leben würde, und die Natur ein Opfer bekam. Faun wiederum versuchte zu erkennen, ob Kalea log. Niemals konnte es die Wahrheit sein, die sie glaubte.

„Du scheinst viel opfern zu wollen, nur um deinem Volk zu helfen", brummte Faun und funkelte sie an.

„Es ist nicht viel", murmelte Kalea und beachtete Fauns wütendes Schnauben nicht. Stumm stand er auf, verließ die Trauerweide, deren Blätter beide vor dem Wind schützte und stampfte einige Meter weg. Seine Atmung ging schnell, während das heiße Gefühl in seiner Brust immer weiterwuchs und erst nach einigen Minuten abkühlte. Es brachte ihm nichts, sich über sie und ihr ignorantes Volk aufzuregen.

Er strich sich durch das schwarze Haar, nahm die Maske vom Gesicht und atmete tief durch. Mit noch geschlossenen Augen ertastete er den Kristall, der um seinen Hals hing und blickte dann zu ihm hinab. Mittlerweile war er etwas kühler geworden und auch die tiefe Erschöpfung, die sich durch Fauns Mark und Bein gebissen hatte, ließ langsam nach. Es war schon zu viel Zeit vergangen. Er musste sie abliefern, zurückgehen und diejenigen holen, die er zurücklassen musste.

Kurz starrte er in die Ferne, ehe er die Maske wieder zurück an ihren Platz setzte und zu Kalea ging. Morgen würde er einen letzten Raumsprung wagen. Sie dort lassen, sich auftanken und so schnell es ging in dieses verfluchte Schloss zurückgehen.

Kalea glaubte es kaum, aber am nächsten Tag war es noch kühler. Faun hatte sie aus demselben Traum, wie die Nacht davor, gerissen und vor die Trauerweide geschleppt. Die Sonne schlief noch lange hinter dem Gebirge in weiter Ferne. Erst als sie endlich den hohen Berg überwunden hatten blieb Faun stehen. Die Sonne kämpfte sich an den Himmel und tauchte das Land vor ihnen in ein sanftes Licht. Kalea badetet in der schwachen Wärme, die sich auf ihrer Haut ausbreite. Faun wiederrum blickte geradeaus und versuchte die ungefähre Strecke zu schätzen. Der Raumsprung war für seine momentane Kraft eigentlich noch viel zu weit. Doch hatte er sie schon zwei Nächte warten lassen und Faun wusste nicht einmal, ob sie noch lebten.

„Komm her. Das wird der letzte Sprung", sprach er Kalea an und zog am Seil, wodurch sie gezwungen war, näher zu treten. Kurz überlegend blickte er zu seinem Mantel, der noch immer um Kaleas Schultern hing, ehe er sie an der Taille umgriff. Kalea blickte noch einmal zu der Schönheit, die sich neben ihr abspielte und beobachtete die Sonne bei ihrem Aufstieg. Dann spürte sie es wieder. Das bekannte Ziehen an ihrem rechten kleinen Zeh und die Magie auf ihrer Haut, die sie verschluckte.

„Pois Paaika."

Der Wirbel in ihrem Kopf wuchs mit jeder weiteren Sekunde ins unermessliche und sie spürte Fauns Zittern an ihrem eigenen Körper. Kalea begann zu denken, dass der Wirbel und das Ziehen nie mehr stoppen würde. In diesem Moment lichtete sich der Wirbel, ihre Füße berührten den Boden und beim nächsten Herzschlag stand sie mit wackeligen Beinen in Fauns Armen. Er hatte recht: Die ersten Male waren am schlimmsten.

Es dauerte nur wenige Sekunden, bis sich ihre Augen erholten, die Übelkeit zurück in ihren Körper kroch und sich verflüchtigte. Faun löste den Griff, atmete zittrig ein und zog Kalea am Seil näher an ihr Ziel heran. Als sie ihre Umgebung endlich wahrnahm, stand ihr der Mund offen.

Sie befanden sich auf einem großen Hügel, hinter ihnen ein Wald und vor ihnen erhob sich ein riesiger, leuchtender Baum inmitten einer weiten Lichtung. Von der Entfernung konnte sie nur erahnen, wie hoch er war, aber schätzungsweise waren es mehrere hundert Meter. Die Wurzeln des Baumes, versanken in der Erde und schlugen dann alle paar Meter stark aus der Erde hinaus. Sie waren breit, hoch und von Moos überwuchert. Es dauerte, bis Kalea erkannte, was sich unter den ausschlagenden Wurzeln befand. In dem Platz zwischen Wurzel und Erde, waren Häuser hineingebaut. Mehrere kleine bunte Gebäude, die dicht aneinander standen. Im mächtigen Stamm des Baumes erkannte sie ein großes Tor und direkt daneben einen kleinen Fluss, der unter dem Baum hineinzugehen schien. So etwas hatte sie noch nie gesehen oder gewagt sich vorzustellen.

Es war ein Dorf mitten in und um einen Baum.

Faun blickte zu ihr, kurz bevor sie den Pfad erreichten, der direkt zum Dorf führte. Sich auf die Lippe beißend, verkniff er sich ein Lachen, bei ihrem verdutzten Gesichtsausdruck. Endlich waren sie an ihrem Ziel angekommen. Trotz der Schmerzen, die sich durch Fauns Knochen bissen und seiner unendlichen Erschöpfung, bereute er es nicht, diesen letzten, zu weiten Sprung gewagt zu haben. Denn er war zu Hause.

„Faun!“, es war Aurum, die ihn als Erste gesehen und erkannt hatte. Überrascht ließ sie den Brotkorb, den sie zuvor unter dem rechten Arm getragen hatte, fallen, und lief auf die beiden zu. Kalea blickte zu der jungen Frau, deren Beine sich beinahe überschlugen, während sie an den Leuten vorbeihastete, und einige Meter entfernt auf der Wiese stoppte.

Faun fiel direkt Aurums erst suchender, dann panischer Blick auf. Er bekam gerade noch mit, wie ein weiterer Bewohner den Ältesten rufen ließ, als sich Aurum auch schon in seine Arme warf und er gezwungen war, sie aufzufangen. Kalea zischte schmerzerfüllt auf, als das Seil, welches er noch immer umgriff, ihre Arme ruckartig nach vorne riss. Doch bevor sie einen weiteren Gedanken daran verschwenden konnte, redete das ihr fremde Mädchen auf Faun ein.

„Was ist passiert? Wo ist er? Wo sind die Anderen? Warum hast du dich nicht gemeldet? Ihr solltet schon gestern zurückkommen!“, überflutete sie ihn mit Fragen und suchte seinen Körper nach Wunden ab. „Wo sind sie?“

Nun sah auch Kalea den suchenden Blick der Frau und als sie sah, wie ihr das Herz in den Bauch rutschte, tat es ihr beinahe leid, nicht eine der gesuchten Personen zu sein. Aurums Schultern sackten nach unten, als Faun sie nur bedauernd durch seine Maske hinweg ansah und wieder in die Arme schloss. Ihre schulterlangen blonden Haare verfingen sich dabei kurz in Fauns Kette, die ihm noch immer glühend auf der Brust lag. Seine Haut rebellierte gegen die Hitze des Kristalls.

„Ich musste sie zurücklassen“, murmelte Faun schuldig. „Ich habe- Es waren viel mehr, als wir dachten. Ich hole sie wieder. Beide.“

Aurum schluckte hart und nickte mit traurigem Blick. Erst dann blickte sie an Fauns breiten Schultern vorbei zu Kalea, die sich bei dieser emotionalen Szene unwohl fühlte. Nie hatte sie zwei Menschen gesehen, die sich so oft umarmten. Nicht einmal Emil und seine Eltern taten es so oft. Höchstens an seinem Geburtstag. Sie selbst umarmte den Prinzen nur zu Begrüßung zwei Atemzüge lang, ehe sie sich wieder trennten.

„Ist sie das?“, fragte Aurum, wischte sich eine einzelne Träne aus dem Gesicht und hob ihr Kinn in Kaleas Richtung. „Hab sie mir irgendwie anders vorgestellt.“

Faun folgte ihrem Blick und nickte bestätigend: „Ich auch.“

Unter den Blicken der beiden richtete sich Kalea auf und reckte das Kinn minimal in die Höhe. Ihr war nicht bewusst, dass sie kaum größer wirkte, dank Fauns Mantel.

„Und du bist unser Untergang?“, wandte sich die blondhaarige Frau direkt an sie und trat einen Schritt näher. Sie hielt ihrem Blick stand und versteckte das Zittern ihrer Hände unter den langen Ärmeln des Mantels. Aurums Blick wanderte über ihr Gesicht, bis sie schief lächelte und sich wieder zu Faun umdrehte.

„Warum trägt sie deinen Mantel?“, fragte sie belustigt, verlagerte ihr Gewicht auf ein Bein und zeigte mit ihrem Daumen auf Kalea.

Er zuckte unbekümmert mit seinen Schultern, kratzte sich im Nacken und antwortete: „Wir mussten in einen Fluss springen.“

„Und der feinen Dame war kalt?“

„Sie trägt ein weißes Kleid, Aurum“, antwortete Faun und lachte leise, als sie seine Anspielung verstand. Auch Kalea verstand es und konnte nicht verhindern, dass ihr Blut in die Wangen rauschte und ihre Scham verriet. Er war ein Idiot.

„Faun“, unterbrach ein älterer Mann die peinliche Situation und kam mit einem Geleit aus Männern und Frauen auf sie zugelaufen. Auch eine

Handvoll Wachen begleiteten ihn, welche Kalea anhand der Waffen erkannte. Generell fiel ihr nun, wo so viele vor ihr standen, die Kleidung der Bewohner des Dorfes auf. Sie trugen zum größten Teil Leinenklamotten in den verschiedensten Farben. Aurum trug eine beige Hose mit einem hellroten Oberteil und lief barfuß über den kalten Boden. Der alte Mann und sein Geleit wiederrum, trugen allesamt dunkelgrüne Gewänder mit einem silbernen Gürtel um ihre Taillen. Auch die Wachen waren in Leinen gehüllt und trugen allesamt verschiedenen Blau- und Grüntöne. Eine richtige Uniform erkannte Kalea an ihnen nicht.

„Esmal", begrüßte Faun den älteren Mann mit langem, schwarzem Haar und neigte den Kopf kaum merklich. Esmal freute sich sichtlich Faun wieder zu sehen, als seine blauen Augen jedoch auf Kalea fielen, fühlte es sich noch kälter an als zuvor. Seine Augenbrauen zogen sich zusammen und er presste die Lippen fest aufeinander.

„Ist sie es?", fragte er Faun, ohne seinen finsteren Blick von ihr zu nehmen.

Er nickte und bevor Kalea es überhaupt richtig mitbekommen konnte, übergab er einem Wachmann das Seil und sie wurde von vier Wachen weggebracht. Nur schwach hörte sie, wie Esmal einen Bericht von Faun erwartete. Kalea drehte sich kurz noch mal zu Faun um, doch schenkte er ihr keinen Blick. Die Wachen führten sie an dem Stamm des Baumes vorbei und dann eine kleine hölzerne Treppe hinab. Kaum war sie im feuchten Kerker angekommen, rissen sie ihr Fauns Mantel von den Schultern und warfen ihr eine dünnere Jacke über. Ihre Hände banden sie los und schubsten sie, ohne etwas zu sagen, in die erste Zelle zu ihrer Linken. Nur das schwache Licht der Fackel an der Wand spendete Kalea etwas Wärme.

Hoffnungslos glitt sie an der kalten Mauer hinab zu Boden und wickelte sich die dünne Jacke fester um ihren zitternden Körper. Erst jetzt sank die Realität in ihre Knochen. Davor war sie mit Faun so unter Spannung gewesen, dass sie die Schwere der letzten Tage nicht wirklich erkennen wollte. Doch hier im dunklen Verlies, ohne den Duft des Waldes, der sie umhüllte, spürte sie die alte Angst wieder zurück in ihren Körper schleichen.

KAPITEL 9

Das klirrende Geräusch von aufeinandertreffenden Schlüsseln und das leise Gemurmel von mehreren Personen, ließ sie noch am selben Abend aus ihren Gedanken hochschrecken. Sobald sie das Licht der Fackeln sah, rappelte sie sich auf und stellte sich mit noch immer weichen Knien, soweit es ging, an die hinterste Wand der Zelle. Ihr Atem stockte vor Anspannung, als sie die Schatten der näherkommenden Personen sah. Sie wirkten aufgeregt, beinahe hektisch.

Mutig versuchte sie sich aufzurichten, um ihnen zu zeigen, dass ihr das Ganze nichts ausmachte. Doch als sie in die tiefen Augen des Ältesten sah, dessen Name sie schon längst wieder vergessen hatte, verdoppelte sich die Anspannung in ihrem Körper. Ihre Schultern zogen sich unnatürlich hoch und ihre Finger krallten sich in den dünnen Stoff ihrer Jacke. Ihre Zähne pressten sich fest aufeinander.

„Schließt auf", befahl der Älteste, welcher das Sagen in diesem Dorf zu haben schien, und trat zur Seite, sodass die Wache mit den klirrenden Schlüsseln das Gittertor aufschließen konnte. Erst als ihr Blick von dem Mann wich, wandte sie den anderen Personen ihre Aufmerksamkeit zu. Hinter dem Ältesten stand ein hochgewachsener, schlaksiger Mann mit langen, rotbräunlichen Haaren, die sie an die Wälder dieses Reiches erinnerten. Er trug eine lange beige Robe und beobachtete sie, seitdem er vor die Zelle getreten war.

Kalea erwiderte seinen Blick und versuchte weiterhin sich ihren emotionalen Zustand nicht anmerken zu lassen. Hinter dem großen Mann stand die blonde Frau, die ihren Entführer so herzlich begrüßt hatte. Wenn sie sich richtig erinnerte, nannte er sie Aurum. Sie blickte genauso ernst, wie die weiteren Besucher, die wie zuvor dunkelgrüne Roben trugen, die passend zur Kleidung des Ältesten passten. Sie wettete, dass sie zu seinem Rat oder ähnlichem gehörten. Auch die Mitglieder des Rats des Königs in Solas, trugen neben den weißen Roben einen breiten goldenen Gürtel, der sie als Rat kennzeichnete. So schien es auch bei diesen Personen zu sein, mit ihren dunkelgrünen Roben und silbernen Gürteln.

„Nach dir", wies der Älteste den großen Mann mit einer Handbewegung an und folgte ihm schließlich in die kleine Zelle.

Zusätzlich mit den beiden Männern in der Zelle, wirkte diese noch kleiner als zu vor. Allein hatte sie wenigstens genug Platz gehabt, um sich zu bewegen. Nun konnte sie kaum einen Schritt tun, ohne gegen einen von ihnen zu laufen.

„Besitzt du Magie?", fragte sie der große Mann und krempelte dabei gleichzeitig die Ärmel über seine Unterarme hoch. Sein Blick glitt abschätzend über ihr Gesicht. Langsam schüttelte sie den Kopf. Es machte keinen Sinn, sie anzulügen.

„Sag die Wahrheit. Wir werden es so oder so herausfinden. Es wird leichter, wenn du uns nicht anlügst", meldete sich der Älteste mit einer überraschend sanften Stimme zu Wort.

„Ich lüge nicht. Ich bin eine Leere“, versicherte sie ihnen und klopfte sich innerlich auf die Schulter, als sie hörte, dass ihre Stimme nicht zitterte. Der große Mann nickte verstehend und kam einen Schritt auf sie zu. Reflexartig presste sie sich gegen die Wand. Das kalte Gemäuer knallte gegen ihre Haut und löste eine Gänsehaut auf ihrem Körper aus.

„Alles gut“, versicherte er ihr und hob besänftigend seine Hände. „Ich bin Heiler. Ich werde dir nicht weh tun. Aber ich muss zu unserem Schutz deine Aussage überprüfen.“

„Eurem Schutz?“, lachte sie atemlos, wand ihren Blick von ihnen ab und starrte auf den Boden zwischen ihnen. Sie war die Gefangene, aber trotzdem hatten diese Leute Angst vor ihr?

Als der Mann aber erneut auf sie zukam, presste sie sich nur minimal gegen die Wand, ehe sie versuchte, sich zu entspannen und ihm knapp nickend zu verstehen gab, dass er es überprüfen durfte. Schließlich kannte sie die Prozedur. Weswegen sie wusste, dass es angenehmer war, das ganze freiwillig zu tun, als unter Gewalt. Schwach erinnerte sie sich an das eine Mal, als sie aufgrund von kindlichem Trotz den Test nicht über sich ergehen lassen wollte und die Wachen sie auf dem Boden halten mussten. Als der Heiler damals die Hände auf ihre Arme gelegt hatte, brannten sie, wie die heißeste Lava im unruhigsten Vulkan. Doch waren danach, außer dem enttäuschten Blick des Königs über das Ergebnis, keine Spuren der Qual zu sehen.

Die Hände des großen Heilers waren warm im Vergleich zu ihren kühlen Handflächen. Er drehte seine nach unten, während ihre zur Zellendecke zeigten, und schloss konzentriert die Augen. Zaghaft atmete sie durch den Mund ein, spürte die Kälte in ihrem Körper und blickte auf ihre Arme, die nach wenigen Sekunden anfingen, sich zu verändern. Jede Ader in ihrem

Körper trat deutlich zum Vorschein und pulsierte im Rhythmus ihres Herzens. Durch das Licht der Fackeln wusste sie, dass auch die anderen Anwesenden es sehen konnten. Das typische Zeichen dafür, dass der Test durchgeführt wurde. Nur wenige Heiler besaßen diese Fähigkeit, um Magie nachzuspüren. Es herrschte dabei angespannte Stille in der Zelle. Aurum und der Älteste schienen kaum zu blinzeln, so unruhig wirkten sie. Befürchteten sie, dass sie Magie besaß?

Sie fürchteten, was der König von Solas sich immer wünschte.

Lustig, wenn sie so darüber nachdachte.

Nach wenigen Minuten öffnete der Heiler die Augen und entfernte seine Hände von ihr. Die tiefe Sorgefalte, die zuvor seine glatte Stirn verunstaltet hatte, war verschwunden. Durchatmend drehte er sich zum Ältesten.

„Sie ist definitiv eine Leere“, versicherte er den Anderen, die daraufhin kaum merklich ausatmeten und die Spannung in ihrem Körper verloren. Gleich darauf, ohne ein weiteres Wort an sie zu verlieren, verließen sie alle ihre Zelle und die Wache schloss die Gittertür wieder ab.

Erst als das Licht der Fackeln gänzlich verschwand und ihre Stimmen verstummten, merkte sie, wie auch ihre Schultern langsam nach unten fielen. Emotionslos blickte sie auf die Stelle, wo der Heiler zuvor gestanden hatten. Sah sich in ihrer dunklen, leeren Zelle um und hockte sie zurück auf den Boden. Nur eine kleine, verdreckte Matratze lag in dem viereckigen Raum. Doch auf diese traute sie sich nicht, weswegen sie später vor Erschöpfung einschlief und die Nacht in der hockenden Position an der Wand verbrachte.

Sie träumte vom Meer und vom herbstbunten Wald. Von pechschwarzen Augen und dem ihr zugewandten Rücken einer sehr bekannten Person.

Danach geriet sie in einen nie endenden Wirbel, bis sie auf dem kalten Boden einer Zelle aufschlug.

Und dann träumte sie davon, dass eine Leere ihr restliches kurzes Leben, in einer ebenso leeren Zelle verbrachte.

KAPITEL 10

Es vergingen knapp zwei Tage bis Kalea jemand anderen, als die Wachen sah. Dank des kleinen Fensters auf der gegenüberliegenden Seite der Zelle konnte sie sich an dem Tageslicht orientieren, um ihr Zeitgefühl nicht gänzlich zu verlieren. Es war Aurum, die blonde kleine Frau, die sich am dritten Tag vor ihre Gitterstäbe stellte und ihr stumm das Essen zuschob. Ihre blonden Haare lagen platt an ihr Gesicht gedrückt und die Augen waren gekennzeichnet von tiefen Augenringen. Beobachtend trank Kalea aus dem Kelch und stellte das Essen unberührt zu den anderen Schüsseln der letzten Tage.

„Du musst was essen", merkte ihre Besucherin an und blickte auf die schlechtgewordenen Mahlzeiten vor ihr. Sie ignorierte ihre Aussage.

„Wisst ihr endlich, was ihr mit mir machen wollt?", stellte sie stattdessen eine Frage und beobachtete Aurums ausdrucksloses Gesicht. Trotz des spärlichen Lichts des Kerkers, erkannte sie, dass die junge Frau sehr schön war. Die kurzen blonden Haare rahmten ihr kleines Gesicht wunderbar ein. Bis auf ein paar Unreinheiten an ihrem Kiefer, hatte sie glatte reine Haut und schmale Lippen.

Kalea war es leid, wieder hinter Gittern zu leben, nachdem sie einen Hauch der Außenwelt kennengelernt hatte. Sie sehnte sich danach, wieder durch die Wälder zu laufen, das feuchte Moos und die knisternden Blätter unter ihren Füßen zu spüren. Und neben dieser Ungewissheit, über ihre eigene Zukunft, störte sie die Stille, mit der sie bestraft wurde. Selbst die Wachen reagierten nicht auf sie, egal, ob sie schrie oder mit den Kelchen nach ihnen warf. Ihre Angst war schon längst zu Verzweiflung übergegangen.

„Nein. Aber wir brauchen deine Hilfe", antworte Aurum und Kalea riss überrascht ihre Augen auf.

„Meine Hilfe? Warum sollte ich euch helfen?", erwiderte Kalea ungläubig und verschränkte die Arme vor ihrem Brustkorb.

„Ich habe nicht erwartet, dass du freudig zustimmst. Trotzdem wirst du mit mir kommen." Aurum zuckte mit ihrem Schultern und wies einem Wachmann an, das Schloss zu öffnen.

„Aber wieso sollte ich denn hier wegwollen? Ihr habt es mir doch so gemütlich gemacht", zischte Kalea sarkastisch grinsend.

Aurum erwiderte es. Ihre Augen schimmerten leicht grün, dann schnippte sie mit ihren Fingern und plötzlich traten Lianen unter Kaleas Füßen aus dem Boden. Lange schlängelnde grüne Pflanzen, die sich wie Seile um sie legten. Trotz ihrer Gegenwehr umschlangen sie Kaleas Körper gänzlich und folgten Aurum, mit ihr im festen Griff, als diese pfeifend aus dem Verlies lief. Wenigstens in einer Sache war sich Kalea nun sicher. Sie befand sich im Reich des Volks der Erde - Talam. Zwischen diesem und Solas lag nur ein Land - Hidrig, das Reich des Wassers, welches mit Solas, nach ihrem Wissen, zusammenarbeitete. Es gab also noch Hoffnung auf Rettung.

Während sie die Treppe hinaufgetragen wurde, bemerkte sie, dass die Lianen nicht allzu fest um ihren Körper geschlungen waren. Fest genug, damit sie nicht entkam, aber nicht um sie zu verletzen. Sie schämte sich, als sie durch das Dorf gingen und die Bewohner sie anblickten, wie ein wildgewordenes Tier. Sie tuschelten hinter vorgehaltener Hand und kümmerten sich nicht einmal um ihre Lautstärke, sodass Kalea jedes Wort hörte. Besonders über ihre weiße Haarsträhne wurde unter den kritischen Augen der Dorfbewohner diskutiert. Einige drehten sich angewidert weg.

Erst als sie vor den Toren standen, welche in den Stamm des riesigen Baumes eingearbeitet waren, wandte Kalea den Blick vom Boden ab und starrte zur weit entfernten Baumkrone empor. Noch immer leuchtete der Baum und so dicht an ihm dran erkannte sie, dass es vereinzelte Blätter waren, die alles erleuchteten.

„Wunderschön, nicht wahr?", murmelte Aurum neben ihr und folgte ihrem Blick nach oben. Sie reagierte nicht.

„Es ist der älteste Baum in unserem Reich. Die Legende besagt, dass er schon länger hier wächst, als es Menschen in Caldo gibt. Als sich die ersten unseres Reiches hier ansiedelten, war er schon hohl und gab ihnen Schutz." Interessiert lauschte sie der Erklärung der jungen Frau und blickte weiter zur Baumkrone empor. War er wirklich schon so alt? Hoch genug war er auf jeden Fall, um über die Jahrhunderte gewachsen zu sein. Nur am Rande spürte sie den Blick der Frau neben ihr, die sie ebenso interessiert beobachtete.

Sie wartete einige Minuten, ohne ein weiteres Wort zu sagen, bis zwei Wachen das Tor öffneten und auf sie zukamen.

„Ich kann nicht glauben, dass wir sie hineinlassen", bemerkte einer der Männer und verzog sein sehr ansehnliches Gesicht.

„Wenn du eine bessere Idee hast, Henri, sind wir ganz Ohr", erwiderte Aurum zuckersüß lächelnd und rollte keine Sekunde später mit den grünen

Augen. Kalea wiederum fragte sich, warum die zweite Wache, ein sehr junger Mann, der noch nicht lange als Wache arbeiten konnte, sie unentwegt anstarrte. Henri bemerkte ihren Blick und stieß dem anderem in die Seite. Schnell löste dieser den Blick mit dunkelroten Wangen und starrte auf den Boden. Genervt schüttelte der ältere der beiden den Kopf.

Im Inneren des Baumes türmte ein großes steinernes Schloss, welches durch große Risse in der Baumrinde vom Tageslicht beleuchtet war. Der Weg dorthin ging über den Fluss, der von außen unter dem Baumstamm hineinfloss und sich in ein breites flaches Wasserbett ausbreitete. Ein Weg wurde aus grauen, schmalen Steinplatten gelegt. Hinter dem Schloss war so viel Platz, dass sie einen Garten erahnen konnte. Es schien ihr beinahe wie eine weitere kleine Stadt im Inneren des Baumes zu sein. Der Baustil des Schlosses unterschied sich so immens von dem in dem sie aufgewachsen war, dass es Kalea nicht schwerfiel, die Unterschiede zu erkennen. Wo in ihrer Heimat große Fenster die Fassade zierten, erkannte sie in diesem Schloss kein Glas, sondern nur offene Torbögen, die als Fenster dienten und mit Vorhängen teilweise geschlossen waren. Auch die Natur um das Schloss schien einfach vor sich hin zu wachsen. Aber mit solch einer Freiheit, dass es für Kalea so viel schöner aussah, als der stets gepflegte Garten bei ihnen. Große Efeuranken kletterten an der äußeren Fassade des Schlosses empor und schmückten das sonst so fade aussehende Gemäuer. Sie konnte sich kaum satt sehen.

Hoch oben erkannte sie Faun in einem Fensterbogen stehen, der mit finsterer Miene auf sie hinabblickte. Kalea erwiderte seinen Blick und wandte sich erst dann ab, als sie endlich in das Schloss hineingingen. Die jüngere

Wache verabschiedete sich, während Henri sie tiefer ins Schloss hineinführte. Mit schnellem Schritt lief er neben Aurum her und flüsterte ihr etwas zu.

„Wir werden nicht zulassen, dass sie sich wehrt", antwortete Aurum ihm schließlich etwas lauter und blickte ihn so wütend an, dass der junge Mann verstummte und zur Seite blickte. „Wir haben alles getan und verlieren an Zeit."

Was hatten sie nur mit Kalea vor? Was würden sie nicht zulassen? Sie verstand nicht mal, was sie für diese Leute tun sollte und wozu sie im Stande wären, um das zu bekommen, was sie wollten.

Kaleas Herz pochte gegen ihre Rippen, als die Drei durch eine weitere Tür gingen und sie von mehreren Leuten erwartet wurden.

Es handelte sich dabei um eine Art Beratungszimmer. In der Mitte stand ein Eichenholzfarbiger runder Tisch, um den der Älteste –sein Name war ihr noch immer entfallen - mit weiteren Männern saß. Nachdem sie durch die Tür gekommen waren, erhoben sich ihre Köpfe von der Karte, die auf dem Tisch ausgebreitet lag. Faun, der wie immer seine schwarze Maske trug, entfernte sich mit langen Schritten von dem Fenster und stellte sich neben sie. Er trug wieder seinen Mantel und als der Duft des Waldes zu ihr hinüberschlich, biss sie sich auf die Zunge, um sich nicht direkt zu ihm zu drehen.

„Ich dachte nicht, dass es möglich wäre, aber du siehst ja noch schlimmer aus", murmelte Faun leise, ohne den Blick auf sie zu richten. Seine dunklen Augen sahen noch immer durch die Schlitze der Maske nach vorne.

„Und du traust dich noch immer nicht die Maske abzunehmen. Sag' bist du wirklich so hässlich?", konterte Kalea leise und schmunzelte gegen

Ende, als sie hörte, wie Faun scharf die Luft einzog. Aurum, die auf der anderen Seite von Kalea stand, hob nur interessiert ihre linke Augenbraue, als sie den beiden zuhörte.

„Aurum, lass sie los", befahl der Älteste und mit einem weiteren Fingerschnippen, stand Kalea wieder auf ihren eigenen Füßen. Ihre Knie sackten durch den plötzlichen Bodenkontakt leicht zusammen, doch schnell konnte sie sich wieder gerade hinstellen. Sie zwang sich selbst dazu, die dünne Jacke, die um ihre Schulter hing, nicht noch enger um sich zu schlingen. Wenigstens bedeckte die Jacke alles bis auf ihre Knie und Füße. Nach Fauns Andeutung brauchte sie nicht noch mehr Fremde, die durch ihr Kleid blicken konnten.

„Komm her", wandte sich der Älteste nun direkt Kalea zu und wies sie mit einer Handbewegung an, zu ihm zu kommen. Es schüttelte sie innerlich bei seinem Blick.

Unwohlfühlend hielt sie dem Blickkontakt stand, obwohl es komisch war, plötzlich so oft angestarrt zu werden. Diese Leute scheuten sich nicht davor, sie anzusehen. Bei Fauns Maske fiel es ihr gar nicht so sehr auf, aber bei diesen Menschen brannte er sich in Kaleas Kopf hinein. Einmal mehr dachte sie an Emil. An den Kronprinzen und seinen sanften Blick, der nichts als das Gefühl von Wärme und Geborgenheit in ihr auslöste.

Erneut rief der Mann nach ihr.

Kalea rührte sich nicht.

Erst der Druck von Fauns Hand an ihrem unteren Rücken brachte sie dazu, einen Schritt auf den Tisch zuzumachen. Auf der Karte erkannte sie das Reich des Volks des Lichts. In sehr verschnörkelter Schrift stand auf dem Kopf: Solas. Zum ersten Mal seit ihrer Entführung spürte sie so etwas wie Heimweh. Zuhause wusste sie jeden Tag was auf sie zu kam. Sie wusste, was mit ihr geschehen würde, und sie kannte das Verhalten der Leute. Aber hier war alles so fremd und die Leute so unterschiedlich, dass sie nicht wirklich wusste, ob sie am liebsten wegrennen oder mit den neugierigen Augen eines Kindes, all das Neue kennenlernen wollte.

„Wir wollen in euer Schloss“, erklärte er ihr und zeigte mit dem Finger auf einen Punkt der Karte, wo das Schloss eingezeichnet war. Ihr war nie bewusst gewesen, wie groß das Reich des Volks des Lichts war. Auf der Karte wirkte es beinahe doppelt so groß, wie die anderen.

„Und wieso braucht ihr mich dazu?“, fragte sie skeptisch und erwiderte seinen Blick, auch wenn ihre Finger wieder zu zittern begannen.

„Wir brauchen dich, um in das Schloss hineinzukommen. Nur Bewohner des Reiches können es passieren, wie du bestimmt weißt“, erwiderte er und sah sie prüfend an.

„Und warum sollte ich euch helfen, wieder hineinzukommen?“

„Weil du keine andere Wahl haben wirst“, meldete sich Faun von hinten und Kalea bemerkte seine zornige Tonlage. „Ich musste dort Männer zurücklassen und ich werde sie auch wieder nach Hause holen. Glaub mir, wir haben versucht, ohne dich dort hineinzukommen. Aber das hat sichtlich nicht funktioniert. “

„Wie habt ihr es denn beim ersten Mal geschafft?“

Faun schnaubte. „Das wüsstest du zu gern, oder?“, antwortete er und legte den Kopf schief, um ihr in die Augen zu blicken.

„Ich wüsste gern, warum ihr das Risiko eingehen wollt, und mit mir zurückgeht? Wer ist so wichtig, um das zu riskieren, nur um sie zu retten?“

Kalea blickte zu ihm und sah, wie er den Knauf seines Schwertes umgriff. Oh, sie hatte keine Ahnung, wie wichtig diese Personen für Faun waren.

Für den Bruchteil einer Sekunde erinnerte sie sich an ihre Flucht. An die Stimmen von zwei Männern, die ihn anbettelten, zu fliehen, und an Fauns gebrochenem Dasein, als er diesem Wunsch nachging. Gerade wollte dieser sich zu ihr umdrehen und den Mund erneut öffnen, als der Älteste ihn unterbrach: „Heute Abend wird es losgehen." Sich aufrichtend blickte er ihn ernst an. „Faun stärke dich. Wir brauchen dich bei vollen Kräften. Nach den missglückten Versuchen wird das der letzte sein. Aurum und Henri gehen mit den beiden."

Faun nickte zähneknirschend, verbeugte sich leicht, drehte sich auf dem Absatz um und verschwand aus dem Beratungszimmer.

„Esmal, bei allem Respekt", Aurum hob die Hand und deutete mit einem abwertenden Blick zu Kaleas kaputten und blutverschmierten Kleid. „Sie braucht was zum Anziehen. Sie ist keine Hilfe, wenn sie über ihr kaputtes Kleid stolpert."

Der Älteste, Esmal, betrachtete nun ebenfalls ihre Erscheinung. „Ist gut. Bring sie zurück. Ihr wird Kleidung gebracht", antwortete er und entließ Aurum, Henri und Kalea. Ihm schien es egal zu sein, dass sie nicht ihre Zustimmung gegeben hatte. Aber um ehrlich zu sein, hätte sie wahrscheinlich auch nicht abgelehnt. Wenn diese Leute so naiv waren und sie mit nach Solas nehmen wollten, dann bitte. Sie würde an der Spitze vorauslaufen.

„Man, bin ich gespannt auf diese Leuchtfackeln. Sind ihre Haare wirklich so weiß, wie ihre Strähne?", fragte Henri aufgeregt, als sie durch das steinerne Tor aus dem Baum traten.

„Ich weiß es nicht", lachte Aurum über den Spitznamen für die Solasia. Wie zuvor führte die junge Frau sie in Lianen gewickelt durch das Dorf und wieder hinab ins Verlies. Als das Gittertor hinter ihr verschlossen wurde, sah Aurum sie nochmal für einen überlegenden Moment an. „Dann bis später“, murmelte sie und stieg die Treppe wieder hoch.

Langsam ließ sie sich wieder auf den kalten Boden gleiten. Ihren Kopf legte sie an die angezogenen Beine, was sie wie ein Häufchen Elend wirken ließ. Doch in Wahrheit rasten ihre Gedanken umher. Denn das war ihre Chance zu fliehen. Es war noch lange nicht zu spät, ihren Platz wieder einzunehmen und Solas zu retten. Es war ihre Chance, ihnen zu entkommen und zu ihrem Volk zurückzukehren.

Zu Emil.

KAPITEL II

Es dauerte nicht lange bis sie Kalea eine schwarze Leinenhose und ein lockeres, braunes Hemd brachten. Die Kleidung war nichts Besonderes. Trotzdem sah Kalea mehr als einmal an sich hinab, bis Aurum und Faun sie abends abholten. Mit zusammengebissenen Zähnen hatte er ihre Hände mit einem Seil gefesselt und strengte sich an, nicht erneut auf ihren Kommentar von zuvor einzugehen. Esmal hatte ihn davor gewarnt, sie nicht unter seine Haut zu lassen.

„Da kommen Erinnerungen hoch, nicht wahr?", lachte er beim Fesseln dunkel und ignorierte Kaleas finstere Grimasse. Während sie durch das Dorf gingen, schimmerte der Kristall, der an einer Kette auf seinem Hemd ruhte, im Mondschein. Der rötliche Schimmer des roten Mondes war gänzlich erloschen. Am Rande des Dorfes blieben die drei auf einer weiten Wiese stehen, die den Ort beinahe gänzlich umgab. Kalea nutzte die Chance, um sich die Umgebung besser anzusehen. Sie suchte nach Anhaltspunkten, die sie Emil und dem König mitteilen konnte. Doch außer dem riesigen Baum, dessen Krone sich schützend über dem Dorf ausbreitete, fand sie nichts, außer Wald, Wiese und Berge. In der Ferne erahnte sie Getreidefelder, war sich dessen aufgrund des Lichtes aber nicht sicher.

Ein knackender Ast fing ihre Aufmerksamkeit. Zwischen zwei Häusern kam Henri, der Wachmann, eilig auf sie zugelaufen.

„Schaffst du es auch nur einmal in deinem Leben pünktlich zu sein?", begrüßte Aurum ihn genervt.

„Ja, ja", erwiderte Henri mit einem schiefen Lächeln und kam weiter auf sie zu. Er war komplett in schwarz gekleidet und trug einen ähnlichen Mantel, wie die anderen beiden. In seiner linken Hand hielt er einen leuchtenden Gegenstand, der ihm den Weg erhellte. Für einen kurzen Moment dachte Kalea die Leuchtkugeln zu sehen, die die Bewohner ihres Landes erschaffen konnten. Als er jedoch bei ihnen zum Stehen kam, erkannte sie, dass es sich um leuchtende Blumen handelte, die in einem geflochtenen Korb lagen. Den Korb selbst hielt er an einem Griff vor sich.

„Bist du bereit?", wandte sich Aurum an Faun und schaute ihn prüfend an. Er nickte.

„Hat es geschmeckt?", witzelte Henri links von ihnen und erntete ein dunkles Lachen von Faun.

„Wie immer vorzüglich", zwinkerte er durch die Maske und ließ seinen Blick kurz zu Kalea wandern, die nur verwirrt zwischen den dreien umher sah.

„Also ist es wirklich wahr", wandte sich Henri an Kalea und begutachtete sie staunend, „eure Haare leuchten wirklich im Dunkeln."

Beschämt strich sie sich ihre Strähne hinters Ohr. Sie hatte ganz vergessen, wie ungewöhnlich das leuchtende Haar für diese Leute war.

„Das fällt vielleicht etwas zu sehr auf", murmelte die andere junge Frau nachdenklich und starrte sie mit demselben Blick an, den auch Henri ihr noch immer widmete. Faun jedoch bückte sich und griff in die Erde vor ihnen. Anschließend öffnete er einen kleinen Wasserbeutel, der an seinem Gürtel befestigt war, und träufelte wenige Tropfen auf die Erde, sodass sich diese beiden Elemente vermischten und einen braunen Schlamm ergaben.

Überrascht trat sie einen Schritt zurück, als er mit dem Schlamm auf sie zu kam.

„Was hast du vor?“, fragte sie ihn skeptisch und wollte gerade weiter vor ihm zurückweichen, als er ihre gefesselten Hände packte und sie zu sich zog. Etwas grob schmierte er den nassen Schlamm in ihr leuchtendes Haar. Am Ende war kaum noch etwas von dem Schimmer zu sehen. Angewidert starrte sie ihn an.

„Ekelhaft“, murrte sie und rümpfte die Nase, bei dem nassen Gefühl in ihrem Haar und teilweise auf ihrer Wange.

„Es wird dich nicht töten“, erwiderte er und amüsierte sich über ihren Anblick.

„Das ist auch eine Lösung“, sagte Henri mehr zu sich selbst.

„Lasst uns aufbrechen“, murmelte Aurum und kam einen Schritt auf den Maskierten zu. Auch Henri trat näher an sie heran und sie ließ es nur ungern über sich ergehen, sich in die Mitte der Drei zu stellen. Ihre Arme legten sie jeweils um die Schultern des anderen.

„Leg deine Arme um mich“, befahl Faun ihr. Sie zögerte kaum und legte die gefesselten Hände um seinen Hals, zu sehr fürchtete sie sich vor den Raumsprüngen.

„Denkt an den Plan. Ihr geht rein, kommt mit den zweien raus und dann hauen wir wieder ab“, erklärte Faun mit fester Stimme. „Keine Ausflüge.“ Sein Blick blieb an Henri hängen, der mit zusammengepressten Lippen nickte.

Kalea blickte geradeaus auf seine Brust. In Gedanken ging sie ihren eigenen Plan immer und immer wieder durch.

Komm rein, entkomme und renne los!

Simpel. Sie kannte sich im Schloss aus. Sie musste nur den richtigen Augenblick erwischen und losrennen oder schreien. Die Schlossbewohner mussten sie nur bemerken.

Die blaue Kette auf Fauns Brust begann zu glühen: „*Pois Paaika*."

Nie würde sich Kalea an das Gefühl von Fauns Magie gewöhnen. Zu sehr wirbelte es alles in ihr auf. Beim Aufkommen sackten ihre Beine wieder zusammen, doch zog sie sich an Fauns Hals wieder hoch. Auch Aurum und Henri schienen einen Moment zu brauchen, bis sie sich voneinander lösten und sich umblickten. Fauns Atem ging schwer, während er Kaleas Arme von sich löste und das Glühen der Kette langsam nachließ.

„Zum Hintereingang geht es hier entlang", erklärte Faun seinen Freunden und führte sie leise am Waldrand entlang. Ihr Herz machte einen hoffnungsvollen Sprung, als sie die Fackeln des Schlosses sah und der ihr vertraute, warme Wind sanft ihre Wange strich. Am Hintereingang waren nur wenige Wachen positioniert, die an der Mauer auf und ab gingen. Ihr Blick wechselte zu ihren drei Entführern. Fauns Rücken versperrte ihr den meisten Teil der Sicht und Henri, der direkt hinter ihr lief, war ihr nicht nur einmal in die Fersen hineingelaufen. Alle drei schienen auf ihre Umgebung konzentriert zu sein. Nur sanft spürte sie Henris Hände an ihrem Rücken und Fauns Griff um ihre gefesselten Hände war fester als zuvor. Die Stille, die sie auf ihrem Weg umgab, war angespannt. Ihr Blick wiederrum war auf die Wachen am Hintereingang fixiert. Gerade drehte sich eine der Wachen in ihre Richtung. Ihr Herz schien sich zu überschlagen und ehe sie richtig drüber nachdenken konnte, bewegte sich ihr Mund.

„Hilfe!", schrie Kalea urplötzlich los und wollte sich gerade aus Fauns Griff losreißen, als dieser reflexartig noch fester wurde. Überrascht zuckten die drei zusammen und glotzten sie entsetzt an.

Wie konnten sie wirklich glauben, dass sie nicht versuchen würde, zu fliehen?

Faun riss sie an den Fesseln gegen seinen Körper, um sie von den hinüberschauenden Wachen abzuschirmen und presste seine Hand gegen ihren Mund. Aufgeregt atmete sie den ledrigen Geruch seiner Handschuhe ein. Generell schien sie in diesem Moment nur noch Faun wahrzunehmen, da er sich beinahe auf sie gelegt hatte. Seine dunklen Augen fixierten sie durch die Schlitze der Maske wütend.

„Verdammt nochmal!", fluchte Henri flüsternd und riss Aurum zu Boden, als sich die Wachen weiterhin in ihre Richtung umsahen. „Ich habe doch gesagt, dass wir sie knebeln sollten!"

Faun antwortete nicht darauf, sondern beobachtete die Wachen, die sich langsam wieder aus ihrer Richtung entfernten und sich ihrer Aufgabe widmeten. Kalea zappelte gegen seinen Griff. Nur am Rande bemerkte sie das sanfte grüne Glühen von Aurums Augen, als sich auch schon eine Liane warnend um Kaleas Mund wickelte. Sie lag nicht unbedingt fest an Kaleas Lippen, sodass sie diese noch immer bewegen konnte.

„Mit jedem Wort, das du sagst, wird sie sich fester um deinen Mund wickeln", warnte Aurum sie mit ernstem und zornigem Blick.

„Ich wer-…", Kaleas Widerspruch verstummte, als sie spürte, wie sich die Liane fester zuzog und nun zwischen ihren Lippen lag. Sprachlos sah sie zu der jungen Frau, die jedoch ihren Blick von ihr abwand. Faun entfernte sich langsam, behielt den festen Griff an ihren Fesseln bei und setzte sich neben sie. Auch Henri schien näher an sie heranzurücken, um jederzeit eingreifen zu können. Einige Minuten saßen sie ruhig hinter den Büschen, bis Faun leise flüsterte: „Henri, jetzt."

Henri nickte, schob seine Kapuze tiefer ins Gesicht, wodurch seine kurzgeschorenen blonden Haare gänzlich verschwanden. Er atmete tief ein und aus und fixierte die Wachen vor ihnen. Erstaunt beobachtete Kalea, wie die Blutgefäße in Henris Gesicht grün leuchteten und sich ein kühles Gefühl um sie alle legte. Er nickte seinen Freunden noch einmal zu, ehe er sich bäuchlings auf die Erde legte. Erschrocken wich sie zurück, als das Gras an Henris Körper hinaufkletterte, bis von ihm selbst nichts mehr zu sehen war. Nur der kleine Grashügel vor ihren Füßen, versicherte ihr, dass da wirklich jemand gewesen war. Plötzlich bewegte sich der Grashügel in einer schlängelnden und raschen Bewegung auf die Wachen zu. Aurum rückte neben ihr auf, ohne den Blick von Henri zu nehmen.

Die Wachen, eine ältere Frau und ein junger Mann, bemerkten den bewegenden Grashügel erst, als er direkt vor ihnen war. Bevor sie richtig realisieren konnten, was passierte, stand Henri auf, das Gras fiel dabei wie schwebende Federn von seinem Körper und dann griff er sie an. Beinahe tanzend bewegte er sich um sie herum, so leichtfüßig wirkten seine Bewegungen. Kalea beobachtete ehrfürchtig, wie er präzise, rasche Schläge auf den Körpern der Wachen verteilte, welche dann mit einem dumpfen Ton auf dem Boden aufkamen. Ohne eine Waffe zu ziehen, gelang es ihm in wenigen Sekunden, die beiden auszuschalten. Er vergewisserte sich, dass sie sich nicht rührten, drehte sich zu den anderen herum und hielt den Daumen empor. Ein stolzes Lächeln umspielte seine Lippen.

„Komm“, wies Faun Kalea an. Schnell rannten sie zu Henri hinüber und schleiften Kalea zwischen sich mit. Diese musste sich anstrengen, um mit ihnen mitzuhalten und nicht mit dem Gesicht voraus auf den Boden zu stürzen.

„War das nicht klasse?“, fragte Henri euphorisch und folgte ihnen zum Hintereingang. Ihr wurde übel bei seinem glücklichen Gesichtsausdruck, als sie in die erschlafften Gesichter der Wachen sah.

„Kalea, öffne die Tür“, befahl Aurum ihr ebenfalls flüsternd und deutete auf den goldenen Türgriff. Der Mauerbogen, um die Tür herum, trug ebenfalls eine goldene Fassung. In dieser standen Worte in einer alten Sprache, die Fremde daran hindern sollte, das Schloss ungeladen zu betreten.

Sie rührte sich nicht. Durch einen leichten Schubs von Faun ging sie einen Schritt auf die Tür zu, aber sie weigerte sich trotzdem, den Türgriff zu berühren. Mit der Liane im Mund, war es nicht so einfach wie gedacht, die Aufmerksamkeit der Schlossbewohner zu bekommen.

Es war Aurum, die schlussendlich ihre Geduld verlor. Zähneknirschend zog sie einen Dolch aus ihrem Mantel, drückte Kalea gegen die Schlossmauer und hielt ihr den Dolch an den Hals.

„Ich werde nicht zulassen, dass du dich weigerst, uns zu helfen“, fauchte sie Kalea an. Doch diese versuchte, dem Blickkontakt Stand zu halten. Diese Leute hatten sie entführt und in einen Kerker gesteckt, warum sollten sie ihnen helfen?

Und sie brauchte mehr Zeit, um sich einen anderen Plan auszudenken. Wie sollte sie nach Hilfe schreien, wenn ihr diese Todesschlinge drohte, die Luft abzuschnüren? Außerdem war sie sich nicht sicher, wo sie im Schloss hineinkamen. Sie kannte diese Hintertür nicht.

„Öffne die Tür oder wir finden einen anderen Weg“, mischte sich Faun von hinten ein. Ihre Augen huschte zu ihm hinüber. Er schluckte unbemerkt bei dem Anblick ihrer Augen.

„Öffne es oder ich bringe deinen Prinzen im Schlaf um, sobald ich einen Weg hineingefunden habe“, setzte Faun noch drohend hinterher. Sie sah ihn weiterhin an und Faun dachte erst, dass er ihr mehr drohen musste, als er sah, wie sich ihre Augenbrauen entspannten und sie ihn kapitulierend ansah.

Also hatte er recht.

Sie wurde das Leben dieses Prinzen nicht aufs Spiel setzen.

Das müsste er sich definitiv merken.

Mit herabhängenden Schultern schüttelte sie Aurums Hände von sich, drehte sich zur Tür und streckte noch immer zögernd ihre Hände nach dem Türgriff aus. Das Metall war kühl unter ihrer erwärmten Haut. Für einen kurzen Moment geschah nichts, sodass Kalea schon verwirrt am Türgriff rüttelte, ehe das Schloss klickte. Ohne Probleme bewegte sich die Tür nach innen und gab ihr und ihren Entführern den Weg ins Schloss frei.

„Lass deine Hand an dem Knauf, bis wir alle drin sind", sagte Aurum und ging als Erste ins Schloss hinein. Henri folgte ihre leise und als Faun durch die Tür gegangen war, nahm er Kaleas gefesselten Hände und ließ die Tür leise zugehen. Sie befanden sich in einem langen kaum beleuchteten Flur. Ein Stück vor ihnen war eine breite weiße Treppe, die in das obere Stockwerk führte. Es dauerte etwas, bis Kalea realisierte, dass sie im untersten Teil des Schlosses waren. Unter ihnen gab es nur die Kerker. Auf dieser Ebene wohnten die Bediensteten. Doch schien dieser Flur zu still, um mehrere Menschen zu beherbergen. Wahrscheinlich war es einer dieser Zwischenflure, die kaum genutzt wurden.

„Aurum, du weißt, wo die Kerker sind. Sie sagte, dass sie heute in den dritten Abschnitt gekommen sind. Henri, du holst die Schlüssel. Es ist gerade Schichtwechsel, also ist eine Wache allein. Ihr habt fünf Minuten bis die neuen Wachen kommen. Wir warten hier. Ihr holt Bo und Amrin, kommt her und wir verschwinden wieder, verstanden?", sagte Faun flüsternd und blickte die beiden aufmerksam an.

Sie nickten.

Henri fischte ein kleines Päckchen aus seinem Mantel und warf es Faun zwinkernd zu, während er rückwärts losging.

„Lade du dich auf", sagte er und verschwand mit Aurum in der Dunkelheit. Faun schüttelte den Kopf über seinen Freund und blickte auf das kleine Päckchen in seiner Hand. Ihr Blick war an ihrer einzigen Fluchtmöglichkeit hängen geblieben. Die Treppe war durch den hellen Marmor leicht in der Dunkelheit zu erkennen. Auch die Lampen, die im oberen Stockwerk das Treppenhaus spärlich beleuchteten, halfen ihr dabei, ihren Fluchtweg zu sehen. In der Spiegelung der klar polierten Wand an der Treppe, erkannte sie sogar die Lampen. Die großen Glasgefäße, welche die Lichtkugeln für mehrere Stunden beherbergen konnten, hingen an Mettalstangen in den Fluren und erleuchteten das Schloss in der Nacht. Nachdem sie sich in den vergangenen Tagen an die Dunkelheit in ihrer Zelle gewöhnt hatte, kam ihr der Drang ihres Volkes alles so schön hell zu halten, beinahe lächerlich vor. Selbst das schwache Licht der Lampen im oberen Stockwerk kam ihr grell vor. Geblendet wendete sie ihren Blick ab, während er sie mit sich auf den Boden zog und sich gegen die kühle Schlosswand lehnte. Neugierig beobachtete sie ihn dabei, wie er das Päckchen in seiner Hand öffnete. Seine Hände zitterten leicht. Seit ihrer Abreise war sie neugierig darauf geworden, was Faun tun musste, um wieder zu Kräften zu kommen. Anscheinend war seine Kraft nur begrenzt. Auf jeden Fall was die Raumsprünge anging. Sie erinnerte sich daran, wie schwach er nach ihrer Flucht war. Als er jedoch einen sehr klein geratenen Kuchen herausholte, glaubte Kalea ihren Augen nicht. Er drehte sich mit dem Rücken zu ihr, schob die Maske klickend mit einer Hand über den Mund und schlang den wirklich kleinen Kuchen in einem Bissen hinunter. Schnell schob er seine Maske wieder an Ort und Stelle und setzte sich gerade hin.

„Ein sehr leckerer Muffin", schmatzte er bei ihrem fragenden Gesichtsausdruck. Dadurch wirkte sie umso verwirrter. Sie hatte mit Tränken, Kristallen oder sogar magischen Blättern gerechnet. Aber nicht mit einem missglückten kleinen Kuchen oder wie er es nannte, einen Muffin. Irritiert musterte sie ihn weiter und fragte sich, wie er so entspannt in diesem fremden Schloss sitzen und genüsslich einen Kuch-, einen Muffin essen konnte. Wieso lief er nicht nervös auf und ab und sah sich nach jedem Geräusch um? Nur der noch immer feste Griff um ihre Hände, zeigten ihr, wie angespannt er war. Wie wichtig ihm diese Rettungsmission war.

„Es wird niemand in diesen Flur kommen, oder?", fragte sie ernüchternd und sah, wie sich Fauns Adamsapfel beim Schlucken hoch und runter bewegte. Die Lianen zogen sich straffer um ihren Mund. Ihre Mundwinkel rissen leicht ein.

„Nein", antwortete er ihr ruhig. Frustriert legte sie den Kopf gegen die Wand und spähte die helle Marmortreppe empor. Warum war sie nur so naiv gewesen und hatte gedacht, dass sie unvorbereitet in das Schloss ihrer Feinde gehen würden? Die Hoffnung sickerte langsam aus ihr heraus. Ernüchternd spürte sie, wie diese sie verließ und in den Schlossboden unter ihr hineinströmte.

Für paar Sekunden war nur sein kauen zu hören. Kalea ballte ihre Hände zusammen, so sehr nervte sie das laute Kauen. Doch seinetwegen würde sie es nicht riskieren, die Lianen noch enger zu schnüren. Das Zittern seiner Hände beruhigte sich langsam. Zischend ballte er seine Hände zu

Fäusten und öffnete sie langsam wieder. Dies wiederholte er einige Male, bis er sich flüssiger bewegen konnte.

Mit jeder Minute, die verging, merkte sie, wie Faun plötzlich doch nervöser wurde. So nervös, dass er am Ende sogar wieder aufstand und in die Dunkelheit lugte, in die seine Freunde verschwunden waren.

Sie spähte währenddessen die Treppe empor und beobachtete das Licht der Lampen, die Schatten auf die Wand warfen. Gerade wollte sie den Blick abwenden, als sie einen Schatten im Licht sah.

Jemand war direkt über ihnen und lief an der Treppe vorbei.

Das war vielleicht ihre einzige Chance!

Ohne groß zu überlegen, riss sie Faun, der gerade nicht auf sie achtete, an den Füßen zu Boden. In dem Moment, in dem er auf dem Boden aufschlug, sprang Kalea auf und floh die Treppe hinauf. Sie nahm zwei Stufen auf einmal und erkannte die gewohnte Einrichtung des ersten Stocks. Ein langer Flur begrüßte sie und dann war ihr klar, wo genau sie sich befand. Nur zwei Stockwerke über ihr befanden sich die königlichen Schlafgemächer. Aber sie musste jetzt die Person finden, die eben noch an der Treppe vorbeigelaufen war. Sie hörte hinter sich schon, wie Faun fluchend losrannte. Zu ihrer rechten hörte sie leise Schritte, also bewegte sie sich in diese Richtung. Es war ihr egal, wer es war. Irgendjemand musste sie nur bemerken. Mit bebendem Herzen flitzte sie den Flur entlang und sie hörte das Widerhallen ihrer Füße. Sobald sie um die Ecke bog, bremste sie abrupt ab und konnte ihr Glück kaum fassen. Vor ihr stand die verdutzte Ele, die sich zu ihr herumgedreht hatte. Ihre Kammerzofe sah noch genauso aus, wie Kalea sie in Erinnerung hatte. Die weißleuchtenden Haare waren wie immer in einem strengen Dutt in ihrem Nacken zusammengebunden. Doch ihr Blick hing zum ersten Mal in ihrem Gesicht, ohne sich direkt abzuwenden.

„Ele“, atmete Kalea erleichtert und ignorierte den festeren Zug der Liane um ihren Mund. Ihre Augen begannen vor Glück zu tränen, während sie auf Ele zuging. Ihre Kammerzofe, die so überfordert war mit Kaleas plötzlicher Rückkehr, nahm sie in den Arm. Eine Geste, die Kalea von ihr nicht kannte. Für die sie aber in diesem Moment dankbar war.

„Was ist nur passiert?“, fragte Ele panisch und rieb Kaleas Rücken. Schritte kamen hinter ihnen zum Stehen, weswegen sich Kalea erschrocken umdrehte. Fauns zornige Augen starrten ihr entgegen. Ihre Hände umgriffen eine der Kammerzofe und zogen sie von ihm weg. Doch blieb Ele versteinernd stehen, egal, wie fest sie an ihr zog. Sie mussten von ihm weg.

„Was soll das?“, sagte Ele plötzlich wütend. „Was macht ihr hier?“

„Wir müssen unsere Freunde befreien“, antwortete Faun ihr. Verwirrt blickte Kalea zwischen den beiden hin und her. Ele sah Faun weder ängstlich noch zurückhaltend an.

Nein, ihr Blick tobte vor Wut.

Kapitel 12

Ein Stück Vertrautheit hing in ihrem Blick, als sie Fauns maskiertes Gesicht sah. Als hätte man ihr den Boden unter den Füßen weggezogen, ließ Kalea ihre Hand fallen und ging einen Schritt von ihrer Kammerzofe weg.

„Und warum musste sie dann mit?“, verlangte sie zu wissen und riss Kalea nach vorne. „Ihr habt mir gesagt, dass sie nie wieder einen Fuß in dieses Reich setzen wird! Wie könnt ihr nur dieses Risiko eingehen?“ Faun schluckte hart.

Entsetzt sah sie in das vertraute Gesicht ihrer Kammerzofe und nun tränten ihre Augen aus einem ganz anderen Grund, wie zuvor. Sie hatte schon geahnt, dass jemand aus ihrem Volk Faun und den Anderen bei ihrem Angriff geholfen hatte. Aber sie hatte nicht damit gerechnet, dass es Ele gewesen war. Ele, die ihr noch viel Spaß vor dem Ball gewünscht hatte und dann verschwunden war. Rückblickend, um vermutlich die Angreifer ins Schloss zu lassen.

Dumpf bekam Kalea mit, wie Ele sie in Fauns Arme schob, er ihr dankte und Kalea zurück zur Treppe brachte.

„Ich will sie hier nie wiedersehen“, keifte Ele ihnen hinterher, ging mit raschem Schritt den Flur entlang und verschwand hinter der nächsten Ecke. Kaleas Beine fühlten sich wie Blei an, als Faun sie zur Treppe zog. Ungläubig blickte sie auf den Punkt, an dem eben noch Ele gestanden hatte, doch sie war fort. Den prüfenden Blick von Faun auf ihrem Gesicht ignorierte sie. Zu sehr war sie damit beschäftigt, an den wütenden Blick ihrer Kammerzofe zu denken. *Warum hatte sie das getan?*

Als Faun mit Kalea die Treppe hinunterkam, traf sie Aurums suchenden Blick.

„Scheiße, wo wart ihr? Wir haben uns Sorgen gemacht!", sagte Henri flüsternd und stützte den kleineren Jungen neben ihm, dessen Kopf erschöpft nach unten hing.

„Sie war weggelaufen", erklärte Faun und kämpfte um Ruhe in seiner Stimme.

„Hat euch jemand gesehen?", fragte Aurum direkt und sah ängstlich die Treppe empor, als befürchtete sie, dass jede Sekunde mehrere Wachen hinunterkamen.

„Zum Glück nur Ele", beruhigte Faun sie und stellte erleichtert fest, dass die beiden erfolgreich waren. Trotz seiner geschundenen Verfassung grinste Bo ihn spitzbübisch an. Kalea wiederrum schien der Verrat so sehr zu treffen, dass sie sich die Geretteten gar nicht ansah. Ohne sich zu wehren, öffnete Kalea ihren Entführern die Tür nach draußen, umschlang Fauns Hals, stellte sich mit den zwei fremden Männern in den Kreis und ließ den Raumsprung über sich ergehen.

Diesmal war es Faun, der sie in den Kerker brachte. Denn Henri und Aurum brachten die beiden anderen direkt ins Schloss. Fauns Hände zitterten seit dem letzten Raumsprung wieder. Die Schlüssel, mit denen er den Kerker aufschloss, klirrten.

„Hat Ele euch ins Schloss gelassen?", fragte Kalea nach, als Faun gerade die Treppe hochgehen wollte. Die Liane hatte Aurum ihr bei der Ankunft abgenommen. „War sie es wirklich?"

Er hörte, wie sehr ihre Stimme zitterte und auch wenn er wusste, dass sie die Antwort wusste, nickte er.

„Warum? Warum hat sie das getan?“, schluchzte sie schlussendlich und sank gebrochen zu Boden. Sie weinte so laut, dass sie seine letzten Worte gar nicht richtig verstand, ehe er aus dem Kerker verschwand.

„Für unser aller Zukunft.“

KAPITEL 13

Ein metallischer, fast schon schwerer Geruch flog ihm ins Gesicht, als Faun die hölzerne Tür aufschwang und in den Raum trat. Dieser diente als Krankenzimmer. Vier große Holztische standen mit Abstand zueinander im Raum, jeweils mit einem kleinen Nachttisch versehen. Von der Decke hingen die verschiedensten Kräuter, die zum einen zur Heilung genutzt wurden, aber auch um den blutigen Geruch zu überdecken, der immer in der Luft hing. Doch dieses Mal nützten sie nichts. Dazwischen hingen die schimmernden Blumen, die den Raum erhellten. Ohne zu überlegen, steuerte er direkt den ersten Holztisch an, wo Aurum Bos Hand fest umgriff und sanft auf ihn einredete.

„Pst, alles gut, mein Liebling. Es ist gleich vorbei", redete sie mit beruhigendem Ton und strich über die langen schwarzen Locken ihres Freundes.

„Faun, halt seine Arme fest", holte ihn einer der Heiler aus seiner Starre, deutete auf Bo und strich sich selbst eine lange rotbraune Strähne hinters Ohr. Er nickte, schritt näher heran und packte die Arme seines Bruders fest an seinen Handgelenken. Einmal mehr war er froh darüber, stärker als der Ältere zu sein. Denn Bo riss so stark an seinen Armen, dass er sich mit seinem ganzen Gewicht dagegen lehnen musste. Faun unterdrückte für einen

Moment die Sorge, die er um ihn hatte und versuchte die Erleichterung, die sich in seiner Brust breit machte, zu genießen.

Denn sie waren wieder zu Hause.

Sie hatten es geschafft, die beiden zwar verletzt, aber lebend zu befreien. Ohne die Nachricht ihrer Verbündeten, in der sie ihnen mitteilten, dass sie noch lebten, hätten sie nie einen weiteren Rettungsversuch gestartet. Doch wurden die Bediensteten seit dem Angriff so sehr beobachtet, dass es für Ele unmöglich gewesen war, sie hineinzulassen. Deswegen waren auch ihre ersten zwei Versuche kläglich gescheitert. Aber er hätte nicht aufgegeben.

Bo war damals die erste Person gewesen, die er kennenlernte, als er diesen Ort, Viredis, erreicht hatte. Trotz seines verschmutzten Aussehens hatte ihm der ältere Junge ein strahlendes Lächeln geschenkt und ihn direkt unter seine Fittiche genommen. Auch Bo war damals als Waise in dieses Dorf gekommen. Als Faun in den ersten Nächten nur bitterlich geweint hatte, stahl sich Bo in sein Zimmer und redete so lange auf ihn ein, bis er vor Erschöpfung einschlief.

„Wenn du auch keine Familie mehr hast, bist du eben ab heute mein Bruder." Der ältere Junge grinste auf den weinenden Faun hinab und ließ dabei seine Zahnlücke im Licht der Fackeln aufblitzen.

Es quälte ihn, seinen Bruder so zu sehen. Zu sehen, wie sich sein Gesicht schmerzerfüllt verzog, während der Heiler aus einer klaffenden Wunde an seinem Bauch kleine Dornen rauszog. Sein Kiefer spannte sich vor Schmerzen an und seine Brust hob und senkte sich schnell.

„Was sind das für Dornen?", fragte Faun über einen schmerzerfüllten Schrei den Heiler.

„Vergiftete. Sie haben sie ihm in die Wunden gesteckt. Die blöden Dinger haben sich in das Fleisch gebohrt und es absterben lassen. Ich muss einen großen Teil davon wegschneiden, bevor ich die Wunde ausbrennen kann", erklärte der Heiler rasch, strich sich den Schweiß von der Stirn und zog den letzten Dorn aus der Wunde. „Wenn ihr ihm was Gutes tun wollt, solltet ihr ihm einen guten Schnaps geben. Den letzten hat der andere bekommen", setzte er murmelnd nach und blickte kurz zu Amrin, der schlafend auf dem anderen Tisch lag. Aurum blickte von Bos Gesicht zu Faun nach oben. Ihre Augen schimmerten vor Tränen, als sie ihn stumm um Hilfe bat. Sie musste ihn gar nicht fragen. Selbst wenn die Magie sein Inneres nach außen stülpen würde, er würde es für Bo immer tun. Er nickte leicht, umgriff Bos Handgelenke fester, um das Zittern seiner Hände zu vermindern und schloss konzentriert die Augen.

„Nicht. Ist schon gut", wand Bo mit kratziger Stimme ein und fokussierte ihn mit seinem Blick. „Du hast schon unsere Ärsche nach Hause gebracht", witzelte er hinterher und versuchte zu Grinsen.

„Halt die Klappe und lass mich dir helfen", antwortete Faun nur und im nächsten Atemzug begannen seine Adern schwarz zu glühen. Bo spürte den verstärkten Druck um seine Handgelenke, spürte das feurige Pochen in seinem Bauch und die Schmerzen in seinen Gliedmaßen. Doch dann spürte er nichts mehr. Nichts außer einer Leichtigkeit in seinem Körper, die ihn zu beflügeln schien.

„Jetzt", zischte Faun durch zusammengepresste Zähne und starrte den Heiler fordernd an. Dieser schluckte hart bei Fauns Anblick, ehe er sich schnell ans Werk machte und das abgestorbene Fleisch herausschnitt. Er arbeitete zügig und brannte auch nur wenige Minuten später die Wunde aus. Bo rührte sich dabei keinen Millimeter. Er hatte die Augen ruhig auf

Aurum gerichtet, die ihm weiter durchs Haar strich. Sein Blick wirkte vernebelt. Als der Heiler endlich fertig war und die Wunde mit einem heilenden Umschlag aus Kräutern und heilendem Harz, verschlossen war, ließ Faun ruckartig los und fiel nach hinten gegen eine kleine Kommode.

„Hier, setz dich", sagte Aurum besorgt und zog ihn auf ihren Stuhl neben seinem Bruder.

„Hol ihm bitte was", sagte Bo zu ihr, während sein Blick wieder klarer wurde. Diese nickte und rannte aus dem Raum.

„Du spinnst, weißt du das?", meckerte Bo noch immer erschöpft, sobald der Heiler zu Amrin hinübergegangen war.

„Du solltest dich vielleicht mal aus Ärger raushalten. Dann müsste ich sowas nicht immer tun", antwortete Faun neckend und schob seine bebenden Hände unter seine Oberschenkel. Sein Bruder lachte tief und hielt sich gleichzeitig den Bauch.

„Setz dieses blöde Ding endlich ab", verlangte er und deutete auf die Maske in seinem Gesicht. Schwach zog Faun seine rechte Hand unter seinen Beinen hervor, griff an die Maske und mit einem leisen „*Klack*" löste sie sich von seinem Gesicht. Müde ließ er den rechten Arm mit der Maske zu Boden hängen, lehnte den Kopf in den Nacken und atmete tief ein. Seine Lunge füllte sich mit der schweren Luft und er spürte, wie die Schmerzen in seinem Körper etwas nachließen.

„Wie lange hattest du sie auf?", flüsterte Bo beunruhigt, als er sah, wie erschöpft sein Bruder war. Die dunklen Ringe unter seinen geschlossenen Augen verrieten ihn.

„Seitdem wir sie heute Abend aus dem Kerker geholt haben", antwortete er mit verschlafener Stimme.

Die Müdigkeit überrollte ihn.

„Du solltest erstmal nicht zu ihr gehen. Damit du das Scheißding weglassen kannst“, sagte Bo mit eisernem Ton. Doch Faun antwortete nicht mehr.

Als Aurum nach einigen Minuten mit zwei Zimtschnecken in den Raum kam, schliefen die beiden Brüder schnarchend nebeneinander. Leise schlich sie sich neben die beiden und setzte den Teller mit den Zimtschnecken auf den Nachttisch. Fauns Kopf hing noch immer in seinem Nacken und mit jedem weiteren Atemzug drohte die Maske aus seiner rechten Hand zu rutschen. Vorsichtig ging sie um Bo herum und kniete sich hin, um Faun die Maske aus der herunterhängenden Hand zu nehmen. Seine Finger verkrampften sich für einen kurzen Moment, sodass sie in ihrer Bewegung innehielt. Als sich seine Gesichtszüge entspannten, löste sie seine Finger von der Maske und stand wieder auf. Das kühle schwarze Metall an ihrer warmen Haut bescherte ihr eine unheimliche Gänsehaut. Sie konnte sich nicht vorstellen, dieses Ding stundenlang im Gesicht zu tragen. Noch immer verstand sie nicht, warum Esmal und Faun so auf dieses Ding drängten. In Solas war es bestimmt angebracht gewesen.

Aber hier?

In Viredis scherte es niemanden, woher Faun stammte. Unsanft legte sie die Maske auf den Tisch neben den Zimtschnecken und drehte sich nochmals zu den schlafenden Männern um. Der Heiler fing ihren Blick auf, sah amüsiert zu Faun, Bo und Amrin und hob einen Finger zu den Lippen, der ihr zu verstehen geben sollte, die drei schlafen zu lassen. Sie lächelte verstehend und nickte. Genauso leise wie sie hereingekommen war, schlich sie sich wieder nach draußen und zog die Tür des Krankenzimmers zu.

„Sind die von Evalin?“, schmatze Faun mit leuchtenden Augen und sah fragend von der Zimtschnecke in seiner Hand zu Aurum. Sie hatten beinahe vier Stunde geschlafen, bis sie nacheinander wach wurden und Aurum wieder nach ihnen gesehen hatte. Faun hatte sich auf das Essen gestürzt.

„Ja, sie hat sich extra viel Mühe gegeben“, antworte Aurum und steckte Bo eine Praline in den Mund. Dieser genoss es von seiner Freundin verwöhnt zu werden und ließ die helle Schokolade im Gaumen schmelzen. Er lag noch immer auf dem Tisch, doch die süße Versuchung neben ihm linderte die Schmerzen mit jeder Sekunde. Und auch die heilende Süßigkeit war dabei vom Vorteil.

„Sie ist echt die beste Kraftmagierin. Niemand schafft es Magie so lecker schmecken zu lassen, wie sie“, schwärmte Faun und leckte sich den Puderzuckerguss von der Unterlippe. Der Zimt-Duft in seiner Nase, hatte es auch endlich geschafft, den Geruch von Bos und Amrins Blut zu überdecken.

„Tja, und wenn sie einen sehr mag …“ Bo zwinkerte Faun schelmisch zu, „dann schmeckt es umso besser.“

„Hör endlich auf, Gerüchte in die Welt zu setzen.“ Faun lachte leise und schüttelte den Kopf verneinend.

„Aber es stimmt doch, oder Aurum?“, erwiderte Bo grinsend und blickte sie Hilfesuchend an.

„Abgeneigt ist sie nicht“, bestätigte sie Bos Aussage schulterzuckend und schob ihm eine weitere Praline in den Mund. Die richtige Mischung von Zutaten, sowie die Beimischung von positiven Gefühlen und Gedanken, half ihnen, die einfachste und leckerste Medizin herzustellen. Für Faun wurden immer extra starke Portionen gebacken, da er durch die Maske und seine Magie schnell geschwächt wurde. Selbst der Kristall, der ihn dabei unterstützen sollte, hatte seine Grenzen. Schmatzend schob er sich den letzten Bissen in den Mund und drehte sich zu Amrin, um die Röte seiner Wangen zu verstecken. Der Heiler war vor einiger Zeit gegangen.

„Wie geht's dir?", fragte er den Blondschopf, der sich müde die Augen rieb. Es hatte ihn nicht so schwer wie Bo erwischt. Doch hatte auch er Wunden davongetragen. Faun hätte ihn am liebsten in seinem Zimmer eingesperrt, als sich Amrin freiwillig gemeldet hatte, um *die Eine* zu entführen. Mit seinen zarten fünfzehn Jahren war er nach Fauns Meinung zu jung dafür gewesen. So wie auch Henri, der nur drei Jahre älter als Amrin war. Es gab zu viele, die zu jung für das Ganze waren.

„Ich fühle mich immer noch so, als wäre ein Troll über mich gelaufen", jammerte Amrin und streckte stöhnend den schmerzenden Rücken. Die Solasia hatten ihn ausgepeitscht. Lange rote, teils blutige Striemen zierten seine von der Sonne gebräunte Haut. Bo blickte bei der Bewegung zu ihm. Er hatte ihnen zuvor erzählt, was geschehen war, nachdem Ele für sie gelogen hatte. Stündlich richteten sie einen der elf anderen Männer vor ihren Augen hin. Diese mutigen Männer wussten, wofür sie starben. Doch jene Tatsache machte es für die zwei Überlebenden nicht unbedingt leichter. Nachdem alle Männer tot waren, Bo verprügelt und gefoltert in der Ecke lag, wandten sie sich dem Jüngsten zu, der bis zur Erschöpfung durchgehalten hatte.

„Liebling, gib dem Kleinen auch eine Praline. So wie er dichtgehalten hat, solltest du ihn auch füttern", meinte Bo.

Aurum lachte, stand auf und ging zu ihrem jüngeren Cousin hinüber, der nur verneinend mit den Händen wedelte.

„Schon gut. Ich brauche nicht gefüttert zu werden!", meckerte Amrin, als seine Cousine ihm eine kleine Praline vor die Nase hielt.

„Na komm, lass Mama dich füttern“, neckte sie ihn und lachte, als seine Ohren rot anliefen.

„Lasst ihn in Ruhe“, mischte sich Faun ein, nachdem er seine zweite Zimtschnecke verdrückt hatte. Ein kleines Lachen konnte er dabei aber nicht unterdrücken.

KAPITEL 14

Gegen die kalte Kerkermauer gelehnt, starrte Kalea auf die schwarzen Steine der gegenüberliegenden Wand. Hellwach versuchte sie, einen Sinn hinter Eles Verrat zu erkennen. Zu verstehen, wie jemand aus ihrem eigenen Volk dabei helfen konnte, sie zu entführen. Und gleichzeitig kam sie sich so blöd vor. Ihr war es zu spät in den Sinn gekommen, dass ein Solasia diesen Leuten geholfen hatte. Obwohl es so offensichtlich auf der Hand lag. Schließlich kamen sie nicht ohne eine Person aus dem Volk des Lichts ins Schloss hinein.

Verzweifelt stöhnte sie auf und ließ ihre Stirn gegen die Knie nach vorne fallen. Obwohl ihr Gesäß vom langen Sitzen schon weh tat, konnte sie sich nicht dazu durchringen, aufzustehen. Die Tränen waren schon längst auf ihren Wangen getrocknet. Übrig blieb nur dieses betäubende Summen in ihren Ohren. Ein Ton, der die restlichen Geräusche kaum zu ihren Ohren durchdringen ließ. Nur am Rande hatte sie mitbekommen, dass der nächtliche Wechsel der Wachen stattfand. Sie hatte erst aus ihrer Zelle geblickt, als eine der Wachen gegen die Gitterstäbe geklopft hatte. Sobald sie zu ihr geblickt hatte, war sie zufrieden gewesen und ging zurück zu ihrem Kollegen, der an einem kleinen Tisch mit einem Kartendeck auf sie wartete. Ihr Magen knurrte. Das Mittagessen vor ihr rührte sie nicht an. Die Suppe in der kleinen Holzschüssel war schon längst kalt geworden und das Faustgroße Brötchen hatte sie in die Ecke geworfen. Es war der zweite Tag ihres Hungerstreiks. Niemand war zu ihr hinuntergekommen, außer den Wachen, die ihr dreimal täglich Essen brachten und ansonsten ihr Kartenspiel weiterspielten. Nur selten hörte sie Stimmen von draußen. Wenn sie nicht gerade damit beschäftigt war, die Steine in ihrer Zelle zu zählen, schlief sie mittlerweile auf ihrer verdreckten Matratze. Und dann träumte sie. Sie träumte von Emil und von ihrer gewohnten Umgebung. In ihrem Reich hatte sie wenigstens ein richtiges Bett gehabt und wurde nur eingesperrt, wenn es um ihre Sicherheit ging. Doch hier wurde sie wie eine Verbrecherin behandelt. Am Tag, nachdem sie ihnen geholfen hatte ins Schloss zu gelangen, und ihr Fluchtversuch kläglich gescheitert war, brachten sie ihr zum Mittagessen einen vollen Teller und einen kleinen Kuchen. Diesen hatte sie vor den Augen der Wachen in der Hand zerbröselt. Die Wachen hatten sie ungläubig angeblickt, bevor einer anfing sie anzumeckern und der zweite seinen Kollegen wegschleifen musste.

„Ich stopfe ihn dir das nächste Mal direkt in den Mund", hallte seine Stimme noch den Flur entlang, ehe sein Kollege ihn beruhigen konnte. Das war auch der letzte Tag gewesen, an dem sie etwas gegessen hatte. Denn ihr fiel auf, dass es diese Leute störte, wenn sie nichts aß. Jedes Mal kontrollierten die Wachen ihren Teller und schüttelten stumm den Kopf über ihr Fasten. Doch eine richtige Reaktion erhielt sie erst an dem Tag, als die Tür zum Kerker aufging und ein Mann mit schweren Schritten herunterkam. Sie erkannte ihn an seiner Größe und dem Geleit, bevor er ins Licht der Fackeln trat. Nur langsam stand Kalea auf und stellte sich ihrem Besuch gegenüber.

„Wie ich hörte, isst du nichts", merkte Esmal mit ruhiger Stimme an und blickte auf ihre unangerührten Mahlzeiten.

„Es schmeckt mir leider nicht." Kalea lächelte und verschränkte die Arme vor ihrem Bauch.

Esmal schmunzelte unerwartet. Seine blauen Augen huschten über Kaleas Auftreten und mit einem amüsierten Blick sah er zur Seite.

„Öffnet die Zelle!", rief er den Wachen zu, die direkt von ihrem Platz aufsprangen und mit den Schlüsseln herumklapperten. Überrascht beobachtete sie, wie die Wachen die Zelle aufschlossen und Esmal sie wartend anblickte. Ihre Haltung entspannte sich, obwohl sie argwöhnisch die Situation abwog. Die zwei Male, in denen sie Esmal getroffen hatte, wirkte er nicht gerade freundlich auf sie. Nun ließ er sie einfach aus der Zelle?

„Ich will dir etwas zeigen, Kalea", erklärte er, als sie sich noch immer nicht aus der Zelle bewegte. „Aber zur Sicherheit muss ich dich leider fesseln lassen."

Okay, vielleicht ließ er sie doch nicht so einfach raus.

Sobald er fertig geredet hatte, entfernte sich ein Mann aus Esmals Geleit aus der Reihe und kam mit einem Seil in die Zelle. Auffordernd hob er die linke Augenbraue und sah zwischen Kalea und dem Seil hin und her. Ihr Blick richtete sich von dem Mann auf Esmal und ohne ihre Aufmerksamkeit von ihm zu nehmen, hob sie die Hände. Wenigstens konnte sich ihre aufgeschürfte Haut an ihren Handgelenken etwas beruhigen. Als sie den leider schon gewohnten Druck an ihren Handgelenken spürte, sah Esmal sie zufrieden an und drehte sich auf dem Absatz um.

„Also los", sagte er beinahe euphorisch und augenblicklich setzte sich das Geleit hinter ihm in Bewegung. Kalea folgte ihnen und war dankbar, dass der Mann keinen Zug auf das Seil gab. Trotzdem hielt er es fest in der

Hand, sodass er jederzeit ziehen konnte, falls sie versuchen würde wegzulaufen. Dafür war sie jedoch zu erschöpft.

An der Treppe bemerkte sie, wie geschwächt sie durch das Fasten wirklich war und kämpfte für ein paar Sekunden gegen einen leichten Schwindel an. An der Tür schirmte sie ihre Augen mit den zusammengebundenen Händen vor der Mittagssonne ab und brauchte einen Moment, um sich an das Licht zu gewöhnen. Ihre Ohren rauschten, als die Geräusche des Dorfes wie eine Flutwelle auf sie einprasselten. Gegen das Licht blinzelnd, senkte sie wieder ihre Hände und bemerkte, dass der Älteste gewartet hatte. Sobald er sah, dass sie weitergehen konnte, drehte er sich wieder um und führte sie in den Baum hinein. Wie beim ersten Mal, war sie begeistert von seiner Schönheit und versuchte dies auch nicht zu verstecken. Am Tor hatte sie kurz nach Henri Ausblick gehalten, doch hatte sie kein bekanntes Gesicht gesehen. Selbst der unbeholfene Junge, der mit ihm am Tor gewartete hatte, war nicht zu sehen. Stattdessen waren andere Wachen positioniert, die Kalea genauso neugierig ansahen, wie die Dorfbewohner, an denen sie vorbeikamen. Sie alle grüßten den Ältesten des Dorfes freundlich und verstummten, als sie Kalea hinter ihm sahen. Zwar hatte sie sich an den ständigen Augenkontakt mit diesen Menschen bedingt gewöhnt, schließlich scheuten sich ihre Wachen nie davor, aber trotzdem erzeugte es ein lähmendes Gefühl in ihrem Körper.

Im Inneren türmte das Schloss vor ihnen auf. Doch steuerte Esmal einen anderen Weg an und ging an dem Gebäude vorbei. Wieder mussten sie über den Steinweg gehen, der im kleinen Wasserbett lag. Esmal kam erst dann zum Stehen, als sie einen mittelgroßen Teich erreichten. Umgeben von Trauerweiden und den verschiedensten Pflanzen, ruhte das Gewässer nur knapp hinter dem Schloss. Auf der Rückseite des Gemäuers befand sich eine menschenleere Terrasse, die mit dem Garten über zwei große steinerne Treppen verbunden war. Von dieser Seite war das efeubedeckte Gemäuer noch viel besser zu erkennen. Am Rande des Wassers stand eine helle Bank und eine schmale Treppe, die in den Teich hineinführte. Anscheinend konnte in ihm geschwommen werden.

„Komm Kalea, setz dich“, sagte Esmal und deutete auf die Bank, auf der auch er sich niederließ. Zögernd nahm sie neben ihm Platz. Daraufhin wies Esmal sein Geleit mit einer kurzen Handbewegung an, sie allein zu lassen. Nur der Wachmann, der noch immer das Seil hielt, blieb mit einem gewissen Abstand zu ihnen stehen.

Der Älteste sagte für einige Atemzüge kein Wort. Er blickte nur geradeaus auf die ruhige Wasseroberfläche und schien zu überlegen. Sie war überrascht, als ein kühler Wind über ihren Nacken strich.

„Der Stamm hat verschiedene Öffnungen, wodurch der Wind und das Licht hineinkommen“, erklärte Esmal mit einem leichten Lächeln, als er ihre überraschte Miene sah. Kurz wichen seine Augen auf ihre versteckte Strähne, ehe er wieder geradeaus blickte. Seit gestern hatte der Schlamm in ihrem Haar zu jucken begonnen, weswegen sie sich regelmäßig kratzen musste. Um zu fragen, ob sie sich waschen konnte, war sie zu stolz. Ihr war bewusst, dass sie bestialisch roch.

„Warum bin ich hier?“, ignorierte sie seine Worte und drehte sich zu ihm. Sein schwarzes Haar lag locker über seinen Schultern. Bartstoppeln befanden sich an seinem spitzen Kinn.

„Kalea, was weißt du über Baistar?“, stellte er die Gegenfrage und richtete endlich seine blauen, tiefen Augen auf sie. Ihre Gedanken überschlugen sich und hektisch ging sie jedes bisher gehörte Wort in ihrem Kopf durch, doch nirgends klingelte es.

„Ich weiß nicht, was das sein sollte“, gestand sie und biss sich danach auf die Zunge.

Esmals Blick schien noch ruhiger zu werden. „Das habe ich mir fast gedacht“, murmelte er mehr zu sich selbst, als zu ihr und blickte wieder geradeaus. Sie hörte, wie der Wachmann, der das Seil hielt, seine Füße im Gras bewegte.

„Was ist Pasta?“, fragte sie ratlos. Das Wort fühlte sich komisch auf ihren Lippen an.

„Baistar“, korrigierte er sie, „war eines der Reiche von Caldo.“ Ihre Augenbrauen zogen sich zweifelnd zusammen. Sie wusste durch die Bücher aus der Schlossbibliothek in Solas, dass es in Caldo vier Reiche gab. Ihr eigenes, Solas, dann das des Volks der Erde, Talam, in dem sie sich gerade befand. Ebenso gab es noch Gaofar vom Volk des Windes und schlussendlich Hidrig, das Reich des Volks des Wassers, welches zwischen diesem und Solas lag. Noch nie hatte sie von Baistar gehört, geschweige denn gelesen. Sie prustete laut los.

„Bitte? Ihr wollt mir weismachen, dass es ein Reich gibt, von dem niemand aus meinem Volk weiß?“, belächelte sie die Aussage des älteren Mannes vor ihr. Seine Miene veränderte sich nicht. Wie ruhiges, windstilles Wasser blickten seine Augen in ihre.

„Ich will dir erklären, dass es ein weiteres Reich gab. Ein Reich von dem anscheinenden nur du nichts weißt“, unterbrach er ihr Kichern ernst.

Ihr Lächeln erstarrte, bis es schlussendlich starb. „Was soll das?“, erwiderte sie fragend. „Was erhofft Ihr Euch von dieser Lüge?“

„Ich erhoffe mir eine Chance für dich. Wenn du offen dafür bist“, antwortete Esmal ihr und stand langsam von der Bank auf. Er brauchte einen Moment, um sich gerade hinzustellen. „Ich will dir zeigen, was mit dem

Reich Baistar geschah", führte er weiter aus, blickte auf den Teich und wieder zu ihr zurück. Trotz seines freundlichen Tons schien es ihr nicht so, als hätte sie eine Wahl, als der Wachmann mit dem Seil Esmal zur schmalen Treppe folgte. Selbstverständlich ging Esmal die Treppe hinab und scherte sich anscheinend nicht um seine nasse Kleidung. Sobald er bis zum Bauch im Wasser stand, blieb er stehen und drehte sich wieder zu den beiden um. Der Wachmann zögerte keine Sekunde und führte Kalea in das hellblaue Wasser hinein. Sie war sich sicher, dass Esmal sie in diesem Teich ertränken wollte, sodass sie nur langsam ins eiskalte Wasser stieg. Das Tageslicht, welches durch die Risse der Baumrinde hereinschien, spiegelte sich auf der Wasseroberfläche.

Esmal sah ihre Angst. „Binde sie los!", rief er dem Mann zu. Dieser blickte ihn zweifelnd an, doch als Esmal zustimmend nickte, drehte er sich zu Kalea und löste vorsichtig die Fesseln. Seine Hand ruhte auf ihrem Rücken und sie spürte, wie er sie warnend über ihr Hemd schweben ließ. Er würde nicht zulassen, dass sie fliehen würde.

„Kalea, komm her", sagte Esmal, kam ihr entgegen und reichte ihr seine große Hand. Kalea wich kurz zurück, spürte den Mann in ihrem Rücken und ergriff schließlich Esmals Hand. Sie krallte sich an ihn, als sie weiter ins Wasser gingen. Leider hatte sie nie gelernt zu schwimmen, weshalb ihr Herz einen Marathon rannte. So sehr fürchtete sie sich vor dem Abgrund, der sich unter ihr versteckte. Sobald das Wasser beinahe ihre Schultern erreicht hatte und Esmals Bauch wieder unter der Wasseroberfläche verschwunden war, blieben sie stehen.

„Wenn du mich umbringen willst, ist das wirklich eine sehr feige Methode", ergriff sie das Wort, um ihre Angst zu überspielen.

Esmal und der Mann lachten. „Da hättest du recht. Aber ich will dich nicht umbringen. Ich will dir die Vergangenheit unserer Welt zeigen“, erklärte Esmal und deutete auf das Wasser um sie herum. „Du wirst erstmal Angst haben, aber du darfst keine Panik bekommen. Dieser Baum ist schon älter als jedes Lebewesen, das auf dieser Erde umherläuft. Er hat alles gesehen und sich alles gemerkt, was passiert ist. Durch diesen Teich erlaubt er uns, an der Vergangenheit teilzuhaben, wenn wir für seine Magie offen sind.“

Kaleas Puls schien sich bei seiner Erklärung zu verdoppeln.

„Nimm einen tiefen Atemzug und tauche unter Wasser. Für dich wird es sich länger anfühlen, während du in Wirklichkeit nur Sekunden unter Wasser sein wirst. Und denk daran, dass dir nichts passieren wird. Aber wenn du in Panik gerätst, wird sich die Magie des Baumes dir gegenüber verschließen, verstanden?“, fragte Esmal nach und durchbohrte sie mit seinen Augen. Leicht nickte sie, sichtlich überfordert mit den Informationen. Bevor sie es sich anders überlegen konnte, befahl er ihr, Luft zu holen und drückte ihren gesamten Körper unter das kalte Wasser. Für einen Moment sah sie nichts außer dem Wasser und spürte Esmals Hand an ihren Schultern.

Er ertränkt mich also doch, dachte sie.

Plötzlich erschien vor ihr ein helles Licht, das auf sie zu gerauscht kam und im nächsten Moment sah sie Erinnerungen in ihrem Kopf, die nicht die ihre waren.

Ein Land stand in Flammen. Menschen, die ihre Augen panisch aufrissen, liefen durcheinander und bettelten um ihr Leben. Sie selbst stand wie ein Geist mitten im Chaos und schien wie der Wind überall zugleich zu sein.

Sie spürte die Angst der Menschen um sich herum, sah ihre blutenden Wunden, ihre Tränen und den Tod. Ihre Augen brannten beim Anblick dieses Gemetzels. Der Rauch des Feuers verpestete ihre Lunge und ließ das Atmen immer schwerer werden. Wo war sie nur hineingeraten?

Die Angreifer, eine Armee in hellen Rüstungen, überrannte die vielen Dörfer dieses Reiches und brachte jeden Menschen um, der ihnen über den Weg lief. Selbst vor Kranken und Kindern machten sie nicht Halt. Die Gefühle der Opfer drohten sie zu übermannen. Ihre Sicht verschwamm. Hin- und hergerissen zwischen der Angst und der Wut, die sie spürte, schrie sie überfordert auf und hielt sich den pochenden Kopf. Nachdem sich ihre Sicht wieder schärfte, sah sie einen Jungen weinend vor einem Haus stehen. Beschmutzt mit dem Ruß des Feuers blickte er mit großen runden Augen zu ihr hinüber. Gerade wollte sie zu ihm rennen und ihn vor den Angreifern retten, als auch schon ein Soldat angeritten kam und den kleinen Jungen vor ihren Augen köpfte. Kalea schrie verstört und nachdem sie das Wappen des Soldaten sah, welches stolz auf der Höhe des Herzens prangte, sank sie auf die Knie zu Boden. Es waren Soldaten aus Solas. Die Szenerie veränderte sich und wo zuvor Flammen herrschten, ruhte nun ein Land voller Asche. Eine plötzliche Stille durchflutete ihre Ohren und raubte ihr die Luft. Keine Hilfeschreie, kein Weinen und kein Leben - nichts. Diese unnatürliche Ruhe, wo zuvor so viel Leben herrschte, ließ die Panik wieder in ihr wachsen. Ihr Herz begann mit ihrer Atmung um die Wette zu rasen und dann spürte sie, wie die Magie sie abstieß.

Laut aufatmend durchbrach sie die Wasseroberfläche, schnappte gierig nach Luft und schüttelte die Hände von sich, die ihr aufhalfen.

„Kalea, ganz ruhig“, sagte der Wachmann neben ihr, der ihren Oberarm fest umfasste, damit sie nicht erneut unter das Wasser geriet. Ihr Hals kratzte, sodass sie laut hustete. Wütend schlug sie nach den beiden, damit sie sie losließen.

„Du musst dich erstmal beruhigen“, sagte nun Esmal, und versuchte ihre Hände zu packen.

„Ich muss gar nichts!“, schrie sie außer sich und wand sich weiter aus seinem Griff. „Was habt ihr mir da gezeigt? Was habt ihr mich da durchleben lassen?“ Die Angst und Panik der Opfer lebten noch immer in ihr.

„Das war die Vergangenheit. Die Wahrheit“, redete Esmal auf sie ein, folgte ihr, als sie sich endlich von ihnen befreit hatte und sich aus dem Wasser kämpfte. Ihre Haare lagen platt an ihrem Kopf und dicke Wassertropfen flossen ihr übers Gesicht.

„Lügen waren das! Niemals könnte mein Volk so etwas anrichten!“, brüllte sie über ihre Schulter hinweg. Ihre Kleidung hing schwer an ihr herab, als sie sich nass triefend die Treppe hoch schleppte. Sobald sie die Wiese betreten hatte, spürte sie wieder die Hand des Wachmannes an ihrem Arm.

„Ich will, dass du siehst -“

„Ich sehe, dass Ihr mich manipulieren wollt!“, unterbrach sie Esmal und wirbelte zu ihm herum. Er stand noch auf der ersten Stufe der Treppe und verharrte bei ihrem Ausbruch in seiner Bewegung. „Ich weiß nicht, was Ihr Euch davon erhofft, aber es wird nicht klappen! Bring mich zurück in meine Zelle“, wandte sie sich an den Wachmann und wartete nicht auf die Antwort des Ältesten. Sie zog den Wachmann beinahe über die Wiese von diesem grausamen Teich weg. Schnell stoppte er sie kurz vor dem steinernen Tor, um ihr die Fesseln wieder anzulegen.

„Es ist wirklich die Wahrheit“, flüsterte er dabei, ohne sie anzublicken.

„Halt die Klappe“, erwiderte sie zwischen zusammengebissenen Zähnen. Stumm gingen sie zurück in den Kerker und sobald der Wachmann verschwunden war, die Wachen auf ihren Plätzen saßen und sich die vertraute Dunkelheit in ihre Zelle schlich, ließ sie den Tränen freien Lauf. Mühselig versuchte sie ihr Schluchzen im Ärmel ihres Hemds zu ersticken. Ihr Herz schmerzte. Sie empfand so viel Mitleid mit den Opfern dieser Vision, dass sie sich an ihr Herz fasste und ein weiterer Heulkrampf sie überrollte. Noch immer hörte sie die Schreie und spürte die Wut und Verzweiflung. Trotzdem gab sie sich alle Mühe, damit kein Geräusch ihres emotionalen Ausbruches von den Wachen gehört wurde. Niemals würde sie diese Leute wissen lassen, was sie ihr an diesem Tag angetan hatten.

KAPITEL 15

Die Welt war grausam. Das wusste Kalea. Sie war kein naives Kind, das behütet im Schloss aufgewachsen war. Es war nicht schwer das Leid der Menschen zu sehen, die jedes Jahr zu ihrem Geburtstag ins Schloss kamen, ihr Geschenke brachten und auch ihre innersten Wünsche äußerten , während sie bettelnd in den goldenen Käfig sahen. Die meiste Zeit wünschten sie sich Gesundheit oder mehr Glück. Alles Sachen, die Kalea ihnen niemals geben konnte.

„Warum wünschen sie sich solche Sachen von mir? Was kann ich ihnen schon geben?“, hatte sie an einem Geburtstag den Priester gefragt.

Er kratzte sich das kantige Kinn und seine braunen Augen sahen sie überlegend an. „Du gibst ihnen Hoffnung. Etwas, was sie sich selbst nicht geben können. Der Rest kommt von allein“, erklärte er mit seiner hellen Stimme und redete daraufhin direkt weiter, um weitere Fragen zu umgehen. Sie hatte es nie richtig verstanden. Wie konnte ihre alleinige Existenz diesen Menschen so viel Hoffnung geben, dass es sie Krankheiten überstehen ließ? Und sie fragte sich, wie lange sie diesen verzweifelten Menschen hoffnungsvolle Blicke schenken konnte, bis einer von ihnen erkennen würde, dass sie solch eine Macht nicht besaß.

Sie besaß keine Magie.

Eine Leere, die lebte, um für ihr Volk zu sterben. Dies war ihre einzige Aufgabe. Um mehr musste sie sich nicht sorgen.

„Durch deine Opferung wird diesen Menschen eine Zukunft geschenkt. Sieh sie an, als würdest du genau diese Zukunft in ihnen sehen", hallten die ernsten Worte des Königs in ihren Ohren wider. Sein Gesicht erschien ihr dabei vor ihrem inneren Auge und es kam ihr so echt vor, dass sie meinte, sein starkes Parfüm riechen zu können. Doch als sie die Augen öffnete, sah sie nur die ihr bekannten Steine ihrer Zelle. Und die Erinnerung verblasste vor ihren Augen.

Diese Grausamkeit der Welt, musste sie noch nie am eigenen Leib spüren. Nicht wie in der Vision, welche dieser verfluchte See ihr gezeigt hat. Sie hatte die Flammen gespürt, die an den Körpern der Menschen hinaufkletterten. Und schmeckte noch immer ihre Tränen und ihre Angst. Wenn sie die Augen schloss, hörte sie sogar noch die Schreie und das bettelnde Winseln der Opfer. Nicht nach Glück oder Gesundheit, sondern schlichtweg um ihr Leben oder das Leben ihrer Geliebten.

Und sie konnte nichts Anderes spüren als die Schwere, die an ihrem Körper zog. Es fühlte sich an, als wären ihre Kleider noch immer nass und würden sie in den See zurückziehen wollen. Doch der trockene Stoff, der an ihrer Haut rieb, bestätigte ihr, dass ihre Kleidung schon längst getrocknet war. Ihre Lippen lagen kühl aufeinander, während sie Angst hatte, diese auseinander zu nehmen. Angst davor, vor Verzweiflung zu schreien, nur damit die Schreie in ihrem Kopf verstummten. Also ließ sie ihre Lippen aufeinandergepresst, versuchte sich auf die Steine vor sich zu konzentrieren und sich an ihr Land zu erinnern, so wie sie es kannte. Nicht an die falsche Vergangenheit, die sie ihr gezeigt hatten.

Zögernd schloss sie die Augen, dachte an das Sonnenlicht und versuchte sich an das Gefühl zu erinnern, wenn die Sonne ihre Haut berührte. An die Wärme, die das knisternde Feuer in ihrem Kamin ihr nachts schenkte und an die Wärme, die sich nur in Emils Armen spüren konnte. So natürlich wie ein Atemzug, glitten ihre Gedanken zum Prinzen und sie musste ihre Augen noch fester zusammenkneifen, als sie sein Gesicht vor sich sah. Seine Augen, die ihr so viele Geschichten erzählten und die geschwungenen Lippen, die sich heimlich zu einem Grinsen verzogen, wenn er sie am Ende eines Flures sah. Wie sein Handrücken sie sanft streifte, wenn sie sich im Garten über den Weg liefen. Und als würde sie sich selbst quälen wollen, dachte sie an ihre letzte Begegnung zurück.

Ihren Tanz, sein schiefes Lächeln und an seinen Rücken, als er, ohne nach ihr zu sehen, aus dem Ballsaal verschwunden war. Einmal mehr fragte sie sich, wann diese alberne Schwärmerei aufhören würde. Wenigstens musste sie nun nicht mit ansehen, wie er heiratete. Hatte er schon längst eine Braut gefunden?

Nein. Bestimmt nicht.

Sie war gerade mal eine Woche verschwunden. So schnell konnte das nicht passiert sein. Es sei denn, er wusste schon längst, wen er heiraten wollte, und hatte es ihr nur nicht gesagt. Sie bezweifelte, dass er nicht ahnte, was sie für ihn empfand.

Stöhnend streckte sie ihre Beine und zuckte zusammen, als ihr Knie ein leises Knacken von sich gab. Müde blickte sie zu den vollen Schüsseln, die am Rande ihre Zelle standen und langsam einen unangenehmen Geruch absonderten. Dieses ständige Rumsitzen brachte sie um den Verstand, weshalb sie die Zeit damit verbrachte, ihre Zelle immer und immer wieder auszumessen. Es genügten drei Schritte, um von der einen Wand zur anderen zu gelangen. Von den Gitterstäben brauchte sie vier Schritte, um zur Rückseite der Zelle zu kommen. Die Steine waren so lang wie ihre Hand und so breit wie ihre Faust. Der Platz zwischen den Gitterstäben war gerade einmal so breit wie ihr Mittelfinger. Der Finger, den sie nur zu gern den Wachen entgegenstreckte, wenn sie ihr das Essen brachten. Sobald sie merkte, dass ihr die Augen zufielen und sich die Erinnerungen an den See an die Oberfläche kämpften, öffnete sie ihre Lider. So schnell es ging stand sie auf. Kleine schwarze Punkte tanzten kurz vor ihren Augen, ehe sich ihr Kreislauf an den plötzlichen Positionswechsel gewöhnte. Es dauerte nicht lange, da merkte sie, wie sich die Erinnerungen wieder zurückzogen. Als Kind hatte sie sich diese Fähigkeit antrainiert, um den Moment zu vergessen, als ihr damaliger Leibwächter, Cyrus, ihretwegen gestorben war. Sie drückte das Erlebte im Geiste unter eine dickflüssige Welle. Wie zäher Honig überzog dieser die zu verdrängenden Bilder und sorgte meistens dafür, dass sie so schnell nicht wieder an die Oberflächen kamen. Und während der Wellengang aus Honig, die Bilder von brennenden Menschen in ihr Unterbewusstsein drückte, lief sie die wenigen Schritte in ihrer Zelle auf und ab. Ein Gedicht aus ihrer Kindheit half ihr dabei, sich zu konzentrieren, sodass sie es immer wieder flüsternd aufsagte:

„Der Namensfluch auf unsren Lippen,
die Lichter in unsren Augen,
stürzen wir sie von den Klippen.
Wirst du es uns erlauben?"

Ihre Füße kamen an der Wand zu stehen. Im Takt drehte sie sich um und ging denselben Weg zurück, ohne ihren Blick vom Boden zu nehmen.

„Das Licht in unsren Herzen so hell,

der Sommer in unsren Adern so heiß,

unsre Zukunft für immer hell,

bezahlen werden wir den Preis."

Sie erstarrte als das Klirren der Gitterstäbe durch die Zelle drang und ihr Flüstern vollends verstummte. Ein bekanntes Gesicht stand vor ihrer Zelle und tippte mit einer vollen Schüssel Essen erneut gegen die Stäbe.

„Ich weiß, dass es besseres Essen gibt, aber, wenn du nicht bald was isst, werden sie dich zwingen", erklang Henris warme Stimme. Seine linke Augenbraue ging auffordernd nach oben, als er ihr die Schlüssel reichte. Die Zellentür war einen Spaltbreit geöffnet, damit das Geschirr hindurch passte.

Sie reagierte nicht.

Er seufzte, öffnete die Tür weiter und trat in die Zelle hinein. „Du bist nicht lange hier und hast schon zu viel Gewicht verloren." Abschätzend blickte er ihre verdreckten Klamotten an, die ihr an den Schultern hinunterrutschten. Sie versuchte nicht mal ihr Lachen zu unterdrücken und zog das Hemd über ihre Schulter.

„Du tust so, als wäre das hier Urlaub für mich", sagte sie und deutete mit kreisendem Finger auf ihre kleine Zelle.

„Nein, das denke ich nicht", sagte er nun kühler und reichte ihr die Schüssel mit dampfender Suppe. „Ich sage nur, dass dein Hungern nicht sein müsste."

„Ich müsste auch nicht hier sein. Ich könnte in meinem Land sein und ihr müsstet euch nicht darum scheren, ob ich genug esse."

„Warum willst du so dringend zurück?“, mischte sich jemand hinter Henri ein und als Kalea seine Stimme hörte, spürte sie wie ihre Haut vor Wut kribbelte. Lässig kam Faun einen Schritt näher auf die Zelle zu und lehnte sich an die Gitterstäbe. Aufgrund des spärlichen Lichts im Kerker, konnte sie seine Augen durch die schwarze Maske kaum erkennen.

„Warum fragst du das immer wieder? Liegt das nicht auf der Hand?“, antwortete sie gereizt und blickte ihn mit ihren grauen Augen herausfordernd an.

„Wenn du so dringend sterben willst, kann ich das gerne für dich erledigen“, knurrte Faun mit neckischem Ton, stieß sich von den Gitterstäben ab und kam näher auf sie zu.

„Probiere es doch“, spielte sie falsches Selbstbewusstsein vor und richtete sich zu ihrer vollen Größe auf. Ihr war bewusst, dass sie keinerlei Kampferfahrung besaß. Doch zu sehen, wie sich Fauns Hände wütend um den Knauf seines Schwertes legten und sich seine Atmung beschleunigte, brachte ihr einfach zu viel Genugtuung, um nun zurückzuschrecken. Bevor Faun jedoch einen weiteren Schritt auf sie zugehen konnte, unterbrach Henri ihren zornigen Blickkontakt und kam mit seinem Blondschopf dazwischen.

„So unterhaltsam euer Schauspiel auch ist, haben wir dafür keine Zeit.“ Sein Blick blieb einige Sekunden an Faun hängen, bis dieser wenige Sekunden später den Blickkontakt zu Kalea unterbrach und nickte.

„Und du“, Henri wandte sich ihr wieder schwungvoll zu, „isst. Sonst müssen wir dich dazu zwingen und das wollen wir beide nicht.“ Beinahe sah er sie flehend an.

Harsch nahm sie die Schüssel entgegen und sah, wie Henris Mundwinkel kurz nach oben gingen.

„Gut. Da das erledigt ist, gehen wir wieder“, sagte er rasch, drehte Faun an den Schultern um und schob ihn aus der Zelle hinaus, die er auch direkt hinter sich abschloss.

„Das nächste Mal kann der da“, sie zeigte auf Faun, der sich wieder zu ihr umgedreht hatte, „gerne oben warten.“

„Nichts lieber als das“, erwiderte ihr Entführer und wollte gerade wieder zu ihrer Zelle laufen, da sie ihm süß lächelnd den Mittelfinger zeigte, als sein Freund ihn aufhielt. Er wehrte sich, als er ihn die Treppe hinaufschob und versuchte ihn zu beruhigen. Das kleine Grinsen auf Henris Lippen konnte Kalea gerade noch sehen, als er noch einmal zu ihr blickte, bevor er Faun hinauskatapultierte. Das Kribbeln unter ihrer Haut erlosch mit jeder vergangenen Sekunde. Das Gefühl, welches sie eben dazu gebracht hatte, sich aufrecht hinzustellen, verflog. Zurück blieb die Schwere, die sie wieder auf den Boden ziehen wollte. Also strich sie sich die Haare hinter die Ohren, stellte die leicht verzierte Schüssel zu den anderen und ging ihren kurzen Weg erneut auf und ab.

„Der Namensfluch auf unsren Lippen …“

KAPITEL 16

Sie hatten ihre Warnung ernst gemeint. Einen Tag später fand sie sich zur Mittagszeit im Schloss wieder und saß Faun in einem kleinen Raum an einem runden Tisch gegenüber. Vor ihr stand eine dampfende Suppe mit beigelegtem Knoblauchbrot. Wie ein trotziges Kind lehnte sie sich gegen die Stuhllehne und sah den Mann mit ausdruckslosem Gesicht an. Seine Hände waren auf dem Tisch, während er sie beobachtete. Durch seine Maske wirkte er genauso teilnahmslos, wie sie. Neben ihr saß Aurum, die sie wie immer mit ihrer Magie ins Schloss hineingebracht hatte und nun nervös auf ihrer Unterlippe herumkaute.

„Kalea, bitte iss etwas“, durchbrach ihre bettelnde Stimme die Stille. Die Situation gefiel ihr genauso wenig wie Kalea, was deutlich in Aurums Gesicht zu sehen war. Ihr unwohler Blick huschte von der Schüssel zu ihr und wieder zurück.

„Iss“, wiederholte Faun mit ruhigem Ton und lehnte sich nach vorne. Ihre momentane Lage abschätzend, neigte sie den Kopf zur Seite und spürte ein aufgeregtes Kribbeln in ihrem Bauch.

Faun seufzte. „Entweder du isst oder wir müssen dich wirklich dazu bringen.“ Sein Kopf drehte sich zu Aurum. Sie tat es ihm nach und sah den nervösen, aber trotzdem ernsten Gesichtsausdruck der jungen Frau.

„Warum ist es euch so wichtig, dass ich etwas esse?“

„Wir sind keine Monster, Kalea“, antwortete sie und lehnte sich auf den Tisch vor. „Wir wollen nicht, dass du verhungerst.“

„Aber ihr wollt, dass ich sterbe“, stellte Kalea die unausgesprochene Tatsache in den Raum.

Aurum starrte sie an, sah zu Faun und wieder zurück. „Wir wissen nicht, was wir mit dir machen“, antwortete sie und zuckte leicht mit den Schultern.

Ein Lachen entfloh ihr, während sie den Blick von den beiden abwandte. Seit mehreren Minuten saßen sie in einem kleinen Esszimmer, der neben einer Küche lag. Zu ihrer rechten war eine Holztür, von wo aus sie das Klirren von Töpfen und ein lauten Stimmenwirrwarr hörte. Sie konnte sich nur ausmalen, wie groß die Küche war. Doch im Vergleich zu diesem Raum bestimmt riesig. In diesen passte gerade einmal der runde Tisch mit den sechs Stühlen und eine kleine Anrichte, in der das Geschirr um die Wette verstaubte. Neben dem Fensterbogen stand eine Topfpflanze, die unnötig viel Raum in Anspruch nahm. Als Aurum sie die Flure des Schlosses entlanggeführt hatte, versuchte sie sich so viel wie möglich zu merken. Doch waren sie durch so viele verschiedene Gänge gegangen, dass sie den Überblick verloren hatte. Der Raum hatte neben dem Eingang zur Küche, noch zwei weitere Ausgänge. Die Tür, durch die sie hereingekommen waren und eine weitere, dessen Ziel Kalea nicht kannte. Faun hatte schon wartend am Tisch gesessen. Als sie sein vertrautes Erscheinungsbild gesehen hatte, wäre sie am liebsten auf dem Absatz umgekehrt, hätten Aurums Lianen sie nicht im Griff gehabt. Der Teppich unter dem Tisch ähnelte denen in den Fluren. Ein sattes Moosgrün mit goldener Verzierung an den Rändern. Die Bögen, die diesen Leuten als Fenster dienten, waren im Flur mit tiefgrünen Vorhängen dekoriert. Der Stoff sah so dick aus, dass Kalea am liebsten hinein gefasst und ihre Finger darin vergraben hätte.

Nachdem sie nach einigen Minuten noch immer ihr Essen nicht angerührt hatte, seufzte Faun noch lauter und gab Aurum mit einer Handbewegung den Befehl. Sobald Kalea sah, wie ihre Augen grün leuchtete und neben ihrem Stuhl die ihr allzu bekannten Lianen wuchsen, sah sie mit weit aufgerissen Augen zu den beiden.

„Ist ja gut", willigte sie ein und wich den Lianen aus, die sich um die Stuhllehnen schlangen. Aurum stoppte erst dann die schwingenden Fesseln, als sie endlich den Löffel in die Hand nahm. Gereizt redete sich Kalea ein, dass sie nur nachgab, weil sie keine Lust hatte, von Faun gefüttert zu werden und nicht dem tiefen schwarzen Loch in ihrer Magengrube seinen Willen gab. Beide beobachteten sie, während sie etwas Suppe auf den Löffel schöpfte und diesen an den Mund führte. Es war eine herrlich duftende Kürbissuppe, an deren Oberfläche drei kleine Kürbiskerne schwammen. Der Koch hatte sich Mühe dabei gegeben, das Gefängnisessen gut aussehen zu lassen, dachte sie sich und schob sich den Löffel missmutig in den Mund.

Sie war köstlich und für einen Moment dachte Kalea, noch nie etwas Vergleichbares gegessen zu haben. Der volle Geschmack des Kürbisses kam wunderbar rüber. Die frische der Creme, die untergerührt war, paarte sie vorzüglich mit dem Röstaroma der Kerne. Doch dies ließ sie sich nicht anmerken, und aß, ohne ein Wort zu sagen, ihre Suppe weiter. Eine Gänsehaut breitete sich auf ihrer Haut aus. Ihr war schon länger aufgefallen, wie kalt ihr seit dem Hungerstreik geworden war, sodass die Wärme der Mahlzeit ihren ganzen Körper erwärmte. Aurum und Faun sahen ihr weiterhin stumm beim Essen zu. Da sie die beiden jedoch ignorierte, bekam sie den erleichterten Gesichtsausdruck der Frau neben sich nicht mit.

Nach fünf Löffeln und einem großen Bissen vom Brötchen, ließ sie den Löffel in die Schüssel fallen und setzte sich im Stuhl zurück. Sie fühlte sich, als hätte sie ein Drei-Gänge-Menü hinuntergeschlungen.

„Iss weiter. Es gibt noch einen Nachschlag, wenn du willst", sagte Aurum euphorisch, konnte anscheinend ihre Erleichterung nicht weiter unterdrücken und deutete auf den kleinen Topf, der in der Mitte des Tisches stand. Neben diesem stand ein kleiner Brotkorb mit weiteren Brötchen und einem kleinen Messer.

Kalea schüttelte kauend den Kopf. Das Brötchen schien mit jedem Bissen mehr in ihrem Mund zu werden.

„Du hast doch kaum was gegessen", wand sie wieder ein, schob den Stuhl zurück und griff schon zum Deckel des Topfes, als Faun ihre Hand in der Bewegung stoppte.

„Es wird etwas dauern, bis sie mehr essen kann", erklärte er ihr und sah zu Kalea. „Wenn man länger nichts isst, sollte man es nicht übertreiben." Seine Stimmlage ließ sie vermuten, dass er dieses Problem kannte.

„Ach so. Natürlich, tut mir leid", sagte Aurum und ärgerte sich über sich selbst. Nervös strich sie sich eine kurze blonde Strähne hinters Ohr und ließ den Deckel zurück auf seinen Platz fallen

„Und vielleicht habe ich Evalin gebeten, etwas Magie zur Sättigung in die Suppe zu geben", gab Faun leise zu und wich Aurum aus, als sie nach ihm schlug.

„Du hast was?", fragte sie aufgebracht nach und richtete sich ungläubig auf.

„Nur ein bisschen", verteidigte er sich und hob abwehrend seine Hände. „Ich dachte nicht, dass sie mehr als einen Löffel isst. Also hat Evalin etwas Magie hineingetan, damit sie trotzdem genug im Magen hat. Selbst, wenn sie nur einen Löffel zu sich nimmt."

„Bitte, was?", meldete sich Kalea fassungslos zu Wort, nachdem sich endlich dieses blöde Brot hinuntergeschluckt hatte. „Ihr führt mir Magie zu, ohne mein Wissen?"

„Das ist nichts Gefährliches, versprochen", versuchte Aurum sie zu beruhigen. „Eher im Gegenteil, aber Faun hätte mir davon etwas sagen sollen!" Mit in die Hüften gestemmten Händen, blickte sie den Gleichaltrigen eindringlich von oben herab an. Jedoch lehnte sich dieser weiter im Stuhl zurück, mied ihr Gesicht und zuckte scheinbar unbekümmert mit den breiten Schultern.

„Dir? Ihr hättet *mir* etwas sagen müssen! Was ist da in mir?", fuhr Kalea die beiden an, die sie erschrocken anblickten, als sie den Stuhl nach hinten schob und aufstand. Mit einem lauten dumpfen Schlag fiel dieser dabei zu Boden. Ihre Hände schlug sie mit voller Kraft auf den Tisch. Beinahe kippte die Schüssel und der Löffel klimperte gegen das Geschirr.

„Kalea, beruhige dich", ermahnte Faun sie, kam langsam in den Stand und sah sie misstrauisch an. Seine Hand strich langsam über sein Schwert, als er ihren stürmischen Gesichtsausdruck sah.

„Warum sollte ich? Ihr entführt mich und jetzt flößt ihr mir auch noch irgendetwas ein!"

„Ich verspreche dir, dass die Magie im Essen dir nicht schadet. Sie nährt dich nur mehr und sorgt dafür, dass du genug Nährstoffe zu dir nimmst", erklärte Aurum mit ruhigem Ton und hob ihre Hände beschwichtigend. Beide betrachteten sie, als wäre sie ein wildgewordenes Tier und genauso fühlte sie sich auch. Nach all den Tagen in dieser dunklen Zelle, getrennt von Emil, dem Verrat von Ele und nun auch noch der Verabreichung von Magie, wollte sie am liebsten um sich schlagen. Sie wollte Faun diese verdammte Maske vom Gesicht reißen und ihm die Augen auskratzen, die sie argwöhnisch musterten. Und sie wollte Aurum diesen beunruhigten Ausdruck aus dem Gesicht schlagen und ihre verdammten Lianen zerschneiden.

Sie hatte genug.

All diese Leere, die sie in den letzten Tagen gespürt hatte, schien in diesem Moment von einer unbändigen Wut erfüllt zu werden. Der umgefallene Stuhl kratze gegen den Boden, als sie ihn mit dem Fuß zur Seite schob und die wenigen Schritte zur Wand lief, ehe sie sich wieder zu ihnen umdrehte.

Faun befürchtete zunächst, dass sie rausgehen würde. Doch die Wachen würden sie rechtzeitig aufhalten.

„Kalea, beruhige dich. Jetzt!“, schrie Faun sie an und betonte ihren Namen knurrend.

Aurums Augen huschten über ihr Gesicht und als sie sah, wie Kalea auf sie zukommen wollte, glühten ihre Augen grün auf. Rasend schnell kamen die Lianen aus dem Boden herausgeschossen und schlangen sich um Kaleas Beine. Diese verzog ihr Gesicht vor Zorn. Geschickt schnappte sie sich das kleine Messer, welches im Brotkorb steckte, bekam eine der Lianen zu packen und schnitt quer hindurch. Ein Glücksgefühl ging durch ihren Körper, als das andere Ende der grünen Lianen auf den Boden fiel und in wenigen Sekunden einging. Aurum, die nur wenige Schritte vor ihr stand, kreischte plötzlich vor Schmerz auf und stützte sich taumelnd am Tisch ab.

„Aurum!", rief Faun, hielt sie an ihren Schultern und untersuchte ihr Gesicht. „Scheiße. Wachen!"

Im Nu war der Zorn aus ihr gewichen, sobald Aurum ihren Blick durch ihre blonden Strähnen auf sie richtete. Erschrocken ließ sie das Messer fallen, ohne sich von der Frau wegzudrehen, die sie mit glänzenden Augen ansah. Mit zitternder Hand hielt sie sich ihre Wange und als sie diese einen Stück weghielt, weil Faun ihre Hand von ihrem Gesicht zog, klaffte ein tiefer Schnitt in Aurums Haut.

Sie hatte sie verletzt. Langsam sah Kalea zur vertrockneten Liane hinunter. Braun, faltig und völlig regungslos lag das Stück der Pflanze vor ihren Füßen. Die anderen Lianen flüchteten langsam in den Boden zurück.

„Ich wollte das nicht", stammelte sie unbeholfen, während er erneut nach den Wachen rief und Aurum sich wieder gerade hinstellte. Keine Sekunde später kamen zwei Wachmänner durch die Tür hineingestürmt und blickten verwirrt zu ihnen.

„Bringt sie sofort zurück in die Zelle", befahl Faun ihnen und richtete dann seine ganze Aufmerksam auf Aurum, die gerade dabei war, ihm zu widersprechen. Gleichzeitig packten die Wachen ihre Oberarme und schleppten sie schon aus dem Esszimmer hinaus. Währenddessen drehte sich Kalea noch einmal um und sah, dass Aurum ihr mit einem nicht deutbaren Blick hinterher sah.

„Evalin!", donnerte die Stimme des maskierten Mannes zu ihr herüber, ehe die Tür zu schwang und ihre Sicht auf die beiden verbarg.

KAPITEL 17

Licht durchflutete die kleine Zelle, sobald die Person mit der Fackel nähergetreten war. Müde rieb sie sich die geschwollenen Augen und blinzelte dem Licht entgegen. Sie hatte die letzten Stunden leise vor sich hin geweint, da ihr schlechtes Gewissen wie Steine in ihrem Magen saß. Ebenso befürchtete sie, dass sie für ihren Angriff bestraft werden würde. Schließlich hatte sie gänzlich die Beherrschung verloren.

„Du siehst ja schlimmer aus als ich", trällerte eine ruhige Stimme ihr zu. Sogleich rappelte sie sich auf ihre kalten Füße und ging zögernd auf die junge Frau zu, die sie überraschend besuchte. Scheu lächelte ihr Aurum entgegen.

„Du", sagte Kalea leise und begutachtete das Gesicht ihrer Besucherin. Die kurzen blonden Haare waren zu einem kurzen Zopf zusammengebunden und gaben den Blick auf ihre Wangen frei. Der Schnitt blutete zwar nicht mehr, war aber selbst in dem dämmrigen Licht gut zu erkennen. Drumherum erkannte sie eine leichte Schwellung.

„Ja, ich", erwiderte sie und wippte leicht auf ihren Füßen vor und zurück. „Keine Ahnung, was ich hier mache."

„Habt ihr euch entschieden?", fragte Kalea mit möglichst ruhiger Stimme, nachdem sie einige Sekunde verstummt waren.

Die Besucherin blickte sie fragend an. „Was sollen wir entscheiden?"

„Was ihr mit mir macht, wegen dem, was passiert ist." Sie zeigte mit ihrem Finger auf die Wunde in Aurums Gesicht.

„Ach, das", sagte sie und winkte mit der freien Hand ab. „Das war doch kaum was." Ihr Lächeln erstarb, als sie ihren ernsten Blick sah.

„Nichts? Das kam mir aber nicht so vor."

Aurums Blick glitt an Kaleas Arme, wo sie sich unbewusst über die geröteten Stellen strich. Die Wachen hatten sehr fest zugepackt. „Das tut mir leid. Es reagieren hier alle sehr harsch, wenn es um magische Verletzungen geht. Glaub mir, es ist mittlerweile kaum der Rede wert", versuchte die Blondine sie zu beruhigen und hielt die Fackel näher an ihr Gesicht heran. „Siehst du. Es blutet gar nicht mehr. Es wird etwas länger dauern, bis der Schnitt ganz verheilt, aber das ist auch schon alles."

Kalea konnte nicht erkennen, ob das scheue Lächeln echt war, aber innerlich war sie froh, dass es der jungen Frau anscheinend gut ging und sie ihr nicht böse war. Die Steine in ihren Magen wurden immer leichter. Glücklich über diese Erleichterung, die sich in ihrem Körper ausbreitete, lächelte sie kaum merklich. Aurums grüne Augen weiteten sich, ehe sich ihr Lächeln sichtlich vergrößerte.

„Ich verstehe bis jetzt nicht, warum ich dich damit verletzt habe", gestand sie die Verwirrung, die sie die letzten Stunden begleitet hatte.

Die junge Frau sah sie ruhig an. Ihr war anzusehen, dass sie wild hin und her überlegte. „Du wusstest es nicht?", fragte sie schließlich. „Dass du mich damit verletzen würdest?"

Bestätigend nickte sie und blickte kurz zu den Wachen, die von ihren Karten immer wieder zu ihnen hinüberblickten, als befürchteten sie, dass sie Aurum was antun würde.

„Ich kann es dir nur so erklären, dass unsere Magie ein Teil von uns ist. Sie ist in uns drin. Talam ist stärker mit der Natur verbunden als die anderen Reiche. Wir nehmen und ernähren uns von ihr, um am Ende ein Teil von ihr zu werden, wenn wir in den nächsten Tag übergehen. Und da uns die Natur die Magie verleiht, geben wir ihr etwas durch unser Leben zurück. Unser Herz schlägt in den untersten Erdschichten", führte sie ihr ruhig aus und ließ zur Verdeutlichung eine kleine Liane aus ihrer Handfläche wachsen, die Kalea zuwinkte. Automatisch erwiderte sie die Geste.

Es machte Sinn, dass die Materialisierung der Magie unter den Reichen unterschiedlich war. Sie wusste von Emil, dass die Magie in Solas von außen kam. Durch das Licht, das sie umgab und ihre Hautschichten durchdrang. Umso mehr Tageslicht einen Solasia durchflutete, desto mächtiger war er. Der Kronprinz erklärte ihr einmal, dass nur wenige ihres Volkes in der Lage waren, dieses Licht in sich zu speichern, um später darauf zurückzugreifen. Ansonsten griffen die Solasia in der Nacht auf die schwachen Lichtquellen um sich herum zu, wie den Mond, dem Licht der Fackeln oder der Sterne. Die Magie war kein Teil von ihnen. Nicht wie in diesem Reich. Die Talamer waren mit ihrer Magie auf eine Weise verbunden, die ihr bis dahin nicht bewusst war. Sie schluckte.

„Es tut mir leid", sagte sie wahrheitsgemäß und sah, wie Aurum die Luft einzog. „Ich wusste nicht, dass ich dich verletzen würde. Das war nicht meine Absicht."

Aurum nickte ihr anerkennend zu. „Ich glaube dir. Normalerweise passiert das auch nicht so schnell. Umso länger und weiter weg meine Lianen sind, desto weniger Schaden erhalte ich, wenn sie zerstört werden. Aber im Esszimmer waren sie noch sehr kurz und keinen Schritt von mir entfernt."

„Hätte ich dich ernsthaft verletzen können?"

Aurum zögerte nach dieser Frage. Argwohn lag für einen kurzen Moment in ihrem Blick, ehe sich dieser legte. „Nein. Wir werden geschwächt und spüren Schmerzen, aber können dadurch nicht sterben."

Kalea nickte verstehend.

Kurz blickte ihre Besucherin sie nochmal nachdenklich an, grinste zufrieden und verabschiedete sich dann von ihr.

Die Steine in ihrem Magen hatten nur noch eine Spur des schlechten Gewissens hinterlassen, während sie sich wieder in ihrer kleinen Zelle auf den Boden setzte.

Dass sich ein gleichfalls erleichtertes Lächeln auf ihre Lippen stahl, blieb ihr Geheimnis.

KAPITEL 18

„Was hat sie gesagt?", fragte Henri, nachdem Aurum erzählte, dass sie Kalea den Abend zuvor besucht hatte. Wie an den meisten Morgen saßen sie in Esmals Arbeitszimmer im Schloss und belagerten die darin befindliche Sofalandschaft. Zu Beginn meckerte er, wenn die Gruppe zu ihm kam, doch nach all den Jahren empfand er es eher als unnatürlich, wenn die Gruppe an Freunden nicht bei ihm saß. Als der Älteste musste Esmal zwar bei großen Entscheidungen immer die Königin informieren und nach Erlaubnis fragen, doch genoss er trotzdem einige Privilegien in Viredis. Wie zum Beispiel, dass er, sein Gefolge und die Ratsmitglieder, die er auswählte, den Südflügel des Schlosses bewohnten. Der Ostflügel war für die Bediensteten, die nicht im Dorf wohnen wollten und der Westflügel war den Waisen und Flüchtlingen zugeschrieben, die ihren Weg nach Viredis fanden. In diesen hatten auch Bodan und Faun ihre Gemächer vor einigen Jahren bezogen.

„Sie hat sich entschuldigt", erwiderte Aurum stirnrunzelnd und seufzte zum Ende hin.

Henri schnalzte mit der Zunge und ließ sich nach hinten gegen die grüne Sofalehne fallen. „Wer's glaubt."

Faun lauschte stumm der Unterhaltung und ließ den Blick im Arbeitszimmer umherwandern. Dieses war sehr gemütlich eingerichtet. Hinter Esmals großen Schreibtisch waren große Fensterbögen eingearbeitet, die mit dicken dunkelroten Vorhängen am Abend verdeckt wurden. Ein beiger Teppich belegte beinahe den ganzen Fliesenboden und die bunte Sofalandschaft füllte neben den Bücherregalen und dem Kamin den Rest des Zimmers. Wenn jemand Fremdes diese Anordnung an Sitzmöglichkeiten zum ersten Mal sah, kam es diesem wahrscheinlich wie ein bunt zusammengeworfener Haufen an Polstergarnituren vor.

Und genau das war es auch.

Mit den Jahren hatte die Gruppe immer mehr Sofas in das Zimmer hineingestellt, damit sie alle einen guten Platz hatten. Auf einem blau-türkisen Zweisitzer tummelten sich Aurum und Bo, während Faun auf einem dunkelblauen Sessel saß. Seine Füße lehnten an Amrins orangem Sofa, worauf sich dieser langgemacht hatte und abwesend in einem Buch blätterte. Sie waren alle froh, dass es noch nicht so kühl war, dass sie das Feuer im offenen Kamin anzünden mussten. Dank des Baumstamms, indem sich das Schloss befand, wurde eine Menge der kühlen Luft draußen gehalten.

„Schwer zu glauben. Was hat sie genau gesagt?", fragte er kritisch nach und hielt in seiner Bewegung inne, wodurch das Teewasser in seiner Tasse fast über den Rand schwappte. „In der Zeit, die ich bisher mit ihr verbringen durfte, wirkte sie nicht unbedingt selbstkritisch auf mich." Er setzte die Tasse an seinen Mund und trank vorsichtig einen Schluck von dem heißen Getränk. Bodan grunzte amüsiert, während Esmal ihn scharf von der Seite her ansah. Die schwarze Maske, die in Kaleas Anwesenheit in seinem Gesicht ruhte, lag auf dem kleinen Tisch vor ihm.

„Ich bezweifle, dass sie irgendeinen klaren Gedanken fassen konnte, seitdem sie hier ist“, merkte der Älteste ruhig an, ging um seinen Tisch herum und lehnte sich auf der anderen Seite des Tisches an. „Ich habe sie kurz gesehen, als die Wachen sie wieder in den Kerker gebracht haben. Sie war blass gewesen und ihre Augen hatten durch alles hindurch gesehen. Ich fürchtete, dass sie jeden Moment ohnmächtig würde.“

„Die Arme“, flüsterte Aurum leise in ihre Kaffeetasse hinein, ohne ihren Blick zu heben.

„Ich bitte euch“, wand Faun zischend ein und bekam auch direkt ein zustimmendes Nicken von den übrigen Männern. „Sie hatte kein Problem damit, mir meinen Dolch in die Seite zu rammen. Also sagt mir nicht, dass ihr Mitleid mit ihr habt. Aurum, sie hat dich verletzt!“

Bo strich ihr leicht über die geschundene Wange und stimmte seinem Bruder zu.

Aurum wich genervt seiner Hand aus. „Habt ihr denn kein Mitleid mit ihr?“, fragte sie stürmisch und stellte vorsichtig ihre Tasse auf den Tisch, der in der Mitte der Sofalandschaft stand. „Wir dachten, dass wir eine Waffe aus dem Schloss holen würden. Eine Waffe, die unser aller Untergang werden würde und kein Mädchen, das mit ihrer Naivität in einem goldenen Käfig gesperrt wurde und die Wahrheit nicht kennt!“

Ihr Freund strich ihr beruhigend über die Arme, was sie diesmal zuließ und sich in Bos Geste hineinlehnte. „Liebling, du vergisst aus welchem Volk sie stammt. Was diese Leute mit uns allen gemacht haben.“ Er strich ihr eine Strähne aus dem Gesicht und suchte ihren Blick. „Sie haben von zehn Männern nur Amrin und mich am Leben gelassen und das nur, weil Ele gesagt hat, dass sie uns gesehen habe, wie wir die Männer angeführt hätten. Nur weil sie dachten, dass wir die Anführer dieses Angriffs waren, haben sie unsere Freunde vor unseren Augen hingerichtet und uns gefoltert. Sie haben deinen Cousin vor meinen Augen ausgepeitscht. Einen fünfzehnjährigen Jungen! "

Faun bemerkte, wie Amrin im Umblättern innehielt, die Augenbrauen nachdenkend zusammenkniff und dann das Buch zuklappte. „Ich muss Aurum zustimmen. Denn an dem, was uns passiert ist, trägt sie keinerlei Schuld. Ihr Volk, besser gesagt die Soldaten, schon. Aber nicht sie", merkte der Jüngste von ihnen an und blickte von seiner Cousine zu Bo und schlussendlich zu Faun, der grimmig den Kopf schüttelte. Er wusste, dass Faun seine Meinung zu dem Thema schätzte, so wie sie alle. Trotz seines Alters gehörte er aufgrund seiner hohen Intelligenz und seinem Wissendurst zu den besten Gelehrten Talams. Amrin selbst war, wie Kalea, ein Leerer. Ein Mensch geboren ohne jegliche Magie. Dies war auch der Grund, warum er sich seit frühster Kindheit in den Büchern verlor. Was ihm aufgrund der fehlenden Magie fehlte, konnte er in der Literatur finden. Denn Wissen war Macht.

„Sie war hier, wurde entführt und hat uns geholfen, euch da rauszuholen", sagte Aurum aufgebracht, wand sich sanft aus Bos Griff und stand auf. Sie blickte hilfesuchend ihre Freunde an und erblickte in Henris Augen, die Amrin aufmerksam musterten, einen Hauch von Verständnis.

„Sie ist nicht gerade freiwillig bei der Rettungsmission mitgekommen", widersprach Faun zornig und stellte seine Tasse geräuschlos auf die verzierte Untertasse.

„Wärst du es?", merkte Bo mit hochgezogener Augenbraue an und blickte seinem Bruder tief in die Augen. Er erwiderte nichts.

„Wir wissen, dass sie nicht daran beteiligt war, aber Aurum, du vergisst, was sie symbolisiert“, ergriff Esmal das Wort. „Sie schöpfen aus ihr Hoffnung. Eine Hoffnung, die wir ihnen nicht geben dürfen. Nicht, nachdem sie uns so viel Leid angetan haben und uns noch antun werden.“

„Aber was kann sie für ihre Symbolik?“, murmelte Amrin und setzte sich nun aufrecht hin. Das Buch in seinem Schoß schon längst vergessen. Das weiche Kissen, welches seinen fast verheilten Rücken schonte, schüttelte er nebenbei auf.

Faun verschränkte die Arme vor der Brust und legte seinen Blick auf den Jüngsten. „Amrin, ich sehe ein, dass sie nichts für ihre Symbolik kann. Sie wurde da hineingeboren. Ich bin der Letzte, der diese Tatsache nicht berücksichtigt“, begann er mit beruhigender Stimme und spürte nun die Blicke der anderen auf sich. „Aber Esmal hat recht. Was sie Solas bedeutet, ist wichtiger als unsere Gefühle oder unser Mitleid für ihre Situation. Das ist etwas, was wir nicht ignorieren können.“

„Sagt derjenige, der sich von jedem Wort, der aus ihrem Mund kommt, provozieren lässt“, murmelte Henri leise und griff nach einem Keks, der mit weiteren auf einem Teller in der Mitte des Tisches lag. Faun ignorierte seine Aussage.

„Dann lasst sie wenigstens aus dem Kerker“, bat Aurum eindringlich und trat an den Ältesten heran. „Ich habe gesehen, wie aufgebracht sie im Kerker auf und abgerannt ist, nachdem du ihr den See gezeigt hast. Sieht so jemand aus, der die Wahrheit schon vorher kannte? Wer weiß, was sie ihr erzählt haben?“

„Du spinnst doch“, schnaubte Faun, „du kannst nicht wirklich wollen, dass sie in Viredis herumspaziert.“

„Warte“, unterbrach Esmal ihn und kratzte sich überlegend den Bart. „Wenn wir sie an diesen Ort binden und gleichzeitig schaffen, dass sie uns vertraut, erfahren wir vielleicht, was die weiteren Pläne von Solas sind. So, wie es momentan ist, wird sie uns nichts sagen. Sie ist schon zehn Tage hier und wir wissen nicht mehr als zuvor. Solas verhält sich ruhig und uns läuft die Zeit davon.“

Henri nickte zustimmend und Faun schüttelte ungläubig den Kopf. Ihm war schleierhaft, wie sie diese Idee in Betracht ziehen konnten. Er hatte am eigenen Leib erfahren, wozu sie im Stande war, und er war sich sicher, dass sich die anderen von ihrer Naivität täuschen lassen würden. Natürlich empfand er so etwas wie Mitleid für ihre Situation, aber Aurum verlor ihr aller Ziel aus den Augen: Sie mussten Solas aufhalten und Kalea war dazu der Schlüssel. Ele hatte ihnen dies versichert, konnte ihnen aber nur sagen, dass sie Kalea opfern wollten. Was ansonsten mit dem Reich des Lichts geschehen würde, wussten sie nicht.

„Das kann nicht euer Ernst sein.“ Fassungslos blickte er seine Freunde an. „Wehe, ihr bittet mich wieder um Hilfe, wenn das schiefgeht.“ Sein Körper bebte vor Wut, als er herumwirbelte und aus dem Arbeitszimmer hinausging. Er musste weg. Ihm war bewusst, wie viel bei deren Plan schiefgehen konnte. Momentan brauchte er aber von ihnen allen Abstand, um einen ruhigen Gedanken fassen zu können. Hinter sich hörte er, wie Bo ihm hinterherrief und ihm nacheilte. Aber bevor sein Bruder ihn erreichen konnte, verschwand er im nächsten Raumsprung.

Jeder von ihnen wusste, dass Aurum schwer umzustimmen war. Zu oft hatten sie sich umsonst bemüht. Wenn sie sich einmal eine Sache in den Kopf gesetzt hatte, war es nur schwer, diese aus ihr herauszubekommen.

Gerne erinnerten sie sich daran, wie besessen Aurum als Kind davon war, einen Radschlag hinzubekommen. Selbst nach einer Woche war sie zu stur gewesen, um einfach aufzugeben. Erst nach einem Monat hatte sie es schlussendlich doch geschafft und war vor Freude schreiend über den Trainingsplatz gelaufen. Danach hatte sie nie wieder einen Radschlag gemacht. Ihr hatte es lediglich genügt, eines geschafft zu haben.

Dies war auch der Grund, warum sich Faun direkt nach dem Frühstuck zu Esmals Arbeitszimmer begeben hatte. Er wollte mit dem Ältesten reden, bevor die Anderen dazu kamen. Die vergangene Nacht hatte er sich stundenlang den Kopf über die vergangene Diskussion zerbrochen. Während Esmal über seinen Vorschlag grübelte, blickte er hinaus in den Flur. Sein Blick fiel auf die Messinglampen, die in immer wiederkehrenden Abständen an der Wand hingen. Im Vergleich zu dem Licht, welches von den Flammen aus den Kaminen kam, schien das der Lampen heller und kühler. Er musste unwillkürlich an Henri denken, der es hasste, Lampendienst zu haben und die vielen Messinglampen im Schloss bei Nacht auszudrehen, um die enthaltenen Flammen zu löschen. Die linke Seite des Flurs war mit drei Wandteppichen geschmückt, welche verschiedene Ereignisse von Caldo darstellten. Der Wandteppich, der die erste magische Manifestierung eines Menschen zeigte, war sein Lieblingsbild. Die Frau hockte erschrocken auf dem Boden und starrte die große lila Blume an, die aus ihrer Handfläche sprießte. Efeu schmückte das gesamte Schloss, sei es von innen oder von außen, indem es die Außenfassade umschmeichelte.

Als Schritte im Flur widerhallten, blickte Esmal auf. Es hatte schließlich einen Grund, warum sie die Tür offengelassen hatten. Nur wenige Sekunden später trat Aurum mit Henri im Schlepptau in das Arbeitszimmer und blickte überrascht zu ihnen. Henri schluckte einen dicken Kloß hinunter, als er Faun entdeckte, der am Tag zuvor wutentbrannt aus dem Arbeitszimmer gestürmt war.

„Da bin ich raus", gestand er leise, klopfte Aurum aufmunternd auf die Schulter und floh von dem Chaos, welches bestimmt im nächsten Moment ausbrechen würde.

„Morgen, Aurum", begrüßte Faun sie und nippte anschließend an seiner Tasse mit perfekt gemischtem schwarzem Tee.

Esmal schenkte ihr ein freundliches Lächeln und deutete ihr an sich zu ihnen zu setzen. „Was kann ich für dich tun?", fragte er und reichte ihr eine Tasse, die er zuvor mit Tee befüllte. Sie wiederrum blickte abschätzend in Fauns Gesicht. Er wirkte auf sie ruhiger als gestern. Doch sie kannte den Bruder ihres Freundes zu gut. Fauns Stimmung konnte schnell umschlagen und sobald er merkte, dass das passierte, floh er aus der Situation. Ganz anders als Bodan, der sich am liebsten mit jeder Person an einen Tisch setzen würde und solange redete, bis das Problem aus der Welt geschaffen war.

Etwas nervös atmete sie tief durch und setzte ihre Tasse auf dem Tisch ab. Sie fokussierte Esmals ruhige Augen, stützte ihre Hände auf ihre Oberschenkel und sprach einfach frei heraus, was auch sie die ganze Nacht wachgehalten hatte: „Ich will, dass Kalea aus dem Kerker kommt und ich will, dass sie in meinem Haus unterkommt."

Faun zog die Luft ein, während sich Esmal im Sessel aufrechter hinsetzte.

„Ihr wisst, das Evalin vor einigen Wochen ins Schloss gezogen ist. Sie ist hier super angekommen und fühlt sich wohl, weshalb ich ein Zimmer frei habe. So wäre sie immer in meiner Nähe und ich könnte auf sie aufpassen", redete sie schnell weiter, bevor einer der beiden sie unterbrechen konnte.

„Ich habe die ganze Nacht in den Büchern nachgeschlagen und habe auch etwas gefunden, was euer Misstrauen besänftigen könnte."

Faun kniff bei ihren Worten seine schwarzen Augenbrauen zusammen, was in Aurums Augen seinem sonst so ansehnlichen Gesicht nicht zu Gunsten kam.

„Aurum, wir -"

„Ich weiß, was sie symbolisiert, und es tut mir auch leid. Aber sie ist anscheinend unschuldig oder wenigstens nicht so schuldig, wie wir dachten! Sie war verdammt nochmal in einem Käfig, der von der Decke hing! Und du hast es doch selbst gesagt", sie lehnte sich in Esmals Richtung und gestikulierte mit ihrer rechten Hand. „So könnten wir wenigstens ihr Vertrauen gewinnen. Ich kann es nicht mit meinem Gewissen ausmachen, wenn auch wir sie einsperren. Wir sind doch die Guten, oder nicht?"

Der ältere Mann strich sich über das Gesicht. Das war eindeutig zu viel am frühen Morgen. Er war zwar froh darüber, dass die Gruppe so engagiert war und hatte auch immer ein offenes Ohr für alle, aber in einer Stunde würde eine weitere Beratung losgehen, die nach seinem Gefühl den ganzen Vormittag gehen würde. Der Wassermangel in Talam wurde immer gefährlicher und in Gaofar, ihrem Nachbarland, herrschte ein weiteres unbezwingbares Feuer aufgrund der Dürre. Obwohl er und seine Berater insgeheim befürchteten, dass Ausgesandte aus Solas die Feuer legten, um ihren Feinden weiter zu schaden.

„Was für ein Zufall, dass Faun heute Morgen mit genau derselben Idee hereinkam", erwiderte er mit ruhiger Stimme, trank aus seiner morgendlichen Tasse Tee und amüsierte sich über Aurums überraschten Blick, der sofort zu Faun hinüber schnellte. Dieser hatte seinen Kopf zur Seite gedreht und schien Esmals Vorhänge interessanter zu finden als ihre Unterhaltung.

„Was? Wieso?", fragte Aurum noch immer überrascht nach und drehte sich nun vollends zu Faun, der langsam zu ihr blickte. „Verstehe mich nicht falsch, Faun. Ich bin froh, dass du genauso denkst, aber gestern hattest du hörbar eine andere Meinung zu diesem Thema." Ihre linke Hand, die sich zu einer Faust zusammengeballt hatte, lockerte sich.

Er räusperte sich, lehnte sich weiter nach hinten und faltete die Hände um seine Teetasse. „Mir war klar, dass vor allem du nicht damit aufhören würdest, bis sie da raus ist. Deshalb habe ich ebenfalls in Büchern nachgeschlagen, um eine Möglichkeit zu finden", erklärte er und nuschelte den Rest eher zu sich selbst. „Damit das Ganze keine komplette Katastrophe wird."

Ein erleichtertes Lächeln stahl sich auf ihre Lippen. Sie hatte mit einer weiteren Diskussion gerechnet.

„Da das geklärt wäre", begann Esmal und setzte seine Tasse auf dem Tisch ab. „Faun wollte mir eben erzählen, mit welcher Methode er zufrieden wäre." Er blickte den jungen Mann abwartend an.

Dieser schloss für einen Moment die Augen und spannte den Kiefer an, ehe er sich wieder vorlehnte und ein Stück Pergament aus seiner Hosentasche fischte. „Es ist ein Bannzauber", erklärte er und glättete die geknickte Seite mit der flachen Hand.

Neugierig blickten Esmal und Aurum auf das Stück Pergament. Der Älteste nickte verstehend, als er das verschnörkelte Muster sah.

„Das könnte funktionieren", murmelte er und strich sich über seinen kurzgeschnittenen Bart.

„Was?", fragte Aurum nach und blickte verwirrt in die Runde.

Faun deutete auf das Muster und strich es mit seinem Finger nach. „Es ist eigentlich dazu gedacht, jemanden von einem Ort fernzuhalten. Ich habe aber schon mit Amrin darüber geredet. Er sagt, dass es funktionieren würde, den Bannzauber umzukehren und damit eine Person nicht von einem Ort fernzuhalten."

„Sondern sie an einen Ort zu binden", vervollständigte Aurum seine Erklärung, als sie Verstand, worauf er hinauswollte. Überlegend biss sie auf ihre Unterlippe und las sich den Bannzauber durch, den Faun Schritt für Schritt aus einem Buch hinausgeschrieben hatte. Mit sowas kannte sie sich nicht aus. Sie vertraute aber auf das Wissen ihres Cousins, dessen Lieblingsort neben dem Trainingsplatz die Schlossbibliothek war.

Esmal nickte zustimmend. „Dann machen wir das. Nachdem ich die Zustimmung der Königin habe, redet Aurum mit ihr. Kalea muss damit einverstanden sein", wandte er sich zu ihr, ehe er sich zu Faun drehte. „Und du gehst mit Amrin alles durch, damit es funktioniert."

„Was wäre, wenn sie es nicht machen will?", fragte Aurum nach einigen Sekunden und sah sie besorgt an.

„Dann bleibt sie eben im Kerker", sagte Faun trocken und zuckte unbekümmert mit den Schultern. Das Grinsen, welches sich auf seine Lippen stahl, während er sich wieder zurücklehnte, zeigte, dass ihm diese Variante am liebsten wäre.

KAPITEL 19

Ungläubig starrte sie Aurum an, nachdem sie ihr von ihrem Vorhaben erzählt hatte.

„Du spinnst doch", lachte sie leicht und drehte der jungen Frau ihren Rücken zu. Sie traute dem Sinneswandel dieser Leute nicht. Ihr war zwar bewusst, dass Aurum Sympathien ihr gegenüber entwickelt hatte, konnte sich aber keinen Reim aus diesem Vorhaben machen.

„Ich meine es ernst. Willst du nicht hier raus?", fragte sie und umfasste den kühlen Gitterstab. „Du warst immer hinter irgendwelchen Gitterstäben gefangen. Ich kann dir zwar keine komplette Freiheit schenken, aber wenigstens ein richtiges Bett."

Sie drehte sich wieder zu ihrer Besucherin um, studierte ihr Gesicht und versuchte herauszufinden, ob sie log. Ob das Ganze nur ein übler Scherz war. Würden sie Kalea wirklich hinauslassen? Obwohl sie nicht scharf darauf war, überhaupt im Dorf zu sein, sehnte sie sich nach der Sonne und nach frischer Luft. So könnte sie wenigstens mehr über den Ort und diese Menschen erfahren. Aurum hatte ihr von dem Bannzauber erzählt, den sie auf sie legen würden. Früher oder später würde sie einen Weg finden, den Bannzauber zu brechen, der sie an diesen Ort, namens Viredis, band. Dann wäre es eine Hürde weniger, um nach Solas zu kommen.

„Okay“, antwortete sie nach einigen Minuten, in denen sich die zwei jungen Frauen nur angestarrt hatte, „ich möchte es.“

Aurum schenkte ihr ein strahlendes Lächeln und flitzte aufgeregt aus dem Kerker, um den anderen Bescheid zu geben.

Noch immer skeptisch blickte sie der blondhaarigen Frau hinterher, als diese beinahe hüpfend die Treppe hinaufstieg. Ein Schnauben ließ Kaleas Blick zum Tisch der Wachen wandern. Die Wache schüttelte amüsiert den Kopf und widmete sich wieder den Karten.

Sie konnte ihre Erleichterung gar nicht in Worte fassen, als Aurum nur mit Esmal und einem blondhaarigen Jungen zurückkam. Ihre Nerven waren für eine erneute Auseinandersetzung mit Faun nicht bereit. Der Älteste nickte ihr zufrieden zu, was sie leicht erwiderte. Ihr Blick folgte dem blondhaarigen Jungen, der gerade die Gittertür aufschloss und mit einem großen Beutel hereinkam. Er war nur ein Stück größer als Aurum und wirkte noch sehr jung auf sie. Volljährig konnte er auf jeden Fall noch nicht sein.

Als er sie direkt anblickte, erkannte sie ihn. Zwar war dieses Mal sein Gesicht nicht voller Blut, und er konnte sich selbst auf den Beinen halten, doch sie war sich sicher, dass er einer der Gefangenen war, die sie aus dem Schloss geholt hatten.

Ihr Herz überschlug sich für einen kurzen Moment, während sie sich an diesen Abend zurückerinnerte. Ein beinahe schüchternes Lächeln umspielte den Mund des Jungen, der viel zu jung war, um bei einer Entführung mitzuwirken.

„Das ist Amrin, mein Cousin. Er wird den Bannzauber vorbereiten“, stellte Aurum den Jungen vor und lehnte sich dabei von innen gegen die Gitterstäbe.

„Freut mich, dass wir uns endlich richtig kennenlernen. Ich bräuchte deinen Knöchel, um den Bannzauber vorzubereiten“, begrüßte er sie überraschend freundlich und kniete sich anschließend auf den Boden, um in seiner Tasche herumzuwühlen. „Und setz dich am besten hin.“ Er sah sie mit klaren, hellen Augen an und wies mit seiner Hand auf den Platz zu seiner linken.

Ihr kam seine Stimme bekannt vor, woher wusste sie aber nicht. Zögernd blickte sie zu Aurum, die ihr aufmunternd zunickte. Langsam bewegte sie sich neben den Jungen und hielt ihm ihren linken Knöchel entgegen. Er nickte konzentriert, kramte ein kleines Buch heraus und zog seine Nase überlegend nach oben. Interessiert beobachtete sie ihn, als er als Nächstes ein kleines Gefäß herausholte und es öffnete. Ein unglaublicher Gestank breitete sich aus.

„Was ist das?“, fragte sie würgend und hielt sich die Hand vor der Nase.

„Nur eine Art Farbe. Tut mir leid, dass sie so stinkt. Das legt sich nach dem Zauber“, erklärte er und verzog ebenfalls vor Ekel das Gesicht. „Hoffe ich jedenfalls.“

„Was?“, fragte Kalea nach und war schon dabei, ihren Knöchel von Amrin wegzuziehen, ehe er ihn umfasste und leicht lachend wieder zu sich ran zog. Auch seine Cousine lachte leise, während sie sich ebenfalls die Nase zuhielt. Nur der Älteste ließ sich den Gestank nicht anmerken, obwohl es wirklich bestialisch war. Es erinnerte Kalea an die Fleischmärkte, die jeden Sonntag vor dem Schloss standen und ihre Ware in der brüllenden Hitze liegen ließen. Sie hatte es immer gehasst, wenn der Wind den Geruch in ihr Gemach trug.

Sanft strich Amrin mit einem dünnen Pinsel die Paste auf ihren Knöchel und malte das verschnörkelte Zeichen nach, welches sie in dem kleinen

Buch sah, das geöffnet auf dem Zellenboden lag. Aus ihrer Sicht ähnelte es einem verschnörkeltem „A“.

„Sehr gut“, sagte er und verglich das Zeichen mit der Zeichnung in dem kleinen Buch. „Esmal, du bist dran.“

Sobald Amrin von Kaleas Seite gewichen war, trat der Älteste zu ihr heran und kniete sich vor ihren Knöchel. Seine Hand schwebte über dem Zeichen auf ihrer Haut, während er die Augen schloss und mit angestrengter Miene stumm die Lippen bewegte. Kalea blickte von ihm zu den beiden anderen, die gespannt zu dem älteren Mann sahen.

Für einige Sekunde geschah nichts, sodass Kalea schon befürchtete, dass Amrin sich im Gefäß geirrt hatte und lediglich Pferdemist auf sie geschmiert hatte. Im nächsten Augenblick spürte sie jedoch ein brennendes Gefühl auf ihrer Haut. Ihre Augen weiteten sich, als die Farbe auf ihrem Knöchel zu leuchten begann und sich Esmals Miene verhärtete. Das Brennen war deutlich zu spüren, aber zu ertragen, weswegen sie fest die Zähne zusammenbiss. Es fühlte sich wie eine Ewigkeit an, bis Esmal die Hand von ihr löste, das Leuchten der Farbe verschwand und sich eine leichte Vibration durch den Boden bewegte. Es hörte sich an, als würde dieser einmal tief durchatmen.

Amrin half dem Ältesten wieder auf die Beine, der daraufhin dankbar seine Hand auf dessen Schulter legte.

„Es hat geklappt. Danke, Amrin“, sagte er mit brummender Stimme und blickte ihn zufrieden an, ehe er sich wieder Kalea widmete, die vorsichtig über ihren Knöcheln strich. Die Farbe war noch deutlich zu sehen, jedoch war sie in ihre Haut hinein gesunken. Der Gestank war zum Glück ebenfalls verschwunden. Den hätte sie auf Dauer nicht ertragen.

„Du kannst jetzt ohne Probleme aus dem Kerker gehen", begann Esmal und reichte ihr seine Hand, um ihr aufzuhelfen. „Aber die Grenzen dieses Dorfes sind auch deine. Sei gewarnt, dass dich Schmerzen erwarten, wenn du versuchst, diese zu überqueren. Der Waldrand ist die deutlichste Abgrenzung. Die anderen haben wir mit Fähnchen versehen, damit du sie nicht aus Versehen überschreitest."

Kalea stand ohne seine Hilfe auf und nickte verstehend. Ihre Haut kribbelte bei dem Gedanken, rauszukommen, und sie versuchte nicht zu aufgeregt zu erscheinen. Vor ihrem inneren Auge sah sie die Farben des Waldes, durch den sie mit Faun gegangen war. Sie konnte es kaum erwarten, diese Farbenpracht, die sich direkt am Dorf befand, wieder zu sehen.

„Also komm", lächelte Aurum breit und hielt ihr die Tür auf. „Ich zeige dir, wo du wohnen wirst."

Ohne die beiden anderen waren sie vom Kerker aus direkt über die gepflasterte Straße von Viredis gegangen. Es war ein herrlicher Tag. Die Sonne schien ihr warm ins Gesicht und ließ sie beinahe die etwas kühleren Temperaturen vergessen. Erneut musste sie über die Architekturen des Ortes staunen, nun wo sie die Zeit und Möglichkeit hatte, sich alles genauer anzusehen. Die Häuser, die unter den Wurzeln gebaut waren, waren klein, strahlten aber mit ihren verschiedenen Farben und den kleinen Gärten drumherum ein harmonisches Gefühl aus. Erst jetzt sah sie, dass die ausschlagenden Wurzeln des Baumes, nicht nur als Schutz, sondern als Dächer dienten. Die Häuser waren passend unter diese gebaut, weshalb einige etwas schief aussahen.

„Das ist Bodan, aber alle nennen ihn Bo. Er ist Fauns älterer Bruder und mein Freund“, stellte Aurum den Mann vor, der gerade auf die beiden zugelaufen kam. Das leichte Humpeln in seinem Gang entging ihr dabei nicht.

„Ich habe meinen Namen gehört?“, fädelte er sich geschickt in das Gespräch ein und lächelte breit, als er seinen Arm auf Aurums Schultern ablegte. Kalea erkannte seine Stimme und wusste nun, warum ihr auch Amrins Stimme so bekannt vorkam. Sie waren die beiden, mit denen Faun damals diskutiert hatte, während sie mit der Nachwirkung des ersten Raumsprunges zu kämpfen hatte. Bodan war beinahe zwei Köpfe größer als Aurum. Seine schwarzen langen Haare waren in einem lockeren Zopf in seinem Nacken gebunden. In seinem linken Ohrläppchen funkelte ein goldener Ohrring, der mit dem restlichen goldenen Schmuck an seinem Körper, seine dunklere Hautfarbe umschmeichelte und in der Sonne glänzte.

„Redet ihr über meinen lieben Bruder? Ich habe gehört, dass du schon die ein oder andere nette Begegnung mit ihm hattest“, sagte er locker grinsend an Kalea gewandt und lachte bellend, als sie genervt die Augen rollte, „Nenn mich ruhig Bo, das tun alle. Du bist also die berüchtigte *Eine.*“ Freundlich reichte er ihr die Hand.

„Kalea reicht, danke“, entgegnete sie und schüttelte mit Nachdruck seine Hand. Er sah sie amüsiert an und nickte.

„Gut, Miss *Kalea reicht*, freut mich, dich auf freiem Fuße zu sehen“, antwortete Bo schmunzelnd und erntete ein belustigtes Grinsen der Damen.

„Naja, unter Freiheit verstehen wir wohl zwei verschiedene Dinge“, erwiderte sie leise und deutete auf das Mal an ihrem linken Knöchel. Das flammende rot war mittlerweile erblasst.

„Besser als nichts.“ Bo zuckte mit den Schultern, blickte zu ihrem Knöchel und dann wieder in ihr Gesicht.

„Also gut, wir wollten weiter", ergriff Aurum das Wort und küsste ihn zum Abschied auf die Wange. „Kalea, du wirst erstmal bei mir unterkommen. Ich habe noch ein Zimmer frei, seitdem meine alte Mitbewohnerin ins Schloss gezogen ist." Etwas überrumpelt beobachtete sie die intime Geste der beiden.

„Wie, sie ist ins Schloss gezogen?", fragte Kalea verwirrt und versucht mit ihr Schritt zu halten, nachdem Bo winkend in die entgegengesetzte Richtung gelaufen war.

„Naja, sie arbeitet dort in der Küche und wollte daher in der Nähe wohnen", erklärte sie locker und hakte sich dann bei Kaleas rechten Arm unter.

Irritiert blickte diese auf ihre verschränkten Arme. Ihr kam es surreal vor, wie vertraut die junge Frau mit ihr umging, als würden sie sich schon ewig kennen und wären die besten Freundinnen. Sie kam zwar gut mit ihr klar, fühlte sich aber bei dieser fremden Geste etwas unwohl, weshalb sie sanft ihren Arm aus Aurums Griff zog. Diese lächelte nur entschuldigend und beachtete für den restlichen Weg Kaleas Grenzen. Stumm folgte sie ihr weiter und versuchte sich auch nur annähernd den Weg zum Schloss zu merken. Das Dorf war zwar nicht groß, doch gab es viele kleine Wege, die sie verwirrten. Sie kamen an weiteren kleinen Häusern vorbei, in denen Familien zu Abend aßen, einige Spaziergänger grüßten Aurum beim Vorbeigehen und schenkten ihr einen leicht verwirrten Blick.

Nachdem sie ein gewisses Stück gegangen waren, kamen sie an dem schmalen Fluss an, den sie schon zuvor bemerkt hatte. Er schien aus dem Wald, über die Wiesen und unter den Baum hineinzugehen. Dem Flussstrom mit ihrem Blick folgend, sah sie den mächtigen Stamm des Baumes. Vor ihnen lag eine kleine, aber breite Brücke. Das Geländer schien aus dicken Lianen und Ästen zu bestehen. Auch hierher hatte der Efeu seinen

Weg gefunden. Beeindruckt folgte sie ihr weiter, bis Aurum in der Mitte des Übergangs stehen blieb und auf einen Baum zeigte, der einige Meter weiter am Flussrand stand. An seinem Stamm schlängelten sich einige Lianen, die sich zu ihnen streckten, aber sich nur einen Meter vom Baumstamm entfernen konnten.

„Das ist mein Magiemal", gluckste Aurum und wank den Lianen zu, die daraufhin aufgeregt zappelten. „Sie spüren mich und freuen sich immer, wenn ich an ihnen vorbeigehe. Zum Glück sind sie aber nicht direkt mit mir verbunden. Eines der Kinder hat sie nämlich schon einmal abgeschnitten, aber zum Glück sind sie nachgewachsen. Kennst du die Magiemale?", fragte sie neugierig und drehte den Kopf zu Kalea, die noch immer fasziniert zum Magiemal blickte und schließlich nickte. Natürlich kannte sie es. Wenn sich die Magie eines Menschen zum ersten Mal manifestierte, hinterließ es ein Magiemal, um diesen wichtigen Moment zu verewigen. Emils Magie hatte sich mit fünf Jahren manifestiert. Bis heute hatte seine kleine Schwester, Baria, ein weißes Mal an ihrem rechten Oberarm von dem Lichtstrahl, der aus seinen Händen geschossen gekommen war. Baria hatte einmal in ihrer Anwesenheit gesagt, dass es manchmal leicht kitzelte und im nächsten Moment ihr Bruder um die Ecke kam. Aber die meisten Magiemale in Solas waren helle Flecken auf Steinen, Wänden oder anderen Gegenständen, die leicht vibrierten, wenn der Erschaffer sie berührte. Das ein Magiemal so lebendig reagierte, wie es Aurums tat, hatte sie noch nie gesehen.

Nach wenigen Minuten gingen sie weiter über die Brücke. Bis Aurum an einem kleinen weißen Zaun stehenblieb. Dieser ging ihnen gerade mal bis zu den Knien, was seinen Zweck in Kaleas Augen minderte.

„So, hier wären wir", sagte Aurum aufgeregt und zeigte auf das kleine Häuschen vor ihnen. Hinter dem weißen Zaun war ein mindestens genauso kleiner Garten, in dem sie durch die Dunkelheit nicht viel erkennen konnte. Was sie jedoch gut erkannte, war das Haus, welches leicht einsturzgefährdet wirkte, da es sie so schief anblickte, wie die meisten Adeligen nach zu viel Schnaps. Die Wurzel, die darüber türmte, diente, wie bei den anderen Häusern, als Dach. Von der Baumrinde hinunter fiel Efeu, das bis über den Rand der Hausfassade ragte. Im Efeu selbst waren die leuchtenden Blumen eingefädelt, die es Kalea geradeso ermöglichten, den leichten Grünton der Fassade auszumachen. Doch auf seine eigene Weise, sah es sehr idyllisch aus, sodass Kalea die Neugier, die in ihren Fingerspitzen kribbelte, nicht einmal versuchte zu unterdrücken. Sobald Aurum - unnötigerweise - das kleine Tor des Zaunes öffnete, folgte sie ihr direkt zum Haus. Mit der flachen Hand strich sie über den Holzrahmen der Tür. Für einen Moment hörte es sich so an, als würde das Haus schnurren, da sprang auch schon die Tür auf. Kalea erschrak und trat einen Schritt zurück.

„Es erkennt die Leute, die in ihm wohnen oder die Personen, die immer reinkommen dürfen. Dich wird es ab heute auch erkennen und hereinlassen", erklärte Aurum mit einem sanften Lächeln, als sie Kaleas erschrockenes Gesicht sah. „Es ist simple Magie aus unserem Reich. Im Boden des Hauses sind die Wurzeln des Baumes eingearbeitet. Dadurch enthält es Magie." Ihr Blick glitt kurz zum riesigen Baum, der das Schloss beherbergte und dank seiner Größe von überall aus gut zu sehen war. Trotz ihrer Erklärung beäugte Kalea das Haus argwöhnisch. Für einen Moment zögerte sie, als Aurum sie am Handgelenk ins Haus hineinzog. Im Inneren empfing die beiden eine angenehme Wärme. Ihre Haut überzog sich mit einer angenehmen Gänsehaut, als sie sich interessiert in der Wohnstube umsah. Draußen war es zum frühen Abend schon sehr frisch gewesen, woran sie sich noch immer gewöhnen musste. Ihr Körper kannte diese Kälte nicht.

„Also hier ist die Küche, darin darfst du dich gerne austoben, wenn du willst. Da hinten sind ein kleines Sofa und der Kamin", erklärte Aurum ruhig und deutete auf die kleine Küchenzeile, die sich im hinteren Bereich des großen Raumes befand. Sie nickte, obwohl sie wusste, dass sie nicht kochen konnte. In der Küche erkannte sie einen Herd und einen schmalen Ofen. Über diesem hingen an Metallhaken verschiedene Töpfe und Pfannen. Auf einem etwas schrägen Regal vermutete sie Gewürze. Nur wenige Meter daneben war ein rechteckiger Holztisch, auf dem eine blaue Vase mit halbvertrockneten Blumen stand. Insgesamt standen vier Stühle am Tisch. Sie hatten eine leichte Verschnörkelung an der Lehne, was zwar sehr verspielt, aber schön aussah. Ein Sofa und ein kleiner Kamin füllten die andere Seite des Raumes.

„Es ist nicht so groß, aber es ist gemütlich", ergänzte Aurum, als sie sah, wie sich ihre neue Mitbewohnerin interessiert umblickte. „Die mittlere Tür führt ins Bad. Wir haben auch seit letztem Jahr fließendes Wasser, was wirklich toll ist! Das stellt sich aber nach einigen Minuten ab, da das Wasser begrenzt ist. Also musst du dich beim Waschen beeilen", erklärte sie strahlend und deutete knapp auf die mittlere, weiße Tür. „Die Linke ist mein Zimmer und die Rechte gehört zu deinem Zimmer."

Langsam folgte sie Aurum, als sie den Türgriff der rechten Tür umgriff und sie öffnete. Ihr Blick ging direkt zum Bett, welches den größten Platz des Zimmers einnahm. Ein Fenster direkt darüber ließ den Mondschein des Abends herein und hüllte das Zimmer in eine angenehme Atmosphäre. Am liebsten hätte sie sich direkt in das weiche Bettzeug geworfen und bis zum nächsten Tag durchgeschlafen, jedoch stand Aurum noch immer mit verschränkten Armen an den Türrahmen gelehnt da. Mit etwas Schwung stieß sie sich davon ab und lief in Richtung des kleinen Tisches, welcher direkt neben ihrem Schlafplatz stand. Mit einem Streichholz entzündete sie die weiße Kerze, die das Zimmer weitestgehend erhellte.

„Das Bett ist noch von meiner Freundin, aber da sie es nicht mehr benötigt, hat sie es hiergelassen. Du kannst dir den Rest so dekorieren, wie du es möchtest", sagte Aurum ruhig und blickte sich ebenfalls kurz im Raum um. Für sie war es noch sehr ungewohnt, dass das Zimmer so leer war. Kalea nickte, obwohl sie wahrscheinlich nicht dekorieren würde. Das hatte sie in ihrem alten Gemach auch nicht gemacht. Ihr war nicht klar, mit was sie den Raum schmücken könnte. Ele hatte ihr ein paar Mal Blumen in den Raum gestellt, aber das war auch schon alles.

„Ich lass dich heute Abend erstmal allein. Falls was ist, findest du mich in meinem Zimmer", verabschiedete sich ihre Mitbewohnerin, die in diesem Moment sehr müde wirkte. Gähnend strich sie sich die schulterlangen Haare aus dem Gesicht und streckte sich zur Decke.

„Gute Nacht", erwiderte sie, als Aurum die Tür hinter sich schloss. Für einige Atemzüge verharrte sie in ihrer Position und blickte aus dem Fenster. Die Lichter des Dorfes waren von dort aus gut zu sehen. Doch hätte sie sich mehr gewünscht, einen Blick auf den Wald zu haben. Sie vermisste die Aussicht aus ihrem alten Gemach. Morgen würde sie sich im Dorf umsehen, um nach einem Fluchtweg zu suchen, aber heute würde sie nach einer schnellen körperlichen Auffrischung, die weiche Matratze unter ihrem schmerzenden Rücken genießen.

„Ich habe etwas Frühstück vorbereitet und eine Kanne Tee gekocht", begrüßte Aurum sie mit so viel Energie am nächsten Tag, wie sie es sonst nur von Emil kannte. Selbst war sie ein ziemlicher Morgenmuffel, weswegen sie das neue langärmelige Oberteil, welches sie am Morgen auf dem Stuhl in ihrem Zimmer gesehen hatte, weiter über ihre Hände zog und nur brummte. Die junge Frau tanzte schon seit einiger Zeit in der Wohnstube herum, was sie an dem gedeckten Tisch sah. Frische Blumen standen in der blauen Vase.

„Danke", sagte Kalea und kam tapsend zu ihr hinüber. Sie war dankbar für die frischen Klamotten und vor allem für die dicken Socken, was sie ihr auch direkt sagte, nachdem sie sich setzte. Aurum wurde dabei rot und wedelte mit ihren Händen, als sie meinte, dass es keine große Sache war. Danach herrschte eine angenehme Stille, während sie sich das Brot beschmierten und aus ihren Tassen tranken. Der Grüne Tee war etwas bitter, ließ sich aber mit einem Löffel Honig gut trinken.

„Also, ich muss gleich los, aber dir steht es frei, ins Dorf zu gehen", begann Aurum, nachdem sie ihren letzten Bissen hinuntergeschluckt hatte und beobachtete ihre Mitbewohnerin. Kalea nickte nur, lächelte Aurum zaghaft an und verabschiedete sich zurückhaltend von ihr, als sie aus dem Haus trat. In Ruhe kaute sie ihr Frühstück zu Ende.

In Gedanken bei ihrem Traum, in dem wieder Emil vorgekommen war, brachte sie das Geschirr in die Spüle. Das Wasser kam kalt aus dem Hahn, weswegen sie versuchte, sich beim Abwasch zu beeilen. Ihr Blick wurde leer, als sich die Bilder der Nacht vor ihren Augen abspielten. Es hatte sich so echt angefühlt, als sie mit einer Hand durch Emils weißblondes Haar gestrichen war.

Sie atmete frustriert aus und stützte sich mit hinabhängendem Kopf an der Küchenzeile ab. Ihr war direkt nach dem Wachwerden aufgefallen, dass sie sich zwar an Emils Haare und das Gefühl, welches er ihr gab, erinnerte, es aber immer schwieriger wurde, sich an sein Gesicht zu erinnern. Leider hatte sie während ihres Hungerstreiks den Überblick über die Tage verloren und traute sich auch nicht, nachzufragen.

„Du schaffst das.", ermutigte sie sich selbst, nachdem sie sich frisch gemacht hatte, atmete einmal tief durch und trat dann in das aufgeweckte Leben des Dorfes.

KAPITEL 20

Viredis las sie in geschnörkelter Schrift auf dem leicht verblassten Holzschild, welches am Rande des Dorfes stand. Sie war den ganzen Morgen auf den gepflasterten Straßen herumgelaufen und hatte sich in Ruhe umgeschaut. Dabei hatte sie einige misstrauische oder neugierige Blicke von den Bewohnern geerntet. Gerade stand sie an dem Übergang der gepflasterten Straßen und der großen Wiese, die vor dem Wald lag. Ein anderer Weg, wie den, den sie damals mit Faun ins Dorf genommen hatte. Die Wiese auf dieser Seite des Dorfes war dunkelgrün. Jedoch fielen ihr wenige, aber deutliche, braune Stellen auf. Die Bäume, die am Waldrand standen, leuchteten kräftig in ihren herbstlichen Farben. Umso beeindruckender, wenn man direkt davorstand. So, wie es Kalea wenige Augenblickte tat. Eigentlich wollte sie dieses Bild der Natur einfach aus der Nähe begutachten, bis ihr Blick in den Wald hineinging. Es waren ihr keinerlei Wachen gefolgt und als sie zurück zum Dorf blickte, sah sie, dass ihr niemand hinterhergekommen war. Ihr Herz pochte aufgeregt.

Sollte sie es wagen? Zwar hatte ihr Esmal gesagt, dass der Wald eine Grenze war, die sie nicht überschreiten konnte, aber trotzdem gab es in ihr ein Fünkchen Hoffnung, dass er eventuell gelogen hatte. Warum sollte sie ihnen einfach glauben?

Adrenalin schoss durch ihre Adern, während sie sich entschloss, einen Fuß anhob und ihn auf Höhe der ersten Baumreihen setzte. Doch bevor sie den Boden berühren konnte, durchfuhr ihren gesamten Körper ein brennender Schmerz, der sie augenblicklich in die Knie zwang. Ihr Bein zuckte unwillkürlich, während sie nach Luft rang. Der Schmerz hatte ihr den Atem aus der Lunge gedrückt und ließ kleine schwarze Punkte vor ihren Augen tanzen. Also hatten sie nicht gelogen. Es würde sie genau solch ein Schmerz durchfahren, wenn sie es erneut probieren sollte. Langsam stütze sie sich auf ihre Hände und massierte ihren schmerzenden Oberschenkel.

„Na, denkst du dir schon einen Fluchtplan aus?", ertönte eine Stimme hinter ihr. Überrascht drehte sie sich vom Wald weg und blickte in das spitzbübische Grinsen von Henri, der sie mit hochgezogen Brauen und den Händen in den Hosentaschen ansah. Sein Haar wirkte noch kurzer als beim letzten Mal, als sie ihn gesehen hatte.

„Ich wollte nur was ausprobieren", antwortete sie beschämt und nahm seine Hand entgegen, als er ihr aufhelfen wollte.

„Und was? Wie es sich anfühlt, bei lebendigem Leibe gegrillt zu werden?", lachte er und ignorierte ihren Seitenblick.

„Nein", antwortete sie knapp, bedankte sich für die Hilfe und belastete ihr schmerzendes Bein. „Wie hast du mich gefunden?"

Mit dem Zeigefinger zeigte er auf die Höhe der Baumkronen des Waldes vor ihnen. „Wenn du die Grenze berührst, leuchtet der Teil hellrot auf. Es sieht dann für einen Moment aus, als stände dort eine Wand. Wie ein Alarmsignal, damit wir reagieren können", erklärte er und wendete sich dann zurück zum Dorf, wo sie sah, dass vereinzelnd Wachen in ihre Richtung liefen, dann Henri entdeckten und sich nickend wieder umdrehten.

Sie konnte also ungesehen keinen weiteren Versuch starten, was sie momentan sowieso nicht plante. Der Schmerz flaute langsam in ihrem Bein ab, ließ sie aber trotzdem die ersten Schritte zurück leicht humpeln.

„Soll ich dich rumführen?", fragte Henri freundlich, „ich habe heute frei vom Wachdienst."

Kalea schlug sein Angebot nicht aus, da sie es nicht als Nachteil sah, wenn Henri ihr mehr über den Ort erzählte. Ebenso war er einer der wenigen, dessen Anwesenheit sie ertrug. Sie blickte in sein Gesicht, als er in die Richtung des großen grünen Gebäudes zeigte, was ihr schon zuvor aufgefallen war. Er hatte hellbraune, mandelförmige Augen, schmale Lippen und eine leicht schiefe Nase, die seinem Gesicht einen gewissen Charme verlieh. Sobald sie wieder in das Dorf hineinkamen, merkte sie, dass einige Dorfbewohner sie amüsiert beobachteten. Beschämt ignorierte sie ihre Blicke. Anscheinend hatten viele ihren jämmerlichen Fluchtversuch mitbekommen.

„Also hier geht es zum Marktplatz", erklärte er und führte sie durch eine kleine Gasse, die neben der Hauptstraße entlanglief. Viele Pflanzen wuchsen an den Hauswänden empor und verloren sich im Moos der Baumrinden. Als sie aus der kleinen Gasse traten, erkannte sie einen großen, leicht ovalen Platz. Dieser war ebenso gepflastert, unterschied sich farblich jedoch von den Straßen. Gegenüber von ihnen lag das große grüne Gebäude.

„Hier sind verschiedene Wirtshäuser, falls du mal Lust auf ein Drink hast. Den besten Wein bekommst du von Aurum. Das ist eins ihrer Freizeitbeschäftigungen. Pass auf, dass sie dich da nicht mit hineinzieht. Sie kann nämlich sehr pingelig werden", sagte Henri vergnügt und deutete auf verschiedene Gebäude, an denen außen einige Tische und Stühle standen. Ein Mann, der gerade drei Stühle heraustrug, winkte Henri freundlich zu, was dieser erwiderte.

„Das große Gebäude da hinten“, er zeigte auf das Gebäude, das Kalea am meisten interessierte, „ist die Schule.“

Kalea sah ihn verdutzt an und folgte ihm zögernd über den Marktplatz hinüber. „Eine Schule?“

„Ja, es sind nur sehr wenige, aber wirklich große Klassen. In zwei Räumen ist auch eine Kinderbetreuung für ganz kleine Kinder, deren Eltern im Schloss oder auf den Feldern arbeiten“, sagte Henri neutral und deutete auf die vielen Felder, die außerhalb des Dorfes lagen und von ihrem Standort knapp zu sehen waren. Mit einer Schule hatte sie nicht gerechnet. Durch ein Fenster sah sie nun auch die Kinder, die miteinander spielten oder konzentriert auf ihre Tische sahen. Henri betrachtete sie, während sie mitzusammengekniffenen Augen die Kinder beobachtete. Einige Minuten ließ er sie in Ruhe das bunte Treiben auf dem Markplatz in sich aufnehmen, auf dem nun immer mehr Leute unterwegs waren. Dann stupste er sie an der Schulter an, um ihre Aufmerksamkeit auf sich zu lenken.

„Komm, ich zeige dir als nächstes den Trainingsplatz“, sagte Henri und ging wieder voraus. Ihre Aufmerksamkeit hing noch für einen Moment an den Kindern in der Schule, bis ein Mädchen sie bemerkte und ihr zuwinkte. Sie erwiderte die Geste, drehte sich in Gedanken versunken herum und folgte ihrem Ortsführer.

Ein kleines Stück mussten sie über die Wiese gehen, wobei Kalea aufmerksam nach den Fähnchen Ausschau hielt, die die Ortsgrenze kennzeichneten.

„Alles gut, die Grenze ist ein ganzes Stück hinter dem Trainingsplatz“, versuchte Henri zu beruhigen, als er ihren suchenden Blick sah. Von weitem sah sie schon den erhöhten hölzernen Platz, der in der Mitte von zwei ausschlagenden Wurzeln lag. An der rechten und linken Seite standen verschiedene Karren und Stände mit Waffen. Auf dem Platz selbst sah sie nur wenige Frauen und Männer, die miteinander kämpften. Als eine großgewachsene Frau ihren Partner zu Boden riss, lachte diese hell auf und warf ihre Arme triumphierend in die Luft, bevor sie ihm wieder auf die Füße half. Sie beobachtete die beiden neugierig im Vorbeigehen. Obwohl Henri begann, auf den Platz zu joggen, behielt Kalea ihr entspanntes Tempo bei und beobachtete weiter fasziniert die Leute, die schon so früh trainierten. In Solas gingen die meisten Wachen immer erst zur späten Stunde zum Training, sobald die Sonne hinter den Bergen verschwunden war und nicht mehr auf ihre Köpfe brannte.

Sobald ihr Blick Henri endlich folgte und sie erkannte, bei wem er angehalten hatte, stockte sie. Kurz bevor sie umdrehen konnte, rief er sie zu sich. Bo, der neben ihm stand, winkte ihr erfreut zu. Amrin hockte neben den beiden auf dem Boden und schnappte erschöpft nach Luft. Der Rücken, der zu ihr gedreht war, war der Grund für ihren versuchten Rückzug gewesen. Faun hatte die Hände an sein Gesicht gehoben und als er sich zu ihr drehte, prangte die ihr bekannte Maske in seinem Gesicht. Sein dunkles Haar klebte durch den Schweiß an dem Metall. Er hatte nur kurz in ihre Richtung geblickt, ehe er sich seinen Händen widmete und die Handschuhe zurecht zog.

„Morgen, Kalea. Tut mir leid, dass dich Henri schon so früh durch die Straßen scheucht“, begrüßte Bo sie und fing sich daraufhin einen Schlag auf den Hinterkopf ein.

Henri schnalzte mit der Zunge: „Ich habe sie gefunden, als sie dabei war, Amrins Bannzauber zu testen.“

Faun blickte aufmerksam auf.

Als Bo sie fragend ansah, nickte sie nur zustimmend und spürte, wie ihr wieder die Röte ins Gesicht schoss. Am liebsten wäre sie zurück zu Aurums Haus gegangen, um keine unnötigen Höflichkeiten mit ihnen auszutauschen. Vor allem nicht mit einem gewissen maskierten Mann, der sie mittlerweile wieder skeptisch ansah. Sein Blick stach in ihrem Gesicht, weswegen sie die Arme überkreuzte und mit erhobener Braue den Ausdruck erwiderte.

„Kann ich dir helfen?", fragte sie schnippisch und sah, wie er die Hände zu Fäusten ballte, ehe er sie hinter seinem Rücken miteinander verschränkte.

„Es geht los", flüsterte Henri Bo leise zu und unterdrückte ein Lachen.

Faun musterte sie jedoch nur für einen weiteren Atemzug, ehe er den Blick löste und Amrin eine Hand hinhielt: „Komm, hoch mit dir."

Kalea stierte ihn noch einen Moment an, bis Amrin seine Hand entgegennahm und stöhnend auf die Beine kam.

„Danke für die Führung, Henri. Aber ich gehe wieder zurück", wendete sie sich an ihren Begleiter, der seinen Arm an Bos Schulter gestützt hatte. Überrascht löste er sich aus seiner lässigen Haltung. Als er ihr gerade folgen wollte, wies sie ihn stumm mit einer Hand ab und fügte hinzu, dass sie den Weg zurück kannte. Er nickte und ließ sie allein gehen. Während sie über den Platz zurück zur Straße ging, hörte sie Fauns laute Stimme, die Amrin immer wieder Befehle gab.

Auf dem Rückweg entdeckte sie am Flussrand einige fliederfarbene Blumen, die sie nach kurzem Überlegen pflückte und mit in Aurums Haus nahm. Dort schnappte sie sich eines der Gläser, befüllte es mit Wasser und stellte dann die provisorische Blumenvase samt Blumen auf ihren Nachttisch neben die Kerze. Nachdenkend massierte sie ihren Oberschenkel, der noch etwas verspannt war.

Dieser Ort, Viredis, hatte doch mehr Facetten, als sie vermutet hatte.

Kapitel 21

Zitternd zog sie die Decke enger um ihre Schultern, um sich vom abendlichen Wind abzuschirmen. Vor wenigen Minuten hatte Aurum die Fenster in der Wohnstube geöffnet, um die stickige Luft nach dem Kochen hinauszulassen. Es herrschte eine gemütliche Atmosphäre mit den leuchtenden Kerzen auf dem gedeckten Tisch. Das Essen roch köstlich. Es waren keine Speisen, die sie aus Solas kannte. Nur Brot und den rötlichen Wein, der neben ihr in einer Glaskaraffe stand, erkannte sie. Aurum wuselte um sie herum und stellte zum Schluss einen großen dampfenden Topf in die Mitte des Tisches. Als sie endlich saß, erhob sich Kalea kurz und schloss die Fenster. Es begann gerade zu dämmern und im Vergleich zum Tag, war auf den Straßen mit jeder Minute, die verstrich, weniger los.

„Also, das ist mein absolutes Leibgericht“, erklärte Aurum und hob den Deckel des Topfes hoch, „gebackener Schafskäse mit Kürbis.“ Ein herrlicher Duft stieg in ihre Nase, wobei sich das Wasser in ihrem Mund sammelte und sie sich unbewusst über ihre Lippen leckte. Aurum kicherte leise.

„Danke schön“, murmelte Kalea lächelnd, sobald Aurum ihr etwas auf den Teller schöpfte und das Brot anschnitt.

Aurum lächelte breit und begann mit vollem Mund zu reden: „Nichts zu danken. Evalin, meine Freundin, die vor dir hier gewohnt hat, ist eine begnadete Köchin und hat mir ein bisschen was beigebracht." Die Köchin, die ihr die mit Magie versetzte Suppe gekocht hatte.

Sie nickte verstehend, pustete das dampfende Essen auf ihrem Löffel ein paar Sekunden an und schob es sich dann in den Mund. Es war noch etwas zu heiß, aber es schmeckte wunderbar. Sie merkte, dass sie beim Essen beobachtet wurde, weswegen sie aufsah. Noch immer kauend hob sie die Hand und zeigte den Daumen nach oben. Sie lächelte kurz, als sich Aurum erleichtert die Brust hielt und so aussah, als wären ihr tausende Lasten von den Schultern gefallen. Eigentlich wollte sie es nicht zugeben und bekam auch immer ein schlechtes Gewissen gegenüber Solas, wenn sie daran dachte, denn sie mochte Aurum. Die junge Frau, die nur zwei Jahre älter als sie selbst war, erinnerte sie komischerweise an Emils jüngere Schwester Baria. Im Vergleich zu Emil, war ihre Beziehung zu der Prinzessin eher oberflächlich. Trotzdem amüsierte sie sich immer, wenn die beiden Geschwister diskutierten und Baria ein frecher Spruch über die Lippen kam. Obwohl auch Baria ihren Blick gemieden hatte, hatte sie das junge Mädchen als Kind, aber auch in den älteren Jahren dabei erwischt, wie sie Kalea anstarrte. Das war auch der einzige ersichtliche Unterschied zwischen Aurum und Baria. Während die beiden ein herzliches Lächeln und einen einnehmenden Charakter hatten, scheute sich Aurum nicht davor, Kalea ins Gesicht zu blicken. Im Gegenteil. Manchmal hatte sie das Gefühl, dass ihre Mitbewohnerin jedes Muttermal und jede Pore in ihrem Gesicht zählte, was ihr manchmal noch immer einen Schauer über den Rücken schickte.

„Es ist wirklich lecker", bekräftigte Kalea ihre vorherige Geste, nachdem sie endlich geschluckt hatte. „Ich würde auch gerne kochen können."

Aurum kicherte und tunkte ihr Besteck zurück in die Schüssel. „Das wird wohl das kleinste Problem sein. Wenn du willst, kannst du morgen gerne mit mir kochen, dabei lernst du am meisten." Ihre Augen huschten über Aurums Gesicht. Zurückhaltend biss sie sich auf die Lippe und nickte.

„Sehr gerne."

Es war surreal, wie entspannt die beiden in ihrer kleinen Wohnstube saßen und gemeinsam zu Abend aßen. Als Aurum sie zuvor zum Tisch gerufen hatte, war sie relativ angespannt gewesen. Sobald diese aber von ihrem Tag erzählte und Kalea fragte, was sie alles erkundet hatte, entspannte sie sich mit jeder weiteren Minute.

„Also, Amrin ist mit dir verwandt?", holte Kalea ihr vorheriges Thema wieder auf.

„Ja, unsere Väter waren Brüder. Seine Eltern sind leider schon sehr früh verstorben." Ihre Stimme wurde zum Ende hin leise, bis es nur noch einem Flüstern ähnelte und sie gedankenverloren im Essen herumstocherte. Kalea schwieg. „Wir kamen hierher, als Amrin gerade mal drei Jahre alt war."

„Ihr seid also nicht hier in Viredis geboren?", stocherte Kalea vorsichtig nach. Es schien, als würden viele Zugezogene in Viredis leben. Von Aurum wusste sie auch, dass Bo und Faun ebenfalls als Waisen nach Viredis kamen.

„Nein, als seine Eltern starben, schnappte mein Vater uns und ging hierher."

Kalea zögerte mit ihrer Frage. Ihr war bewusst, dass sie eine Grenze überschritt. Denn egal, wie gut sie sich mit Aurum verstand, war sie noch immer eine Gefangene. Aber es war zu lange her, dass sie jemanden einfach zum Reden hatte, zuletzt war ihr das mit Cyrus, ihrem früheren Leibwächter, gelungen. Deswegen erlaubte sie es sich für diesen Abend, so zu tun, als wäre Aurum wirklich an ihrer Unterhaltung interessiert.

„Lebt dein Vater noch?"

„O ja!" Aurum lachte plötzlich und sah aus, als wäre der Gedanke an ihrem Vater das Amüsanteste überhaupt. „Der alte Knacker stirbt nicht so leicht. Er ist Händler und reist dabei durch ganz Caldo. Er kommt selten hier vorbei, seitdem ich volljährig bin."

Kalea überlegte laut: „Wie sind Amrins Eltern gestorben, wenn ich fragen darf?"

Aurum stockte in ihrer Bewegung und wie so oft, blickte sie Kalea an, als würde sie versuchen, in ihr Inneres hineinzublicken. Langsam setzte sie ihr Besteck ab und lehnte sich im Stuhl zurück. „Sie waren Teil der ersten Auflehnung."

„Der ersten Auflehnung? Was ist-"

Aurum hob ihre Hand, um sie zum Verstummen zu bringen. Forschend musterte sie die junge Frau, deren Augen so neugierig und fragend aussahen. Ein gezwungenes Lächeln bildete sich in ihrem Gesicht.

„Verzeih mir. Das ist ein Thema, worüber ich ungern rede", erwiderte sie laut schluckend, „aber ich kann dir morgen gerne die öffentliche Bibliothek zeigen. Da kannst du dich selbst darüber erkundigen, wenn du wirklich nichts über die Auflehnung weißt."

Kalea nickte entschuldigend und versuchte die aufkeimende Neugier in ihrem Bauch hinunterzuschlucken. Von einer Auflehnung hatte sie noch nie gehört. Sie erinnerte sich vage an eine Rebellion vor zehn oder zwölf Jahren. Gewalttätige Rebellen hatten dabei Dörfer niedergemetzelt, da sie gegen die Monarchie in Solas waren. Meinte Aurum diese? Waren Amrins Eltern Rebellen gewesen? Für mehrere Minuten war die Spannung im Raum greifbar, bis Aurum ihnen Wein einschenkte und die Stimmung lockerte. Der Schmerz, den Kalea zuvor in ihren Augen gesehen hatte, war verschwunden oder lediglich verborgen.

„Hast du schon mal Wein getrunken?“, fragte Aurum, als sie Kaleas Becher bis zur Hälfte gefüllt hatte und bei ihrem eigenen weitermachte.

„Ja, aber nur ein paar Schlucke“, antwortet Kalea und beäugte das dunkelrote Getränk in ihrem Becher, indem sich der Kerzenschein spiegelte. „Es war an meinem sechzehnten Geburtstag und ein guter Freund hatte sich abends mit einem Becher Wein in mein Gemach geschlichen.“

Aurum sah, wie sich um Kaleas Augen kleine Lachfalten bildeten, als sie an den Abend zurückdachte.

„Wir haben uns vor meinen Kamin gesetzt und während er mir die Wunden Füße massiert hat, habe ich einen heimlichen Schluck getrunken und ich muss sagen, dass es fürchterlich war. Viel zu bitter.“

Aurum lachte, da Kalea abschätzend in ihren Becher blickte. „Dann ist es ja gut, dass ich uns einen Holunderblütenwein eingeschenkt habe. Der ist nicht so bitter, wie andere Weine. Aber ich muss leider nachfragen, wer war dieser gute Freund und wieso musste er deine Füße massieren?“

„Emil Withleigh, der Kronprinz von Solas.“ Kalea beobachtete, wie sich ihr Gesicht von Neugier zur Überraschung veränderte. „Und meine Füße taten immer an meinen Geburtstagen weh. Es ist leider nicht angenehm den ganzen Tag in hohen Schuhen herumzustehen.“

Aurum erinnerte sich daran, dass Faun sie in einem Käfig gefunden hatte, weswegen sie nicht näher auf die schmerzenden Füße einging.

„Du bist also mit dem Kronprinzen befreundet?“

„Ja sozusagen. Er war immer der Einzige, der sich Zeit für mich genommen hat.“ Kalea lächelte, obwohl ihren Augen die Sehnsucht nach Emil ausstrahlten.

„Na gut, dann probiere mal meinen Wein. Ich finde, dass es der beste Wein in Talam ist.“ Sie zwinkerte Kalea zu und nahm einen großen Schluck.

Kalea legte den Becher an ihre Lippen und als das Getränk diese passierte, legte sich eine süße Wärme auf ihre Zunge. Er schmeckte besser als der, den Emil damals mitgebracht hatte. Zwar spürte sie auch bei ihm einen Film in ihrem Mund, der ihre Schleimhäute prickeln ließ, aber es zog sich nicht alles durch die Bitterkeit zusammen.

„Wirklich gut", gab sie ehrlich zu und erfreute sich über Aurums Gesichtsausdruck, der nicht hätte glücklicher sein können. Zusammen tranken sie nach ihrem ersten Becher einen weiteren und redeten über so viele Nichtigkeiten, dass Kalea am Ende nicht einmal wusste, worüber sie gesprochen hatten. Nach dem letzten Tropfen war sich Kalea nur der Wärme in ihrem Gesicht bewusst und dem Schmerz in ihren Wangen. Dass dieser von ihrem ständigen Lächeln herrührte, welches nach den ersten Schlucken auf ihren Lippen lag, war ihr nicht bewusst.

KAPITEL 22

Die Überraschung stand ihr noch immer im Gesicht, als sie am nächsten Morgen Bo gegenübersaß. Sie war vor wenigen Minuten beinahe in den Mann hineingelaufen, als sie im Halbschlaf ins Bad gehen wollte. Er hatte sich direkt bei ihr entschuldigt und auch Aurum war aus ihrem Zimmer gerannt, um sich bei Kalea zu entschuldigen. Bo war ohne Vorwarnung in der Nacht zu ihr gekommen, nachdem er in der Schenke gewesen war. Da er oft genug hier war, ließ ihn das Haus auch ohne Probleme herein.

„Ich habe gestern Abend ganz vergessen, dass du jetzt hier wohnst. Sonst wäre ich nicht einfach so aus dem Zimmer gegangen", erklärte Bo ihr und kratzte sich verlegen im Nacken. Kalea war es eigentlich egal, sie war nur froh darüber, dass Bo endlich anständig gekleidet war. Nun saß sie mit Bo schweigend am Küchentisch, der noch einzelne Weinflecken des Abends zuvor aufwies und blickte überall hin, außer in das Gesicht ihres Gegenübers. Dieser wiederum wackelte mit seinem Bein im Rhythmus eines Liedes, welches wohl nur in seinem Kopf zu hören war. Dabei stieß er regelmäßig an den Tisch, da er eindeutig zu groß für die Stühle war. Als sie dachte, dass der Morgen nicht noch unangenehmer werden konnte, erwischten sich beide dabei, den anderen anzuschauen. Ihr Blickkontakt hielt zum Glück nur für wenige Sekunde an, während sie das Gefühl hatte, dass sich ihre Nägel aufstellten. Sobald Aurum die Tür ihres Zimmers zuknallte und mit federndem Schritt in die Wohnstube kam, konzentrierten sich beide auf sie. Kalea ließ den angehaltenen Atemzug aus ihrem Mund. Sie spürte leichte Nachwirkungen des vergangenen Abends. Die letzte Nacht war die erste seit ihrer Entführung gewesen, in der sie einen traumlosen Schlaf gehabt hatte. Ob dies dank des süßen Weines oder wegen Aurums Anwesenheit war, wusste sie nicht. Sie war nur froh, endlich etwas erholter aufzuwachen.

Bo räusperte sich. „Musst du heute arbeiten?“, fragte er seine Freundin, die ihm zärtlich über die Schultern strich.

„Ja.“ Sie atmete genervt aus und lehnte ihre Stirn an seine Schulter, um eine Sekunde später ihr Kinn abzustützen und Kalea anzublicken. „Aber ich nehme dich trotzdem mit ins Schloss. Dann kannst du in die Bibliothek gehen.“

Kalea sah sie verwundert an. „Ins Schloss? Ich dachte, dass wir in die öffentliche Bibliothek gehen.“

Bo lachte leise und küsste Aurums Schläfe. Kaleas Blick huschte zu dieser intimen Geste und wieder zurück in Aurums Gesicht. Es war ungewohnt, wie leicht die beiden ihre Zuneigung zueinander zeigten, obwohl sie nicht allein im Raum waren. Doch taten sie es so natürlich, das Kalea versuchte, sich nichts anmerken zu lassen. Es war einfach ungewöhnlich in ihren Augen.

„Die Schlossbibliothek ist für jeden zugänglich“, erklärte ihr Bo ruhig und von der vorherigen Scham war nichts mehr in seinem Gesicht zu sehen. Selbst sein nervöses Beinzucken hatte gestoppt, sobald Aurum ihn berührt hatte. „Ich begleite euch hinein. Ich muss sowieso zur Näherei.“

Berührung gekommen. Sie klemmte es unter ihren Arm und griff eben-
lls nach einem Weiteren mit dem Titel: *Die Helden und Opfer der ersten Auf-
nnung.* Dieses war doppelt so groß wie das erste und lag aufgrund seines
cken Lederumschlags schwer in ihrer Hand. Mit beiden Büchern bepackt
ng sie die restlichen Regale entlang und las vereinzelt Buchrücken. Als sie
n Ende der Abteilung angekommen war, hatte sie zwei weitere Bücher in
r Hand. Während sie, ohne groß zu überlegen, nach links abbog, um wie-
er zum Kamin zu gelangen, sah sie plötzlich einen dunklen Eichentisch,
er zwischen den Regalen zum Lesen einlud. Unter ihm lag ein dunkelroter
eppich. Ungefähr zehn Stühle standen ordentlich herangerückt. Nur einer
and etwas weggeschoben vom Tischrand. Zu diesem ging sie und ließ sich
uf dem weichen Polsterkissen nieder. Die Bücher breitete sie vor sich aus
nd besah in Ruhe noch einmal alle Buchrücken. Sie konnte sich kaum ent-
cheiden, in welches sie zuerst hineinblicken wollte. Bevor sie sich ent-
chied, stand sie auf und rückte die kleine Laterne, die neben den anderen
ampen an den Wänden Licht spendete, an sich heran. So würde sie sich
icht die Augen kaputt machen. Kurzerhand schnappte sie sich das über-
roße Buch über die Helden und Opfer der ersten Auflehnung und schlug
s auf. Ein lautes Klatschen ertönte in der ruhigen Bibliothek, als der Buch-
ücken schneller als gedacht auf der Tischplatte aufkam. Erschrocken
uckte sie zusammen. Als sie nichts außer dem Knarren des Schlosses und
len Hauch des Windes hörte, widmete sie sich wieder ihrer Lektüre. Soweit
veg vom Kamin, merkte sie die Kühle des Windes etwas mehr, weswegen
ie die Ärmel ihres Stoffmantels über ihre Hände zog. Sie war froh gewesen,
ls Aurum ihr den Mantel gebracht hatte. Er war weich und schenkte ihr
ine angenehme Wärme. Ihre Mitbewohnerin hatte ihr versichert, dass sie
hn selbst nicht brauchte. Es sei noch warm genug. Kalea zitterte bei dieser

„Ist dein Trainingshemd wieder kaputtgegangen?", fragte Aurum und löste sich von ihm, um ihm ins Gesicht zu sehen. Er mied ihren Blick und kratzte sich im Nacken.

„Eventuell."

„Eventuell? Bodan, ich habe es erst letzte Woche geflickt." Fassungslos stemmte sie ihre Hände in die Hüften.

Bo grinste leicht. „Ich weiß, deswegen gehe ich ja zur Näherei und nicht zu dir", sagte er sanft und zog sie an ihren Händen wieder zu sich heran. Sie wehrte sich nicht und setzte sich auf seinen Schoß.

„Ihr seid wirklich zu wild beim Training. Irgendwann hat einer von euch mehr als nur einen Kratzer."

„Das solltest du Faun sagen. Ich bin immer ganz anständig", wehrte sich Bo gegen ihre Anschuldigungen.

„Du und anständig", lachte Aurum und kniff ihm in die Wange, ehe sie zu Kalea blickte. „Kannst du das glauben, Kalea?"

Diese sah verdutzt zwischen den beiden hin und her. Bo sah sie beinahe flehend an, während Aurum sie verschwörerisch angrinste.

„Also ich stimme eher Bo zu. Faun scheint mir eigentlich immer das Problem zu sein." Sie grinste, als das Paar in schallendes Lachen ausbrach und Bo auf den Tisch hämmerte.

„Sehr gute Antwort!"

Es fühlte sich komisch an, das erste Mal ohne Wachen oder Aurums Lianen ins Schloss zu gehen. Für einen kurzen Moment zögerte sie, dann folgte sie den beiden hinein. Bo verabschiedete sich direkt und küsste Aurum zum Abschied auf die Wange. Diese sah ihm lächelnd hinterher.

Der Weg zur Bibliothek war nicht lang. Sie würde leicht den Weg zurückfinden. An einer großen weißen Doppeltür ließ Aurum sie zurück.

„Die Abteilungen sind alle gekennzeichnet. Es dürfte also kein Problem sein, sich zurechtzufinden", sagte sie noch schnell und schenkte Kalea ein ermutigendes Lächeln. Dann war sie allein in dem erleuchteten Flur und blickte zur Doppeltür hinauf. Es waren verschiedene Muster hineingeritzt. Die kleinen Rosen an den Ecken gefielen ihr am besten. Vorsichtig senkte sie den goldenen Türgriff und lehnte sich gegen das Holz, da sie merkte, dass die Tür schwerer war als gedacht. Im Inneren verschlug es ihr die Sprache. Die Bibliothek war so viel größer als gedacht. Reihenweise Regale türmten sich in dem großen Raum. Am Anfang jedes Regals sah sie ein kleines Schild, welches die Abteilung und die Thematik der darin befindlichen Bücher beschrieben. Zu ihrer linken war ein großer Kamin, der lichterloh brannte und den riesigen Raum erwärmte. Kalea war erstaunt über die Glasscheiben, die das Feuer von den leicht entzündlichen Büchern fernhielt. Vor ihm standen rote Sessel und ein großes Sofa, die zum stundenlangen Lesen einluden. Sie liebte es zu lesen. Auch wenn sie immer dieselben Bücher erneut gelesen hatte. *Die Reise in den Süden* war ihr Lieblingsbuch gewesen. Es handelte von einem jungen Mann, der mit seiner kleinen Schwester durch Solas reiste, um ihren Vater zu finden. Dabei erlebten sie die fantastischsten Abenteuer. Emil musste ihr damals die Wahrheit offenbaren, dass es in Solas keine Wasserfrauen und Bergtrolle gab. Ihre kleine Welt war damals in sich zusammengebrochen. Trotzdem las sie das Buch jedes Jahr aufs Neue.

Traurig blickte sie ins Feuer. Eigentlich wollte sie es nach dem Ball des roten Mondes erneut beginnen, um ein letztes Mal vor dem Erntemond das vertraute Abenteuer zu erleben. Als sie noch jünger gewesen war, hatte sie

sich immer vorgestellt, dass die Geschwister in der Gesch
waren und auf der Suche nach ihr durch das Land reister
es spendete ihr Trost, als Emil das erste Mal auf Reisen
abends vor Einsamkeit in den Schlaf geweint hatte.

Suchend ging sie die Regale ab und las sich die Schild
tierte sich in Gedanken, wo die Abenteuergeschichten st
weiter. Die Stille, die in der Bibliothek herrschte, hüllte si
und der leichte Wind, der durch die Öffnungen in den Wä
strich ihr offenes Haar wie eine Begrüßung hinter ihre S
frisch gewaschen, sodass ihre weiße Strähne wieder zu erke
genoss es allein zu sein und sich in Ruhe umzublicken. Die
Naturheilkunde, Magie, Klassik und vieles mehr kreuzter
sie endlich die Regale fand, die voller Geschichtsbücher wa
Abstand die größte Abteilung.

Ihre Augen huschten über die Beschilderungen der Fä
sich fragen konnte, wie sie an das oberste Brett herankon
blickte sie eine Leiter, die an den Regalen befestigt war. Dur
konnte sie von ganz hinten nach ganz vorne geschoben wer
in der Mitte, sah sie ein Buch, das die Neugier in ihr entfacht
lehnung. Sobald sie es in der Hand hielt, sah sie, dass es ei
schrift trug.

Die erste Auflehnung - Tagebücher des Kasper Fin

Vorsichtig drehte sie das blaue Buch in ihrer Hand herum
tete den verschnörkelten Umschlag. Es war alt und hatte sein
hinter sich gelassen. Die letzten Seiten waren wellig, als wäre

Erinnerung. In der Bibliothek war es zwar nicht eiskalt, aber kuschelig warm war es auch nicht.

Auf der ersten Seite stand in verblasster Schrift eine Widmung, die sie kaum entschlüsseln konnte. Schneller als gedacht, verstand sie die Auflistung des Buches. Im vorderen Teil wurden die Helden aufgelistet, mit kurzen Sätzen zu den Personen. Nicht bei allen, war ein Portrait eingeklebt. Im hinteren Teil waren die Opfer in alphabetischer Reihenfolge aufgelistet. Gedankenverloren blätterte sie durch den Abschnitt mit den Helden, ohne zu wissen, was genau sie suchte. Es hätte mehr Sinn gemacht, sich zuerst das faktische Geschichtsbuch über die erste Auflehnung anzusehen. Nachdem sie aber an einem Bild hängen blieb, wusste sie nach was sie unbewusst gesucht hatte. Es war eine Doppelseite mit einem Portrait. An den Kleberesten, die auf der zweiten Seite zu sehen waren, erahnte sie, dass es ein zweites Bild gegeben hatte. Dieses war wahrscheinlich verloren gegangen. Ein dumpfes träges Gefühl breitete sich in ihrer Magengrube aus, während sie über die Namen strich. Obwohl sie die beiden und auch den Hintergrund der ersten Auflehnung nicht kannte, spürte sie ungewollt ein tiefes Mitgefühl für die Verstorbenen. Sie waren eindeutig zu jung gewesen, um ihr Leben zu geben.

Aurelius Golding (20) und Cosima Golding (21) hinterlassen ihren dreijährigen Sohn Amrin Golding.

Sie sind Opfer des Angriffs auf ein Krankenlager, nach der Befreiung des ersten Rings.

Für einen weiteren Moment erlaubte sie sich das Bild der beiden anzuschauen und das Gefühl in ihrem Bauch wurde schwerer. Amrin sah seiner Mutter sehr ähnlich, obwohl er die Locken seines Vaters geerbt hatte. In dem Portrait standen die beiden nebeneinander und Aurelius Golding hatte seinen Arm liebevoll um seine Frau gelegt. Der Maler des Portraits hatte nichts versteckt. Obwohl die Farbe leicht verblasst war, erkannte sie kleine Kratzer in ihren Gesichtern und dass Aurelius einen Verband um den Bauch trug. Trotzdem lächelten sie. Auf dem untersten Rand las sie mit verwackelter Schrift: A. und C. Golding in Cliffred von Ellis Bach.

„Was machst du hier?", holte sie eine Stimme aus ihrer Trance. Unwillkürlich klappte sie das Buch zu. Das Schicksal der Goldings schwirrte nur noch in ihrem Hinterkopf herum. Mit dem Gefühl ertappt worden zu sein, drehte sie sich herum und blickte zu dem Mann, der mit einem Buch in der Hand aus der Abteilung der Abenteuergeschichten kam. Zuerst fiel ihr auf, dass er keine Schuhe trug. Erst dann wanderte ihr Blick hoch. Und als sie erst die Handschuhe und dann die Maske sah, wo eigentlich ein Gesicht auf sie gewartet hätte, atmete sie genervt aus und drehte sich wieder zu ihren Büchern herum.

„Ignoriere mich nicht. Was machst du hier?"

„Aurum hat mich hierhergebracht", erklärte sie knapp und wollte gar nicht wissen, wie lange er sie beobachtet hatte. Auf jeden Fall lang genug, um sich das Stück Metall ins Gesicht zu legen. Ihr war langsam bewusst, dass er sie nur in ihrer Gegenwart trug, was viele Fragen aufwarf. Ohne den Blick von dem wieder geöffneten Buch zu nehmen, wusste sie, dass er näherkam. Obwohl er beinahe lautlos umherlief, spürte sie seine Nähe. Ihr Körper spannte sich an, als er ihr neugierig über die Schulter blickte.

„Warum liest du das?", sagte er mit tiefer Stimme an ihrem Ohr und klappte das Buch einfach zu, um den Titel zu lesen.

„Aurum hat gestern die erste Auflehnung erwähnt", sagte Kalea und atmete einmal tief ein und aus. Konnte er sie nicht einfach in Ruhe lassen?

Sie spürte schon das bekannte Kribbeln unter ihrer Haut, wollte aber nicht schon wieder mit Faun streiten.

„Und da dachtest du dir, direkt nach den Opfern zu schauen?", hinterfragte er bissig und zog den Stuhl neben ihr zurück, um sich zu setzten. Dabei kam ihr in den Sinn, dass sie vielleicht seinen Platz eingenommen hatte. Da sie jedoch niemanden gehört hatte, war sie nicht davon ausgegangen, dass jemand da war. Kalea brummte zustimmend und schnappte sich das Buch zurück.

„Warum? Wolltest du wissen, wessen Leben ihr zerstört habt?", sagte er schnippisch und zog die Laterne näher zu sich heran. Entsetzt drehte sie ihm den Kopf zu.

„Das glaubst du doch nicht wirklich", sagte sie fassungslos und nahm ihm sein Buch aus der Hand, welches er gerade begann zu lesen. „Ich wollte mich nur erkundigen. Ich habe zuvor noch nicht von so etwas wie einer Auflehnung gehört! Und warum darf ich mich nicht über die Opfer und die Helden informieren, ohne direkt unterstellt zu bekommen, dass ich mich an ihrem Leid laben würde?"

Faun blickte sie durch die Schlitze der Maske an. Für einen kurzen Moment dachte sie Überraschung zu erkennen, ehe seine schwarzen Augen wieder den üblichen gelangweilten Ausdruck annahmen.

„Was meinst du damit? Du hast noch nie von ihr gehört? Wie kannst du noch nie etwas davon gehört haben, wenn sie über drei Jahre lang ganz Caldo den Atem anhalten ließ? Jedes Reich war involviert."

Warme Scham, die ihren Wangen verdächtig verfärbte, verriet sie, ohne dass sie etwas sagen musste. Es war ihr peinlich, anscheinend nichts über ein so wichtiges Ereignis ihrer Welt zu wissen. Um ehrlich zu sein, hatte sie gehofft, dass Aurum sie belogen hatte. Aber die große Sammlung von Büchern und zum Schluss die Gesichter der Opfer und der Helden, hatte das letzte bisschen Misstrauen zu diesem Thema verpuffen lassen.

„Es ist nun mal so", antwortete sie knapp und spürte, wie ihre Hände unangenehm zitterten. Um die Stille zu füllen, die die beiden umgab, krallte sie die Finger in sein Buch. Sie spürte seinen Blick auf ihr.

„Kann ich mein Buch wiederhaben?", fragte er nach einigen Minuten und hielt seine Hand auf. Mit noch immer geröteten Wangen gab sie es ihm und widmete sich stumm dem ersten Buch, welches sie gefunden hatte. Sie war froh, dass Faun anscheinend die Unterhaltung für beendet hielt und sein Buch aufschlug. Stille umhüllte sie, während sie beide in ihren Lektüren lasen und sich das Licht der Laterne teilten. Das dünne Papier glitt durch ihre Finger. Das Buch hatte viele Informationen, weshalb sie zu Beginn die allgemeine Zusammenfassung der Auflehnung durchlas, ehe die Tagebucheinträge begannen. Faun räusperte sich neben ihr und überkreuzte seine Beine. Sein Stuhl war leicht zu ihr gedreht. Da er jedoch längere Zeit nicht von seinem Buch hochblickte, konnte sie seine Anwesenheit nach wenigen Minuten verdrängen.

Stöhnend lehnte sie sich in die Stuhllehne zurück und rieb sich die trockenen Augen, während sie versuchte, das Gelesene zu verstehen und zu verarbeiten.

Vor ungefähr dreißig Jahren gab es neben Talam, Hidrig, Gaofar und Solas noch ein weiteres Königreich. Baistar, das Reich des Sturms. Von diesem hatte sie bereits von Esmal gehört, der ihr danach diese fürchterliche Vision gezeigt hatte. In dieser sah und erlebte sie die Vernichtung des Reiches durch die Soldaten Solas. Dadurch wollten sie ihre Macht vergrößern und dies schafften sie auch. Das Reich des Sturms ging trotz ihrer Verbündeten unter und Solas nahm ihre Landesgrenzen an sich. Sie schlachteten Kinder und jeden Bewohner dieses Reiches ab, ohne an die Konsequenzen zu denken. Durch die Auslöschung eines ganzen Reiches versiegte deren Magie. Als der Letzte Abkömmling von Baistar starb, hörte es auf zu Regnen. Seitdem litt Caldo unter einer Dürre und einem ewigen Sommer. Nur durch das Reich des Wassers war das Land nicht völlig abgestorben. Aber da sich Hidrig nicht auf eine Seite schlagen wollte, versorgten sie auch das Reich des Lichts mit genug Wasser für ihre Erde, weshalb die übrigen Reiche zu kurz kamen. Solas, die seitdem in einem ewigen Sommer lebten, suhlten sich in ihrer Macht und ignorierten das Leid der anderen Reiche. Dies war der Grund, warum es vor der ersten Auflehnung verschiedene Gruppen aus Talam und Gaofar gab, die sich gegen Solas Machtmonopol wehren wollten. Als diese gefangen genommen und öffentlich hingerichtet wurden, schloss sich die erste Auflehnung aus den Mitgliedern der zwei Länder zusammen. Die Aktivitäten der ersten Auflehnung gingen drei Jahre lang bis sie schlussendlich verloren und sich auflösten. Seitdem waren knapp zwölf Jahre vergangen und der letzte Jahreszeitenwechsel war laut der Zusammenfassung nun sechs Jahre her.

Als die Kerze der Laterne fast zum Boden hinab gebrannt war, blickte Kalea auf und schloss das Buch. In dem immer schwächeren Licht war es schwierig zu lesen. Sobald er bemerkte, dass sie aufhörte zu lesen, schloss Faun sein Buch und hielt seine aktuelle Stelle mit dem Daumen fixiert. Sein Blick ruhte auf ihr. Die weiße Strähne, die aufgrund der sanften Dunkelheit leicht leuchtete, war ihm zuerst aufgefallen, als er sie am Tisch entdeckt hatte. Sie war so lange mit dem Schlamm im Haar herumgelaufen, dass es ihm leichtgefallen war, zu vergessen, wie hell sie schimmerte. Er beobachtete ihre Gesichtszüge, während sie über eines der wichtigsten Ereignisse ihrer heutigen Zeit nachdachte. Es war unglaublich, dass sie noch nie etwas davon gehört hatte.

„Ich verstehe das nicht“, murmelte sie und ließ ihre Hände locker auf ihre Beine nieder.

„Was genau?“

„Das alles. Wieso sollten sie mir die Wahrheit verschweigen? Warum mir etwas von einer gewalttätigen Rebellion erzählen, wenn es nach euren Aufzeichnungen eine fast reine Rettungsmission war? Und das mit den Jahreszeiten. Ich habe doch eure Herbstwälder gesehen. Wie kann hier dann stehen, dass es sie in ganz Caldo nicht mehr gibt? Nur Solas lebt in einem ewigen Sommer.“

Faun schwieg für einen Moment, ehe er die Beine wieder nebeneinanderstellte. „Unsere Wälder sehen seit vier Jahren das ganze Jahr lang so aus, weil sie langsam sterben. Wir versuchen die meisten am Leben zu erhalten, aber selbst das hat seine Grenzen. Caldo lebt in einem ewigen Sommer, der seinen Ursprung aber in Solas hat. Die Sonne ist euch zugetan, weshalb es bei euch so unerträglich heiß ist und bei uns schon etwas kühler. Als es den Jahreszeitenwechsel noch gab, haben wir sie auch nur leicht gespürt. Im Winter wurde der Wind zum Beispiel einen Hauch kühler und im Frühling die Wiesen etwas grüner. Aber seit sechs Jahren ist alles so geblieben, wie es jetzt ist.“ Als er neben Kaleas zorniger Miene auch ihre Verwirrung sah, nahm er die Kerze aus der Laterne und stelle sie vor sich. „Die Kerze selbst ist Solas und der Sommer. Und umso weiter das Licht von ihrem Ursprung weg ist, desto sanfter wird es. Ungefähr so ist es mit dem ewigen Sommer. Ihr seid die Flamme, die unser Land mit jedem weiteren Jahr niederbrennt.“

Kalea schwieg. Sie versuchte die gesammelten Informationen in ihrem Kopf zu sortieren und die Lüge von den Wahrheiten zu unterscheiden. Im rasenden Tempo ging sie alles durch, was sie gelernt hatte, und verglich es mit dem, was Faun gesagt hatte. Er wiederrum blickte sie nur weiter an und wartete auf ihre Reaktion. Vielleicht würde sie sich gleich auf ihn stürzen? Die Wunde, die sie ihm zugefügt hatte, spürte er manchmal immer noch.

Überfordert lehnte sie ihre überhitzte Stirn an den kühlen Tisch und schloss die Augen, wobei er sich leicht auf seinen Beinen abstütze. Sein Geruch schlich sich dabei in ihre Nase und für einen Moment konnte sie nur daran denken, dass er ihr schon lange nicht mehr so nah gewesen war. Das letzte Mal in der Nacht, als sie Bo und Amrin aus dem Schloss geholt - nein, als sie die beiden befreit hatten. Der Geruch des Waldes umhüllte sie und kurz sah sie den herbstlichen Wald und ein buntes Lagerfeuer vor ihren Augen. Während er beobachtete, wie stark sie überlegte und wie überrumpelt sie wirkte, spürte er, wie er Aurums Mitleid ihr gegenüber besser verstand. Sie war nur eine Puppe in diesem grauenhaften Spiel.

„Hast du ihre Aussagen denn nie hinterfragt?" Seine Stimme glich einem Flüstern. So sanft, beinahe vorsichtig, hatte er noch nie mit ihr gesprochen. Nur einmal hatte sie ihn mit dieser Tonlage sprechen gehört. Damals, als er Aurum gestehen musste, dass er die anderen beiden zurückgelassen hatte.

„Ich habe-", sie brach ab, um den Kloß hinunterzuschlucken, „doch. Aber sie zeigten mir Bücher und Geschichten, die ihre Aussagen unterstrichen. Ich hatte keinen Grund, ihnen nicht zu vertrauen." Beide setzten sich auf und stützten sich am Tisch ab.

„Du hast mir damals gesagt, du hättest einmal versucht zu entkommen."

„Ja, denn da wollte ich nicht wahrhaben, was sie mir immer wieder predigten. Aber als …“ Ihre Gedanken wichen zu Cyrus, der bei ihrem Fluchtversuch ums Leben kam. „Danach war es leichter ihnen zu glauben.“

Faun nickte nur und wühlte selbst durch den Strudel an Gedanken, die sein Gehirn fluteten. Er fragte nicht nach, was sie erlebt hatte. Die angespannte Stille zwischen ihnen legte sich langsam. Aus ihren Gedanken hochschreckend, blickte sie auf das Buch, welches noch immer in seinem Schoß lag.

„Was liest du?“

Faun folgte ihrem Blick, sodass er es auf den Tisch legte, ohne seinen Daumen hinauszunehmen und drehte es ihr entgegen. Ihre Augen weiteten sich, als sie den Titel las und ohne drüber nachzudenken, riss sie das kleine Buch an sich. Faun zischte leise, als die Seiten seinen Daumen zerdrückten. Schnell entfernte er diesen, bevor Kalea es vollständig zu sich zog. Die Bekümmertheit, welche sie zuvor geprägt hatte, war auf einmal spurlos verschwunden.

„Die Reise in den Süden? Ihr kennt die Geschichte?“, sagte sie euphorisch und starrte den Titel freudestrahlend an. Verwirrt wollte er ihr es wieder aus der Hand nehmen, bis sie sich etwas wegdrehte, um seinem Griff zu entkommen.

„Mich wundert es, dass du es kennst“, erwiderte er schlichtweg und lehnte sich wieder in den Stuhl hinein. Er hatte das Buch anscheinend an sie verloren.

„Natürlich! Es ist mein absolutes Lieblingsbuch“, plapperte sie aufgeregt und blickte endlich zu ihm. Das Lächeln, welches ihre roten Lippen zierte, verschlug ihm für einen Moment die Sprache. „Hast du es schon gelesen?“

„Ja, mehrmals", antwortete er und amüsierte sich leicht über ihre kindliche Freude. Es war komisch, sie mit solch einem Gesichtsausdruck zu sehen. Normalerweise giftete sie ihn ständig an oder sie blickte mit einem leeren Gesichtsausdruck auf eine Stelle über seine Schulter hinweg.

„Wirklich? Ich lese es bestimmt jedes Jahr mindestens einmal." Sie grinste herausfordernd und drückte sich das Buch an die Brust. Die vorherige Traurigkeit war vergessen, sobald sie den Titel gelesen hatte. In dieser schieren Hoffnungslosigkeit, die ihre letzten Tage dominiert hatte, war dies ein Lichtblick. Nun konnte sie ihr Vorhaben doch durchziehen.

„Jedes Jahr? Damit kann ich leider nicht mithalten. Trotzdem bezweifle ich, dass ich die Geschichte deswegen weniger kenne und schätze als du", murrte er und lachte am Ende leise, was sie überraschenderweise erwiderte.

„Darum geht es mir doch gar nicht. Ich kenne niemanden, der das Buch auch gelesen hat und mit dem ich drüber reden könnte. Welche Szene gefällt dir am besten? Meine ist die Szene mit dem Karren, als die Schwester beinahe eine Klippe hinunterstürzt", schwatzte sie drauf los.

Erheitert ging Faun auf ihre Frage ein. „Ich lese am liebsten die Szene mit den Sirenen in der Seebring Bucht", antwortete er.

„Die Seebring Bucht?", hinterfragte sie kritisch. „Du meinst die Sirenen in der Klinkerbucht. Hast du das Buch wirklich gelesen?"

Er runzelte unter der Maske die Stirn. „Was, natürlich? Es gibt nur die eine Szene mit den Sirenen in der Seebring Bucht."

„Es gibt keine Seebring Bucht in Solas."

„Ich weiß, aber in Hidrig, wo die Szene spielt." Verdutzt blickten sie sich gegenseitig an. Das Buch wanderte zum Tisch. Sprachlos starrte Kalea auf den Titel und riss dann das Buch auf, um die Szene zu finden.

„Ich bin mir ziemlich sicher, dass es die Seebring Bucht ist“, sagte Faun ebenso verwirrt und blickte mit ihr ins Buch hinein. Als sie die entsprechende Szene fanden, blickte sie noch immer verwirrt, während er sich selbstgefällig zurücklehnte. Er wusste, dass er recht hatte. Durcheinander sah sie vom Buch zu ihm und wieder zurück.

„Aber das Buch spielt in Solas“, meinte sie kopflos.

„Es spielt in ganz Caldo“, erwiderte Faun. „Die Reise geht vom Norden durch das gesamte Land in den Süden. Die beiden sind nur am Anfang in Solas.“

Aufgelöst schob sie den Stuhl nach hinten und stand auf. Noch immer neben der Spur, merkte sie nicht, wie er ebenso aufstand und sie beobachtete, als sie sich in die Haare griff.

„Was ist los?“, fragte er vorsichtig.

„Jedes Buch, das ich kenne, spielt in Solas“, sagte sie dumpf und spürte eine Übelkeit in ihr hochkriechen. Ihr war dies nie wirklich bewusst gewesen, aber keines der Bücher, die sie gelesen hatte, spielte außerhalb ihres Reiches.

„Sie haben selbst eine fiktionale Geschichte verändert?“ Fassungslos setzte er sich wieder hin und strich über den Buchrücken. Kalea schwieg und konzentrierte sich darauf, nicht direkt vor seine Füße zu brechen. Das kam unerwartet und sie verstand den Sinn dahinter nicht.

Plötzlich hörten sie, wie die Tür der Bibliothek aufging. „Kalea?“, ertönte Aurums Stimme. Schnell trat sie hinter den Stuhl und nahm Abstand von Faun, der sich genauso schnell zum Tisch umdrehte und sein Buch wieder aufschlug. Warum es sich so anfühlte, als wären sie bei etwas erwischt worden, wussten sie nicht. Es dauerte nicht lange, da hatte Aurum die beiden, dank der Laterne, gefunden. Sie blickte überrascht, als sie Faun sah, der ihr grüßend zuwinkte. „Sagt mir nicht, dass ihr euch wieder gestritten habt."

„Alles gut", nuschelte Faun und verdrehte die Augen. Aurum sah ihn warnend an und drehte sich dann zu Kalea, der das Wirrwarr in ihrem Kopf anzusehen war.

„Hast du alles gefunden?", wandte sie sich an ihre neue Mitbewohnerin, die daraufhin zustimmend nickte.

„Aber ich wollte noch das eine Buch anfangen", sagte sie, versuchte die Übelkeit hinunterzuschlucken und zeigte auf das Buch von Kasper Findlay. Faun blickte auf.

„Nimm es mit. Ich notiere es mir", sagte er zur Überraschung der beiden Frauen. „Aber wehe du bringst es beschädigt zurück."

„Oh, wie freundlich, Mister selbsternannter Bibliothekar", säuselte Aurum grinsend und gab Kalea das Buch in die Hände.

„Ja, ja. Ich will nur das sie geht", murrte Faun und würdigte sie keines Blickes mehr.

Aurum schüttelte den Kopf. Kalea blickte ihn eine Sekunde länger an. Eben dachte sie, dass sie eine nettere Seite von ihm kennengelernt hatte, da kam auch schon wieder der Arsch zum Vorschein.

Sobald ihre Mitbewohnerin Richtung Tür ging und er nochmal kurz hochsah, schenkte sie ihm den Mittelfinger. Bevor er etwas sagen konnte, flüchtete sie hinter ihr her.

Schnaubend schaute er ihr nach und öffnete sein Buch, um endlich weiter zu lesen.

KAPITEL 23

Nach der Hälfte des Buches ging sie erneut in die Schlossbibliothek, da sie merkte, dass Findlays Tagebucheinträge sehr stark seine eigene Meinung widerspiegelte und weniger sachlich blieben. Grob erinnerte sie sich daran, dass neben diesem auch ein anderes Buch gestanden hatte, das die erste Auflehnung behandelte. Sie hoffte, in diesem mehr Hintergrundinformationen zu bekommen.

Vorsichtig öffnete sie die große Tür der Bibliothek und blickte hinein. Die bekannte Stille begrüßte sie, jedoch war ihr nach dem letzten Mal bewusst, dass dies nicht bedeutete, dass sie alleine war.

„Hallo?“, rief sie in die große Halle hinein. Die Mittagsonne erhellte den hinteren Teil des Raumes, während das Kaminfeuer versuchte, diesen warm zu halten. Für einen Moment hörte sie nichts. Bevor sie aber mit vollem Elan zum Regal gehen konnte, sich sicher, dass es keinen unerwarteten Besucher geben würde, hörte sie plötzlich tapsende Schritte auf dem Fliesenboden. Verwirrt blieb sie im Gang stehen und blickte in die Richtung des Geräusches. Wenige Sekunden später, kam ein sehr zerstreut aussehender Faun in ihr Sichtfeld. Sein Hemd war zerknittert, seine Haare standen in alle Richtungen ab und wieder war er barfuß unterwegs. Er gähnte laut unter der Maske und versuchte seine Haare zu bändigen, während er auf sie zu lief. Er war vor Erschöpfung beim Lesen eingeschlafen.

„Warum schreist du hier so rum?", fragte er genervt und blieb dann vor ihr stehen.

„Ich habe nicht geschrien. Ich habe gerufen", merkte sie an, drehte sich herum und ließ ihn verdattert stehen, als sie nach dem anderen Buch suchte.

„Gibt es da überhaupt einen Unterschied?", hinterfragte er leise, klemmte sein Buch unter die Achsel und folgte ihr kopflos in die Abteilung der Geschichte. „Hast du Findlays Buch schon durch? Oder hast du gemerkt, dass der Autor ein arroganter Arsch war, der viel zu viele persönliche Informationen miterzählte? Wen interessiert es, mit wem er in der Zeit geschlafen hat?"

Sie schnaubte lachend und stimmte seiner Aussage vollkommen zu. Vor dem richtigen Regal blieb sie stehen und überflog die Buchrücken vor ihr.

„Ich habe es noch nicht fertig, möchte aber ein weiteres Buch mitnehmen, was hoffentlich etwas sachlicher ist. Was mit ihm und Fiona geschieht, möchte ich aber trotzdem wissen." Lesend legte sie den Kopf schief.

„O ja, die liebe Fiona. Ich kann dir gerne verraten, was mit ihr geschieht."

„Wag es ja nicht!", wirbelte sie empört herum. Faun lachte, griff an ihrem Kopf vorbei in das Regal und zog ein Buch heraus, welches er ihr vor die Nase hielt.

„Nimm dieses."

Die erste Auflehnung - die wichtigsten Hintergründe und Ereignisse

Es war genau das Buch, welches sie gesucht hatte.

„Danke“, murmelte sie und nahm es ihm ab, woraufhin er nickte und ihr dann zu dem Tisch folgte, der zwischen den Regalen stand. Der Mittagschlaf zerrte noch an seinen müden Gliedmaßen, weswegen er sich zur Decke streckte und seine Muskeln dabei dehnte. Das kleine humane Gespräch, welches sie am Vortag vor der unglaublichen Erkenntnis führten, hatte ihm gefallen. Ihm war es möglich gewesen, eine andere Seite von ihr kennenzulernen. Diese zeigte sich erneut, als sie kommentarlos zuließ, dass er sich direkt neben sie an den Tisch setzte und sogar die Laterne zwischen die beiden schob, wodurch er das Licht ebenfalls nutzen konnte. Er beobachtete sie für einen Moment, darauf wartend, dass sie ihm in den nächsten Sekunden einen vernichtenden Blick zuwerfen würde. Doch nichts dergleichen geschah.

Nachdem sie sich das erste Kapitel durchgelesen hatte, sah sie zu ihm. Wie am Tag zuvor, war sein Stuhl leicht zu ihr gedreht und seine Beine übereinander gekreuzt. Sie erkannte, dass er *die Reise in den Süden* weiterlas und lehnte sich unwillkürlich zu ihm hinüber, um zu sehen, bei welchem Kapitel er mittlerweile war. Ohne seinen Blick von dem Satz zu nehmen, rutschte er herum und legte das kleine Buch zwischen ihnen auf die Tischplatte, sodass sie direkt mitlesen konnte. Das Buch über die Auflehnung lag vergessen neben ihr. Nach einiger Zeit berührten sich ihre Schultern, woraufhin sie zusammenzuckten und Abstand zwischen sich brachten. Bei einer lustigen Stelle begann Kalea zu grinsen und Faun brummte amüsiert. Sie vergaßen die Zeit und ignorierten das Kribbeln unter ihrer Haut, wäh rend sie immer weiterlasen. Als sich ihre Schultern erneut berührten, waren sie so sehr in das Buch vertieft, dass keiner von ihnen wegzuckte und der warme Druck an ihren Schultern verweilte.

Die Kerze in der Laterne begann zu flackern, weswegen beide aufblickten und sich gerade hinsetzten. Aus einer Schublade, die in den Tisch hineingearbeitet war, fischte Faun eine neue Kerze und entzündete sie mit der Alten, die keine Sekunde später erlosch. In dieser Ecke der Schlossbibliothek kam aufgrund der hohen Regale kaum Tageslicht herein. Sie beobachtete ihn dabei. Nachdem er die kleine Glastür geschlossen hatte und sich wieder dem Buch zuwenden wollte, bemerkte sie, dass die Kerze nicht ganz in der kleinen Form stand und drohte umzukippen. Sie stand leicht auf, um sich zur Laterne hinüberzubeugen.

„Was machst du?", fragte er und neigte sich zur Seite, um zu sehen, was sie vorhatte.

„Die Kerze ist schief", erklärte sie trocken und fummelte ohne Erfolg an dem kleinen Hacken der Glastür herum. Sobald er dem Ganzen nicht mehr zusehen konnte, erhob er sich, um ihr zu helfen.

„Lass mich das machen", sagte er und versuchte an die Laterne heranzukommen.

„Ich mach das schon", meinte sie und schob seine Hand zur Seite.

„Lass es mich doch schnell machen."

„Faun, ich habe es gleich", murrte sie nun genervt und zog die Laterne wieder zu sich heran, die er zuvor zu sich gezogen hatte. Schnell umgriff er den Henkel der Laterne, um wieder an den Hacken heranzukommen, da zog sie diese gleichzeitig zu sich heran. Plötzlich krachte die kleine Laterne zwischen ihnen auf den Boden.

„Scheiße", fluchte Faun laut und schob seinem Stuhl weiter zurück, als die Laterne auf dem Boden zersplitterte und sich die Glasscherben mit einem scheppernden Geräusch verteilten. Kalea war ebenfalls zurückgewichen und schaute auf das Missgeschick zu ihren Füßen. „Guck, was du angerichtet hast!"

Aus dem Augenwinkel blickte sie ihn ungläubig an: „Was ich getan habe? Du bist genauso schuld daran!"

Schnaubend trat er vom Stuhl weg.

„Wo willst du hin?"

„Ich hole einen Besen!", rief er ihr über die Schulter hinweg zu und stampfte barfuß den Gang entlang. Aufgebracht kam sie ihm nach.

„Sag mir, wo er ist, und ich hole ihn", rief sie ihm hinterher und lief einen Schritt schneller, um ihn nicht aus den Augen zu verlieren. Diese Bibliothek war wirklich zu groß.

Fauns dunkles Lachen ertönte, während er eine kleine Holztür am anderen Ende der Schlossbibliothek ansteuerte. Seine Hand berührte gerade den Türknopf, als sie um die Ecke kam. Kopfschüttelnd öffnete er die kleine Kammer und stellte, wie gewohnt, den darin befindlichen Stuhl vor die Tür, um diese offenzuhalten. In dem Moment, indem er den Besen sah und hineinging, erreichte sie die kleine Kammer und stellte den Stuhl beiseite, der ihr im Weg stand. Sie folgte ihm hinein, um vor ihm den Besen zu greifen, da knallte die Tür hinter ihnen zu. Zusammenzuckend drehte sie sich herum und starrte auf die geschlossene Tür. Gerade wollte sie diese wieder öffnen, da merkte sie, dass sich der Türknopf zwar drehen ließ, aber das Schloss nicht reagierte.

Fauns Körperwärme prallte gegen ihren Rücken.

„Gut gemacht", meckerte er gereizt, schloss seine Augen und atmete tief durch. Gerade wollte sie etwas erwidern und sich zu ihm herumdrehen, da stoppte sie in ihrer Bewegung. Er stand direkt hinter ihr. Tastend streckte sie ihre Hand an ihm vorbei aus. Ihre Augen weiteten sich erschrocken, als sie direkt hinter ihm den Besen und die Wand spürte. Dieser Wandschrank war eng.

Zu eng.

Und zu dunkel. Nur leichte Lichtschlitze an der Tür erhellten den Raum spärlich. Es trennten sie nur wenige Zentimeter voneinander.

„Woher hätte ich wissen sollen, dass das Schloss klemmt?", zischte sie, blickte zu ihm nach oben und begegnete seinen schwarzen Augen.

„Dafür war der Stuhl."

„Dafür war der Stuhl", äffte sie ihm nach, was ihm ein dunkles Lachen entlockte. Die Vibration in seiner Brust drang bis zu ihr durch.

„Lass mich mal gucken", sagte er ruhig, trat einen Schritt auf sie zu und streckte die Hand nach dem Türknopf aus. Vergebens rüttelte er an dem Metall. Scheinbar bemerkte er nicht, dass er seinen Körper an ihren drückte.

„Verdammt, es will nicht", sagte er zähneknirschend. Die Wärme seines Körpers prallte an ihrem Gesicht ab, welches noch immer zu ihm nach oben schaute. Sie wagte es kaum zu atmen und die Hitze in diesem kleinen Raum wuchs mit jeder weiteren Sekunde. Verlegen blickte sie von seinen Augen hinunter zu seinem scharfen Kiefer, der selbst mit der Maske gut zu erkennen war. Trotz des spärlichen Lichts sah sie, wie er seine Zähne zusammenpresste. Er rüttelte erneut am Knauf, was sie aus ihrem Gleichgewicht brachte. Den Aufprall gegen die Tür schon spürend, fuhr sie überrascht zusammen, als er seine andere Hand an ihren unteren Rücken legte und sie stützte.

„Entschuldige", hauchte er und blickte nun auch zu ihr hinunter. Kein Wort kam über ihre Lippen. Gefangen in dem Anblick der tiefen Dunkelheit seiner Augen, verharrte sie in dieser Position. Der Zorn auf ihn verebbte.

Dafür war sie sich seiner Berührung umso bewusster. Sein Daumen lag in der kleinen Furche ihres Rückens, während die andere Hand noch immer am Türknauf lag. Er hing beinahe über ihr.

Plötzlich, als wäre ihr erst jetzt klargeworden, wie nah sie sich waren, kam sie ihm entgegen, um mit ihm den Platz zu wechseln.

„Schon gut. Warte, ich lasse dich vorbei, dann kommst du besser dran", stammelte sie nervös und versuchte sich mit ihm zu drehen, ohne die Gegenstände der Regale an den Kopf zu bekommen.

„Kalea, warte", versuchte er sie vergeblich zu stoppen.

„Alles gut. Ich muss nur an diesem Topf vorbei", meinte sie und lehnte sich dafür näher an ihn heran. Seine Hand an ihrem unteren Rücken verkrampfte dabei und die andere legte sich nun auf ihre Schulter, da sie beinahe wieder das Gleichgewicht verloren hätten.

„Hör auf", brummte er tief und legte den Kopf in den Nacken. Ein kehliges Geräusch entkam ihm. Er hielt sie mit seinen Händen ruhig, damit sie sich keinen Millimeter mehr bewegen konnte. Sein Herz raste. Nach Atem ringend versuchte er, seine Gedanken zu etwas Anderem zu lenken.

Kalea blickte ihn verwirrt an und drückte sich gegen seine Hände nach hinten. „Ich habe es gleich", murmelte sie und grinste zufrieden, als sie endlich an dem unnötig großen Blumentopf vorbeikam, der das ganze Vorhaben erschwerte. Doch war ihr Triumph sein Untergang. Ehe sie sich freuen konnte, wirbelte er zu ihr herum und presste sie an die Wand hinter ihnen. Sie atmete erschrocken ein. Seine Hand krallte sich in ihr Oberteil und die andere glitt zu ihrem Hals. Sein maskiertes Gesicht kam ihr näher und hielt kurz vor ihrem Hals. Sie wagte es nicht, sich zu bewegen und konnte auch nicht verstehen, was plötzlich in ihn gefahren war. Sein Atem prallte schwer gegen das Innere der Maske. Heiß und stoßweise. Sie spürte, dass er zitterte und um Kontrolle rang.

„Faun“, sagte sie seinen Namen mit bebender Stimme. Sie merkte, wie heiß ihr langsam wurde und wie sich eine beschämende Röte auf ihr Gesicht und das Dekolletee legte.

„Tut mir leid“, hauchte er atemlos und kurz bildete sie sich ein, pure Verwirrung und Panik in seinen Augen zu sehen, da war es auch schon verschwunden.

So wie Faun.

Ungläubig blickte sie auf die Stelle, an der er eben noch gestanden hatte. Der Arsch konnte die ganze Zeit einen Raumsprung machen? Da er keinen gemacht hatte, war sie automatisch davon ausgegangen, dass er zu erschöpft wäre. Sie hatte schon längst begriffen, dass diese Raumsprünge von seiner Kraft abhingen.

Im nächsten Moment öffnete sich die Schranktür. Als sie sein maskiertes Gesicht im Licht der Bibliothek sah, trat sie aus dem kleinen Wandschrank und schubste ihn aus dem Weg. Die Röte schmückte noch immer ihre Haut.

„Das hättest du nicht vor fünf Minuten machen können?“, keifte sie ihn an und blickte fassungslos, als er wieder verschwand. Vor Wut fuchtelte sie mit ihren Armen herum und ging mit stampfenden Schritten aus der großen leeren Schlossbibliothek hinaus.

KAPITEL 24

Auf ihren Weg zum Ausgang des Schlosses traf sie Aurum, die gerade Feierabend hatte und sich Kalea anschloss. Die Nachmittagssonne blendete die beiden Frauen, als sie aus dem Baum schritten.

„Was arbeitest du eigentlich?", fragte sie Aurum, während sie zusammen langsam die Straße entlang schlenderten. „Wenn du mal keine Rettungsmission durchführst."

Die kleinere Frau lachte bei ihrem Kommentar und drehte sich beim Gehen zu ihr um. Gekonnt ging sie die gerade Strecke rückwärts weiter. „Ich arbeite für Esmal", erklärte sie und wich einem Kind aus, welches ihr entgegenkam und mit seinen Freunden Fangen spielte. „Ich helfe ihm beim Papierkram. Ihm fällt das fürchterlich schwer und ich habe ein Händchen dafür. Also für das Organisieren und alles."

Kalea nickte verstehend. „Und Faun ist Bibliothekar?" Sie spürte noch immer die Hitze seines Körpers an ihrem.

Aurum lachte und schlug ihr etwas fester gegen die Schulter. „Nein, nein. Er ist aber sooft da drin, dass er irgendwann angefangen hat, sich zu notieren, wer welches Buch ausleiht und demjenigen die Hölle heiß zu machen, der sie beschädigt." Lachend wischte sie sich eine Träne unter dem

Auge weg. „Einmal hat er Henri durchs ganze Schloss gejagt, als ihm Wasser über eines der Bücher gefallen war. Faun erledigt Aufträge für Esmal, ansonsten trainiert er noch die neuen Soldaten."

Noch immer kichernd drehte sich Aurum wieder herum, sah jemanden und schnappte ihr Handgelenk. Überrumpelt versuchte sie mit ihr Schritt zu halten. Abrupt blieb die junge Frau stehen, weswegen Kalea in sie hineinlief. Beinahe genauso überrascht wie sie, blickte eine junge schwarzhaarige Frau ihnen entgegen. Sie trug eine weiße Schürze um die Taille und balancierte einen Korb voller Gemüse in ihren Armen. Ihre welligen Haare reichten ihr bis zum Gesäß.

„Du hast mich zu Tode erschrocken", meckerte sie und knuffte Aurum in die Seite, die geschickt auswich.

„Tut mir ja leid, aber seitdem du im Schloss wohnst, sehen wir uns so selten", schmollte diese, was der Fremden ein Lächeln ins Gesicht zauberte.

„Sei nicht albern. Wir sehen uns fast jeden Tag. Hast du vergessen, dass du auch im Schloss arbeitest?", erwiderte sie und beäugte Aurum belustigt.

„Du weißt, dass das nicht dasselbe ist", sagte sie und zog ihre neue Mitbewohnerin neben sich. „Das ist Kalea."

„Hallo", sagte Kalea schlichtweg überrumpelt und setzte ein gequältes Lächeln auf. Die Fremde sah sie beinahe mitleidig an und schüttelte an Aurums Hand, die Kaleas Handgelenk noch immer umklammerte.

„Du zerquetschst der Armen ja die Hand", meckerte sie wieder und erntete ein erneutes Schmollen von ihr, als sie Kalea endlich losließ und diese sich gerade hinstellen konnte.

„Ich bin Evalin", stellte sich ihre Retterin vor und reichte ihr die Hand.

Über diese simple Geste erfreut, zögerte Kalea zunächst, ehe sie Evalins nettes Lächeln erwiderte und ihre Hand schüttelte. „Freut mich, Evalin."

Dies war wohl die erste Bekanntmachung in diesem und in ihrem eigenen Land, die relativ herzlich vonstattenging. In ihrem Land wurde sie nie jemanden richtig vorgestellt, geschweige denn dass ihre Hand geschüttelt wurde. Und in diesem hatten ihre Bekanntmachungen alle einen bestimmten Grund. Selbst die Vorstellung mit Bo wirkte komisch, da sie sich eigentlich schon begegnet waren. Zunächst bei ihrer Entführung, wo sie dank Fauns Magie komplett neben sich stand und dann bei seiner Rettung, bei der er nicht ganz bei Sinnen war. Doch Evalin schenkte ihr ihre ganze Aufmerksamkeit und es schien ihr schlichtweg egal zu sein, wer sie war. Dank der weißen Strähne erkannte sie nämlich jeder in Viredis. Für einige Minuten unterhielten sie sich noch mit Evalin, wobei Kalea erfuhr, dass sie die begnadete Köchin im Schloss war, deren Suppe sie gegessen hatte. Als dieser Moment zur Sprache kam, spielte Kalea mit ihren Fingern, da sie spürte, wie unangenehm ihr dieser Tag war. Nachdem sie Evalin lange genug aufgehalten hatten, verabschiedete sie sich mit einem strahlenden Lächeln von den beiden und versuchte Kalea das Versprechen zu entlocken, am nächsten Abend mitzukommen. Gefangen von Evalins ganzer Persönlichkeit, nickte sie, ohne groß zu überlegen.

„Wozu genau habe ich eigentlich zugestimmt?“, fragte sie Aurum, sobald sie wieder auf ihrem Weg zu Aurums Haus waren. Gemeinsam hatten sie sich bei einem Händler etwas Käse und ein Laib Brot geholt. Ihr war direkt aufgefallen, dass der Verkäufer ihr gegenüber zwar freundlich, aber auch etwas skeptisch gewesen war.

„Zum Fest“, sagte Aurum aufgeregt und tänzelte mit vollem Körpereinsatz vor Kalea herum.

„Dem was?", sagte Kalea verwirrt und hätte fast die Flasche mit dem Wasser fallen gelassen, die ihr Aurum vorhin noch in die Hand gedrückt hatte.

„Du hast richtig gehört. Ein Fest voller Tanz, Wein und Spiele! Und natürlich leckerem Essen und frischem Brot, was aus der ersten Kornernte gebacken wird." Bei Kaleas entsetzter Miene, blieb Aurum stehen und besah sie genauer. Ihr Blick durchbohrte Kalea beinahe, die versuchte Luft zu holen. Die Farbe war aus ihrem Gesicht gewichen.

„Kennst du es nicht? Das Erntefest?"

KAPITEL 25

Der säuerliche Geschmack lag noch immer auf ihrer Zunge. Denn natürlich kannte sie das Erntefest. Im Haus hatte sie sich direkt zurückgezogen. Die Sonne war gerade am Untergehen, da hörte sie, dass Bo zu Besuch war und leise mit seiner Freundin in der Wohnstube redete, ehe die beiden in ihrem Zimmer verschwanden.

Kalea hatte den Kopf unter der Decke versteckt und versuchte gegen die Übelkeit anzukämpfen, die sie seit dem Gespräch fest im Griff hatte. Wie eine kalte Hand schlang sich die Angst um ihren Hals, sobald Aurum die Worte über die Lippen gekommen waren. Zum ersten Mal wäre Kalea lieber wieder in der dunklen Zelle gewesen, die ihr, dank ihrer Beständigkeit, Sicherheit gegeben hatte. Eine Beständigkeit, die sie in diesem Moment gleichermaßen vermisste, wie hasste. Denn diese hatte ihr das Zeitgefühl geraubt.

Seit ihrem Hungerstreik war es ihr nicht mehr gelungen, den Überblick über die Tage zu behalten. Denn wenn am nächsten Tag das Fest der Ernte war, dann war einen Tag später ihr Geburtstag. Der erste August. Die Übelkeit gewann, sodass sich Kalea aus dem Bett zog und sich über den Bettrand lehnte. Außer dem ekligen Gefühl, welches sie zittern ließ, kroch nichts ihren Hals hoch. Sie presste die Augen zusammen und legte sich langsam zurück auf das Kissen. Sobald sich ihr Magen beruhigt hatte, öffnete sie die

Augen und strich sich durchs wüste Haar. Gedankenverloren zog sie ihre weiße Strähne zur Decke und betrachtete das leichte Leuchten, welches mit der aufkommenden Dunkelheit immer deutlicher wurde. Nun, wo sie die Strähne sah, wurde ihr klar, dass diese bestimmt auch in der leichten Dunkelheit der Bibliothek geschimmert hatte. Es wunderte sie, dass Faun keinen bissigen Kommentar darüber verloren hatte. Ihre Gedanken wichen wieder zu ihrem Volk, die dieses Merkmal mit ihr teilten. Wenn sie richtig rechnete, war dies der zwölfte Tag nach ihrer Entführung. Das hätte sie niemals gedacht. Sie fluchte leise.

Hätte sie den Überblick nicht verloren, wäre ihr klar gewesen, dass in den nächsten Tagen ihr Geburtstag und in wenigen Wochen der Erntemond war. Der Tag ihrer Opferung und die Rettung ihres Volkes vor der Flut. Fauns Worte kamen ihr in den Sinn.

Wenn all das stimmen sollte, was diese Leute ihr erzählt hatten und Solas die Macht an sich gerissen hatte, warum kämpfte dann ihr Volk selbst ums Überleben? Der Untergang von Solas war in jedem Buch beschrieben. Obwohl sie nun wusste, dass die Bücher in Solas verändert waren. Das hatte ihr *Die Reise in den Süden* gezeigt. Es wäre also möglich, dass die Bücher der Priester, die sie jeden Monat lesen musste, ebenfalls verändert wurden. Früher hatte sie Albträume von den Bildern in den Büchern bekommen, weshalb sie als Kind nachts schreiend wach wurde und Cyrus in ihr Zimmer gestürmt kam.

Sie hatte zu viel Zeit in Viredis verschwendet.

Bei dem Gedanken an ihren Geburtstag, fiel ihr auf, dass sie zum ersten Mal nicht in einem unmöglich prächtigen Kleid in ihrem goldenen Käfig stehen und im Thronsaal hängen musste. Sie würde sich nicht den ganzen

Tag die Wünsche des Volkes anhören müssen. Und als sie das warme Gefühl in ihrem Magen und das kleine Lächeln bemerkte, schlief sie mit einem so schlechten Gewissen ein, dass es sie nicht wunderte, als sie von Albträumen geplagt wurde.

Es war ein Wirrwarr aus Bildern. Erst als sie sich auf dem dreckigen Boden wiederfand, schienen sich die Bilder zu schärfen. Um sie herum loderten Flammen, die die Gebäude in den Abgrund rissen. Ihr Herz pochte vor Angst, obwohl sie nicht wusste, wovor sie solch eine Angst hatte. Sie hörte Schreie, sah aber keine Menschen. Ein starker Wind riss sie herum und schleuderte ihr Asche ins Gesicht, vor der sie ihre Augen versuchte zu schützen. Es brannte auf ihrer Haut. Sobald sie es geschafft hatte, den Dreck aus ihren Augen zu wischen, fokussierte sie einen Mann vor sich. Seine Lippen bewegten sich lautlos.

„Emil?“, flüsterte sie unsicher und ging näher an ihn heran. „Emil!“ Sicher, dass er es war, rannte sie auf ihn zu und rief seinen Namen immer und immer wieder. Doch egal, wie schnell sie auf ihn zulief, die Entfernung zwischen ihnen veränderte sich nicht. Seine Lippen bewegten sie weiterhin lautlos, während er ihr energisch zuwinkte.

In ihrem Augenwinkel sah sie jemanden rennen. Sie versuchte der Person mit ihrem Blick zu folgen, doch sie war zu schnell. Erst als die Person an einer brennenden Hauswand stehen blieb und Kalea mit einem so schuldigen Blick ansah, erkannte sie sie.

„Ele.“ Im nächsten Moment war sie verschwunden und die Häuser schienen näher auf sie zuzukommen. Auch die Schreie wurden lauter, nur Emil blieb dort, wo er war. „Ich kann nicht zu dir kommen! Du musst herkommen!“, schrie sie ihm über die zusammenstürzenden Häuser hinweg zu. Aber Emil reagierte nicht. Nein, er bewegte seine Lippen weiterhin lautlos und fixierte sie mit seinem Blick. Erschöpft von der Hitze sank sie zu Boden. Ihre Hände waren voller Dreck und die Kleidung, die sie trug, erkannte sie nicht. Das Brennen ihrer Augen ließ langsam nach. Sie musste aus dieser brennenden Hölle herauskommen. Suchend blickte sie sich um, sah aber keinen Weg, der zwischen den lodernden Häusern war. Als sie unwillkürlich in eines der Fenster blickte, erkannte sie Aurum, die mit dem Rücken zu ihr stand. Ihr Körper stand in Flammen.

„Nein“, flüsterte Kalea, zu erschöpft, um sich zu bewegen. Tränen stiegen in ihre Augen, während sie immer wieder versuchte, aufzustehen. „Nein!“

„Hast du meine Mutter gesehen?“, erklang plötzlich eine weinerliche Stimme neben ihr. Ruckartig drehte sie ihren Kopf herum und blickte in die großen unschuldigen Augen eines kleinen Jungen. Sie erkannte ihn an dem Muttermal auf seiner Wange und den weinenden Augen. Er war der Junge, den sie im See gesehen hatte. Reflexartig wollte sie nach ihm greifen, um ihn vor den Flammen zu schützen, als sich der Boden zwischen ihnen dehnte und er in wenigen Sekunden mehrere Meter weiter weg stand.

„Hilfe!“, schluchzte er und riss damit ihr Herz in kleine Stücke. Erneut versuchte sie, zu ihm zu kommen, doch weiterhin gelang es ihr nicht aufzustehen.

„Ich bin gleich da. Warte, ja?“, sagte sie den Tränen nahe. Ihr Blick huschte zu Emil, der aufgehört hatte, seine Lippen stumm zu bewegen. Nein, nun war sein Blick auf den weinenden Jungen gerichtet und als Kalea erkannte, was er trug, kam Panik in ihr auf. Er trug die helle Rüstung der Soldaten. Auf seiner Brust prangte stolz das Wappen von Solas.

„Emil, nein!“, schrie sie nun und versuchte mit ihren Händen voranzukrabbeln. Nur wenige Millimeter kam sie voran, während ihre Augen immer wieder zwischen Emil und dem Jungen hin und her sprangen. Ein ungutes Gefühl beschlich sie, als sie Emils ausdrucksloses Gesicht sah. Direkt neben dem Jungen kam er zum Stoppen und starrte auf ihn hinab. Zitternd drehte sich dieser zu ihm und schaute weinend zu ihm empor. Er umarmte sich selbst, wand den Blick von Emil ab und sah hilfesuchend zu Kalea, die durch die Tränen kaum noch etwas sah. Emil zog sein Schwert und als er es in einer raschen Bewegung nach unten sausen ließ, schrie sich Kalea die Lunge aus dem Leib. Gleichzeitig kämpfte sie gegen den Würgereiz, der in ihrer Kehle hinaufkletterte.

„Emil“, weinte sie und lehnte ihre Stirn gegen den Boden. Ihre Ohren rauschten und die Hitze des Feuers wurde unerträglich. Das Letzte, was sie hörte, war wie etwas dumpf zu Boden fiel.

Die Sonne strahlte ohne Erbarmen auf ihr übermüdetes Gesicht. Mit zitternden Armen strich Kalea die klebende Decke von sich. Sie erinnerte sich noch an jedes Detail ihres Traumes. Die Übelkeit hatte sie bis in die Wirklichkeit begleitet. Und als wäre der Rand einer Wanne übergelaufen, schluchzte sie plötzlich in ihre Hände hinein. Sie versuchte ihr Schluchzen zu dämpfen, als es sie unaufhaltsam überrollte.

KAPITEL 26

Der Geruch des frisch geernteten Korns kitzelte in ihrer Nase, weshalb sie diese hochzog und mit dem Zeigefinger kratzte. Ihre Augen brannten vor Müdigkeit. Obwohl sie so früh ins Bett gegangen war, hatte ihr der Traum jede Energie geraubt. Das Kitzeln in ihrer Nase wurde drückender, als sie zum Küchenfenster ging. Gerade als der Riegel des Fensters zuklappte, nieste sie laut in ihren Ärmel hinein. Aurum lachte hinter ihr.

„Amrin kann am Morgen der Ernte nicht aus dem Haus gehen. Er muss dann genauso sehr niesen, wie du", erzählte sie schmunzelnd. Ihre Wangen hoben sich so sehr an, dass Kalea die kleinen Lachfältchen an ihren Augen sehen konnte.

„Ich war noch nie so nah an den Feldern bei der Ernte", erwiderte sie schniefend, wischte sie die Nase an einem Tuch ab und setzte sich dann an den Tisch. Die Felder in Viredis waren wenige hunderte Meter von Aurum Haus entfernt. Von ihrem alten Gemach aus, konnte sie die Felder wiederrum nicht einmal sehen.

„Ich kann mir gar nicht vorstellen, nicht am Tag der Ernte dabei zu sein. Wenn alle zusammenarbeiten, um das frische Korn von den Feldern zu holen und bei der Weiterverarbeitung helfen. Der Geruch des frischen Brotes erfüllt dann jede Straße", sagte Aurum und schwelgte sichtlich in schönen

Erinnerungen. Ihre Lippen verzogen sich zu einem sanften Lächeln, als sie Kalea von den Untaten und schönen Erinnerungen erzählte, die sie mit ihren Freunden am Tag der Ernte erlebt hatte. Und für einen Gedanken lang, wünschte sich Kalea, dabei gewesen zu sein, ehe sie das gallige Gefühl hinunterschluckte und ihrer Mitbewohnerin weiter zuhörte.

Aurum hatte ihr nach dem Frühstück angeboten, zusammen ins Dorf zu gehen, um bei den Vorbereitungen zu helfen. Doch war es ihr bei dem Gedanken kalt den Rücken hinuntergelaufen. Der Tag der Ernte wurde in Solas ruhig im Schloss verbracht. Abends gab es meistens ein großes Abendessen für die Adeligen. Sie selbst genoss dann immer den freien Tag von den Priestern. Als sie freundlich ablehnte, bestand Aurum aber darauf, dass sie am Abend dazu kommen musste, woraufhin Kalea zurückhaltend nickte.

Die restliche Mittagszeit spielte sie mit dem Saum ihres Hemdes und lauschte den Gesprächen der vorbeilaufenden Leute. Ihr Blick war gedankenverloren auf die Decke des Zimmers gerichtet, während durch das offene Fenster die Geräusche des Dorfes zu ihr drangen.

Dies tat sie solange, bis sie nicht mehr wusste, welcher Atemzug vor und nach ihrem Einschlafen war. Als sie sich zwischen einem ruhigen Traum und der richtigen Welt befand, sah sie nur die hinabsteigende Sonne vor ihrem Fenster, ehe sie wieder in den Traum hinabstieg.

Eine sanfte Berührung an ihrem Arm weckte sie. Für einen Moment erschrak sie, ehe sie in das Gesicht von Henri blickte, der sie entschuldigend ansah.

„Wir haben Aurum gesagt, dass sie dich selbst wecken soll“, sagte er und kratzte sich am Hals, was direkt rote Striemen zurückließ.

Wir?

Sobald sich ihre Augen an die leichte Dunkelheit in ihrem Zimmer gewöhnt hatten, die durch das Licht der Wohnstube durchbrochen wurde, erblickte sie Faun, der im Türrahmen stand. Er lehnte sich lässig dagegen, hatte die Arme vor der Brust verschränkt und blickte sie unverhohlen an. Befürchtete er, dass sie auf Henri losgehen würde oder warum fühlte sich sein Blick wie tausende Messerstiche an?

Hitze stieg in ihr auf, als sie an das letzte Treffen mit Faun zurückdachte. An seine Körperwärme, seine Nähe und die Sanftheit seiner Stimme. Aber auch an die Tatsache, dass er sie einfach stehen gelassen hatte.

„Danke", brummte sie noch immer etwas verschlafen und setzte sich im Bett auf, während die beiden Männer zurück in die Wohnstube gingen und die Tür hinter sich zuzogen. Nun bemerkte sie auch die lauterwerdende Geräuschkulisse im Haus. Es waren wahrscheinlich alle Freunde von Aurum da, weswegen sie ihr Gesicht in ihren Händen vergrub. Nervös krallte sie ihre Finger in ihre Haare und atmete einmal tief ein und wieder aus. Sie konnte dem ganzen ohnehin nicht entkommen.

„Ah, Kalea!", empfing sie eine strahlende Evalin, die sie direkt in eine feste Umarmung zog. Ihre Arme hingen schlapp an ihr herab, bis Evalin die Umarmung brach und sie weiter anlächelte. Sie sah wunderschön aus. Ihre Haare waren in zwei lange Zöpfe geflochten, in denen verschiedene Blumen hineingesteckt waren. Der Blumenkranz auf ihrem Haupt sah wie eine Krone aus und passte zu ihrer restlichen Erscheinung. Ein kurzärmeliges fliederfarbenes Kleid umschmeichelte Evalins Kurven, welches am Dekolletee mit einem weißen Muster bestickt war.

„Ausgeschlafen, Miss Kalea reicht?“, meldete sich Bo zu Wort, der es sich mit Faun am Esstisch bequem gemacht hatte. Beide trugen ein luftiges Hemd unter ihren verschiedenfarbigen Jacken. Bos Jacke glich dem blassen Gelb des Sonnenaufgangs und passte perfekt zu seinem Schmuck, der im Schein des Lichts funkelte. Fauns Jacke wiederum war das komplette Gegenteil dessen. Schwarzer Stoff hing auf seinen breiten Schultern, wodurch er mit seinen dunklen Haaren und der ebenso schwarzen Maske, dem Nachthimmel glich. Vor ihnen stand eine halb leere Karaffe mit Wein und mehrere Becher. Henri, der gänzlich in ruhigen Grüntönen gekleidet war, lehnte am Tisch, lächelte leicht und blickte in die andere Ecke des Raumes. Kalea nickte Bo nur als Antwort zu und folgte Henris Blick.

Aurum saß auf einem Stuhl vor ihrem Cousin und wippte mit ihren Füßen auf und ab.

„Hör auf, Aurum“, sagte ihr jüngerer Cousin und stupste sie an die Schulter, damit die Ältere mit ihrem Wippen aufhörte und die Augen spielerisch verdrehte. Er steckte ihr gerade Blumen ins schulterlange Haar und strich eine Strähne hinters Ohr. Kalea wurde schnell klar, dass er wohl auch Evalins Haare frisiert hatte. Neugierig trat sie näher an die beiden heran und beobachtete, wie geschickt der Jüngste der Anwesenden Aurums Haare miteinander verflocht und ab und an orangene Blumen hineinsteckte. Sie konnte seiner Fingerfertigkeit kaum folgen. Amrin lächelte sie nur kurz an, ehe er sich wieder konzentriert seiner Aufgabe widmete, die anderen ihre Becher wieder füllten und sich in ein Gespräch vertieften.

„So, fertig“, verkündete Amrin wenige Minuten später und steckte die letzte Klammer in das blonde Haar. Er drückte Aurums Schulter leicht, bevor sie aufsprang und sich strahlend bedankte. Sofort ging sie zum kleinen Spiegel, der an der Wand hing.

„Dann setz dich mal", wendete er sich plötzlich an Kalea, was sie aus ihren Gedanken riss. Verwirrt blickte sie ihn an. Ein amüsierter Blick lag in seinem jungen Gesicht.

„Na komm. Nicht so schüchtern", sagte Aurum und schob sie auf den Stuhl, auf dem sie selbst zuvor gesessen hatte. Noch immer verwirrt blickte Kalea nun die rötlichen Blumen an, die Aurum neben den Stuhl stellte. Doch bevor sie fragen konnte, was sie genau vorhatten, fragte Amrin sie: „Möchtest du einen Zopf, zwei Zöpfe oder nur eine Strähne aus dem Gesicht?"

„Ehm", murmelte sie und sah hilfesuchend zu Aurum, die sie abwartend musterte. Sobald sie ihren Blick sah, kam sie ihr direkt zur Hilfe.

„Mhm", überlegte Aurum laut und hielt Kaleas Haare aus ihrem Gesicht. Ihre Augen kniffen sich dabei zusammen. „Willst du deine weiße Strähne hinaushängen haben oder soll sie mitgeflochten werden?"

Die Luft schien im Haus plötzlich zu dünn zu werden, als Kalea betreten zu ihren Händen blickte, die miteinander spielten. Es war ihr unangenehm, wie sie auf eine solch simple Frage reagierte. Sie musste eigentlich nicht überlegen, also hob sie den Blick zu Amrin: „Bitte, flechte sie mit hinein. Der Rest ist mir egal."

Der Schein des Lichts ließ ihre Augen verräterisch glänzen, weswegen Amrin die Lippen aufeinanderpresste, nickte und direkt mit der Arbeit begann. Zwischendurch trank er aus seinem Becher, den ihm seine Cousine gegeben hatte, und bat Kalea darum, ihm die roten Blumen zu geben. Während sie den kurzen Stiel der Blume zwischen zwei Fingern rollte, merkte sie das aufgeregte Kribbeln in ihrem Magen. Sie konnte es kaum erwarten in den Spiegel zu blicken und die Strähne in einer Frisur zu sehen. Nicht in ihrem Gesicht oder wie ein Balken quer über ihr Haupt - Nein, ganz verflochten. Die Aufregung ließ sie hippelig mit ihrem Bein wippen, weswegen Amrin auch sie ermahnte, nicht so viel zu wackeln.

„Okay, fertig“, sagte er schließlich und trank einen großen Schluck aus seinem Becher. Etwas zögernd stand sie vom Stuhl auf und war sich den wartenden Blicken der anderen bewusst. „Und passt das so?“

Amrin hatte ihr zwei wunderschöne Zöpfe geflochten und mit den roten Blumen einen Kranz auf ihr Haupt gezaubert. Die weiße Strähne, die in dem sanften Licht leicht schimmerte, war in mehrere Teile getrennt und verlor sich unter den Blumen und in ihrem restlichen Haar. Nur am Zopf selbst stach sie etwas heraus.

„Ja“, brachte sie gerade so heraus und strich mit ihren Händen sanft über die Zöpfe, die ihr links und rechts über die Schultern fielen und knapp unter ihrer Brust endeten.

Aurum klatschte zufrieden: „Super, dann musst du dich nur noch umziehen und wir können los. Die Männer sind schon ungeduldig.“

„Hätte ich gewusst, dass ihr euch noch stundenlang fertigmacht, wäre ich nicht so früh gekommen“, merkte Faun leise an und erntete ein zustimmendes Brummen von den anderen Männern.

„Umziehen?“, registrierte Kalea nun Aurums Aussage und drehte sich zu ihr herum.

Ehrfürchtig strich sie einige Minuten später über den roten Stoff, der sich bis zu ihren Knöcheln erstreckte. Er passte perfekt zu ihrem Haarschmuck, weswegen sie Aurum und Evalin mehr als einmal gedankt hatte. Sie hatte zunächst kein Wort herausbekommen, da ihr diese liebevolle und unerwartete Geste die Sprache verschlug.

„Es ist ein altes von mir“, sagte Evalin etwas zerknirscht und hockte sich vor Kalea, um den Stoff zu glätten. „Aber ich dachte mir, dass es dir passt. Du bist schließlich etwas kleiner als ich.“

Doch das war Kalea herzlich egal.

Wenig später ging die Gruppe aus Aurums Haus in den Abend hinaus. Während sie sich den Massen anschlossen, die alle zusammen den Marktplatz ansteuerten, konnte sie nicht anders, als sich von der Euphorie der Menschen um sich herum anstecken zu lassen. Die Kühle der Straße schlich sich in ihre nackten Füße, als sie im eiligen Schritt den anderen folgte. Vom weiten sah sie schon die Lichter, hörte die Menge und Musik, welche die sonst so ruhige Nacht erfüllte. Etwas überrumpelt von allem zögerte sie einen Moment in ihrem Schritt, während der Rest der Gruppe unter dem provisorischen Torbogen hindurchging. Die zwei Straßen, die direkt beim Marktplatz endeten, wurden mit Torbögen als Pforten gekennzeichnet, die aus Heu bestanden. In diesem waren verschieden Blumen, Korn und Lampen eingefädelt. Aurum verharrte und blickte zu ihr zurück. Bevor sie auch nur den Mund öffnen konnte, wurde sie von ihr auf den Platz gezogen, der von den umliegenden Häusern umzäunt war. Zunächst überraschte sie die angenehme Wärme der sandfarbigen Steine unter ihr. Doch merkte sie schnell, dass es generell sehr warm auf dem Marktplatz war. Einerseits aufgrund der Menschenmenge und anderseits aufgrund der Feuerschalen, die großzügig verteilt am Platzrand standen und neben der Wärme auch Licht spendeten. Kalea wusste kaum, wo sie zuerst hingucken sollte. Ihr Blick wanderte zu der Musikgruppe, die am anderen Ende des Platzes stand und auf Gitarren und Trommeln ein schnelles Lied spielten. Davor stand eine Frau mit kurzen schwarzen Haaren, die mit einer Gruppe an Männern und Frauen ein Lied anstimmte und dann laut lachte. Auf der Platzseite, auf der sie momentan stand, waren meterlange Tische mit verschiedenen Gerichten aufgestellt. Henri trat in ihr Blickfeld, als er aus einer braunen Leinentasche drei Flaschen Wein hinausholte und diese auf den Tisch stellte. Es schien sich jeder nach Laune an dem mitgebrachten Essen zu bedienen.

„Oh, entschuldige Liebes", sagte eine ältere Frau lächelnd, die sie aus Versehen angerempelt hatte und nun schnell ihrem Mann hinterherlief, der sich gierig auf das Gebäck stürzte. Alle trugen kräftige Farbe, seien es helle oder dunkle Töne. Es dauerte einen Moment, bis ihr auffiel, dass nicht nur Frauen Blumenschmuck trugen. Auch einige Männer hatten ihn sich angesteckt.

„Komm mit", sagte Aurum und schrie sie beinahe über den Lärm hinweg an. Ohne Gegenwehr folgte sie ihr. Ihre Augen huschten neugierig von der einen zur anderen Seite und versuchten so viel es ging zu sehen. Dieses Fest wirkte so viel ausgelassener als die Bälle, die in Solas gefeiert wurden. Mit wehender Kleidung, nackten Füßen und rotglühenden Wangen tanzten und redeten die Menschen miteinander, was sehr befreiend auf sie wirkte.

Ihre Aufmerksamkeit ging zu Aurum zurück, als sie stehen blieben. Evalin war neben ihnen und wackelte aufgeregt mit ihren Augenbrauen. Aurum hatte ihnen den Rücken zugewandt und redete mit zwei lachenden Frauen, die beide jeweils eine kleine Schüssel in der Hand hielten. Als sie sich zu ihnen umdrehte, besah Kalea ihre Mitbewohnerin mit einem überraschten Blick. Aurums Dekolletee und ihre Schultern, die von dünnen Trägern besetzt waren, schimmerten goldenen im Schein der Feuerschalen.

„Was ist das?", fragte sie irritiert und hob schon ihre Hand, um den Glitzer zu berühren, als Evalin sie stoppte.

„Das würde ich nicht machen, bevor er nicht getrocknet ist. Sonst isst du den ganzen Abend Glitzer. Vertrau mir, ich spreche aus Erfahrung."

Aurum kicherte, während Evalin genervt die Augen verdrehte und sich vor die beiden Frauen stellte. Sie schien ihnen zu sagen, wohin sie den Glitzer wollte. Noch immer irritiert beobachtete Kalea, wie die beiden Fremden der Köchin den goldenen Glitzer auf die Schultern, die Lippen und ans Schlüsselbein strichen. Als nächstes stand sie vor den beiden, die sie wartend ansahen.

„Wie wäre es mit etwas Schlichtem?", ergriff Aurum das Wort, umgriff ihre bedeckten Schultern und drückte diese aufmunternd. „Etwas auf die Wangen und die Lippen?"

Der Glitzer fühlte sich für einen Moment sehr kühl und nass auf ihrer Haut an, was mit jeder verstrichenen Minute verging. Sobald er angetrocknet war, konnte sie mit ihrem Finger drüber streichen, ohne das Risiko einzugehen, ihn komplett zu verwischen.

Für einige Zeit stand sie mit einem Becher Wein am Rande des Platzes und beobachtete die anderen beim Tanzen. Sie lachten gerade über eine sehr stürmische Tanzbewegung von Henri, der seine Arme wie Würmer in der Luft bewegte. Aurum grinste in Bos Brust hinein, der sie locker umarmte und von einem Fuß zum anderen wippte. Evalin war die Einzige, die sich wirklich im Rhythmus der Musik bewegte. Herzlichst lachte sie über Henris Albernheit und schwang den Rock ihres Kleides nach links und rechts. Kalea nippte an ihrem Wein, genoss den leckeren Geschmack und schmunzelte selbst über ihn. Froh darüber, einen Moment alleine zu sein, merkte sie nicht, wie sich ihre Haltung lockerte und ihr Fuß im Takt des Liedes wippte. Die Tanzfläche war durch Heuballen sporadisch gekennzeichnet und nahm den größten Teil des Platzes ein. Sie hatte sich nicht getraut, mit ihnen zu gehen. Der Gedanken daran, zum ersten Mal auf einer

Tanzfläche zu stehen, bereitete ihr so eine Angst, dass ihre Hände zu schwitzen begonnen hatten und Aurum schlussendlich allein zu ihren Freunden gegangen war.

Zwar hatte sie schon immer den Wunsch verspürt, auch auf einem Fest zu tanzen und nicht nur durch die goldenen Gitterstäbe zuzusehen, aber als die Erfüllung dieses Wunsches plötzlich greifbar war, wich sie zurück. Sie wusste nicht einmal, wie sie sich bewegen sollte. Sie kannte die förmlichen Tänze vom Zusehen und vom alleinigen Üben in ihrem Gemach, aber ohne Schrittfolge zu tanzen konnte sie nicht.

„Schön, dass du da bist.“ Beim Klang seiner Stimme verkrampfte sie sich augenblicklich. Ihr Fuß stoppte in der Bewegung. Die Anspannung in ihrem Körper kam zurück, als sie sich verhalten zu Esmal umdrehte. Sein Blick war auf die tanzende Menge gerichtet. Hinter ihm stand eine Wache, die etwas Abstand hielt und die Umgebung beobachtete.

„Ich habe nicht erwartet, dass du kommst“, redete er weiter, als Kalea nicht antwortete und sah sie von der Seite an. Sie hatte ihre Lippen wieder an ihren Becher gelegt und trank langsam weiter.

„Ich hatte kaum eine Wahl“, nuschelte sie, während das Getränk ihren Bauch erwärmte.

Esmal presste die Lippen zusammen. „Das ist etwas, worin wir beide nicht ganz einig sind“, erwiderte er nachdenklich, sodass sie ihren Blick vom Becher auf den älteren Mann richtete. „Ich gebe zu, dass wir am Anfang nicht unsere beste Seite gezeigt haben, aber ich will, dass dir klar ist, dass du nun eine Wahl hast. Ich weiß von Faun, dass es so aussah, als hättest du nicht viele Freiheiten in Solas gehabt. Wir können dir keine gänzliche Freiheit geben. Aber an diesem Ort, innerhalb der Grenzen von Viredis, kannst du jede Wahl treffen, die du möchtest. Wenn du ins Bett willst, geh.

Wenn du bleiben willst, feiere oder stehe am Rand und beobachte alles. Die Entscheidung liegt ganz bei dir." Seine braunen Augen bohrten sich in die ihren. Es fiel ihr schwer zu atmen, zu sehr erdrückten seine Worte sie. Die Schwere seines Angebotes ließ ihr Herz das Blut so schnell durch ihren Körper pumpen, dass sie sich sicher war, dass ihr Wangen glühten und ihre Augen nicht zum ersten Mal an diesem Abend verräterisch glänzten.

Heiser räusperte sie sich und brach den Blickkontakt ab. Nicht in der Lage ein vernünftiges Wort herauszubringen, nickte sie nach einigen Sekunden, setzte ihren Becher wieder an die Lippen und schluckte den Kloß hinunter.

„Ich wünsche dir noch einen schönen Abend, Kalea", beendete Esmal mit einem kleinen Lächeln das Gespräch und verschwand mit der Wache in der Menge. Erst als er aus ihrem Blickfeld war, ließ sie den angehaltenen Atem raus. Sie starrte in die Richtung, in die er verschwunden war und leerte ihren Becher in einem Zug, ehe sie sich einen neuen besorgte.

KAPITEL 27

Faun folgte ihr mit seinem Blick und nickte abwesend, während ein alter Bekannter auf ihn einredete. Er erzählte ihm gerade von einem Streit mit seiner Freundin, als Faun gesehen hatte, dass Esmal auf sie zugegangen war. Seitdem hing sein Blick an ihr. Mit einem entschuldigenden Blick beendete er das Gespräch mit seinem meckernden Bekannten, setzte seinen Becher beim nächsten Tisch ab und ging in ihre Richtung. Durch die tanzende Menge hindurch steuerte er sie an und versuchte sich nicht von der Euphorie der Masse anstecken zu lassen. Seitdem das ritualhafte Teilen des ersten Brotes, welches aus dem Korn der ersten Ernte gebacken war, vorbei war, verloren sich die Menschen in Viredis in einer wilden Feier. Und am liebsten hätte sich auch Faun in dieser Menge verloren und bis zum Sonnenaufgang mit seinen Freunden getanzt und getrunken. Doch machte ihm die Frau, die so fremd in dieser Masse aussah, einen Strich durch die Rechnung. Nicht nur, dass er ihr nicht traute und sie ständig in der Menge suchte, nein, wegen ihr musste er auch ständig seine Maske tragen und konnte sie nur nach oben streifen, wenn er einen Schluck trinken wollte. Dies war so mühsam, dass er noch immer bei seinem ersten Becher war. Das Metall der Maske lag warm auf seiner Haut, zu sehr nahm sie die Hitze der Feuerschalen und der Menschenmenge auf. Er hatte schon den ganzen

Tag schlechte Laune gehabt, denn dies war das erste Mal, dass er am Fest der Ernte die Maske tragen musste.

Und er hasste es.

„Danke“, geschickt schnappte er sich den Becher aus ihrer Hand, dem sie verwirrt hinterher sah. „Den nehme ich.“ Sein linker Mundwinkel hob sich leicht, als sie ihre Augen genervt verdrehte, sobald sie ihn erblickte. Er schluckte kurz bei ihrem Anblick. Mit dem farbenfrohen Kleid und der Schminke auf ihrer gebräunten Haut, sah sie viel lebendiger aus. Das Licht der Feuerschalen schluckte beinahe gänzlich das Leuchten ihrer Strähne. Während er so nah an ihr dran stand, da um sie herum zu viele Menschen waren, erinnerte er sich an den Wandschrank zurück.

„Sehr lustig“, erwiderte sie schnippisch, stellte sich auf die Zehenspitzen und versuchte an den Becher heranzukommen, den er hochhielt. Sie reichte ihm zwar im normalen Stand bis zur Brust, doch kam sie trotzdem nicht an den Becher heran. Ihre Hand glitt an seine Brust, um etwas Halt zu finden, als er seinen Arm weiter außer ihrer Reichweite streckte. Sobald sie aufgab, schlug sie ihm lockerer als gedacht gegen die Brust und drehte sich genervt zum Buffet herum. Er lachte dunkel, als sie sich einen neuen Becher nahm und diesen befüllte. Den alten Becher stellte er auf einen Tisch und trat an sie heran.

„Denkst du, dass du so viel verträgst?“, fragte er sie ernsthaft. Der rote Schimmer unter dem goldenen Glitzer, der ihre hohen Wangenknochen betonte, sagte ihm, dass sie es nicht vertragen würde.

„Alles gut?“, kam Henri schweratmend neben ihm zum Stehen und blickte zwischen ihnen hin und her. Als sich Faun umdrehte, sah er, dass auch Aurum und Bo zu ihnen blickten. Bo sah ihn beinahe warnend an.

„Ja, alles gut“, antwortete Kalea ihm und bohrte Faun einen Finger in die Brust. „Mein netter Entführer denkt aber, dass er auf mich aufpassen muss.“

„Dein netter Entführer“, begann Faun und nahm ihr Handgelenk locker in eine Hand, um das nervige Bohren zu stoppen, welches die Wut in ihm wieder zum Brodeln brachte. „Will dich nachher nur nicht betrunken von den Wiesen kratzen.“

Henri unterdrückte ohne Erfolg einen Lacher, da sich beide gegenseitig so ansahen, als würden sie am liebsten ein Messer in die Augen des anderen stechen und vergnüglich dabei zu sehen, wie der andere danach verblutete.

Kopfschüttelnd unterbrach Henri ihren Starrwettbewerb und stellte sich zwischen sie, wodurch Faun ihr Handgelenk loslassen musste. „Ich entführe Kalea auf die Tanzfläche und du gehst endlich feiern. Hör auf dir Sorgen zu machen“, wendete er sich an Faun und legte ihm eine Hand auf die Brust, um ihn weg zu schieben.

„Liebend gern“, murmelte dieser zähneknirschend, nahm ihren Anblick noch einmal in sich auf und verschwand dann in der Menge. Nervös folgte sie Henri auf die Tanzfläche, der ihre Gegenwehr sichtlich ignorierte. Er grinste sie mit einem strahlenden Lächeln an, als er zu ihr zurückblickte.

„Das wird dir gefallen“, versicherte er ihr und stoppte, als sie bei den anderen ankamen. Auch Amrin und Evalin waren wieder zu der Gruppe gestoßen. Wobei alle einen ähnlich angetrunkenen Blick hatten. Aurum hatte recht damit, dass der meiste Wein und Schnaps, der im Jahr gebraut wurde, an diesem Abend über die Tische ging. Kalea spürte die Wärme bis in ihre Fingerspitzen und auch ihre Füße waren angenehm warm. Von der Hitze in ihrem Gesicht und auf ihrem Dekolletee, wollte sie nicht einmal anfangen.

„Ich kann das nicht", sagte sie unsicher und packte den Stoff ihres Kleides.

„Oh, Henri auch nicht und trotzdem ist er hier", sagte Bo laut und erntete neben einigen Lachern auch einen warnenden Blick von Henri, der daraufhin ebenso grinste.

„Es geht nicht darum, es gut zu können. Sondern Spaß daran zu haben", verteidigte er sich.

„Das sagen alle, die es nicht können", erwiderte Amrin trocken, woraufhin Henri ihn schockiert ansah.

„Amrin! Warum bist du nicht auf meiner Seite?", schmollte er und umgriff beide Schultern des Jüngsten, um ihn durchzurütteln.

„Weil ich mir das Ganze ansehen muss!", antwortete der Jüngere und versuchte sich aus dem Griff des anderen zu befreien, der seine Stirn gegen seinen Kopf drückte. Aurum schüttelte amüsiert den Kopf und wandte sich dann an Kalea. Sanft nahm sie ihre Hände in ihre.

„Es achtet niemand darauf, wie du tanzt. Glaub mir."

„Vor allem nicht beim nächsten Lied", verstärkte Evalin die Aussage der Blondhaarigen und sah sie ermutigend an. Ehe sie etwas erwidern oder sogar flüchten konnte, verstummte die Musik und die Frau, die als Sängerin fundierte, wandte sich an die Menge.

„Also dann! Ihr wisst was jetzt kommt!" Die Leute jubelten und pfiffen. Auch Bo steckte zwei Finger in den Mund und pfiff so laut, dass sie erschrocken zusammenzuckte.

„Alle Frauen in die Mitte und die Männer in einen Kreis darum!" Sie sah, wie sich einige schnell von der Tanzfläche entfernten und andere vom Rand dazu kamen.

„Komm schnell!“, sagte Evalin aufgeregt und schnappte sie, sodass sie zu dritt in die Mitte der Tanzfläche rannten, wo sich auch schon andere Frauen aufgeregt tummelten. Etwas überfordert beobachtete sie, wie sich die Männer in einem großen Kreis um sie herumstellten.

„Was muss ich tun?“, fragte sie Aurum panisch, während die Frau laut den Männern anwies, einen schöneren Kreis zu formen und die Musikanten ihre Instrumente stimmten.

„Nicht viel. Tu einfach das gleiche, wie wir und nimm am besten deinen Rock in die Hand. Die Männer machen das meiste.“

„Und am Wichtigsten: Bleib nicht stehen!“, zwinkerte Evalin ihr von der anderen Seite her zu. Und als sie den ersten Ton hörte, die Frau das erste Wort sang und ihr bewusst wurde, dass es keinen Ausweg gab, ergriff sie mit bebenden Händen ihren Rock. Die Lichter der Feuerschalen sausten nur so an ihnen vorbei, nachdem sie alle mehrmals die Richtung gewechselt hatten. Sie hatte so viel Spaß, dass es ihr egal war, als sie Faun gegenüberstand und ihn breit anlächelte. Verzückt und von der Feierlaune des Dorfes mitgerissen, konnte sie kaum einen klaren Gedanken fassen. Das Einzige, was sie wusste, war, dass sie sich wünschte, so etwas schon viel früher gemacht zu haben. Und als sie sich in der lachenden Menge umsah, die nach Luft rang, war sie glücklich. Sie, die die Wärme von Evalins Hand in ihrer spürte, ehe Henri beide Arme um sie schlang. An diesem Abend in Viredis, war sie froh darüber, dort zu sein und nicht in einem goldenen Käfig in Solas. Mit bebendem Herzen wünschte sie sich, dass dieser Abend nie endete.

O nein.

KAPITEL 28

Ihr Herz hämmerte in der viel zu engen Brust, während sie den Hügel hinaufstürmte. Das Gras unter ihr war zu kalt und die Blumen um sie herum schimmerten zu sehr. Das Lachen der Kinder und der Bewohner hallte in ihren Ohren nach. Sie musste weg. Weg von diesem Gefühl, weg von ihnen. Weg von diesem Ort. Die farbenfrohen Lichter am Himmel sah sie gar nicht, die den Beginn eines neuen Tages verkündeten.

„Kalea!", rief ihr eine zu bekannte Stimme hinterher. Seine schweren Schritte ließen sie noch schneller werden. „Kalea, warte!", rief Faun nun energischer und beeilte sich. Die Wut in seiner Stimme war hörbar, doch sie ließ sich nicht aufhalten. Lief den Hügel auf der anderen Seite wieder hinunter, steuerte den Wald vor ihr an und fragte sich, warum es immer Faun sein musste. Sie hörte nur auf ihre Atmung und bemerkte, dass die Geräusche des Fests immer weiter in den Hintergrund rückten. Gerade wollte sie einen Fuß in den Wald setzen, da riss sie eine unglaubliche Gewalt zurück. Schmerzhaft landete sie auf dem Boden hinter sich. Ihre Haut prickelte am gesamten Körper, als würden in ihr tausende kleine Nadeln stecken. Ihr Rücken schmerzte von Aufprall, während sie erschrocken um Luft rang. Fauns Schritte kamen neben ihr zum Stehen.

„Du wolltest ja nicht hören“, schnalzte er mit der Zunge. „Hast du vergessen, dass du die Grenzen nicht passieren kannst?“, fragte er sie und deutete lässig auf den dunklen Wald neben ihnen. Das hellrote Licht, der ihre Berührung mit der Grenze kennzeichnete, verblasste.

Gereizt rappelte sie sich vom Boden auf und schlug Fauns Hand beiseite, als er ihr aufhelfen wollte. Sie presste bei jeder Bewegung die Zähne zusammen, um nicht laut aufzustöhnen.

„Was ist dein Problem?“, schnaubte Faun und lief ihr mit großen Schritten hinterher, als Kalea wieder kehrt machte. Sie wollte den Abstand zwischen diesem Mann und ihr so weit es ging vergrößern.

„Du! Ihr alle! Ihr seid mein Problem!“, rief sie über ihre Schulter hinweg zurück und wusste, dass ihre Worte keinen Sinn ergaben und sie sinnlos an der Grenze entlanglief. Dass sie keinen Ausweg finden würde. Sie biss sich vor Hilflosigkeit auf die Lippen.

„Bitte?“, sagte Faun ungläubig. „Waren wir dir etwa zu nett? Haben wir dich zu sehr aufgenommen?“

Kaleas Haut brannte bei seinem verächtlichen Lachen. Abrupt blieb sie stehen blieb und drehte sich zu ihm um.

„Ihr habt mich hier eingesperrt! Ich war tagelang in dieser Zelle! Ich komme nicht zurück in mein Reich und nur, weil ihr mich rauslasst und versucht, nett zu mir zu sein, verlangst du Dankbarkeit von mir? Dieses Dorf ist doch nur ein weiterer Käfig, in den ihr mich einsperrt!“, fauchte sie und stocherte mit jedem Wort auf Fauns Brust ein. Erst jetzt fiel ihr auf, dass er seinen Mantel beim Fest gelassen hatte. Sein schwarzes Hemd schimmerte im Mondlicht, während der Wind es an seine Brust drückte.

„Du kannst vielleicht nicht raus, aber hast du dir mal wirklich angeschaut, wie dein sogenannter Käfig aussieht?“, meckerte Faun zurück und stieß Kaleas bohrenden Finger von sich weg. „Verdammt, wieso verstehst du nicht, dass wir nicht die Bösen sind!“ Wild wedelte er mit seinen Armen umher, als wüsste er nicht, wohin mit seiner Frustration. „Du isst an unseren Tischen. Du feierst unsere Feste mit. Was sollen wir noch tun, damit du uns endlich vertraust? Wann beginnst du endlich, die Lügen, die dir dein Volk immer erzählt hat, zu sehen?“, fuhr er fort und nun merkte auch er, wie er sich in Rage redete. Sie löste so etwas immer in ihm aus. Immer musste sie so dickköpfig und engstirnig sein. Normalerweise konnte er seine Emotionen gut kontrollieren, aber bei ihr schien nur ein falsches Wort zu reichen und sein ganzer Körper begann zu beben. Würde es nach ihm gehen, hätte er sie schon längst in den Kerker zurückgesteckt und den Schlüssel weggeworfen. Zur Not würden sie Solas auch ohne ihre Informationen zur Strecke bringen.

„Oh, verzeih mir, großer Faun. Wo sind nur meine Manieren?!“, erwiderte sie sarkastisch und ging in einen tiefen Knicks hinunter. „Ich danke Euch für Eure Güte, mich entführt zu haben! Danke, dass Ihr mich aus meinem Reich gerissen habt!“

Faun verdrehte genervt die Augen unter seiner Maske. Seine Zunge bohrte sich in seine Wange, um nicht komplett die Fassung zu verlieren „Sei nicht so kindisch“, sagte er und drehte sich von ihr weg. Es war ihm zuwider, weitere Zeit mit ihr zu verschwenden. Sie konnte sowieso nicht wegrennen. Ihm war nicht mal bewusst, warum er ihr gefolgt war. Warum er sich Sorgen gemacht hatte, als sie mit nervösem Blick vom Fest verschwunden war und die anderen ihr Verschwinden nicht einmal bemerkt hatten.

„Hey! Bleib stehen!“, rief Kalea nun ihm hinterher und rannte ihm nach.

„Was?!“, keifte Faun aufgebracht und blieb so plötzlich stehen, dass Kalea in ihn reinlief. „Ich kann dich nicht zu deinem Prinzchen zurückbringen. Also was willst du?“

„Lass ihn hier raus“, warnte sie ihn mit einem ernsten Unterton. „Du hast doch keine Ahnung, wovon du redest.“

„Ich habe keine Ahnung?“, lachte Faun amüsiert. „Hm, lass mich überlegen. Er war der Einzige, der dir je Aufmerksamkeit geschenkt hat, richtig?“

„Halt die Klappe“, sagte sie und spürte, wie die Wut in ihrem Körper mit jedem weiteren Wort anwuchs.

„Und immer, wenn er da war, hat er sich für dich Zeit genommen. Selbst, wenn es nur Minuten waren oder für einen Tanz“, redete Faun und ging rückwärts weiter. Dass er die beiden damals am Ball tanzen gesehen hatte, musste er nicht erwähnen.

„Ich sagte, dass du die Klappe halten sollst!“, schrie Kalea nun beinahe und schubste ihn nach hinten, woraufhin sich Faun nur knapp vom Stolpern retten konnte. Die Sehnsucht und Trauer zerfraß sie von innen bei Fauns Worten. Ihr Herz hämmerte zittrig in ihrer Brust, während sich vor ihren Augen Emils Gesicht manifestierte. Gott, sie vermisste ihn. Und auch das Schuldgefühl, welches sie seit dem Tanz heimsuchte, drohte sie zu verschlingen. Wie konnte sie nur diesen Gedanken gehabt haben? Wieso sollte sie lieber hier als bei ihm sein?

„Denkst du, dass er dich jemals lieben könnte? Du warst doch ab der ersten Sekunde für ihn eine Todgeweihte“, brachte Faun das Fass zum Überlaufen und was Kalea nur noch konnte, war, sich auf die Wut in ihrem Körper zu konzentrieren. Am liebsten hätte sie diese aus ihrer Haut gerissen und Faun entgegen geschleudert.

Im nächsten Moment tauchte ein kurzes, helles Licht auf. Faun traf etwas im Gesicht und er wurde bäuchlings auf den Boden geschleudert. Kalea, die in diesem Moment nur ihren Zorn Faun gegenüber sah, achtete nicht weiter darauf, sondern schmiss sich auf seinen Rücken und fixierte ihn mit beiden Händen an den Schultern auf dem Boden. Sein Kopf lag auf der Seite.

„Du solltest-", sie verstummte mitten im Satz. Als hätte jemand kaltes Wasser über sie gekippt, erstarrte ihr Körper und ihr Zorn sickerte durch sie hindurch in den Boden unter ihnen. Ihre Knie bohrten sich an den Seiten von ihm in die Wiese und ihre Hände ruhten auf seinen festen Schultern. Sie spürte den Stoff unter ihren Fingern, hörte Fauns hektische Atemzüge und roch das Gras unter Ihnen.

Aber vor allem sah sie Blut.

Auf Fauns Stirn.

Auf Fauns nackter Stirn.

Die schwarze Maske, die er immer in ihrer Nähe trug, war an der oberen linken Ecke gebrochen und legte seine linke Gesichtshälfte bis zum Wangenknochen frei. Ein Bluttropfen wanderte von der kleinen Wunde, die genau am Haaransatz war, hinunter zu seiner dichten Augenbraue. Und das Auge, welches genauso erschrocken zu ihr hinaufblickte, wie sie zu ihm, war wahrscheinlich das Wunderschönste, was Kalea je in ihrem Leben gesehen hatte.

Seine Pupillen waren geweitet. Seine Iris - ein sattes Violett. Doch was Kalea am meisten begeisterte, waren die blau-türkisen Punkte, die in ihnen zu tanzen schienen. In langsamen Bewegungen tanzten sie um die Pupille herum und vermischten sich miteinander, ehe sie wieder auseinander glitten.

Noch immer geschockt wanderte ihr Blick weiter nach außen und als sie das spitzzulaufende Ohr erblickte, wich sie von Faun weg. Sie sprang beinahe von ihm herunter und landete im Gras neben ihm. Auch er war angespannt. Langsam stützte er sich auf seinen Händen hoch, drehte sich in den Sitz und streckte seine Beine. Fauns Augen huschten über ihr Gesicht, als würde er ihre Reaktion abschätzen wollen.

„Ich denke, die bringt jetzt auch nichts mehr", murmelte er mehr zu sich selbst als zu ihr. Trotz aller Zweifel ergriff er zögernd die Maske an seinem Kinn und mit einem leisen „*Klack*" löste er sie gänzlich von seinem Gesicht. Vorsichtig setzte er sie ins Gras neben sich und blickte von einer leuchtenden Blume, die leicht im nächtlichen Wind wehte, zu ihr. Abwartend sah er sie einfach nur an, beobachtete wie der Wind einzelne Strähnen, die sich aus ihren Zöpfen gelockert hatte, zum Tanzen brachte. Ihre Augen waren noch immer weit aufgerissen. Es schien, als würde sie die Luft anhalten, was ihm einen Moment Zeit gab, das Geschehene zu überdenken. Ihm fiel die gewaltige Kraft ein, die ihn im Gesicht getroffen hatte und von deren Herkunft er keine Ahnung hatte.

Kalea saß auf ihren Knien neben ihm und beobachtete still, wie sich das rechte normale Ohr, in ein spitz zulaufendes verwandelte, sobald die Maske seine Haut verlassen hatte. Und sie lag sowas von falsch. Nicht seine Augen waren das Schönste gewesen, was sie jemals gesehen hatte.

Nein.

Es war dieser Mann vor ihr - in seiner vollen Pracht. Faun war atemberaubend. Seine funkelnden Augen starrten sie abwartend, schon beinahe nervös an, und selbst sein Haar wirkte auf einmal noch dunkler als zuvor. Es wirkte so schwarz wie die Nacht, die sie umgab, was seine Haut umso heller wirken ließ. Nur das stetige Licht der vereinzelnden Blumen erhellte diesen Augenblick. Sein scharfer Kiefer, den sie schon zuvor gesehen hatte, spannte sich an, wodurch sich seine Lippen zu einer dünnen Linie formten.

„Wer oder was bist du?“, durchbrach ihre dünne Stimme die Stille, die sich auf sie beide gelegt hatte.

Faun zögerte. Biss sich überlegend auf die Unterlippe und wendete seinen Blick von ihr ab. Er könnte einfach lügen. Doch obwohl seine Gedanken rasten, fiel ihm keine ein. „Ich bin der letzte Überlebende des Volks der Imiset“, antwortete er ihr ehrlich und strich sich durch sein Haar. Die kaputte Maske, die ihm immer ein menschlicheres Aussehen geschenkt hatte, hielt er zwischen seinen Finger. Er schämte sich nicht für seine Herkunft. Im Gegenteil. Aber er wusste, wie gefährlich es war, dass er noch lebte. Für ihn und auch für die Menschen, die ihm wichtig waren. Bos Gesicht erschien ihm für einen Herzschlag.

Die Tatsache, dass er noch existierte, sollte nicht sein, weswegen sie es Kalea verschweigen wollten. Zu groß war die Gefahr, dass sie es irgendwie weitersagen würde. Selbst Ele wusste nichts von seiner Herkunft. Würde nämlich Solas König erfahren, dass es Überlebende des Volks der Imiset gab, würde es höchstwahrscheinlich seinen Tod bedeuten. Oder Schlimmeres.

„Dem Volk der-“ Kalea holte tief Luft und schüttelte verwirrt den Kopf. „Wie ist das möglich?“

„Ich bin nicht scharf darauf, dir von meiner Kindheit zu erzählen“, sagte Faun trocken und runzelte die Stirn. Kalea schnaufte genervt, merkte aber selbst, dass es nicht so genervt klang, wie sonst. Danach fragte sie nicht mehr weiter. Er hatte recht. Wieso sollte er es ihr erzählen? Die Maske war nicht freiwillig von seinem Gesicht runter, sie hatte ihn sozusagen dazu gezwungen, obwohl sie nicht mehr ganz wusste, wie sie ihn überhaupt auf den Boden bekommen hatte.

Das Blut war auf seiner Stirn getrocknet, als sie sich stumm aufrafften. Nicht ganz vergessen war der vorherige Streit, aber sie schwiegen darüber, als sie zusammen zurück zum Fest gingen. Kalea konnte es sich nicht nehmen, ab und an einen verstohlenen Blick zu ihm zu werfen. Es war unfair, dass zu einem so abscheulichen Charakter, solch ein Gesicht gehörte. Es war verrückt. Nie wäre sie darauf gekommen, dass er aus diesem alten Volk stammte, geschweige denn, dass es überhaupt Überlebende gab. Sie erinnerte sich an alte Mythen über die Imiset, doch warum sie ausstarben, wussten niemand mit Gewissheit. Wusste Faun, warum er der einzige Überlebende war?

Als sie zum Fest zurückkamen, die Feier noch wilder als zuvor schien und Bo mit dem Rest der Gruppe auf sie zukam, sobald sie sahen, dass Faun seine Maske nicht mehr trug, starrte Kalea auf den Boden zu ihren nackten Füßen. Sobald Fauns Freunde bei ihnen waren, verabschiedete sie sich leise, wimmelte ihre Mitbewohnerin mit einem kleinen Lächeln ab und ging zurück in Aurums Hütte. Kalea schämte sich auf ihrem Weg nicht nur für ihren Gedanken auf der Tanzfläche, sondern auch ein bisschen dafür, Faun gezwungen zu haben, sich zu offenbaren. Es nagte an ihr, jemanden so entblößt zu haben. Selbst wenn es Faun war. Ihre Gedanken wichen weiter zu seinen Augen, die sie noch immer so begeisterten.

Abgelenkt ging sie eine kleine Abkürzung, die ihr die Gruppe zuvor gezeigt hatte und bemerkte nicht die zwei Männer, die sich immer wieder umblickten und ihr leise folgten.

KAPITEL 29

„Willst du uns erzählen, wie das …“ Henri deutete auf die Maske, die Faun in der Hand hielt. „… passiert ist? Ich dachte, dass sie es nicht wissen soll?“ Dass diese kaputt war, hatte er noch gar nicht gesehen. Sie standen noch immer an Ort und Stelle und ignorierten das Fest in ihrem Rücken.

Faun schnaufte und strich durch sein Haar, um seine Stirn von den Haarsträhnen zu befreien. Dabei glitt Henris Aufmerksamkeit auf die Wunde an seiner Stirn. Bo atmete neben ihm geräuschvoll ein und strich selbst die Haarsträhnen erneut aus seiner Stirn.

„Was ist passiert? War sie das?“, zischte er und sah seinen Bruder ernst an. Dieser löste sich aus seinem Griff, ging einen Schritt zurück und sah sich in der Menschenmenge um, um nicht dem Blick seines Bruders zu begegnen.

„Ich weiß es nicht“, antwortete er schließlich. Zögernd hob er seine Maske an, sodass der Schaden sichtbar für seine Freunde wurde. Als sie sahen, was mit dem magischen Gegenstand passiert war, rückten sie direkt näher an ihn heran, um ihn von den neugierigen Augen der Feiernden abzuschirmen.

„Wie zum Teufel geht das?“, fragte Henri fassungslos, riss seine Augen weit auf und musterte das Gesicht seines Freundes.

„Ich dachte, dass sie nicht kaputtgehen kann“, fügte Evalin hinzu, die zunächst besorgt zur Maske sah und dann in Fauns Gesicht. Ihre grünen Augen ließen ihn nicht aus dem Blick. Aurum berührte nur leicht seinen Ellenbogen, um die Maske näher an sich heranzubringen.

„Keine Ahnung. Sie ist nicht unzerstörbar, aber es braucht eine gewaltige Macht, um dieses Metall zu zerstören“, erklärte er ihnen. Seine Finger schlossen sich um die warme Maske und sein Daumen strich sanft über das eingearbeitete Muster.

„Wir sollten mit Esmal reden“, mischte sich Amrin ein, der beunruhigt in die Runde sah und seine Hände in seinen Hosentaschen versteckte. „Wenn Kalea das getan hat-“

„Sie kann das nicht gewesen sein. Laut der Prüfung hat sie keinerlei magische Fähigkeiten“, unterbrach Aurum ihren Cousin und schüttelte verneinend den Kopf. Faun stimmte ihr zu. Sie hatte recht. Auch Faun war insgeheim dabei gewesen, als die Prüfung des Heilers negativ ausfiel. Kalea war eine Leere. Ein leeres Gefäß, ohne jegliche magischen Fähigkeiten.

Grübelnd strich er über die scharfe Kante der kaputten Stelle und zog seine Augenbrauen zusammen. Es machte keinen Sinn. Sie war eine Leere, aber außer ihr und ihm war niemand in diesem Moment da gewesen. Woher war dieser Lichtstrahl gekommen?

Amrin zuckte zusammen und starrte über seinen Kopf hinweg.

„Was ist?“, fragte er verwirrt und folgte seinen Blick. Achtsam drehte er den Kopf und spähte zum Waldrand und als ein hellrotes Licht an den Grenzen auftauchte, drehte er sich mit seinem gesamten Körper herum.

„Ist das“, begann Aurum und verstummte. Bo nickte, als auch er das Licht sah, welches in Sekundenschnelle auftauchte.

„Kann sie nicht einmal keinen Ärger machen?", zischte Faun zwischen zusammengebissenen Zähnen und legte erschöpft den Kopf in den Nacken. Amrin kam kopfschüttelnd einen Schritt nach vorne und stellte sich neben ihn. Der Wind verwirbelte sein blondes Haar.

„Wovon redet ihr?", fragte Evalin verwirrt.

„Nein, das ist sie nicht", sagte der Jüngste überlegend und schaute ernst zum immer wiederkehrenden Licht. Außer ihnen hatte kaum einer das Licht bemerkt. Entweder waren die Dorfbewohner zu betrunken oder sie dachten, dass es zum Feuerwerk gehörte. „Wenn sie es selbst versuchen würde, wäre sie nach so vielen Versuchen schon längst ohnmächtig. Jemand versucht sie gewaltsam über die Grenzen zu bekommen."

„Was?", rief Aurum überrascht und wandte sich zu ihrem Cousin, der seinen Blick weiterhin geradeaus hatte. Faun pustete sich die Strähne aus der Stirn und drückte Evalin die kaputte Maske in die Hände, ohne sich zu ihr umzudrehen.

„Ich warte dann auf euch", sagte er ernst und schielte kurz seitlich zu Bo hinüber, der bestätigend nickte, ehe Fauns Sicht vernebelte und er das bekannte Ziehen an seinem rechten kleinen Zeh spürte.

Keine Sekunde später lichtete sich alles und er spürte das feuchte Gras unter seinen nackten Füßen. Er brauchte einen Moment, bis er sich orientiert hatte. Das erneute Aufblitzen des hellroten Lichtes half ihm dabei. Sein Blick schnellte herum und da sah er sie. Strampelnd hing sie zwischen zwei Männern, die sie an den Händen und Füßen gepackt hatte und mit dem Zauber kämpften. Jedes Mal, wenn sie der Grenze zu nah kamen, windete sich Kalea vor Schmerzen, presste die Augen fest zusammen und knallte gegen eine unsichtbare Wand. Der Knebel in ihrem Mund war durchnässt. Ob es von ihrem Speichel oder ihren Tränen kam, wusste er nicht.

„Verdammt“, fluchte einer der dunkel gekleideten Männer und steuerte erneut die Grenze an.

„Kann ich euch helfen?“, durchschnitt Faun ihre Verzweiflung und trat in ihr Blickfeld. Sie erstarrten als er sprach und sahen ihn erschrocken an. Kaleas verheulten Augen öffneten sich, als sie seine Stimme hörte und wahrscheinlich war dies das erste und letzte Mal, dass er sah, dass sie erleichtert über sein Erscheinen war. Sie schrie etwas durch den Knebel, was er jedoch nicht verstand.

„Scheiße. Bursche, du solltest lieber verschwinden“, sagte der andere Mann, ließ Kaleas Beine krachend fallen und zog sein Schwert, um bedrohlich auf Faun zuzugehen. Dieser hob abschätzend sein Kinn und neigte den Kopf leicht zur Seite, als hätte der Fremde etwas schier Unmögliches gesagt, dann lächelte er schief.

„Das werden wir ja sehen“, antwortete er herausfordernd und ging genauso entschlossen auf ihn zu, wie dieser auf ihn. Im Augenwinkel sah er schon seine Freunde zu ihnen eilen. Bevor sie jedoch bei ihnen sein konnten, trafen die beiden aufeinander. Der Mann holte weit mit seinem Schwert aus, was Faun die Zeit gab, auszuweichen. Dass er unbewaffnet war, war vielleicht ein Nachteil, aber dafür hatte er kein zusätzliches Gewicht am Körper, wodurch er dem nächsten Schlag genauso leichtfüßig auswich.

„Wenn du tanzen willst, komm doch mit auf das Fest“, zwinkerte er ihm provozierend zu und wich auch dem nächsten Schlag aus. Der Mann fluchte laut. Beim nächsten Schlag nutzte Faun den weiten Armschwung, um sich leicht nach vorne zu lehnen, dem Schlag erneut auszuweichen und den Mann dann mit der Seite zu Boden zu bringen. Stöhnend knallten sie auf die Wiese. Angestrengt hielt Faun den Arm des Mannes mit dem Schwert zu Boden. Kurz bevor dieser sich befreien konnte, kam ein Fuß ins

Blickfeld und trat auf die Hand des Mannes, wodurch er gezwungen war, fauchend das Schwert loszulassen.

„So ist's fein", sagte Bo und löste Faun damit ab, den Mann am Boden zu fixieren. Dieser drehte sich währenddessen zum Partner um, der mit aufgerissenen Augen dem Kampf zugesehen hatte und Kalea um den Bauch umklammerte. Ihre grauen Augen blickte in seine und sahen ihn flehend an. Der Partner hielt ihr zitternd ein Messer an die Kehle.

„Ich schlitze sie auf!", drohte er laut.

Faun erwiderte nichts und beobachtete ihn nur, als auch schon Lianen aus dem Boden wuchsen und sich um die Beine des Mannes schlangen. Entsetzt blickte er an sich herab und lockerte leicht den Griff um Kalea. Diesen Moment nutzte Henri aus, der sich durch seine Magie auf der Wiese getarnt hatte, und sprang von hinten auf ihn. Einen gezielten Schlag später fiel der Partner in Richtung Wiese. Kaleas Beine gaben nach und durch die vorherigen Schmerzwellen, die sich sekündlich durch ihren Körper gebohrt hatten, konnte sie den Fall nicht stoppen. Innerlich bereitete sie sich auf einen weiteren Schmerz vor, als sie Wärme umhüllte und sich starke Arme um sie legten.

„Ich habe dich."

Der Geruch des Waldes hinter ihnen vermischte sich mit dem Geruch des Mannes, der sie aufgefangen hatte und sie an seiner Brust hielt. Zusammen sanken sie zu Boden. Faun zögerte nicht und löste den Knebel, sodass sie endlich tief Luft holen konnte. Es war ihr egal, wie sehr ihre Haut kribbelte und wie sehr sie eigentlich hasste, dass Faun sie immer fand. In diesem Moment war sie zum ersten Mal glücklich gewesen, als sie ihn gesehen hatte. Für einen Moment war sie versteinert, als er unmaskiert auftauchte.

Die Tatsache, dass auch die Männer ihn ohne seine Maske sehen konnten, schien ihm jedoch egal zu sein.

Aurum half Bo gerade die Männer mit ihren Lianen zu fesseln, als Amrin mit Esmal und drei Wachen die Wiese entlangkam. Einer von ihnen trug eine Fackel in der Hand. Kalea starrte zu den Entführern. Einer von ihnen war bewusstlos, doch durch seine tiefen Atemzüge sah sie, dass er noch lebte. Der andere Mann, der Faun angegriffen hatte, saß mit versteinerter Miene daneben und glotzte auf seine Füße.

Kalea kniete in der kühlen Wiese und stützte sich, peinlicherweise, noch immer an Faun, der auch nicht den Anschein machte, als würde er sie im nächsten Moment von sich schubsen. Er spürte, wie sehr sie zitterte und nahm auch die Hitze von ihrer Haut wahr, die sich durch die Schmerzen erwärmt hatte. Ihre Handgelenke und Knöchel waren gerötet aufgrund der festen Griffe der Männer.

„Haben sie etwas zu dir gesagt?", fragte er sie mit beruhigendem Ton über das Stimmengewirr der anderen hinweg. Sein Blick legte sich auf ihr Gesicht, als sie zu ihm blickte. Die roten Blumen waren beinahe gänzlich aus ihrem Haar gefallen und die meisten Haare hatte sich aus den Zöpfen gelöst. Die leuchtende Strähne hing fast komplett neben ihrem Gesicht. Sie schluckte und schüttelte dann den Kopf. Ihre Hände umklammerten seine Unterarme, um etwas Halt zu suchen. Sie hatten sie völlig überrumpelt. Ehe sie gewusst hatte, was geschah, hatten sie ihr den Knebel in den Mund gestopft und waren mit ihr zur Grenze gerannt. Mit den Gedanken woanders, merkte sie gar nicht, wie sehr sie sich an ihn klammerte. Als Aurum auf sie zukam, half er ihr auf die Beine und übergab sie ihr. Er blieb mit den anderen zurück und sah den beiden Frauen nur kurz hinterher. Esmal redete gerade mit den Gefangenen, während er neben ihn trat. Der wache Mann richtete seinen Blick hasserfüllt auf ihn.

„Wer seid ihr?“, fragte er mit bohrendem Blick, die tanzenden Punkte in seinen Augen huschten wütend hin und her. Der Mann musterte ihn. Dann verzog er sein Gesicht und spuckte ihm direkt vor die Füße.

„Mit einer Mistgeburt wie dir, rede ich nicht“, zischte dieser und funkelte Faun so verächtlich an, wie er es schon oft von Fremden erlebt hatte. Es juckte ihn unter den Fingern, doch er schluckte gekonnt das Gefühl hinunter und ließ keine weiteren Emotionen über sein Gesicht huschen.

„Dann ist das dein Pech“, mischte sie Bo neben ihm ein, grinste gemein und nahm ein Schwert der Wache entgegen. „Er ist nämlich der Geduldige von uns.“

KAPITEL 30

Nach einer Nacht voller verschwommenen Bildern, funkelnden Augen und fremden Männern, fand sich Kalea mit noch immer wunden Muskeln, zur nächsten Mittagszeit in Esmals Arbeitszimmer wieder. Bisher kannte sie nur das Beratungszimmer des Schlosses. Noch immer blickte sie erstaunt in dem Raum umher und sah sich die vielen Sofas und Sessel an. Es wirkte allgemein chaotisch. Nichts schien so richtig zusammen zu passen und wirkte eher zusammengewürfelt als sorgfältig ausgewählt.

In ihrer Hand ruhte eine warme Tasse mit schwarzem Tee. Ein kleiner Schuss Milch verfärbte das Getränk in einen hellen Braunton. Der dunkelblaue Sessel, auf dem sie saß, war so weich, dass sie sich anstrengen musste, um nicht nach hinten in das weiche Polster zu sinken. Esmal saß hinter seinem Schreibtisch und neben einigen fremden Männern, die sich als Ratsmitglieder knapp vorgestellt hatten, und einem Heiler, war beinahe dieselbe Gruppe, wie immer anwesend. Bo und Amrin saßen auf einem Zweisitzer, an dessen Lehne Faun lehnte und ebenfalls eine Tasse Tee in der Hand hatte. Aurum stand neben Esmal und hielt einen kleinen Stapel Blätter in den Händen.

„Also Kalea", wandte sich der Älteste an sie, „Faun hat uns heute Morgen erzählt, was gestern passiert ist."

Sie erwiderte ruhig seinen Blick, ehe sie antwortete: „Ich weiß nicht, was diese Männer von mir wollten."

Esmal lächelte leicht und schüttelte den Kopf. „Das meine ich nicht. Diese Männer haben bisher nichts gesagt und sind in den Kerkern sicher unter Verschluss. Die Heiler haben den Test durchgeführt und festgestellt, dass sie beide Leere sind. Sie besitzen keinerlei Magie. Es war auf jeden Fall die richtige Entscheidung gewesen, nur den Anwesenden und den Ratsmitgliedern etwas von dem Bannzauber zu erzählen. Einerseits konnten die Bewohner Viredis dich offener auf dem Fest empfangen und anderseits, weil diese Angreifer nicht darauf vorbereitet waren." Eine Welle der Erleichterung überkam sie. „Ich meine was zuvor passiert ist. Als Fauns Maske kaputtgegangen ist."

Irritiert huschte ihr Blick zu Faun, der seelenruhig seinen Tee schlürfte. Esmal erkannte ihre Verwirrung und stand langsam vom Stuhl auf, ging um den Tisch herum und lehnte sich dann an diesen.

„Er sagte, dass es einen Lichtstrahl gab, der ihn zu Boden geworfen hat."

„Ich erinnere mich nicht daran", sagte sie ehrlich und blickte zu ihrer Tasse hinunter. Sie war ihnen dankbar, dass sie diese Männer aufgehalten hatten. Obwohl sie sich nicht sicher sein konnte, dass diese sie nicht nach Solas zurückbringen wollten. Aber sie hatten ihr solch eine Angst und solche Schmerzen zugefügt, dass sie froh war, dass die beiden im Kerker gelandet waren. Trotzdem fühlte sie sich unwohl, da sie all die Blicke der anwesenden Personen auf sich spürte.

„An was erinnerst du dich?", fragte Amrin, lehnte sich mit den Ellenbogen auf seine Knie und sah sie interessiert an. Wieder einmal musste sie sich darauf besinnen, wie jung er war. Wenn er sie nämlich so interessiert und ernst anblickte, vergaß sie manchmal, dass er kein Gelehrter mit Jahrerlanger Erfahrung war, sondern nur ein fünfzehnjähriger Junge, der sich durch seine Wissensgier in die Angelegenheiten der Erwachsenen einbrachte. Und er wurde auch von ihnen angehört und zu Rate gezogen, das hatte sie schon früh bemerkt. Sie alle nahmen ihn trotz seines Alters ernst.

„Wir haben gestritten." Ihr Blick huschte zu Faun, der sie schon längst ansah. Sie schluckte bei dem ungewohnten Anblick seines Gesichts. „Ich wurde immer wütender und als nächstes lag er auf dem Boden. Da war die Maske schon kaputt." Scham stieg in ihr hoch, als sie vor all diesen Leuten gestand, dass sie sich schon wieder mit ihm gestritten hatte. Kein Wunder, dass einige Ratsmitglieder glaubten, dass sie unkontrollierbar war. Zum Glück fragte niemand nach. Ungern hätte sie zugegeben, dass es um Emil ging. Es reichte, dass Faun erahnte, was sie für den Prinzen empfand. Dieser betrachtete sie noch immer, obwohl es so schien, als wäre er in Gedanken versunken.

„Hm, also gut", sagte Esmal nachdenklich nach einigen Sekunden Ruhe und stieß sich von der Tischkante ab. „Wir wollen gerne den Test wiederholen, um sicherzugehen, ob dieser Lichtstrahl von dir kam."

„Von mir? Ich bin eine Leere. Ich habe keine magischen Fähigkeiten", erwiderte sie entgeistert und stellte die Tasse mit einem klirrenden Geräusch auf den Tisch.

„Wir wollen nur sichergehen", meldete sich Aurum nun zu Wort und stellte sich neben den Schreibtisch, damit sie Kalea besser sehen konnte.

„Es wird genauso sein, wie beim ersten Mal", versicherte Esmal und winkte den Heiler zu sich, der sich bisher sehr bedeckt in der Ecke aufgehalten hatte. Es war derselbe wie beim ersten Mal. Seine rote Mähne war in einem tiefen Zopf gebunden und sein Gesicht schaute sie leicht lächelnd an, während er auf sie zukam. Sie fürchtete ihn oder die Prüfung nicht. Denn sie war sich sicher, dass sie noch immer eine Leere war. Das war schließlich seit ihrer Geburt so gewesen.

Gespannt sahen alle Anwesenden dabei zu, wie der Heiler seine Hände auf ihre legte und konzentriert die Augen schloss. Im nächsten Moment traten ihre Adern deutlich zum Vorschein und Kalea spürte eine angenehme Kühle in ihrem Körper. Niemand im Raum sagte auch nur ein Wort. Es schien beinahe so, als würde jeder den Atem anhalten. Nach viel zu vielen Minuten öffnete der Heiler langsam die Augen. Seine Hände ruhten noch immer auf ihren und als er verwirrt sein Gesicht verzog, merkte sie, wie sich ein schweres Gefühl in ihrem Magen festsetzte.

Nein, das konnte nicht sein.

„Wenig. Nur einen Hauch an Magie“, sagte der Heiler langgezogen, hielt seinen Blick zunächst auf sie gerichtet, ehe er sich zu Esmal umdrehte. „Ich weiß nicht, warum es beim ersten Mal nicht da war. Aber jetzt ist da ein Hauch von Magie in dieser Leeren.“ Einige Ratsmitglieder begannen aufgeregt miteinander zu tuscheln. Esmal legte seine Hand an sein Kinn und Kalea blickte fassungslos auf ihre Hände.

Magie? Sie konnte keine Magie manifestieren. Seitdem sie denken konnte, wollte sie es, konnte es aber nicht. Und jetzt nach zwanzig Jahren, sollte sie plötzlich Magie in sich tragen? Der Heiler musste sich täuschen.

„Aber wie kann das sein? Was ist passiert?“, fragte eine ältere Frau laut, die zum Rat gehörte, und gestikulierte groß mit ihren Händen umher. „Wenn sie doch Magie ausüben kann, müssen wir sie wieder in die Kerker bringen!“

Kalea zuckte zusammen, als hätte sie eine Ohrfeige bekommen. Daran hatte sie gar nicht gedacht. Aurum kam einen Schritt auf die Frau zu, doch Esmal kam ihr zuvor.

„Beruhige dich. Das steht erstmal nicht zur Auswahl", sagte er entschlossen und wandte sich dann mit ernstem Blick zu Faun. „Was ist noch passiert? Kannst du dich an irgendwas erinnern? Wann war es und wo wart ihr genau?" Dieser überlegte sichtlich und ging sich durch sein pechschwarzes Haar. Frustriert schüttelte er den Kopf: „Nein, nur dass wir uns gestritten haben. Wir waren an der Grenze und es war ungefähr Mitternacht, als sie in Richtung des Waldes gegangen ist. Außer dem Lichtstrahl habe ich nichts gesehen."

Dann fiel es ihr wie Schuppen von den Augen. Das Einzige, was sich geändert hatte. Aber konnte das wirklich der Grund sein? Sie hatte es ganz vergessen, zu viel war in den letzten Stunden passiert. So aufgelöst, wie sie an diesem Abend war, hatte sie das Feuerwerk gar nicht bemerkt, welches den neuen Tag ankündigte.

„Es gibt eine Sache, die vielleicht der Auslöser sein könnte", sagte sie leise, doch laut genug, dass alle zu ihr blickten. „Mein einundzwanzigster Geburtstag. Ich bin seit heute volljährig."

Der Raum versank zunächst in Stille. Dann in ein lauteres Stimmengewirr, als zuvor. Die Ratsmitglieder redeten panisch aufeinander ein und der Heiler erklärte Esmal irgendetwas. Bo flüsterte Faun etwas hinter vorgehaltener Hand zu, der nur stumm nickte und sie nicht aus den Augen ließ. Aurum wiederrum blickte zunächst überrascht, bis ihre Augen ein verschmitztes Funkeln annahmen und sie Kalea schief angrinste.

Mit schlurfenden Schritten ging sie über die Wiese den Hügel hinunter. Esmal hatte sie entlassen, da der Rat sich noch allein weiter beraten wollte. Zwar war sie nicht begeistert davon, dass sich ein Raum voller Leute über sie unterhielt, während sie nicht anwesend war, aber sie hatte die Ruhe dringend nötig. Sie erinnerte sich noch immer an die misstrauischen Blicke, die ihr vereinzelte Ratsmitglieder zugeworfen hatten. Aber als der Heiler die Vermutung kundgab, dass es vielleicht nur eine magische Aufladung aufgrund der Volljährigkeit war und dieser Hauch an Magie in ihr sich eventuell von alleine verflüchtigen würde, konnten sie nichts dagegen sagen, als Esmal sie ohne Wachen entließ. Sie wusste, dass zumindest diese eine Frau wollte, dass sie zurück in den Kerker gesperrt wurde.

Grübelnd ließ sie sich in das Gras nieder. Die einzelnen Grashalme kitzelten ihre Beine. Aurum hatte ihr ein altes Kleid von sich gegeben, da sie nach ihren Worten, in diesen viel ansehnlicher aussah. Sie selbst kümmerte es eigentlich nicht, was sie trug, solange sie darin gut atmen konnte. Ein Grashalm musste dran glauben, als sie es pflückte und zwischen ihren Finger herum zwirbelte. Es war an diesem Tag wärmer als sonst in Viredis. Die Sonne schien auf sie herab und wenn sie die Augen schloss, konnte sie sich einbilden, in Solas zu sein, obwohl es dort vermutlich zehn Grad wärmer war.

Sobald sie die Augen öffnete, blickte sie wieder auf den Wald. Sie wagte es nicht in die Nähe der Grenze zu kommen. Ihr Körper schmerzte noch immer von dem gestrigen Versuch der Männer. Ihre Muskeln pochten dumpf und bei jeder falschen Bewegung, durchzuckte sie ein brennender Schmerz im Rücken. Seufzend ließ sie sich nach hinten fallen. Eine Gänsehaut überzog sie. Etwas Rest-Tau lag auf der Wiese. Eigentlich wollte sie zu der Stelle gehen, wo sie gestern mit Faun gestanden hatte. Als sie jedoch am

Hügel angekommen war, musste sie feststellen, dass sie nicht genau wusste, wo das war. Also lief sie einfach drauflos.

Noch immer verwirrt blickte sie auf ihre Hände. In ihr war Magie? Selbst ein Hauch davon, war mehr als sie jemals dachte, zu besitzen. Ein Lächeln stahl sich heimlich auf ihre Lippen, welche sie zwischen ihre Zähne hielt. Einundzwanzig. Sie war jetzt volljährig. Konnte aber trotzdem nichts selbst entscheiden. Wäre sie jetzt in Solas, hätten schon längst die Vorbereitungen für den Erntemond gestartet. Als wäre es gestern, erinnerte sie sich daran, wie Ele mit ihr den Plan für diesen Tag durchgegangen war. Sie überlegte. Vermutlich würde sie nun von den Wachen in den goldenen Käfig geführt werden und zwei Stunden später würden sich die Tore des Schlosses öffnen. Ein leichtes Gefühl erfüllte sie. Denn statt in diesem elendigen Käfig stundenlang zu stehen, lag sie im kühlen Gras und konnte sich sonnen. Ihre Haare lagen offen um sie herum und für einen Moment dachte sie nicht einmal an die weiße Strähne, die an ihrem Geburtstag eigentlich quer über ihren Scheitel gelegt wurde. Aber nein, heute ruhte diese seelenruhig hinter ihrem Ohr. Beim nächsten Gedanken, der ihr durch den Kopf schoss, öffnete sie wieder die Augen. Zwar durchflutete sie dasselbe schlechte Gewissen wie gestern Abend, aber anstatt wegzurennen, setzte sie sich nur auf und blickte in den Wald. Das war vielleicht der schönste Geburtstag, den sie bisher hatte.

KAPITEL 31

Der Tag ging ruhig an ihr vorbei, während sie nichts anderes machte, als im Gras zu liegen und zu dösen. Zum Nachmittag hin gingen ihre Gedanken kurz zu Emil, als ihr aber die Bilder des Albtraumes wieder in den Sinn kamen, drängte sie diesen unter die dicke Welle, die all ihre unerwünschten Gedanken in ihr Unterbewusstsein drückte. Erst als es zu kühl wurde, um im Gras zu liegen, rappelte sie sich langsam auf. Bewusst ging sie außerhalb des Dorfes entlang, da sie sich ihr ruhiges Gemüt nicht von den neugierigen Blicken der Dorfbewohner vermiesen lassen wollte. Zwischen den letzten zwei Häusern vor dem kleinen Fluss tippelte sie hindurch. Während sich die ersten Familien nach Hause zurückzogen, liefen noch kleinere Gruppen herum und steuerten wohl die Kneipen am Marktplatz an. Dieser war nach der gestrigen Feier wieder aufgeräumt und sah genauso aus, wie immer.

Sie stockte in ihrer Bewegung. In Aurums Haus brannte Licht und sie sah einige fremde Menschen durch die Fenster. Hatte sie Besuch? Zwiespältig verweilte sie vor dem lächerlich kleinen Zaun und blickte überlegend auf die Fassade des Hauses.

„Willst du nicht reingehen?“ Erschrocken drehte sie sich herum und blickte direkt in Fauns Gesicht, der unmittelbar hinter ihr stand. Er hob fordernd eine Augenbraue, als sie ihm nicht antwortete. Seine Augen funkelten ruhig. Die Punkte tanzten in einem schleichenden Tempo um seine Iris herum. Sein Anblick wäre so schön, würde er sie nicht so säuerlich angucken.

Gerade wollte sie ihm gewohnt patzig antworten, was ihr leichter fiel, als sich normal mit ihm zu unterhalten, da erblickte sie Amrin hinter ihm.

„Hallo Amrin“, begrüßte sie den Jungen, der sie erfreut anlächelte und die Begrüßung erwiderte. Faun blickte genervt geradeaus, während sie ein spitzbübisches Lächeln versteckte. Er hasste es, ignoriert zu werden.

„Komm Kalea, die warten bestimmt alle auf dich“, sagte Amrin euphorisch, drängte sich an Faun vorbei und schob sie durch das Gartentor hindurch in Richtung der Eingangstür. Faun folgte ihnen und vergrub die Hände in seinen Hosentaschen. Das Haus schnurrte, als sie ihre Hand an den Türbalken legte und sich die Tür öffnete.

„Moment mal. Auf mich?“

Keine Sekunde später stand sie in der überfüllten Wohnstube und wurde von teilweise wildfremden Leuten angeschrien.

„Alles Gute zum Geburtstag!“, schrien sie laut im Chor. Sie zuckte zusammen und griff erschrocken nach Fauns Arm, der neben ihr stand. Amrins Hände strichen ihr beruhigend über die Schultern, doch hörte sie sein Lachen über ihre Reaktion. Sobald der Schreck vorbei war, ließ sie Faun los und blickte ihn aus dem Augenwinkel her an. Doch er reagierte gar nicht darauf und mischte sich direkt in die Menge. Aurum kam breit lächelnd auf sie zu.

„Gefällt es dir?“, fragte sie nervös und blickte sich selbst in der Wohnstube um. Erst dann realisierte sie die Dekoration, die in der Wohnstube hing. Kleine Fähnchen, verschiedene Kerzen und Blumen schmückten das kleine Haus. Auf dem Esstisch stand eine kleine Torte, auf die Evalin gerade Kerzen steckte.

„Was ist hier los?“, fragte Kalea überrumpelt.

„Das ist eine Geburtstagsfeier“, erklärte Amrin und ließ ihre Schultern los. Er hatte denselben Gesichtsausdruck, wie seine Cousine und die beiden hatten sich zuvor noch nie ähnlicher gesehen. Sie strahlten, wirkten aber gleichzeitig unsicher, da sie nicht wussten, ob sich Kalea über sowas freuen würde.

„Für mich?“, fragte Kalea nach dem Offensichtlichen und blickte sich erneut um. Die Menschen im Haus kannte sie vom Sehen. Wachmänner, die mit Henri zusammenarbeiteten, der am anderen Ende des Zimmers stand. Jeder der sie ansah, lächelte sie zaghaft an oder hob ihr den Becher entgegen.

Aurum beschloss, Kalea unter die Menge zu bringen, die viel zu groß für das kleine Haus war.

„Komm wir holen dir erstmal was zu trinken“, sagte die Blondhaarige und schob sie zum Tisch. Dieser war neben der Torte und kleinen Knabbereien, vollgestellt mit Bechern, Wein und Schnaps. Sie konnte nicht anders, als festzustellen, dass die Bewohner von Talam wohl viel öfter feierten, als die in Solas. Erst gestern standen sie alle bis in die Morgenstunden auf dem Marktplatz und nun feierten sie den Geburtstag einer Fremden.

Belustigt grinste sie in sich hinein.

„Alles Gute zum Geburtstag, Kalea“, kam Bo auf sie zu und reichte ihr einen Becher.

„Danke dir", erwiderte sie ehrlich und freute sich, dass er endlich diesen albernen Spitznamen für sie wegließ.

„Also dann", begann Aurum und nahm sich ebenfalls einen Becher mit Wein, „auf Kaleas Volljährigkeit!" Die Leute um sie herum stiegen jubelnd mit ein. Ihr Körper schien vor Wärme und schwer einzugestehender Freude überzulaufen.

Stunden vergingen, in denen sie sich an Aurum oder Henri heftete und sich mit deren Freunden unterhielt. Anstatt sich aktiv in die Gespräche einzubringen, stand sie eher daneben und hörte ihnen zu. Weshalb sie sich immer unbeholfen fühlte, sobald jemand direkt mit ihr sprach oder etwas fragte. Vor einigen Minuten hatte ein Bekannter von Henri sie gefragt, was sie in Solas an Geburtstagen machten, als sie darauf antwortete, dass dies ihre erste Geburtstagsfeier dieser Art war, herrschte plötzlich Stille in der Unterhaltung. Henri legte seinen Arm um ihre Schultern und unterbrach die betretene Stille:

„Umso besser, dass du an diesem wichtigen Geburtstag hier bist", meinte er sanft lächelnd und drehte seinen Kopf zu ihr. Seine Bewegung gab ihren Blick auf Faun frei, der in ihre Richtung blickte und Bo nur mit einem Ohr zuhörte. Hatte er sie gehört? Er wandte den Blick ab und trank wieder aus seinem Becher. Ihr Blick blieb an seinen Ohren hängen. Außer ihr schien sonst keiner der Anwesenden immer wieder zu ihm blicken. Ihnen waren seine äußerlichen Unterschiede nichts Fremdes. Sie wiederum war noch immer so überwältigt, dass sie immer wieder nach ihm Ausschau hielt. Es war die reine Neugier, die sie dazu brachte.

Nach weiteren Minuten begannen die Gäste plötzlich die Möbel an den Rand zu schieben, um eine größere Fläche zum Tanzen zu haben. Freunde von Aurum hatten Geigen und andere Instrumente mitgebracht und setzten sich zusammen auf die wandnahen Stühle. Es brauchte nur einen Ton, da begannen die meisten zu tanzen. Kalea beobachtete, wie sie Paartänze tanzten, die sie von den Bällen in Solas kannte. Jedoch waren diese hier etwas wilder und unbeholfener. Zu viel Alkohol floss in ihren Adern. Kalea lachte gerade, als Amrin sie zu sich zog und zum Tanzen bewegte.

„O Amrin", sagte sie zweifelnd und folgte ihm in die Mitte der Wohnstube.

„Mach dir keine Gedanken", erwiderte er und zeigte ihr ein aufmunterndes Lächeln. Sie reihten sich gerade in den Kreis ein, als das neue Lied begann. Amrin führte sie so zielsicher, dass sie nach wenigen Schritten die Unbeholfenheit vergaß und sich von ihm lachend durch die kleine Wohnstube wirbeln ließ. Aufgrund des Platzmangels rempelten sich alle fast bei jedem Schritt an, was das Ganze umso amüsanter machte. Als es in dem Tanz Zeit wurde, den Partner zu wechseln, schmollte Amrin überspielt und wank hier noch zu, während sie sich zu ihrem neuen Partner umdrehte. Sie lachte herzlichst über Amrins Verhalten, der sich schon vor seinem neuen Partner verbeugte - Henri. Dieser blickte ihn verträumt an. Ihre grauen Augen funkelten im Schein der Kerzen und das vergangene Lächeln hallte in ihnen nach. Sobald sie jedoch ihren neuen Partner sah, erstarb dieses. Faun blickte sie mit dem üblichen säuerlichen Blick an.

Es kam ihnen so vor, als würden sich die Lichter um sie herum verdunkeln, sobald die ersten Klänge der Musik ertönten und die Paare um sie herum zueinander traten. Seine Zähne mahlten aufeinander, als er einen Schritt auf sie zu trat und ihr seine nackte Hand reichte. Ihre Aufmerksamkeit hing an der freien Handfläche. Abwartend sah er sie an und wiederholte die Geste, damit sie ihre Hand in seine legte. Sie sträubte sich, seine bloße Haut zu berühren, zu sehr kribbelte die Abneigung in ihren Fingern. Die Funken in seinen Augen sprangen aufgeregt hin und her, während er auf sie wartete. Aber als die Paare zum ersten Schritt ansetzten, schnappte er sich ihre Hand und zog sie an seinen Körper heran. Sobald er begann zu führen, folgte sie seinen Schritten. Stur blickte sie auf seine Schulter und versuchte das Feuer zu ignorieren, das auf ihrer Handfläche entfacht war, sobald er sie berührt hatte. Beide schwiegen beim Tanzen und ließen einzig und allein ihre verspannte Körperhaltung sprechen. Bei einer tiefen Beugefigur wanderte ihr Aufmerksamkeit doch in sein Gesicht und als sie sah, wie sehr die Funken in seinen Augen tobten, konnte sie den Blick nicht mehr abwenden. Sein Blick verdunkelte sich. Bei der nächsten Drehung zog er sie noch näher an sich heran, um einem anderen Paar auszuweichen. Sie drückte dabei gegen seine Brust, um etwas Platz zwischen ihnen zu schaffen. Diese unmittelbare Nähe zu ihm, erinnerte sie an den Wandschrank zurück. Ihr Körper passte sich an Fauns Bewegung an. Ihre Atmung beschleunigte sich mit jeder weiteren Sekunde und nach der gefühlt dritten Drehung, konnte sie langsam vergessen, wer ihr Tanzpartner war. Zu sehr genoss sie diesen Abend. Ein kleines Lächeln umspielte ihre sanften Lippen, sobald sie den Blick von seinem Gesicht gelöst hatte und in die Menge um sie herumblickte. Die Musiker holten aus und beim nächsten Ton wurden die Frauen in die Luft gehoben, wobei alle den Kopf einzogen, um nicht gegen die niedrige Decke zu knallen. Mit Leichtigkeit gelang es ihm sie am Becken zu packen und nach oben zu heben. Seine Arme hielten sie sicher, bis die leiseren Töne erklangen und er sie langsam Richtung Boden setzen konnte. Als ihr Gesicht auf derselben Höhe wie seines war, verharrten sie für einen kurzen Moment und blickten sich einfach nur an. Fauns Lippen waren leicht geöffnet und Kaleas Brust bewegte sich schweratmend auf und ab. Ihr Dekolletee war an seine Brust gepresst. Kurz blickte er hinab, dann ließ er sie ruckartig hinunter, um sie anschließend in eine letzte Drehung zu führen, ehe das Lied vorbei war. Beim letzten Tonschlag fuhren sie auseinander. Gerade als Faun etwas sagen wollte, drehte sich Kalea um und floh von der provisorischen Tanzfläche. Er blickte ihr nach. Nicht wissend, wohin mit sich. Noch immer spürte er ihre Wärme an seinen Händen und immer stärker werdende Kopfschmerzen. Kurzerhand folgte er ihr.

Sie war hinaus in den kleinen Garten gegangen, um sich in der Abendluft abzukühlen. Ihr Herz raste.

„Da bist du ja", hörte sie ihn hinter sich. Leicht drehte sie sich zu ihm und sah, wie er sich eine Jacke überwarf. Sobald die Sonne weg war, spürte sie den deutlichen Temperaturabfall. Unter seinem linken Arm klemmte eine dünne Decke, die sonst immer auf dem Sofa lag. Sie zuckte überrascht zusammen, als sie das Gewicht der Decke auf ihren Schultern spürte.

„Danke", flüsterte sie und hasste ihre Stimme, die dabei viel zu piepsig klang. Er brummte nur und blickte geradeaus auf das gegenüberliegende Haus. Dann kramte er aus seiner Innentasche ein kleines Päckchen und reichte es ihr, ohne sich zu ihr zu drehen. Verwirrt nahm sie es entgegen und blickte dann von dem bräunlichen Papier zu ihm. Sein Seitenprofil war trotz der leichten Dunkelheit gut zu erkennen. Seine Hände ruhten nun in seinen Jackentaschen.

„Was ist das?"

„Ein Geburtstagsgeschenk", antwortete er trocken.

„Für mich?"

„Idiotin. Hat sonst jemand Geburtstag?"

Sie lachte ungewollt. „Danke", murmelte sie und war tatsächlich gerührt von der nicht erwarteten Geste.

„Mach es auf“, erwiderte er und schielte zu ihr hinüber, als sie begann, den Knoten der schwarzen Schnur zur öffnen. Er biss sich auf die Unterlippe, während sie sprachlos auf ihr Geschenk starrte. „Es ist leider keine neue Ausgabe und ich habe in einige Seiten reingekritzelt.“

„Das ist völlig egal“, flüsterte sie und drückte sich die geschundene Ausgabe von *Die Reise in den Süden* gegen die Brust. Sie blickte sprachlos zu ihm auf. „Aber ich kann doch nicht die Ausgabe der Schlossbibliothek behalten.“

„Es ist meine Private“, erklärte er ihr und biss sich von innen auf die Wange, als er ihr breites Lächeln sah. „Du kannst sie also behalten.“

„Das ist“, sie schluckte schwer, „danke, Faun. Ich weiß gar nicht, was ich sagen soll.“

„Dann lass es lieber.“

KAPITEL 32

Die nächsten Tage gingen sehr schnell an ihr vorbei. Neben dem Leiden nach ihrem Geburtstag, das sich mit pochenden Kopfschmerzen bemerkbar machte, musste sie außerdem mit der Tatsache kämpfen, dass sie mit Faun getanzt hatte.

Und bei allen Göttern.

Wie sie mit ihm getanzt hatte. In dem Moment war es ihr gar nicht aufgefallen, erst als Bo sie am nächsten Morgen damit geneckt hatte. Sie hatten unnötig eng beieinandergestanden und was Kalea als leichte Gegenwehr gegen die Nähe gesehen hatte, sah für Außenstehende so aus, als hätte sie ihm über die Brust gestrichen. Dass Faun sie, nach Bos Worten, dabei nicht aus den Augen lassen konnte und sie danach allein vor dem Haus gestanden hatten, half gegen seine Neckereien noch weniger.

„Tut ihr nur immer so, als würdet ihr streiten?", war der letzte Satz gewesen, ehe Kalea ein Kissen nach ihm geworfen hatte und Bo lachend aus dem Haus geflüchtet war. Seitdem mied sie weitestgehend den Geflüchteten und seinen Bruder. Fauns überraschendes Geschenk lag wohlbehütet unter ihrem Kopfkissen. Noch immer fiel es ihr schwer, zu glauben, dass er ihr dieses Geschenk gemacht hatte.

Mit wem sie sich seit dem Abend jedoch besser als zuvor verstand, war Amrin. Wenn sie mit dem Jüngeren durchs Dorf spazierte, merkte sie, dass die meisten Bewohner ihren anfänglichen Hass auf sie abgelegt hatten oder ihn besser versteckten. Ebenso drehten sich nur noch die Wenigsten nach ihr um. Es half, dass Amrin genauso wie seine Cousine sehr gerne im Dorf gesehen war.

„Es war eine gute Idee auf dem Erntefest zu erscheinen", bemerkte Amrin und stieß beim Gehen mit der Schulter an ihre. Sie mochte den Jüngeren. Im Gegensatz zu den meisten, redete er kaum von Solas, wenn der Rat oder Esmal nicht anwesend waren. In ihren Gesprächen war eine ähnliche Leichtigkeit, wie mit Aurum zu spüren. Da diese jedoch die meisten Tage im Schloss arbeitete, was Kalea momentan mied, genoss sie die Zeit mit Amrin, wenn dieser nicht in seinen Recherchen versunken war. Zusammen gingen sie die Grenzen entlang, während er ihr die lustigsten Geschichten aus seiner Kindheit erzählte. Manchmal saßen sie einfach zusammen am Fluss, während er tief in einer Recherche versunken war. Er zeigte ihr sogar die Weide, bei der sich Faun immer als Kind versteckte, wenn er sich mit Bo gestritten hatte. Wobei sie sich einen schmollenden Halbelf nicht vorstellen konnte. In diesem Moment wichen ihre Gedanken von Faun als Kind zu seinen leicht geöffneten Lippen nach dem Tanz und zu seinem warmen Atem, der ihr über das Gesicht gestrichen hatte. Amrin hatte sie ausgelacht, als sie rot anlief. Danach jagte sie ihn über die Wiesen, weil er sie ebenso mit dem Tanz aufzog, wie Bo, bis sie stolperte und sich das Knie an einem Stein aufschlug. Der Jüngere machte sich außerdem einen Spaß daraus, Kalea bei jeder Möglichkeit zu erschrecken, weswegen sie sich nach einem Tag mit ihm um zehn Jahre älter fühlte.

Henri hatten sie bei ihren Spaziergängen auch ab und zu angetroffen. Dieser war tief in seinem Training vertieft, weshalb sie ihn ansonsten kaum sah. Doch wie gewohnt hatte er einen lockeren Spruch auf den Lippen und dieses Mal sah Kalea zu, nachdem Henri den Jüngeren zu einer Trainingseinheit überredet hatte. Als der junge Wachmann Amrin aber auf den Boden geworfen und ihm danach einen Atemzug zu lang in die Augen geschaut hatte, verlor er die Lust am Training und ging zerknirscht mit ihr zurück zum Haus.

„Darf ich dich etwas fragen?“, durchschnitt sie die angenehme Stille zwischen ihnen, während sie über die Brücke gingen. Amrin nickte stumm und sah ihr abwartend ins Gesicht. „Wieso gibt es keinen besseren Schutz für Viredis. Ich meine, diese Männer, die mich entführen wollten, konnten ohne Probleme ins Dorf gelangen. Solas Schutzwall dagegen ist unglaublich stark.“

Er nickte verstehend und wandte seinen Blick auf seine Füße, ehe er ihn wieder hob und an ihr vorbei auf die Häuser blickte.

„Viredis ist nicht nur ein Dorf. Es ist ein Zufluchtsort für viele Opfer und Waisen. Die Dürre verscheucht viele Menschen aus ihrer Heimat und wir sind ihre erste Anlaufstelle. Wenn wir solch einen Schutzwall, wie das Schloss in Solas oder etwas Ähnliches hätten, könnten sie nicht so einfach zu uns kommen.“ Kalea hörte ihm aufmerksam zu. „Natürlich ist uns und auch der Königin das damit verbundene Risiko bekannt, weswegen wir die Wachen und Bewohner bestmöglich ausbilden. Wir versuchen den Standort von Viredis nicht in Solas Hände fallen zu lassen.“ Sie nickte verstehend und ließ sich seine Worte durch den Kopf gehen, während sie weiter gingen.

„Oh, oh", meldete sich der Junge neben ihr zu Wort, als sie durch die Abkürzung auf Aurums Haus zugingen. Nachdem sie ihren Kopf hob, sah sie auch den Grund. Vor dem kleinen Zaun warteten Esmal mit Anhang - und Faun. Dieser war auch der erste, der die Beiden erblickte und mit einem Nicken auf sie wies.

„Hallo ihr beiden", begrüßte Esmal sie, was sie neutral erwiderte. Er war ihr noch immer am Undurchsichtigsten. Obwohl er immer versuchte, nett zu sein, wusste sie nie, ob er es ernst meinte. Dafür sagte er zu oft die Dinge, die sie hören wollte. Amrin neben ihr berührte leicht ihren Ellenbogen, da er ihre Anspannung bemerkte.

„Tut mir leid, dass wir dich so überfallen, aber ich habe ein wichtiges Anliegen", erklärte Esmal und sein ruhiges Lächeln wechselte zu einem ernsten Blick. „Können wir bitte hineingehen?" Sein Blick wies auf sie, Faun und Amrin.

Langsam nickte sie und wich Fauns Blick aus. Daraufhin ging sie vor, legte ihre Hand auf den Türrahmen, hörte das gewohnte Schnurren und trat mit den Gästen ein. Unbeholfen wies sie auf den Esstisch. Das Chaos der Feier war schon längst beseitigt, worüber sie sehr froh war, als sich Esmal kurz umblickte und dann setzte. Amrin saß sich neben sie und Faun war ihr gegenüber.

„Also worum geht es?", fragte Amrin geradeheraus und hatte seinen Gelehrten-Blick drauf. Ihr war bewusst, dass der spielerische junge Mann vom Vormittag nun weg war.

„Fühlst du dich anders Kalea?", wendete sich Esmal an sie und studierte ihr Gesicht.

„Nein? Sollte ich?", hinterfragte sie und nahm die Tischdecke zwischen die Finger.

„Nun ja, Faun hat seit eurer kleinen Auseinandersetzung etwas bemerkt.“ Ihr Blick wich zu ihm. Faun betrachtete gerade den Wasserkessel in der Küche. Wie sie ihn einschätzte, sehnte er sich nach einem Tee. Aber außer der Tatsache, dass er seitdem keine Maske mehr vor ihr trug, wirkte er nicht verändert.

„Inwiefern?“, mischte sich Amrin wieder ein und drehte den Kopf zu Faun. „Geht es dir nicht gut?“ Pure Sorge hing in seiner Stimme.

Faun schüttelte nur beruhigend den Kopf, während sich ein Mundwinkel minimal nach oben bewegte. „Mir geht es im Grunde gut.“ Sein intensiver Blick legte sich auf sie, dabei lehnte er sich lässig im Stuhl zurück. „Aber spürst du das nicht?“

„Was?“, erwiderte sie mit der Geduld langsam am Ende. Konnten sie nicht einfach sagen, was das Problem war?

„Mich.“

Ehe sie es kontrollieren konnte, prustete sie laut los. Ihre Hand legte sich an ihren Lippen, doch außer ihr lachte niemand. Nicht einmal Amrin.

„Was?“ Das Lachen erreichte mittlerweile ihre Augen. „Ich bitte dich. Nein, ich spüre dich nicht.“

Seine Zunge bohrte sich von innen gegen seine Wange. Diese Neckereien waren das Einzige, mit denen sie sich in seiner Nähe nicht so unbeholfen fühlte.

„Kein Kribbeln, weil ich so nah bin? Keine Kopfschmerzen? Das Gefühl beobachtet zu werden?“, fragte er nach einigen Sekunden, in denen Kalea ungläubig vor sich hin kicherte. Bei seinen Worten verstummte sie langsam. Sie hatte Kopfschmerzen. Seit Tagen, aber sie dachte, dass ihr erstes Leiden nach zwei Tagen Feiern länger andauerte. Und ein Kribbeln? Der Hass kribbelte immer in ihren Adern, wenn er ihr so nah war. Und das Gefühl beobachtete zu werden, war für sie normal geworden.

„Dein Ernst?“ Schnaubend lehnte sie sich zurück und ließ die Tischdecke aus ihrer Hand fallen. „Ich lebe in einem Dorf voller Feinden. Natürlich habe ich das Gefühl, beobachtet zu werden. Schließlich könnte man mich jeden Moment wieder in die Kerker sperren.“

Esmals Blick ruhte auf ihr.

„Was genau meinst du, Faun?“, durchbrach Amrin die angespannte Stimmung. Sie wusste, dass er im nächstmöglichen Moment in die Bibliothek rennen würde.

Der Halbelf atmete laut aus und strich sich durch sein pechschwarzes Haar. „Es ist, als wäre sie ständig bei mir. Beinahe als wäre sie in meinem Kopf. Mein Kopf pocht, wie ein zweiter Herzschlag.“ Er verzog sein Gesicht und rieb sich die rechte Schläfe. Die Worte waren ihm nur langsam über die Lippen gekommen.

„Denkst du nicht, dass du einfach etwas besessen von mir bist?“, sagte Kalea neckend.

„Das ist es leider nicht ganz“, mischte sich Esmal wieder ins Gespräch ein, ignorierte Fauns ungläubigen Blick bei seiner Aussage, und stützte seine Ellenbogen auf dem Tisch ab. Sein Kinn ruhte überlegend in seinen Händen. „Wie du bestimmt weißt, kann die erste Magieausübung Spuren hinterlassen.“ Kalea nickte. Selbst Aurum hatte ihr gezeigt, wo sich ihr Magiemal verewigt hatte. „Wir befürchten, dass ein Teil der Spur nicht gänzlich an Fauns Maske abgeprallt ist.“

„Der Schnitt?“, schlussfolgerte sie und starrte auf Fauns Stirn. Die kleine Wunde war von seinen Haaren versteckt. Doch Esmal nickte. „Was bedeutet das?“

„Wir wissen es nicht. Fauns Wunde verheilt normal und scheint äußerlich kein Magiemal zu sein. Wenn die Magie aber tiefer eingedrungen ist, wissen wir nicht viel darüber“, erklärte Esmal.

„Noch nicht“, erwiderte Amrin mit eisernem Willen.

Der Älteste lächelte ihn dankbar an. „Ich weiß, dass du viel zu tun hast, Amrin. Aber bitte suche noch heute alles zu diesem Thema raus“, bat er den Jüngeren. Dieser raffte sich sogleich auf, drückte Fauns Schulter und verschwand aus der Tür auf direktem Weg in die Schlossbibliothek

Kalea blickte ihm nach, wendete aber ihre Aufmerksamkeit wieder auf die beiden Männer. „Ihr denkt also, dass meine Kopfschmerzen“ ihr fehlten die Worte, „er ist?“

„Ich weiß, wie das klingt. Aber davon gehen wir erstmal aus. Deswegen möchte ich, dass ihr beide zusammenarbeitet. Kaleas Magie scheint mehr Auswirkungen zu haben, als wir dachten. Wenn dieser Hauch an Magie weiterwächst und du nicht weißt, wie du sie kontrollieren sollst, kann das böse enden. Andere besitzen vor ihrer Volljährigkeit, wenn die Magie vollends ausgereift ist, jahrelange Übung. Du bist aber nicht ausgebildet und bist zusätzlich in einer sehr außergewöhnlichen Situation, die starke Gefühle in dir weckt. Faun hat die meiste Erfahrung darin, neuen die Magie nahezubringen.“

Faun wollte gerade Einspruch erheben und auch Kalea sah nicht unbedingt begeistert aus, da sprach Esmal mit fester Stimme weiter. „Außerdem sind die Kopfschmerzen zu schlimm. Faun, du konntest vor zwei Tagen kaum das Bett verlassen.“

Dieser schwieg.

„Und seitdem du in ihrer Nähe bist, hast du wieder etwas Farbe im Gesicht.“

Der Halbelf kämpfte sichtlich mit sich.

„Das ist ein Befehl.“ Esmals Blick und seine Stimme ließen keinen Widerspruch zu.

Faun nickte mit mahlenden Zähnen und auch sie sah ein, dass sie wohl keine andere Wahl hatten. Denn obwohl sie es kaum glaubte, dass ihr Magiemal an oder besser gesagt *in* Faun war, konnte sie es nicht bestreiten, dass das Pochen in ihrem Kopf einem leichten Summen glich, seitdem sie ihn gesehen hatte.

KAPITEL 33

Lustlos folgte sie Faun in Richtung des Trainingsplatzes. Nachdem Esmal gegangen war, bestand er darauf, dass sie direkt anfingen. Überlegend beobachtete sie ihn. Sein Gang war rasch, weshalb sie sich beeilen musste, um mit ihm Schritt zu halten. Zum Glück konnte sie zuvor ihre Kleidung wechseln. Mit einer Hose war es fiel leichter, jemandem hinterherzueilen. Sobald sie beim Trainingsplatz ankamen, sah Kalea schon die fleißigen Frauen und Männer, die konzentriert am Trainieren waren. Ihm über den Platz folgend, sah sie mehrere Paare, die den Nahkampf übten. Andere kämpften mit Schwertern oder schossen mit Pfeil und Bogen auf weitentfernte Ziele. Wenige schienen ihre Magie während des Trainings zu benutzen.

Ihr Blick richtete sich auf ein bekanntes Gesicht, welches gerade einem Schlag seines Partners auswich. Henri lachte, bevor er sich auf seinen Partner stürzte.

„Kalea." Faun blickte sie wartend an. Ihr war gar nicht bewusst gewesen, dass sie angehalten hatte. Nachdem er ihrem Blick gefolgt war, kam sie mit roten Wangen auf ihn zu. Zum Glück kam dieses Mal kein Kommentar von ihm.

Zu den anderen war ein großer Abstand und neben ihnen standen drei große Büsche, die sich, im Gegensatz zu den anderen Pflanzen um den Platz, abhoben. Hellrote Blumen zeigten sich zwischen den blau-grünen Blättern der Büsche. Dahinter grenzten drei sandfarbige Felsen den Platz vom Wald ab.

„Was sind das für Pflanzen?", fragte sie geradeheraus und hob ihre Hand, um eine der Blüten zu berühren.

„Nicht." Ihre Hand erstarrte in der Bewegung. „In dieser Ecke wird Magie geübt. Und durch die gewaltige Kraft, die sich über die Jahrzehnte hier gesammelt hat, haben sich diese Büsche verändert. Jeder reagiert anders darauf. Ein Kind ist mal hineingefallen und hatte danach Verbrennungen am ganzen Körper. Ein anderes hatte die Erinnerung an den ganzen Tag verloren. Fass sie also nicht einfach an."

Kalea nickte, zog ihre Hand zurück und wandte sich ihm zu. Er warf seine Jacke auf den Boden und stellte sich ihr gegenüber. Die Sonnenstrahlen erhellten seine Augen, die sie abschätzend betrachteten.

„Also, was soll ich machen?", fragte sie und wippte von einem zum anderen Fuß.

Sein Kopf neigte sich zur Seite. „Spürst du irgendein Kribbeln? Oder eine Art Sog?", fragte er nach einer Minute und begann sie langsam zu umkreisen.

„Ein Kribbeln?" Sie blickte suchend auf ihre Hände. „Nein. Nichts."

„Kannst du dich wirklich nicht an den Moment erinnern?"

„Nein. Ich weiß nur, dass ich unglaublich wütend auf dich war. Das Nächste, was ich weiß, ist, dass du im Gras lagst und deine Maske kaputt war."

Faun brummte verstehend und blieb wieder vor ihr stehen. Sein Gesicht verzog sich und ließ seine wunderschönen Augen kleiner wirken. Er schien zu überlegen, wie sie anfangen sollten.

„Was machen deine Kopfschmerzen?", erkundigte sie sich, als er wieder für längere Zeit nichts sagte.

Sein Gesicht entspannte sich. Die Tiefe Furche zwischen seinen Augenbrauen verschwand beinahe. „Sie sind schon besser geworden", erwiderte er und strich sich durchs schwarze Haar. Die einzelnen Strähnen fielen danach wieder auf seine Stirn und versteckten die kleine Wunde, die sie ihm zugefügt hatte. Er stand mindestens zwei Meter von ihr entfernt, was die ganze Unterhaltung umso krampfhafter machte. „Und deine?"

„Auch."

Er nickte. Unbehagen stieg in ihnen auf. Seitdem er sie entführt hatte und sie in Viredis ankamen, waren sie nur wenige Momente komplett allein gewesen. Keiner der beiden suchte nach Zweisamkeit. Aber irgendwie schienen sie kaum drum rumzukommen.

„Okay, wir probieren was. Das wird mit den Jüngsten in Talam geübt." Sie atmete tief ein und ballte ihre Fäuste, als er die Worte unnötig betonte. „Schließe deine Augen und suche nach einem Gefühl in dir, welches vorher nicht da war. Einem Sog oder etwas Schwerem." Seinen Worten folgend, fokussierte sie ihn für eine weitere Sekunde und schloss dann ihre Augen.

Neben dem dumpfen Pochen im hintersten Teil ihres Gehirns spürte sie nichts. Nachdem sie erfahren hatte, dass diese Kopfschmerzen nicht natürlicher Herkunft waren, hatte sich ein klebriges Gefühl in ihren Magen gelegt. Sie wollte nicht ganz glauben, dass Faun der Grund für ihre Schmerzen war.

„Und?", durchschnitt er ihre Gedanken mit fragendem Unterton, der sich so viel näher anhörte als zuvor. Sie ging einen Schritt zurück, nachdem sie die Augen öffnete und sah, dass er nähergekommen war. Abwartend blickte er sie an. Seine Hände ruhten in einer verschränkten Position. Seitdem er die Maske nicht mehr trug, sah sie ihn auch immer öfter ohne die schwarzen Handschuhe herumlaufen. Ob diese ebenfalls sein Erscheinungsbild verschleiert hatten? Seine Hände sahen für Kalea nicht ungewöhnlich aus. Keine scharfen Krallen oder Ähnliches, was ihm als Halbelf hätte wachsen können. Normale menschliche Hände mit Unterarmen, auf denen sich klar die Adern abzeichneten.

„Nichts", antwortete sie Schulterzuckend.

Faun seufzte.

„Ich dachte, du hättest Erfahrung damit?"

„Die habe ich. Aber normalerweise haben diese Personen mehr als nur einen Hauch Magie in sich und können sie schon selbst spüren", erwiderte er abwehrend und hob das Kinn. „Es ist selten, dass eine Leere nach so langer Zeit Magie entwickelt." Sein Blick huschte über sie und blieb für einen Moment an ihrer weißen Strähne hängen.

„War dir bewusst, dass irgendetwas an deinem Geburtstag passieren würde?"

Überlegend biss sie auf ihre Lippe und strich sich ein verirrtes Haar hinter die Ohren. „Nein."

„Nicht mal ein bisschen?"

„Verdammt, nein", sagte sie mit festerer Stimme und spiegelte Fauns Haltung, indem sie ihre Arme vor dem Oberkörper überkreuzte. „Es wurde nie mein Geburtstag erwähnt. Jedes Mal ging es nur um den Erntemond. Sie haben mir schon früh gesagt, dass ich eine Leere bin. Und mit jedem weiteren Test war die Hoffnung verloren, dass sich dies ändern könnte." Einige starrten mittlerweile in ihre Richtung, da sich ihre Lautstärke erhöht hatte.

„Und mal wieder staune ich über deine Naivität", stellte Faun klar und ging automatisch einen Schritt zurück, als im selben Moment Kalea auf ihn zu kam. Ihre Arme waren wieder neben ihrem Körper und fuchtelten vor ihm herum.

„Was?", sagte sie bedrohlich. Zu diesem Zeitpunkt sahen sie beide eine Gestalt auf sie zu laufen. Trotzdem hing ihr Blick an den anziehenden Augen des anderen.

„Was ist wieder los?", keuchte Henri, der neben ihnen zum Stehen kam und sich nach Atem sehnend auf den Knien abstützte.

„Faun -" Kaleas Worte starben in ihrer Kehle. Gerade wollte sie sich gewohnt über sein arrogantes Verhalten aufregen, da drehte sie den Kopf zu Henri und nahm wahr, wie dieser aussah. Wartend blickte er von unten zu ihr nach oben. Doch was sie aus der Fassung brachte, war, dass Henri Oberkörperfrei vor ihr hockte. Einzelne Schweißtropfen des Trainings liefen an seinem Nacken hinab.

„Henri!", kreischte sie mit bebendem Herzen los und drehte ihm ihren Rücken zu.

„Was?", fragte dieser mit ähnlich panischer Stimme, wie die ihre und blickte mit großen Augen umher. Nur Faun verstand die Situation direkt, als er ihre roten Ohren und Wangen sah.

Ein amüsiertes Schmunzeln legte sich auf seine Lippen.

„Warum hast du nichts an?!"

„Was?", wiederholte Henri, stand kopflos auf und blickte an sich herab. „Aber ich habe doch was an?!"

„Nein! Du bist obenrum nackt“, erklärte Kalea und schloss vor Scham ihre Augen. Es war nicht so, dass sie noch nie nackte männliche Oberkörper gesehen hatte. Die Wachen in Solas trainieren in der Hitze meistens ohne Oberteil. Doch war ihr dabei noch nie jemand so nah gewesen, wie es Henri eben gewesen war.

„Ab-aber ich“, stammelte Henri verwirrt und versuchte seine Brust mit seinen Händen zu bedecken. Hilfesuchend blickte er zu den anderen auf dem Platz, die ihn nur auslachten. Er war nicht der Einzige auf dem Platz, der kein Hemd trug. Es wurde beim Trainieren in der Sonne zu warm.

Dankbar blickte er zu Faun, der ihm seine Jacke zuwarf und mit verstohlenem Lächeln den Kopf schüttelte. Nachdem sie ihr versicherten, dass Henri sich bekleidet hatte, drehte sie sich vorsichtig wieder um. Henris Wangen ähnelten den ihren, während er sich entschuldigend den Nacken rieb.

„Schon gut“, erwiderte sie und blickte geradeaus auf Faun. „Ich habe nur nicht damit gerechnet.“

Henri nickte verstehend.

„Also, was war wieder euer Problem?“, kam der Blondhaarige auf das eigentliche Thema zurück.

„Esmal hat uns befohlen, ihre Magie zu trainieren“, erklärte Faun mit ruhigerer Stimme. „Aber sie schafft es nicht einmal, die Magie zu spüren.“

„Der Lehrer ist schuld, nicht der Schüler“, murmelte Kalea unterschwellig. Der Halbelf schielte zu ihr hinüber.

„Hm“, überlegte Henri laut. Selbst hatte er keinerlei Erfahrung mit Magietraining, doch hatte er schon einige Wachen ausgebildet. „Wenn wir bei einem Lehrling nicht weiterkommen, erschöpfen wir ihn bis zum Ende.

Dann kann er gar nicht anders, als sich auf seine Reflexe zu verlassen. Unsere Magie ist wie ein Reflex für uns. Vielleicht klappt das ja."

„Bis zum Ende erschöpfen?", hinterfragte Kalea zweifelnd.

„Das wäre eine Idee", grübelte Faun laut und nickte zustimmend. Seine Augen funkelten aufgeregt, was in ihr eine Furcht auslöste, die sich über ihren gesamten Körper erstreckte.

Zurecht.

Den restlichen Vormittag ließ er sie Runden um den Platz rennen, was bei ihrer Ausdauer stundenlang gedauert hatte. Danach musste sie verschiedene Kraftübungen machen, während sich der Platz gegen Mittag langsam leerte. Aber trotz ihrer Flüche und Beschimpfungen, tat sie alles, was er von ihr verlangte.

Am frühen Abend ließ er sie endlich gehen. Mittlerweile klebte ihr Hemd an ihrem müden Körper. An ihrer Stirn lief Schweiß hinab. Sie stank bestialisch. Ihre Beine brannten bei jedem Schritt und ihre Lunge schrie mit jedem einzelnen Atemzug.

Schnaufend lag sie auf dem warmen Boden des Platzes und rang nach Atem. Ihr Arm lag über ihren geschlossenen Augen.

„Spürst du sie?", fragte Faun, der neben ihr auf einem Stein saß.

Horchend hielt sie die Luft an, die sie wenige Sekunde später wieder hinaus ließ. Ohne etwas zu sagen, schüttelte sie den Kopf und versuchte weiter ihren Puls zu beruhigen. Neben ihr atmete Faun enttäuscht aus.

„Wir probieren morgen was anderes. Aber wir sollten trotzdem trainieren. Deine Ausdauer ist eine Katastrophe", meinte er gelangweilt. „Aua!"

Ihr blinder Tritt zur Seite hatte sein Schienbein getroffen.

Frisch gewaschen trat sie am selben Abend aus dem Bad und rubbelte sich mit einem Handtuch die Haare trocken. Das Haus war ruhig. Ab und zu ging ein leises Schnurren durch die Wände, was ihr nur zeigte, dass sich das Haus an sie gewöhnte. Aurum war nicht da gewesen, als sie von ihrem Tag mit Faun zurückgekommen war. In ihrem Zimmer brannte eine Kerze, die den ganzen Raum in ein ruhiges Licht hüllte. Ein hellblauer Stoff, der auf ihrem Bett lag, fing ihre Aufmerksamkeit. Verwirrt legte sie das Handtuch ans Bettende und nahm den weichen Stoff in ihre Hand. Es war ein langes Kleid mit einer Knopfleiste und einem breiten Rock. Schlicht, aber genau nach ihrem Geschmack. Direkt darunter lag ein kleines Stück Pergament. Erstaunt hob sie den Zettel auf und sah die geschwungene Schrift ihrer Mitbewohnerin.

Es kommt etwas zu spät, aber wir hoffen, dass es dir gefällt.
Alles Gute zum Geburtstag.
Evalin & Aurum

Verzückt hielt sie das Kleid an ihren Körper heran und überlegte für eine Sekunde, ehe sie es direkt anprobierte. Ein breites Grinsen pflanzte sich in ihr Gesicht, während sie die Knopfleiste zuknöpfte und merkte, wie gut ihr das Kleid passte. Kalea liebte es und drehte sich mehrere Male im Kreis, was den Rock zum Tanzen brachte.

KAPITEL 34

„Ich kann nicht mehr“, stöhnte sie laut und ließ sich auf den Boden gleiten. Faun hatte sie nach dem Ausdauertraining dazu gezwungen, ihre Bauchmuskeln zu trainieren. Diese rebellierten in diesem Moment gegen sie. Er sagte nichts und ließ ihr die kleine Pause. Jeden Morgen wachte sie mit pochenden Kopfschmerzen auf, die erst erträglich wurden, wenn sie den Halbelf in der Nähe hatte.

Es war nicht einmal acht Uhr morgens gewesen, als sie an diesem Tag auf den Trainingsplatz gelaufen war. Zu ihrem Glück war Faun zu diesem Zeitpunkt schon da gewesen. In dem Moment, indem sie auf den Platz getreten war, hatte er sich zu ihr umgedreht und sie spürten beide, wie sich ihre Kopfschmerzen besserten.

„Spürst du etwas?“ Diese Frage stellte er an diesem Morgen zum dritten Mal. Der Muskelkater, den sie von den vergangenen Tagen hatte, schürte in ihm keinerlei Mitleid.

„Nein, Faun. Ich spüre nichts außer meinen schmerzenden Beinen und diesem Summen in meinem Kopf“, antwortete sie atemlos und streckte ihre Beine.

„Wie geht es deinem Knie?“

„Was ist mit meinem Knie?“ Fragend setzte sie sich auf und blickte auf ihre Knie, die von der Hose bedeckt waren.

„War es nicht vor ein paar Tagen verletzt?“

Sie blickte mit hochgezogener Augenbraue zu ihm. Wie gestern saß er seelenruhig neben ihr auf einem flachen Stein und sah ihr dabei zu, wie sie sich abrackerte. Seine Knöchel waren überkreuzt und seine Arme ruhten locker hinter ihm.

„Ja, aber ich bin nur gefallen“, antwortete sie langsam und fragte sich, woher er das wusste. „Hat dir Amrin davon erzählt?“

Er schüttelte seinen Kopf. „Diese Verbindung, oder was das auch ist …“ Sein Finger huschte zwischen ihnen hin und her, „… es hat - ich wusste es einfach und dann bist du vor ein paar Tagen gehumpelt.“

Grübelnd blickte sie wieder auf ihre Knie. Amrin war seit dem Gespräch mit Esmal in seinem Studierzimmer verschwunden. Viel schlauer waren sie daher nicht. Beim Training verloren sie kein Wort über das Magiemal, weshalb sie es bis zum Abend vergessen konnten, bis die Kopfschmerzen spätestens im Bett zurückkamen.

„Wie meinst du das?“

„Ich kann es nicht beschreiben“, antwortete er und setzte sich aufrecht hin. „Ich sah ein kurzes grelles Licht hinter meinen Augenlidern und ein spitzes Gefühl schoss durch meinen Kopf. Dann wusste ich es.“

„Ein grelles Licht?“ Verständnislos blickte sie wieder zu ihm.

„Warte“, sagte er kurz danach und stand lässig auf. Mit zielsicherem Schritt ging er auf den Stand mit den Bögen und Pfeilen zu. Verwirrt beobachtete sie ihn, doch blieb er mit dem Rücken zu ihr stehen.

Im nächsten Moment spürte sie dort, wo eigentlich das ständige Summe gewesen war, ein spitzes Gefühl, ehe ein grelles Licht hinter ihren Augenlidern auftauchte. So, als hätte sie für eine Sekunde in die strahlende Sonne geblickt, während ihr eine Nadelspitze ins Gehirn gebohrt wurde.

Geschockt blickte sie auf seinen Rücken und raffte sich stöhnend auf. Faun drehte sich langsam zu ihr herum und sah sie abwartend an.

„Hast du das gespürt?"

Sie nickte stumm und starrte ihn mit offenem Mund an, als er ihr ohne die Miene zu verziehen, seine Handfläche zeigte, an der ein langer, blutiger Schnitt zu sehen war. In der anderen Hand hielt er einen Pfeil, dessen Spitze ebenfalls mit Blut besudelt war.

„Du spinnst doch."

„Das ist besser als jede Erklärung", erwiderte er sachlich und kam wieder auf sie zu. Den Schnitt verband er kurz danach mit einem Leinentuch aus seiner Jacke.

„Das Ganze ist unheimlich", gestand sie leise.

„O ja", stimmte er ihr zu.

Nach weiteren Trainingseinheiten schlug Faun vor, Nahkampf zu trainieren. Sie wusste zwar nicht, warum genau ihr ehemaliger Entführer darauf bestand, dass sie sich besser verteidigen sollte, doch das kümmerte sie nicht. Nachdem die zwei Männer sie so leicht überwältigen konnten, war er ihr nur recht, etwas über Selbstverteidigung zu erfahren. Also hörte sie seinen Erklärungen aufmerksam zu und ahmte seine Bewegungen nach. Gerade wiederholte sie eine Bewegung, um einen Schlag abzuwehren, als er von hinten ihre Handgelenke umgriff und sie korrigierte. Das Summen in ihrem Hinterkopf veränderte sich zu einem Kribbeln und anscheinend schien auch er es zu spüren, da er sie überrascht losließ.

Verlegen räusperten sie sich, ehe er ihre Hände wieder umgriff und ihre Bewegungen zu Ende korrigierte. Neben dem Kribbeln in ihrem Hinterkopf, spürte sie auch wieder das Kribbeln auf ihrer Haut. Egal, wie sie die Bewegung ausübte, Faun kritisierte es. Ihr Auge fing schon genervt zu zucken an, als er zum dritten Mal hinter sie trat und sie korrigierte. Ihr Körper bebte.

„Schon gut!" Wütend trat sie aus seinen Armen heraus. „Ich mache das schon."

„Dann mache es auch richtig", erwiderte er, da er mittlerweile genauso mit den Nerven am Ende war.

Kalea schnalzte mit der Zunge und wiederholte konzentriert die abwehrende Bewegung.

„Falsch", meinte er. Kurz bevor er sie wieder berühren konnte, ließ sie ein genervtes Schnauben von sich und blickte ihn wütend an. Seine Schritte erstarrten. Seine Hände senkten sich.

„Ich gebe mein Bestes! Kannst du es mich nicht ein paar Mal probieren lassen, bevor du rummeckerst?"

„Kalea, beruhige dich", mahnte Faun und hob abwehrend seine Hände, als sie einen Schritt auf ihn zu kam. Ihre grauen Augen schienen lebendiger als zuvor.

„Du spürst dieses Kribbeln doch auch, sobald du mich berührst! Wie soll ich mich dabei konzentrieren?"

„Kalea!" Ein weiterer Schritt und sie war nah genug an ihm dran, um die Hand nach ihm auszustrecken und sein Handgelenk zu greifen. Eine elektrische Aufladung entwich aus ihrer Haut und das Gefühl eines Soges in ihren Fingerspitzen durchflutete sie. Gleichzeitig spürte sie ein spitzes Gefühl in ihrem Hinterkopf und wurde für den Bruchteil eine Sekunde geblendet, ehe das Summen einem Klopfen glich.

Faun zischte laut und riss seinen Arm aus ihrem Griff. Erschrocken zuckte sie zusammen und wich zurück. Fluchend rieb er sich sein Handgelenk und sah wachsam zu ihr hinüber. Die Funken in seinen Augen tobten, während sie ihn verdutzt anstarrte.

„Was war das?", fragte sie aufgelöst und blickte zu ihrer Hand, die Faun eben berührt hatte.

„Das war sicherlich kein kleiner Hauch Magie", sagte er schlecht gelaunt und ließ seinen Arm sinken. Die Stelle, die sie berührt hatte, schimmerte rot im Tageslicht. Sein hübsches Gesicht war leidend verzerrt.

Schuldig fühlend wollte sie sich gerade bei ihm entschuldigen, als jemand vom Rande des Platzes ihnen zurief. Mit wedelndem Arm rief Aurum die beiden zu sich.

Faun würdigte sie keines Blickes, nachdem er seine Jacke geschnappt hatte und Aurums Ruf gefolgt war.

„Also kann man dieses Magiemal nicht entfernen?", wiederholte der Halbelf Amrins Aussage. Sie saßen zu fünft in Esmals Arbeitszimmer und hörten dem Jüngsten gespannt zu. Nachdem er seine Recherchen offen dargelegt hatte, lehnte sich Kalea träge in dem Sofa zurück, während sich Faun aufgebracht aufsetzte. Esmal schwieg und legte seine Stirn in seine Hände ab. Aurum stand neben ihrem Cousin und überflog die Papiere, auf denen er alles sorgfältig niedergeschrieben hatte.

„Nein. Es ist schon schwer genug, ein Magiemal auf der Haut zu entfernen. Aber eines im Inneren zu entfernen ist unmöglich“, erklärte er erneut und blickte vorsichtig zu Kalea, die den Tisch vor sich fixierte. „Ich vermute, dass ihr damit leben müsst, bis einer von euch, naja, bis einer stirbt.“

Faun lachte ungläubig auf. „Na, klasse.“

Kalea schwieg weiter und blinzelte nur kurz bei Amrins Worten. Hätte sie nicht jemanden anderen mit ihrem Magiemal treffen können? Jeder war ihr lieber als er.

„Wie weit kann es wachsen?“, flüsterte sie leise und blickte zu Amrin, der sie fragend ansah. „Wir spüren es, wenn der andere sich verletzt und heute Morgen wusste ich sozusagen, wo er war. Kann sich das noch weiter verstärken?“

Amrin blätterte seine Papiere grübelnd durch. „Ich denke nicht. Es gibt leider nicht viele Aufzeichnung zu solch einem Fall. Der letzte ist fünfundsiebzig Jahre her und die hatten nur diese Kopfschmerzen und die Linderung, wenn sie sich nahe waren. Aber ich denke nicht. Vielleicht werdet ihr sensibler und könnt dieser Verbindung besser nachspüren, aber ich denke nicht, dass es sich groß verändern wird. Ihr werdet nicht miteinander reden oder die Gedanken des anderen lesen können.“ Beide atmeten erleichtert aus. Wenigstens wurde ihnen diese unausgesprochene Angst genommen.

Der junge Gelehrte erklärte ihnen noch kurz, dass die Betroffenen des letzten Falls wohl eine Art Rezept gefunden hatten, der die Kopfschmerzen linderte, wenn sie nicht beieinander waren. Er wurde dieses die Tage mit Evalin studieren und ihnen Bescheid geben.

„Wie läuft es mit dem Training?“, meldete sich Esmal zu Wort.

„Leider nicht gut. Außer meinem Muskelkater merke ich nämlich nichts“, antwortete Kalea und rieb sich über die Oberschenkel.

„Nichts?" Faun krempelte seinen Ärmel hoch. „Ich denke, dass das nicht nichts ist." Sein Blick wendete sich zu Esmal, der sich erhoben hatte und zu ihm ging. Vorsichtig nahm er Fauns Arm in seine Hand und besah die gerötete Stelle. Seine faltigen Finger strichen behutsam über die Wunde.

„Eine Verbrennung?"

Faun nickte bestätigend.

Aurum trat neben den Ältesten und sah sich ebenfalls den Arm an. Besorgt versicherte sie sich, dass es ihm gut ging, was er bestätigte. Esmal flüsterte währenddessen Amrin etwas zu, der zögernd nickte und zum Schreibtisch ging.

„Kalea", wandte sich der Älteste an sie.

Gedankenverloren riss sie den Blick von Fauns Arm los und blickte zu ihm. „Wir müssen leider Vorsichtmaßnahmen eingreifen, bis du deine Magie im Griff hast. Zum Schutz für dich und für alle anderen."

Amrin kam mit einer kleinen Schatulle auf sie zu. Sein ruhiger Blick ließ sie im Sofa sitzen bleiben, obwohl ihr Puls warnend in die Höhe stieg.

„Das sind Armbänder, die die Magie zügeln, bis du sie kontrollieren kannst. Zum direkten Magietraining wird Faun sie dir abnehmen, aber du selbst kannst sie nicht entfernen, um Unfälle wie diese zu vermeiden." Im Inneren der Schatulle waren dunkle Armringe, die kleine Zacken an den Seiten trugen.

Zaghaft nickte sie und zeigte damit ihr Einverständnis. Es war ihr ebenfalls zu riskant, mit diesen neuen Kräften herumzulaufen. Sie konnte sich nicht mal an den Gedanken gewöhnen, keine Leere mehr zu sein. Da war es ihr nur recht, etwas zu tragen, das ihr das Gefühl der Normalität zurückgab. Mit der neuen Magie und der Verbindung mit Faun in ihrem Hinterkopf, war Normalität alles, was sie wollte.

„Es wird beim ersten Mal kurz weh tun“, warnte Aurum sie vor und hob die Schmuckstücke aus dem Samtkissen heraus. Zeitgleich legte sie die Ringe an beide Handgelenke und Kalea zuckte zusammen, als sie das Metall spürte. Im nächsten Moment verlängerten sich die Armringe bis unter ihre Ellenbogen. Sie zischte schmerzerfüllt auf, als die Zacken ihre Hautbarriere durchbrachen und ein leichtes Brennen zurückblieb. Es dauerte einige Minuten, bis das Gefühl weniger wurde und sie keinen Schmerz mehr spürte. Im Augenwinkel hatte sie gesehen, dass Faun im selben Moment die Augen geschlossen hatte. An die Tatsache, dass er ihren Schmerzen spürte, konnte sie sich nur schwer gewöhnen.

KAPITEL 35

Wenige Tage später lief sie abends neben dem jungen Gelehrten her, der sehr in Gedanken versunken war. Die Abendluft war kühler als die Tage davor, weshalb sie sich ihre dünne Jacke über das Kleid angezogen hatte. Ihren routinierten Spaziergang hatte die beiden auf den Abend verlegt, da sie tagsüber mit Faun trainierte und er in seinen Recherchen über ihr Magiemal beschäftigt war. Ihr Training mit dem Halbelf lief jeden Tag gleich ab, jedoch bemerkten sie beide, dass sie sich langsam an das Summen in ihren Hinterköpfen gewöhnten. Die Kopfschmerzen, die sie quälten, wenn sie nicht beieinander waren, nervten trotzdem. Aber sie hatten sich mittlerweile mit der Tatsache abgefunden, diese Verbindung miteinander zu teilen.

„Wie kommst du mit dem Trank voran?", fragte sie Amrin neugierig, als sie ihre gewohnte Runde an der Grenze entlanggingen.

„Es ist kompliziert." Frustriert rieb er sich über die müden Augen. „Einige der Zutaten gibt es wegen der Dürre nicht mehr. Ich habe Evalin und andere Gelehrte um Rat gebeten, um andere Pflanzen als Ersatz zu finden", erklärte er schulterzuckend, sprang leichtfüßig über einen kleinen Stein und schob sich dann eine Haarsträhne aus den Augen. Sein blondes Haar war seit ihrem ersten Treffen länger und durch die Sonne der letzten Tage heller geworden. „Und wie läuft dein Training mit Faun?“ Er lachte herzlich, als sie erbost aufstöhnte.

„Er quält mich jeden Tag mehr und ich wette mit dir, dass es ihm auch noch Spaß macht. Mich wundert es, dass ich überhaupt noch einen Schritt gehen kann!“

„Mich wundert es mehr, dass ihr beide noch am Leben seid. Ich habe mit Henri gewettet, dass es nicht lange dauern wird, bis ihr euch die Köpfe vom Hals reißt.“ Geschickt wich er ihr aus, als sie ihm locker auf den Arm schlug.

„Sehr lustig. Hört auf Wetten über uns abzuschließen“, belächelte sie ihn und schüttelte belustigt den Kopf. Trotz ihrer Verbindung und der kleinen humanen Momente, die sie in der letzten Zeit gehabt hatten, stritten sie sich wie gewohnt über jede Nichtigkeit. Die Streitigkeiten waren beinahe so banal, dass sie schon befürchtete, dass sie sich nur ankeiften, um keine normale Unterhaltung führen zu müssen. Seit dem letzten Gespräch in Esmals Arbeitszimmer, war zwischen ihnen kein Wort mehr über die Verbindung gefallen. So summte diese immer unausgesprochen zwischen ihnen und ließ sie unwillkürlich zueinander finden.

„Aber mal ernsthaft. Faun ist kein schlechter Mensch“, sagte Amrin nun ernster und drehte sich beim Gehen zu ihr herum. Die Ringe an ihren Armen hatte sie bisher noch nicht abgenommen. Es hatte mehr als einen Tag gedauert, bis die leichte Verbrennung an Fauns Arm verschwunden war.

„Dir ist bewusst, dass er mich entführt hat, oder?“, hinterfragte sie seine Aussage mit hochgezogener Augenbraue, was ihm ein kleines Grinsen entlockte. Dann erstarb es aber und für einen Moment sah er sie einfach nur an, ehe er den Mund kurz öffnete und dann wieder schloss.

„Ich war auch ein Teil der Truppe", stellte er klar und neigte den Kopf zur Seite.

„Ja. Ich weiß, aber du und die anderen, ihr wart nicht direkt dabei. Verstehst du?", stammelte sie unbeholfen und gestikulierte mit ihrer Hand umher.

„Wir waren zwar Teil des Auftrages, aber Faun war es, der dich da rausgeholt hat."

Sie nickte zustimmend. „Wie soll ich was anderes in ihm sehen als meinen Entführer?"

Amrin schwieg und drehte sich wieder herum. In ihren Gedanken versunken gingen sie eine weitere Runde, verweilten kurz am Fluss, gingen dann über die kleine Brücke und schritten wieder an den Feldern vorbei in Richtung der großen Wiese. Die Sonne hinter ihnen senkte sich langsam hinter die Berge und gab der Nacht den Vortritt. Kurz bevor sie nur noch ihre Hand vor Augen sahen und die ersten Lichter in den Häusern angingen, entschieden sie sich, zurückzugehen. Gerade hatten sie gekonnt das Thema von Henris Obsession mit dem Training zu seiner Obsession mit einem gewissen jungen Gelehrten gewechselt, da hörten sie neben sich ein knackendes Geräusch. Nur wenige Meter standen sie vom Wald entfernt. Hinter ihnen erstreckte sich ein kleiner Hügel, der zum Dorf führte. Wachsam blickten sie in den dunklen Wald hinein, der sich vor ihnen erstreckte. Mit einer raschen Handbewegung hatte er sie in ihrem Schritt gestoppt. Ohne zu blinzeln, blickte er zwischen den Bäumen hindurch und versuchte, etwas zu erkennen. Angespannt hielt sie die Luft an und blickte auf Amrins Rücken, der leicht zitterte. Er war nur knapp größer als sie, schien sich aber gerade vor ihr aufzubauen. Seine schmalen Schultern richtete sich auf. Ein weiteres Knacken. Seine Hand griff nach ihrer. Fest umklammerte sie die Hand des anderen.

„Wenn ich es dir sage, rennst du so schnell es geht ins Dorf“, flüsterte er mit fester Stimme, ohne den Blick vom Wald zu nehmen. Sie nickte verängstigt und spürte ein wachsendes, drückendes Gefühl in ihrer Brust. Ihr Herz flatterte, die Hände wurden feucht, doch schien es Amrin nicht zu stören, der ihre noch immer umklammerte. Plötzlich erkannten sie eine dunkle Gestalt zwischen den Bäumen stehen. Diese blickte direkt in ihre Richtung.

„Amrin“, sagte sie leise mit zitternder Stimme und zog leicht an seinem Arm, damit sie zusammen in Richtung des Dorfes gingen. Ihre Gedanken wichen zu den Männern im Kerker, die bis zu diesem Tag noch kein Wort über ihre Auftraggeber gesagt hatten. Gab es eine Verbindung?

Plötzlich bewegte sich die Gestalt auf sie zu und hinter ihr kamen drei weitere zum Vorschein.

„Renn!“, schrie Amrin laut und schob sie in Richtung des Hügels. So schnell es ging, versuchte sie sich mit ihren müden Beinen den Hügel hoch zu bewegen und verfestige den Griff um Amrins Hand, der ihr hinterhereilte. Sie würde ihn nicht loslassen.

Die Fremden waren ihnen dicht auf den Fersen. Ein weiterer Schritt und sie konnte die Lichter des Dorfes sehen. Amrin hinter ihr schrie laut nach Hilfe, um die Aufmerksamkeit der Dorfbewohner zu erhaschen. Doch niemand reagierte. Ihr Herz überschlug sich vor Angst, als sie spürte, wie Amrins Hand aus ihrer rutschte und sie ihn im nächsten Moment nicht mehr hinter sich spürte. Ein dumpfer Aufprall und Amrins Rufe versicherten ihr, dass die Fremden ihn erwischt hatten. Und obwohl Amrin und auch ihre eigenen Gedanken ihr zuschrien, weiter zu rennen, drehte sie sich im nächsten Atemzug herum, erblickte Amrin und versuchte, ihn an seinem Arm hochzuziehen. Flehend schrie er sie an weiter zu rennen, da einer der Männer sein Bein fest umgriff, während er nach ihm austrat. Zwischenzeitlich dachte sie, dass sie es schaffen würde, ihn zu befreien, da riss der Mann stärker an Amrin und sie verlor erneut seine Hand. Doch bevor sie wieder nach ihm greifen konnte, spürte sie fremde Hände an ihr, die sie zu Boden drückten. Wild um sich tretend, versuchte sie sich an irgendetwas zu erinnern, was ihr Faun die letzten Tage beigebracht hatte. Aber neben den kontinuierlichen Kopfschmerzen, die sie mittlerweile einigermaßen ertrug, herrschte Stille in ihrem Kopf. Ihr fiel nichts mehr ein, von dem, was er ihr gezeigt hatte. So blieb ihr nichts anderes übrig, als mit aller Kraft zu treten und zu kratzen. Neben sich hörte sie Amrin mit seinem Angreifer kämpfen. Ein Erfolgsgefühl durchfuhr sie, als sie einen der Männer mit ihrem Fuß mitten im Gesicht traf. Schreiend hielt er sich die blutende Nase. Dieses Gefühl wurde jedoch direkt verdrängt, sobald sie etwas Heißes an ihrem linken Knöchel spürte. Schreiend wand sie sich gegen den Griff des anderen Mannes, während der andere seine blutende Nase ignorierte und ihr das Mal von der Haut brannte. Glühendes Eisen wurde fest auf ihre Haut gepresst und immer, wenn er abrutschte, drückte er es erneut drauf. Ihre schmerzverzehrten Schreie mischte sich mit Amrins, der ihren Namen rief und mit dem Rücken auf dem Boden unter seinem Angreifer lag. Tränen bahnten sich in ihre Augen und für einen Moment spürte sie nichts außer dem Brennen, das sich durch ihre Hautschichten fraß. Ein Dröhnen durchfuhr ihren Kopf und ließ ihre Gedanken zu Faun wandern. Er würde sie retten. Das tat er immer.

Benommen bekam sie mit, wie die Männer beide zur Grenze trugen und die letzte Hoffnung in ihr starb, als sie ohne Hindernis mit Kalea über diese gingen. Sie hatten ihr das Mal weggebrannt, welches sie an Viredis gebunden hatten. Vor Schmerzen und Panik, verlor sie nur wenige Sekunden später das Bewusstsein und flüchtete in die dunkle Stille.

Müde versuchte sie ihre Augen zu öffnen und kämpfte gegen das schläfrige Gefühl an, welches ihren gesamten Körper lahmlegte. Ein scharfes Pochen schoss durch ihre Schläfen, wodurch sie endlich die Müdigkeit abschütteln konnte. Das Erste, was sie sah, war das warme Licht eines Lagerfeuers. Seufzend versuchte sie ihren Blick zu fokussieren und sich auf ihrem Arm hoch zu stützen. Dabei rutschte ihr eine Decke von den Schultern. Orientierungslos blickte sie an sich herab und sah, dass der Saum ihres Kleides voller Erde war. Ihr linker Knöchel war sachte auf ein Kissen gehoben und als sie die riesige Brandwunde sah, realisierte sie den Schmerz, der sie durchzuckte. Verzweifelt griff sie sich ins Haar, sobald ein erneutes schmerzhaftes Pochen durch ihren Kopf schoss.

Wo war sie?

„Du bist wach", ertönte neben ihr eine Stimme und auf einmal war sie hellwach. Ihre Sinne schärften sich augenblicklich. Schnell drehte sie den Kopf zur Seite, wodurch ihr Nacken kurz knackte. Ungläubig starrte sie in die blauen Augen des Mannes, der neben ihr auf dem Boden saß und sie besorgt anblickte.

„Emil?", sagte sie fassungslos, was ihm ein gedämpftes Lachen entlockte.

„Der einzig Wahre", antwortete er kokett. Seine weißen Haare waren noch länger geworden, sodass sie in einem kleinen Zopf im Nacken zusammengebunden waren.

Überrascht stürzte sie sich auf ihn und warf ihn zu Boden. Überwältigt fing er sie auf und schlang locker einen Arm um sie. „Hätte ich gewusst, dass du mich so begrüßt, hätte ich dich früher geweckt", sagte er atemlos.

Beschämt löste sie sich von ihm und kniete zurück auf die dicke Decke, die unter ihnen im Gras lag. Der Kronprinz von Solas trug einen dicken Fellmantel, der neben ihrem Kleid etwas albern aussah. So kalt, war es nun auch wieder nicht.

„Entschuldige", murmelte sie und konnte ihren Blick nicht von ihm lösen. Erst dann wurde ihr bewusst, wie viel sie von ihm vergessen hatte. Wenn er so schief grinste, wie momentan, bildete sich ein kleines Grübchen auf der linken Wange. Nun fiel ihr auch erst auf, wie nah sie ihm war. Wann dies zuletzt war, konnte sie gar nicht mehr sagen. Es war Nacht um sie herum und trotz ihrer Orientierungslosigkeit, wusste sie, dass sie im Wald waren. Aus gewisser Entfernung hörte sie mehrere Stimmen miteinander sprechen. Doch bei ihnen saß niemand. Sie waren allein.

Er hob seine Hand an ihr Gesicht. Wärme erfüllte sie bei dieser zärtlichen und vertrauten Berührung und für einen Atemzug hatte sie das Gefühl, nie weg gewesen zu sein.

Doch das war sie.

„Ich habe mir solche Sorgen um dich gemacht", flüsterte er, schloss die Augen und lehnte seine Stirn an ihre.

„Ich habe dich auch vermisst", gestand sie und ihre Hände zitterten, als sie diese an seine Brust hob. Unter ihren Fingerspitzen spürte sie seinen festen, ruhigen Herzschlag.

„Ich weiß nicht, was ich getan hätte, wenn wir dich nicht gefunden hätten." Er atmete erleichtert aus und ihr stieg die Röte ins Gesicht, da sie seinen Atem in ihrem Gesicht spürte. Bei den Göttern, so nah waren sie sich noch nie gewesen. Sie traute sich nicht, ihre Augen zu öffnen. Als sie es aber endlich tat, erblickte sie das weite Meer in seinen. Er sah sie so ehrlich an, dass sie sich in diesem Moment der Intimität verlor.

„Ich bin froh, dass du wieder bei mir bist, Kalea."

Seine Lippen verschluckten ihr überraschtes Geräusch, das aus ihr wich, da er sich so schnell genähert hatte. Sein Kuss war behutsam. Sachte bewegten sich seine Lippen über ihre und obwohl sie sich diesen Moment immer ausgemalt hatte, schmeckte er bittersüß. Sie erwiderte ihren ersten Kuss zaghaft und löste sich dann von ihm, indem sie ihn an der Brust von sich wegdrückte. Ihr eigenes Herz klopfte im gleichen Rhythmus ihrer Kopfschmerzen. Es war komisch, Emil zu küssen, wenn Faun in ihrem Kopf war.

„Wie hast du mich gefunden?", fragte sie, als er sie verträumt anlächelte und seine Hand hob, um mit ihrer weißen Strähne zu spielen, die hinter ihrem Ohr hing.

Langsam zog er sie hervor und ließ sie neben ihrem Gesicht fallen. Ihre Wangen waren rot angelaufen. „Hab ich nicht", gestand er und löste seine Hand von ihrem Haar. „Wir mussten Söldner beauftragen, die durch ganz Caldo gereist sind, um dich zu finden. Wir haben nicht verstanden, wie sie dich so schnell, soweit wegbringen konnten."

Durch Faun dachte sie sich und spürte beinahe zeitgleich eine Welle des Schmerzes in ihrem Hinterkopf, als ob die Verbindung wusste, dass sie an ihn dachte und er nicht bei ihr war.

„Als sie eine Spur hatten, haben sie uns benachrichtigt und wir sind ihnen gefolgt. Sobald wir sie auf der Strecke endlich trafen, warst du schon bei ihnen. Sie bekamen ihr Geld und übergaben uns euch. Verdammte Bastarde, wollten uns nicht sagen, wo du warst. Es sei nur ihr Auftrag gewesen, dich zu uns zu bringen. Selbst bei ihrem Tod haben sie nicht mit der Sprache herausgerückt", zischte er wütend gegen Schluss und starrte ins Feuer. Die Flammen tanzten in seinen meerblauen Augen. Euch?

Wie ein elektrischer Schlag kamen ihr die letzten Momente vor ihrer Ohnmacht wieder in den Sinn.

Amrin.

Er war bei ihr gewesen.

„Emil", begann sie vorsichtig. Er blickte sie nicht an, als sie sprach. „Wo ist der Junge, der bei mir war?" Sie wagte es nicht zu atmen. Die Angst um Amrin schien ihre Lunge zusammenzudrücken.

„Der?", sagte Emil kühl und blickte sie aus dem Augenwinkel heraus an. „Der ist bei meinen Männern."

Und dann konzentrierte sie sich zum ersten Mal auf die Stimmen im Hintergrund. Ihre Augen weiteten sich, als sie einen markerschütternden Schrei hörte. Wackelig stand sie auf und drehte sie wie gelähmt in Richtung der Geräuschkulisse.

„Was hast du vor?", fragte Emil verwirrt und erhob sich ebenfalls von der Decke. Doch sie würdigte ihn keines Blickes.

Sobald sie den nächsten Schrei hörte, der ihr bis ins Mark ging, rannte sie los. Vergessen war die vorherige Intimität, ihre Freude über ihr Wiedersehen oder der Schmerz in ihrem Bein. Das Einzige, was für sie zählte, war, so schnell es ging zu ihrem Freund zu gelangen.

KAPITEL 36

„Amrin!“ Ihre Stimme durchschnitt die nächtliche Luft, während sie über den Boden stolperte und den Ästen auswich. Mit jedem Schritt durchfuhr sie ein Schmerz, der von der Brandwunde an ihrem linken Knöchel hinauf in ihr gesamtes Bein ging. Doch sie ignorierte es.

Vor ihren Augen sah sie den lächelnden Jungen, der ihr trotz des Altersunterschiedes ein so guter Freund geworden war. Verdammt, er war gerade mal fünfzehn Jahre alt! Er saß zwar mit den Erwachsenen am Tisch und konnte sich mit ihnen auf einer Ebene unterhalten, aber er war noch immer ein Kind!

Ein Kind, dessen Schreie erneut zu ihr durchkamen, was ihr Tränen in die Augen trieb. Hinter sich hörte sie, dass Emil ihr folgte.

„Amrin!“, rief sie erneut und wich einem letzten Ast aus, der zwischen ihr und der Lichtquelle hing. Sobald sie auf der kleinen Lichtung stand, stieg Übelkeit in ihr hoch. Vor ihr standen drei Männer, die überrascht zu ihr aufblickten. Zwischen ihnen und dem flackernden Lagerfeuer lag Amrin festgebunden an einem Baum. Seine Arme hingen schlaff an seinem Körper herab. Sein Hemd war aufgerissen und seine Brust blutete. Erschöpft bewegte sich sein Kopf in ihre Richtung und als er sie erblickte, weinte er hemmungslos. Seine Lippe war aufgeplatzt und bebte zwischen seinen Schluchzern. Neben ihr stoppte Emil. Seine Wärme spürte sie an ihrer

Schulter. Doch die Gänsehaut, die sich dadurch auf ihrer Haut ausbreitete, hatte keinen erfreuten Ursprung.

„Alles in Ordnung, Eure Hoheit?", wandte sich der Mann an Emil, der einen Dolch in der Hand hielt. Blut tropfte von dessen Spitze langsam auf die Wiese hinunter.

„Ja, macht euch keine Gedanken. Hat er schon was gesagt?", antwortete Emil und ging an ihre vorbei. Er strahlte eine völlige Ruhe aus, während er auf die Männer zuging, die ein Kind folterten. Diese schüttelten die Köpfe. „Dann macht weiter. Wir müssen wissen, wer sie sind."

Fassungslos starrte Kalea auf seinen Kopf. Sah die vier weißen Haarschöpfe vor sich, die in der Dunkelheit schimmerten und spürte anstatt der erwartenden Freude, pure Abscheu ihnen gegenüber. Amrins Schrei riss sie aus ihrer Starre. Mit dem Dolch schlitzten sie ihm langsam die Brust auf.

„Hört auf!", schrie sie krächzend und ging mit zittrigen Schritten auf sie zu.

Emil schloss die Augen und atmete tief durch, ehe er sich zu ihr drehte. „Kalea, Liebes, gehe doch wieder zum Platz zurück. Ich komme gleich zu dir", befahl er ihr mit einem sanften Lächeln, doch sie schüttelte augenblicklich den Kopf. Amrin starrte noch immer zu ihr hoch, obwohl sie bezweifelte, dass er etwas durch die Tränen erkennen konnte, die seine Augen fluteten.

„Lasst ihn in Ruhe! Er ist ein Kind!", fauchte sie bebend vor Zorn und versuchte, zu Amrin zu kommen. Einer der Männer stellte sich zwischen die beiden. Er hatte getrocknetes Blut unter seiner krummstehenden Nase.

Der Kronprinz blickte sie überrascht an und neigte seinen Kopf leicht zur Seite. „Dir liegt etwas an ihm", stellte er fest und blickte wieder zu Amrin hinüber, der flach atmete und sie besorgt ansah. „Halte sie zurück, wenn nötig und verletzt sie nicht", wendete Emil sich an den Mann, der vor ihr stand. Dieser nickte und beobachtete sie durch dunkle, warnende Augen.

„Dreht ihn herum, vorne ist kaum noch eine freie Stelle."

Sobald sie sah, dass sie Amrin das Hemd komplett auszogen und ihn mit Gewalt umdrehten, rastete sie aus. Hitze stieg in ihrer Brust auf und schien sie keine Sekunde später komplett zu erfüllen. Die Ringe an ihren Armen vibrierten. Sie stürmte in Amrins Richtung und prallte gegen den Mann, der sich ihr in den Weg stellte. Er war zwei Köpfe größer als sie und nach seiner Rüstung zu urteilen, ein trainierter Kämpfer. Es schien ihn kaum anzustrengen, gegen ihr Gewicht Stand zu halten.

Kalea schnappte nach Luft, als sie Amrins Rücken sah, der sich fast von vergangenen Wunden erholt hatte. Da fiel es ihr wieder ein. Er war Gefangener in Solas gewesen. Sie hatten ihm so etwas schon einmal angetan. Tränen befeuchteten ihre grauen Augen.

Er zitterte am ganzen Leib und stütze seinen Kopf gegen die Rinde des Baumes vor ihm, um mit letzter Kraft Halt zu finden.

„Bitte verstehe, dass ich das nicht machen will", wendete sich Emil an sie, ohne sie direkt anzublicken. „Aber wir müssen wissen, wer dich entführt hat. Weißt du es? Weißt du, wo genau du gefangen gehalten wurdest?"

Sie verharrte in ihrer Bewegung und war kurz davor, zu sagen, wo sie gewesen war. Nur um ihren Freund von weiteren Folterungen zu bewahren. Da kamen ihr Fauns Worte wieder in den Sinn: „Du kannst vielleicht nicht raus, aber hast du dir mal wirklich angeschaut, wie dein sogenannter Käfig aussieht? Verdammt, wieso verstehst du nicht, dass wir nicht die Bösen sind!"

Und wie sie es nun verstand. Amrins krächzender Schrei war es, der sie zum Verstehen brachte. Die Menschen in Viredis, dieser Junge auf seinen Knien oder Aurum, die ihr ein Bett gegeben hatte, waren nicht die Monster. Faun würde nicht als der Böse in Caldos Chroniken verewigt werden.

Nein, aber sie würde es.

Sie und das gesamte Reich Solas.

Amrin blickte sie flehend an und sie wusste, dass er sie bat, nicht von Viredis zu erzählen. Von dem Zufluchtsort von so vielen Menschen. Von seinem Zuhause, wo seine Freunde und seine Familie warteten.

„Ich bringe euch alle um!", schrie sie laut und spürte, wie ihre Angst der Wut und Hilflosigkeit wich.

Emil blickte fassungslos zu ihr. Seine blauen Augen schienen nach der Wahrheit in ihren Worten zu suchen.

„Ich bringe euch um, wenn ihr ihn nicht in Ruhe lässt!", spuckte sie ihm erneut ins Gesicht und mit klaren Gedanken, erinnerte sie sich an eine Sache und schleuderte mit aller Kraft ihr Knie zwischen die Beine des Mannes, der sie festhielt. Denn das brachte jeden Mann zur Strecke, selbst einen Halbelfen.

Ächzend fiel ihr Angreifer zusammen, weshalb sie schnell an ihm vorbeirannte und die letzten Meter zu Amrin überbrückte. Der Mann, mit dem Dolch war so überrumpelt, dass er diesen fallen ließ, um zu seinem Schwert zu greifen.

Kalea baute sich vor Amrin auf, der nur noch ein ersticktes Schluchzen von sich gab. Neue Wunden zierten seinen Rücken.

„Kalea, sei nicht albern. Er ist der Feind", versuchte der Prinz sie zur Vernunft zu bringen und kam mit erhobenen Händen auf sie zu. Doch sie achtete nicht auf ihn. Ihr Fokus lag auf den erhobenen Schwertern vor ihr,

Amrin und ihren Kopfschmerzen, die ihr beinahe den Kopf zersprengten. Nun war sie endlich bei ihm, wusste aber nicht, wie sie ihn rausbringen sollte. Sie musste ihn retten und damit den Guten einen Gewinn schenken. Verdammt, könnte sie doch nur Raumsprünge wie Faun bewerkstelligen. Eine Idee schoss ihr durch den Hinterkopf.

Es war riskant und wahrscheinlich vergebene Hoffnung, aber das Pochen in ihrem Kopf bestärkte sie. Sie brauchte nur Zeit, denn die Männer und Emil kamen ihr immer näher. Der Angreifer, der sie festgehalten hatte, rappelte sich wieder auf. Das Feuer spiegelte sich im Metall des Dolches zu ihren Füßen. Ihre Augen huschten hinunter und ohne groß zu überlegen, hob sie ihn auf. Emil lachte belustigt. Ihm war bewusst, dass sie nicht damit umgehen konnte. Doch das musste sie auch gar nicht. Entschlossen hielt sie sich mit dem nächsten Atemzug die scharfe Klinge an ihre Kehle. Übelkeit kam in ihr hoch, da sich der Geruch von Amrins Blut von der Klinge in ihre Nase stahl. Verkrampft hielt sie die Luft kurz an. Emils Lachen erstarb und mit einer Handbewegung, brachte er die Männer dazu, stehen zu bleiben.

„Wenn ihr ihm zu nahe kommt, schneide ich mir die Kehle durch", warnte sie ihn.

Sein Blick verdunkelte sich. Nichts war mehr von dem Prinzen übrig, mit dem sie aufgewachsen war. „Kalea, dass willst du nicht."

„Lasst ihn gehen und ich komme mit euch nach Solas. Wenn ihr ihm aber noch einmal weh tut, werde ich mir die Kehle durchschneiden und ihr könnt sehen, wie ihr den Erntemond überlebt!", brüllte sie ihnen entgegen. Für einen Moment schien sie Furcht in den Augen des Prinzen zu sehen. Denn beiden wussten eins mit Sicherheit: Der Kronprinz von Solas würde sein Volk niemals in Gefahr bringen. Sie sah, wie er überlegte und von Amrin auf sie blickte. Diesen Moment nutzte sie, um ihren verletzten linken

Knöchel gegen Amrins Schuh zu drücken. Zunächst zuckte er mit dem Fuß weg und blickte zu ihrem Fuß unter seiner Achsel hindurch. Erleichterung überkam sie, als er ihren Plan verstand und seinen Schuh gegen die brennende Wunde drückte. Ihre Knie gaben kurz nach, doch konnte sie sich noch rechtzeitigt halten. Vor Schmerzen biss sie sich auf die Lippen und atmete schwer ein und aus. Das Metall der Klinge lag noch immer auf ihrer Haut. Faun musste sie einfach spüren. Zum ersten Mal war sie dankbar für diese Magiemal. Für ihre Verbindung mit Faun. Denn so blieb ihnen wenigstens etwas Hoffnung.

Emil kam einen weiteren Schritt auf sie zu, weswegen sie den Dolch fester an ihre Kehle drückte. Sie spürte das leichte Ziehen der Klinge auf ihrer Haut und etwas Flüssiges lief an ihrem Hals hinunter. Ob es ihres oder Amrins Blut war, wusste sie nicht.

„Okay!", rief der Prinz panisch. „Wir lassen ihn gehen, aber lass den Dolch fallen!"

Zögernd blickte sie zwischen den Männern umher, merkte wie Amrins Druck an ihrem Knöchel nachließ und sein Schluchzen immer leiser wurde. Selbst wenn Emil ihn gehen lassen würde, er hätte keine Kraft mehr, um nach Viredis zurückzukehren.

In Gedanken rief sie Faun um Hilfe. Nun erkannte auch sie in dem schmerzhaften Pochen ihres Kopfes, einen zweiten Herzschlag. Emil trat erneut näher und gerade als sie dachte, dass es keinen Ausweg gab und sie den Druck des Dolches erhöhte, spürte sie, wie im nächsten Moment das vertraute Summen einsetzte und der Schmerz verschwand.

„Bitte entschuldigt, wenn wir dieses freudige Wiedersehen unterbrechen."

KAPITEL 37

Vor Erleichterung stockte ihr der Atem, als ihr Blick auf ihn fiel. Unmaskiert stand er in voller Montur auf der kleinen Lichtung und hielt sein Schwert kampfbereit in seiner behandschuhten Hand. Die Kapuze versteckte seine Ohren, doch seine Augen sahen sie unverschleiert an. Sie tobten. Neben ihm waren Henri und Bo, die genauso entschlossen blickten, wie er, gefolgt von zwei Frauen, die sie vom Trainingsplatz kannte. Sie waren gekommen. Amrin würde hier herauskommen.

„Es ist nicht gerade freundlich, einfach bei uns reinzuschneien und nicht einmal Hallo zu sagen, oder, Bruder?", wandte er sich an Bo.

„O nein", antwortete dieser mit finsterem Blick, der so viel dunkler wurde, als er Amrin entdeckte. Henri schien vor Zorn zu beben, als er von dem jungen Gelehrten zu ihren Entführern blickte. Kein schelmisches Lächeln, nur purer Hass.

Emil fluchte leise und zog ebenfalls sein Schwert. Seine Männer stellten sich vor ihn. Die Anspannung in der Luft, schien mit dem Lagerfeuer um die Wette zu knistern.

Es war Henri, der sich als Erster aus der Reihe löste und mit einem lauten Brüllen auf die Männer losging. Sobald sich diese ebenfalls vorwärtsbewegten, folgten ihm die anderen. Kalea hielt sich auf den Beinen, bis sich die ersten Klingen trafen und sich auch Emil auf den Kampf konzentrierte. Dann sackte sie zu Boden und wandte sich direkt zu ihrem Freund, der schwer atmete und zum Kampf hinübersah. So schnell es ging, schnitt sie die Fesseln durch und fing ihn auf, als er drohte, nach vorne gegen den Baum zu fallen. Ächzend drehte sie ihn seitlich, immer bedacht darauf, keine Wunde zu berühren. Trotzdem jammerte er unter der Bewegung. Seine Augen kniffen sich vor Schmerz zusammen.

„Ich bin da, Amrin. Sie sind alle da", murmelte sie ihm mit noch immer brüchiger Stimme zu und strich durch die verdreckten Locken. Eine Platzwunde an der Schläfe besudelte sein dunkelblondes Haar.

„Kalea, renn", sagte er schwach und suchte blind nach ihrem Arm.

„Pscht, ich lasse dich nicht allein. Mir geht es gut", versicherte sie ihm und strich weiter über seinen Kopf, ohne den Kampf aus den Augen zu lassen. Zum Glück gewannen sie. Gerade wurde der letzte von Emils Männern durch Henri zur Strecke gebracht. Sie brauchten keine Magie, die ihre Herkunft erahnen ließ, um sie zu bezwingen. Die Wut schien sie genug anzufeuern. Entsetzt kam der Prinz rückwärtsgehend auf sie zu. Ehe sie sich wehren konnte, riss er sie zu sich auf die Füße. Amrin rutschte ihr dabei aus den Armen und knallte stöhnend auf den Boden.

Emils Arm griff um ihren Bauch und hielt sie dicht an seinen Körper, während er langsam nach hinten ging. Sie stemmte sich widerstrebend gegen seine Berührung. Das Schwert in seiner Hand war noch immer auf die anderen gerichtet, die ihm argwöhnisch folgten.

„Nehmt ihn mit und lasst uns gehen", rief Emil ihnen mit fester Stimme zu und deutete mit seiner Schwertspitze auf seinen Gefangenen, vor dem Henri auf die Knie fiel. Seine Hände umschlossen rasch, aber behutsam, sein Gesicht und sobald Amrin ihn erkannte, weinte er erneut. Beruhigt sah sie, wie er ihn mit der Hilfe der Frauen hochhob. Sein Kopf lag müde an seiner Schulter, doch sie sah, wie sich seine Brust flach, aber deutlich bewegte. Henri presste seine Wange gegen sein Haar.

„Los, bringt ihn weg", wies sie den Brüdern an und deutete mit dem Kopf auf Amrin.

Faun fokussierte wachsam das Schwert des Prinzen, welches bedrohlich vor ihm hin und her schwang. Sein Bruder wiederrum blickte besorgt zu ihr.

„Das können wir leider nicht zulassen", äußerte Bo vorsichtig und blickte kurz zum Halbelfen hinüber. „Ich bekomme sonst ziemlichen Ärger mit einer gewissen Person." Auch ohne sein kurzes Zwinkern hätte sie verstanden, dass er Aurum meinte. Bevor sie sein schiefes Grinsen erwidern konnte, hielt Emil ihr plötzlich das Schwert an die Kehle. Die Brüder stoppten in ihrem Schritt. Regungslos blickte sie seitlich zu Emil, der noch immer das Schwert gegen sie erhoben hatte. Das Feuer spiegelte sich in dem Metall seines Schwertes wider und seine Augen blickten so entschlossen, dass es Kalea zum Schluchzen brachte.

„Ich wiederhole mich nicht noch mal!", schrie er. „Sie kommt mit mir. Wir brauchen sie lebend, aber nicht unverletzt!"

„Emil", schluchzte sie ängstlich und griff an seinen Arm, der sie zu fest umgriff. „Wir sind Freunde. Nimm das Schwert runter."

„Das sind wir, Kalea. Glaub mir, ich will das nicht. Aber es geht um mein Volk. Ich kann dich nicht gehen lassen", sagte er mit schuldigem Gesichtsausdruck und senkte das Schwert an ihrem Hals nur minimal. Auch seine Augen tränten leicht bei ihrem ängstlichen Anblick.

„Wie kannst du mir das antun?", flüsterte sie gebrochen und schloss ihre erschöpften Augen. Sie wollte ihn so nicht sehen. Nicht mit diesem Blick, nicht mit seinem Schwert an ihrer Kehle. Jede gute Erinnerung mit ihm schien von der momentanen Lage überschrieben zu werden.

Plötzlich erklang ein Klirren und das warme Metall an ihrer Haut verschwand. Überrascht öffnete sie ihre Augen und blickte auf Fauns breite Brust. Er hatte sein Schwert gegen Emil gerichtet und türmte vor ihm auf.

„Wenn sie nicht mitgehen will, geht sie nicht mit", warnte Faun ihn und sah ihn bedrohlich an.

„Faun", ertönte Bos warnende Stimme von hinten.

Fauns Blick huschte zu ihr und eine Frage lag in ihnen. Den Bruchteil einer Sekunde überlegte sie, ehe sie zögerlich den Kopf schüttelte und ihm somit seine unausgesprochene Frage beantwortete.

„Ich lasse mich nicht von dir aufhalten mein Volk zu retten", brummte Emil und verstärkte seinen Griff um sein Schwert, dabei ließ er sie unbewusst los, wodurch sie einen wackeligen Schritt zur Seite machen konnte.

„Und ich lasse nicht zu, dass du sie dafür opferst. Nicht wenn sie es nicht will", keifte Faun augenblicklich zurück und trat einen Schritt näher an ihn heran.

„Das entscheidet sie nicht."

Faun brüllte, der blaue Kristall um seinen Hals glühte auf und einen Augenblick später wurde Emil von einer Kraftwelle von den Füßen gerissen. Gerade wollte Faun auf ihn losgehen, als sie ihn am Ärmel packte.

„Bring uns hier weg", flüsterte sie noch immer unter Tränen und blickte ihn bittend an. Der Halbelf zögerte, blickte zu Emil, der wieder aufstand und seine eigene Magie in seinen Händen heraufbeschwor. Helle Lichtstrahlen formten sich in seinen Handflächen. Ein erneuter Blick in Kaleas gebrochenes Gesicht genügte, da umgriff Faun sanft ihre Taille, trat einige Schritte mit ihr zurück, bis er Bos Hand an seine Schulter spürte, wissend, dass die anderen sich an diesem festkrallten und beschwör den nächsten Raumsprung.

„Pois Paaika.“

Kalea sah noch einmal zu Emil, der auf sie zu gerannt kam. Aber es war zu spät. Sie spürte das rettende Ziehen an ihrem rechten kleinen Zeh und klammerte sich an Fauns warmen Körper.

Sie wollte nur noch weg.

Mit einer chaotischen Landung kamen sie auf der großen Wiese vor Viredis zum Stehen. Faun bremste ihren Aufprall und die Frauen halfen Henri den Verletzten sicher in den Armen zu halten. Ohne groß Zeit zu verlieren, liefen die drei mit ihm ins Dorf. Ihr Gesicht ruhte noch immer an Fauns Brust, das Licht des glühenden Kristalls wurde immer schwächer, doch sie war noch nicht bereit, sich der Realität zu stellen. Deshalb klammerte sie sich an Faun und das beruhigende Summen in ihrem Hinterkopf. Seine Arme ruhten noch immer um ihre Taille.

Sie hatte Emil offiziell verraten.

Sie hatte sich gegen den Kronprinzen gestellt und wahrscheinlich war dies ihre letzte Möglichkeit gewesen, nach Solas zurückzukehren.

Zittrig entließ sie ihren Atem, als ihr klar wurde, was sich durch diesen Abend alles verändern würde.

„Kalea?“, erklang Bos melodische Stimme neben ihr, daraufhin spürte sie seine Hand auf ihren Schultern. Ihr war gar nicht bewusst gewesen, dass sie noch immer zitterte. „Du musst auch ins Krankenzimmer.“

„Kannst du laufen?“, raunte Faun in ihr Ohr.

Erschöpft schüttelte sie den Kopf. Nun, wo das Adrenalin aus ihrem Körper wich, brannte ihr Knöchel umso mehr. Den Druck, den sie ausgeübt hatte, um Faun zu ihnen zu leiten, hatte die Brandwunde verschlimmert. Leise redeten die Brüder miteinander, ehe sie spürte, wie Faun in die Knie ging. Behutsam löste er ihre Arme um seinen Oberkörper und hob sie unter ihren Schultern und ihren Knien hoch. Ausgelaugt legte sie ihren Kopf auf seine Schultern und umschlang seinen Hals mit den Armen, um sich besser zu halten. Faun sagte nichts dagegen.

„Ihr Knöchel sieht wirklich schlimm aus", hörte sie Bo besorgt sagen.

Das Summen in ihrem Kopf schien das Einzige zu sein, was sie nicht komplett die Fassung verlieren ließ. Ohne sich Gedanken darüber zu machen, wie ihr Verhältnis zu dem Mann war, der sie trug, schmiegte sie ihr Gesicht in seine Halsbeuge und sog seinen vertrauten Geruch ein. Er roch trotz des Kampfes wie immer. Strenger als sonst, aber noch immer nach Wald und Erde. Und als ihre Stirn seine nackte Haut berührte, wich das Summen dem Kribbeln und schlussendlich der Stille.

KAPITEL 38

Die Säuberung der Wunde war beinahe schlimmer gewesen als die Wunde selbst. Sie hatte verbissen an die Decke gestarrt, während der Heiler ihre Wunde vom Dreck säuberte. Aurum, die schon an der Seite ihres Cousins stand, als Faun sie hineingetragen hatte, war zwischen den beiden verletzten hin- und hergesprungen. Erst als Bo ihr versicherte, bei ihr zu bleiben, gab sie sich geschlagen und konzentrierte sich auf ihren jüngeren Cousin, der mit Kalea um die Wette schrie. Die Trance, die sie vor wenige Minuten noch komplett umhüllt hatte, war längst aus der Tür hinaus geflohen.

„Faun! Faun, bitte!", hörte sie Aurums weinerliche Stimme, die Amrins Kopf auf ihrer Schulter hielt und ihm beruhigend über das Haar strich. Henri starrte entsetzt auf den Rücken des Jungen. Ihm war sämtliche Farbe aus dem Gesicht gewichen. Faun bewegte sich hinter ihr und ging zu ihnen. Bevor Kalea ihre Aufmerksamkeit auf ihn lenken konnte, zog der Heiler einen kleinen Ast tief aus ihrer Wunde, weshalb sie ihre Augen fest zusammenpresste und durch geschlossene Lippen schrie. Bos warme Hände hielten sie auf dem Tisch fixiert. Beruhigende Nichtigkeiten kamen aus seinem Mund, denen sie kaum zuhören konnte. Ihr Blut rauschte in ihren Adern und ihr Kopf schrie nach dem fehlenden Kontakt zu Faun. Er war im selben

Raum, doch schien sich ihre Verbindung durch den Schmerz mehr nach ihm zu sehnen als sonst.

Im Hintergrund bemerkte sie, dass Amrins Schreie nur noch einem leisen Wimmern ähnelten. Der Halbelf stand neben ihm und hielt seine Schultern mit angestrengter Miene umklammert. Sobald der Heiler die Wunden verband, ließ er ihn los und richtete seinen Blick auf sie. Sie starrte ihn durch tränende Augen an, bis der Heiler eine Flüssigkeit über die Wunde kippte, um eine Infektion zu vermeiden. Er arbeitete schnell und sagte nur rasch, was er als Nächstes tun musste. Bo hielt sie fest nach unten und schloss seine Augen, als Kalea vor Schmerzen schrie.

„Haltet das andere Bein fest!", befahl der Heiler, nachdem sie aus Reflex ausgetreten hatte. Sie bekam kaum mit, wie die Brüder rasch diskutierten, ehe der Ältere ihr Bein festhielt und sie nun andere Hände an ihren Schultern bemerkte. Warme Fingerspitzen legten sich an ihrer Haut, knapp unter die Träger ihres Kleides. Dann wusste sie, wer Bos Platz eingenommen hatte, und versuchte ihre Augen zu öffnen. Die Sehnsucht ihrer Verbindung verebbte, summte für einen Moment und war dann still.

Fauns Kopf hing über ihrem. Seine Augen suchten ihren Blick, wobei die Funken hin- und hersprangen. Ihre benebelten Sinne konnten nicht erkennen, ob sie sich schnell oder langsam bewegten.

„Faun, nicht", mahnte sein Bruder mit ernster Stimme. „Sie weiß nicht, was-"

„Ich mache es nicht", unterbrach er ihn ruhig, ohne seinen Blick von ihr zu nehmen, „das muss ich nicht."

Kalea verstand nicht, worüber sie diskutierten. Ihre Aufmerksamkeit galt einzig und allein der Stille in ihrem Kopf, dem Gefühl der Fingerspitzen auf ihrer Haut und dem leisen Klopfen eines zweiten Herzschlages. So sehr sie es auch hasste, solch eine Verbindung mit Faun zu haben, umso dankbarer war sie ihr in diesem Moment. Denn ehe sie realisierte, was geschah, war der Heiler fertig und ihre Wunde steril verbunden. Zeitgleich kam Evalin durch die Tür hereingelaufen und trug zwei Becher in ihren Händen. Sie ging zuerst zu Amrin und hielt ihm den Becher an den Mund. Kaum in der Lage, seine Augen offen zu halten, trank er den Becher vollends aus und ließ sich dann von ihr und Aurum hinlegen. Danach kam sie zu Kalea, die ihre Augen ebenfalls geschlossen hatte.

„Setzt sie auf", hörte sie Evalins leise Stimme, spürte zwei Hände unter ihren Armen und merkte, wie sie hochgehoben wurde. Ihr Rücken fiel gegen eine harte Brust und ihr Kopf lehnte sich ebenfalls nach hinten. Fauns Hände ruhten an ihren Ellenbogen.

„Kalea, trink das", wandte sich die Köchin an sie und strich ihr die verschwitzten Haare aus dem Gesicht. „Es hilft dir beim Schlafen."

„Es schmeckt gut, versprochen", brummte Bo von der anderen Seite und hielt ihren Kopf, als Evalin ihr den Becher an die Lippen legte.

Energielos trank sie den Becher aus, ohne zu hinterfragen, was sie ihr gaben. Es schmeckte nach Zimt und Milch. Das letzte, was sie bemerkte, war wie die erwärmte Flüssigkeit ihren Hals hinunterfloss und sie in einen traumlosen Schlaf versank.

Zwei Tagen vergingen, bis die Heiler Amrin und sie aus dem Krankenzimmer entließ. Diese Zeit verbrachten die beiden mit endlosen Unterhaltungen, Aurums und Bos Besuchen und schmerzhaften Verbandwechseln. Sie hatte bemerkt, dass Henri immer dann hereinkam, wenn Amrin schlief. Er blickte ihm dann ruhig ins Gesicht, als würde er nur sicher gehen wollen, dass er noch lebte und schenkte ihr ein aufmunterndes Lächeln. Wenn Amrin wach war, spürte sie die Veränderung, die tief in ihm stattgefunden hatte. Der Jüngere redete zwar mit ihr, doch ihm fehlte der übliche Enthusiasmus in seiner Stimme. Das spitzbübische Funkeln seiner Augen war erloschen und sie fragte sich jedes Mal, wenn sie ihn anblickte, ob es je wiederkommen würde.

Als Esmal sie besucht hatte, schwieg Amrin die meiste Zeit, während Kalea brüchig erzählte, was geschehen war. Sie waren beide nicht scharf darauf, sich an das Erlebte zu erinnern. In der Nacht hörte sie Amrin im Schlaf wimmern, während sie selbst versuchte, ihre Tränen zu ersticken. Die letzten Momente mit Emil schwirrten in ihren Träumen umher und ließen sie jede Nacht aus dem Schlaf schrecken. Wie es von einem unschuldigen Kuss, zu einem Schwert an ihrer Kehle in solch kurzer Zeit kommen konnte, wusste sie nicht. Aber was sie wusste, war, dass Emil sie opfern würde, egal, was zwischen ihnen vielleicht gewesen wäre. Diese Ernüchterung dämpfte den Schmerz in ihrem Magen, der sich wie eine giftige Flüssigkeit anfühlte. Während ihre Wunde heilte, hatte sich die Verbindung zu Faun beruhigt. Diese schrie nicht mehr nach ihm, wie an dem Abend ihrer Rückkehr. Ein beständiges Summen tönte in ihrem Hinterkopf, obwohl Faun seit diesem Abend nicht mehr im Krankenzimmer gewesen war. Sobald sie auf einem Stock und mit Amrin an ihrer Seite jedoch aus dem Krankenzimmer schritt, wusste sie warum ihre Verbindung so ruhig gewesen war. Quer gegenüber von der Tür, hockte Faun auf einem Stuhl. Sein Kopf lehnte an der Wand hinter ihm. Die Augen waren geschlossen. Er schlief.

Hatte er die letzten Tage immer vor der Tür gesessen, damit die Verbindung Ruhe gab?

„Faun?“, sprach Amrin den Schlafenden an und ging humpelnd zu ihm hinüber. Als er seine Schulter berührte, schrak er aus dem Schlaf hoch und setzte sich aufrecht hin. Er brauchte einen Moment, um in der Realität anzukommen, bis sein Blick an ihr hängen blieb.

„Ihr werdet entlassen?“, gähnte er und ging sich durch das verwüstete Haar. Kalea nickte sprachlos. „Also heilt alles?“

„Ja, es sieht alles gut aus“, antwortete Amrin, obwohl Faun nur sie anblickte. Dieser nickte verstehend und raffte sich vom Stuhl hoch.

„Gut. Komm, Kleiner, ich bringe dich in dein Zimmer.“ Sein Blick wandte sich zum Jüngsten, der dankbar lächelte. Zusammen trotteten die beiden den erhellten Flur entlang.

„Danke“, fasste Kalea das warme Gefühl in ihrer Brust in ein Wort zusammen. Sie wusste nicht einmal genau, für was sie sich bedankte. Dass er sie gerettet hatte? Er ihr die Entscheidung ließ, mit wem sie gehen wollte? Dass durch ihre Verbindung die Säuberung der Wunde nicht so schlimm war? Oder, dass er die Tage vor dem Krankenzimmer gesessen hatte, damit sie sich genug ausruhen konnte, ohne von Kopfschmerzen geplagt zu werden? Sie wusste es nicht. Wahrscheinlich für alles zusammen und mehr.

Faun sah über seine Schulter zu ihr zurück, blickte sie abschätzend an und nickte ihr dann zu. Dann verschwanden die beiden um die nächste Ecke. Für einen Moment blickte sie ihnen noch nach, ehe sie sich in die andere Richtung aufmachte, um nach Hause zu gehen.

Dort wurde sie direkt von Aurum empfangen, die ihr ein kleines Krankenlager in der Wohnstube hergerichtet hatte. Ein Lachen entfloh ihr, während ihre Freundin um sie herumschwirrte und sie behutsam bemutterte.

„Mir geht es gut, Aurum", versicherte sie der Frau, die ihr gerade eine Teetasse in die Hand drückte und die Kissen unter ihrem Fuß zurechtrückte.

Aurum stoppte in ihrer Bewegung und ließ sich auf den Tisch hinter ihr fallen. Ihre Augen glänzten. „Ja, jetzt. Aber was hätte passieren können?", schluchzte sie, was Kalea etwas überforderte. „Sie hätten dich nach Solas verschleppen können. Ich hätte dich vielleicht nie wieder gesehen! Und Bo hat mir erzählt, was du gemacht hast. Ohne dich wäre Amrin bestimmt nicht mehr am Leben. Du hast ihn gerettet, Kalea! Danke!"

Sie blickte Aurum mit großen Augen an, als diese auf den Boden rutschte und ihre freie Hand umschloss. Noch nie hatte sie ihre Freundin so aufgelöst gesehen. Ihr war nicht bewusst gewesen, wie viel Sorgen sie sich um Kalea machte. „Alles gut, Aurum. Ich habe dir zu danken", erwiderte sie und strich ihr über den Kopf, was diese umso mehr zum Weinen brachte. Kalea konnte nicht anders und lächelte sanft bei ihrem emotionalen Ausbruch, was ihr einen lockeren Schlag gegen die Schulter einbrachte.

„Ja, lach du ruhig", schniefte Aurum grinsend.

KAPITEL 39

Das Training fiel für die restliche Woche aus. Darauf bestand der Heiler, als er sie entlassen hatte. Trotzdem wachte sie am nächsten Morgen zur gewohnten Zeit auf, schnappte sich ihren Stock und humpelte langsam in Richtung des Trainingsplatzes. Das Dorf war noch immer in eine verschlafene Atmosphäre gehüllt, während sie die Straße langsam entlanggging. Das sanfte Morgenlicht kletterte durch die Baumkronen und legte sich auf die Dächer der Häuser, während die Vögel ihr Lied zwitscherten. Wenige liefen schon auf den Straßen entlang und überrascht grüßte sie einen älteren Mann zurück, der sie mit Namen angesprochen und ihr einen schönen Tag gewünscht hatte.

Sie spürte, wie das Summen lauter wurde, als sie ihn auch schon am üblichen Platz stehen sah. Er schwang gerade das Schwert in einer schwungvollen Bewegung über seinen Kopf. Die Morgensonne spiegelte sich in der Klinge. Das schwarze Hemd klebte an seinem Oberkörper. Wie lange er schon trainierte, wusste sie nicht.

„Du sollst doch noch nicht trainieren“, rief er ihr zu, ohne sich zu ihr zu wenden.

Humpelnd überquerte sie die letzte Strecke und ließ sich dann seufzend auf den flachen Stein nieder, der sonst Fauns Sitzgelegenheit war. Das Licht der Sonne stand hinter ihm, als sie wieder zu ihm hinaufblickte. Seine schwarzen Haare wehten im sanften Wind. Seine Augen blickten ihr klar entgegen.

„Du hast es also gehört", murmelte sie und schirmte ihre Augen vor der aufgehenden Sonne ab.

Er lachte leise. „Das musste ich nicht. Es war klar, dass wir erstmal pausieren werden", bemerkte er ruhig und schwang das Schwert immer wieder über seinen Kopf. Ihr Blick folgte seinen raschen Bewegungen. Elegant und flink führte er die Klinge vor seinem Körper. Jeder Schritt war vorausgeplant und gekonnt gesetzt. Mit jeder Bewegung spannten sich seine Muskeln unter seinem Hemd an.

„Ich will das lernen", sagte sie mit fester Stimme, sobald er das Schwert gesenkt hatte.

„Was?", fragte er nach Atem ringend, trat neben sie und hob den Wasserbeutel auf, der am Stein lehnte.

„Kämpfen."

Er lachte ungläubig. Das konnte nicht ihr Ernst sein. Als er jedoch ihren Blick sah, erkannte er, dass sie nicht scherzte. „Das wird nicht passieren."

„Warum nicht?", fragte sie verdutzt und raffte sich auf die Beine, da Faun wieder ein Stück weitergegangen war, um in Ruhe zu trainieren.

„Ich werde dir nicht beibringen zu kämpfen. Du brauchst es nicht."

Nun war sie an der Reihe, ungläubig zu lachen. Sie lehnte sich auf den Stock, der unter ihrem Gewicht ächzte. „Ich brauche es nicht? Hast du vergessen, was vor ein paar Tagen los war?", erinnerte sie ihn unnötigerweise.

Sein Blick verdunkelte sich.

„Ich konnte nichts machen. Mich nicht wehren."

Das Schwert lag locker in seiner Hand, welche neben seinem Körper hing. Er stand mittlerweile zu ihr gedreht. „Du hast Amrin gerettet."

„Nein, das habe ich nicht!", hielt sie aufgebracht dagegen. „Ich habe nur darauf gewartet, dass du kommst und ihn rettest. Wenn du nicht gekommen wärst, hätte ich nichts für ihn machen können. Ich konnte mich nicht einmal an die wenigen Lektionen erinnern, die du mir zu Abwehr beigebracht hast." Sie trat mit dem gesunden Bein einen Schritt zurück, als er auf sie zu kam.

„Du hast in diesem Moment das einzig Richtige getan", erklärte er ihr ruhig, ohne den Blick von ihr zu nehmen. „Hättest du nicht dafür gesorgt, dass ich euch finde, wäre ich zu spät gekommen. Du hast in diesem Moment klar gedacht, obwohl du in solch einer Situation gesteckt hast."

„Aber ich hätte ihn nicht selbst retten können!", schluchzte sie plötzlich und blickte beschämt zu Boden. „Bitte, Faun. Bring es mir bei."

Faun schwieg und blickte auf sie herab. „Ich werde mit Esmal und dem Rat darüber reden. Es ist das eine dir Selbstverteidigung beizubringen und was ganz anderes dir Waffenkunst zu zeigen."

Sie nickte verstehend und humpelte zurück zum Stein, um sich wieder zu setzten. Faun folgte ihr.

„Bis dahin ist es umso wichtiger, dass wir deiner Magie einen Schritt näherkommen."

Ohne weitere Diskussion, setzte er sich auf den Boden vor dem Stein, worauf sich Kalea wieder niedergelassen hatte. Faun beschloss das Nachspüren zu überspringen und direkt auf die Kontrolltechniken überzugehen.

Während der Morgen in Viredis seinen Lauf nahm, übten sie Atemtechniken, damit sich Kalea kontrollieren konnte. Sich und ihre Magie.

„Esmal will uns heute sehen“, erzählte er ihr, nachdem sie eine Atemübung abgeschlossen hatte. „Er will nochmal mit dir über diese Nacht reden.“

Sie schluckte. Ihr Blick fixierte einen Punkt vor ihren Füßen, ehe sie langsam nickte. Es führte sowieso kein Weg daran vorbei.

Faun ging langsam neben ihr her und passte sich ihrem Tempo an. Nach einer Weile erreichten sie endlich das Schloss und gingen gemeinsam die Treppe hinauf. Vor der geschlossenen Tür zu Esmals Arbeitszimmer blieben sie stehen. Er klopfte einmal und hörte dann Esmals gedämpfte Stimme hindurch rufen.

Im Zimmer selbst war der gesamte Rat versammelt. Auf einem der Sofas saß Amrin und schenkte ihr ein zaghaftes Lächeln, sobald er sie hinter Faun hereinkommen sah. Augenblicklich steuerte sie ihn an und setzte sich auf den freien Platz neben ihn. Aurum befand sich neben Esmal. Der Halbelf stellte sich stumm an die Wand hinter ihnen und tauschte mit Henri einen Blick aus.

„Danke Kalea, dass du dazu gekommen bist“, eröffnete der Älteste das Gespräch und sah sie mit verständnisvollen Augen an. Kalea lächelte klein. Sie spürte die Blicke der Ratsmitglieder auf sich. „Wir sind hier, um über das Geschehene zu reden und um von dir eventuell zu erfahren, warum der Kronprinz selbst nach dir gesucht hat.“

„Warum sollst du geopfert werden? Welche Macht entfesselt sich dadurch?“, meldete sich ein älterer Mann zu Wort und trat mit argwöhnischem Blick nach vorne. Sie verdrehte beinahe die Augen, bei den bekannten Fragen, doch dieses Mal hatte sie sich entschlossen, ihnen die Informationen zu geben. Jede vergangene Sekunde seit dieser Nacht hatte sie sich Gedanken über alles gemacht. Ließ jeden Moment Revue passieren. Emils

Handlungen ihr gegenüber hatten ihr den Rest gegeben. Ihr war bewusst, dass er sie wahrscheinlich nur wegen der Opferung zurückholen wollte. Doch nun, wo sie das Leben kosten durfte, kämpfte in ihr etwas, von dem sie glaubte, es schon längst verloren zu haben - ihr Wille zu Leben. Und wenn diese Menschen ihre einzige Chance dazu wären, würde sie ihnen jede Information darlegen.

„Die Opferung am Erntemond entfesselt keine Macht", stellte sie mit fester Stimme klar und ließ ihren Blick über die Gesichter wandern. Esmal blickte, als hätte er mit so etwas gerechnet. Aurum wiederrum blickte sie verwirrt an, wie es viele der Ratsmitglieder ebenso taten.

„Was dann?", fragte Amrin neben ihr. Seine blauen Augen schimmerten, als er ihre Hand ergriff und fest zudrückte.

„Es gibt eine Prophezeiung, dass sie ansonsten von einer großen Flut erfasst werden. Der Untergang von Solas."

„Perfekt. Also müssen wir dich einfach bis dahin am Leben erhalten", meldete sich Henri hinter ihr zu Wort und grinste.

Esmal blickte finster zu ihm.

„Wir können kein gesamtes Volk sterben lassen", erwiderte Amrin nachdenklich, „ebenso können wir uns nicht sicher sein, ob sie überhaupt stimmt."

„Genau. Diese Prophezeiung könnte auch eine Lüge sein", meinte Aurum aufgebracht und blickte Esmal an. Dieser strich sich grübelnd über den Bart.

„Oder es könnte der Untergang unserer Reiche sein", warf dasselbe Ratsmitglied, wie zuvor ein. „Wir haben Prophezeiungen, die besagen, dass Solas nach dem Erntemond noch mächtiger wird", erklärte er auf ihren verwirrten Blick hin.

„Wie soll diese Opferung aussehen?“, fragte Esmal sie.

„Ich bin mir nicht sicher. Mir wurde nie ein Zeitplan erläutert. Genaueres sollte ich erst nach meiner Volljährigkeit erfahren“, erwiderte sie schulterzuckend.

Henri brummte amüsiert.

„Er meint, ob es einen Gegenstand gibt, der benutzt wird. Und eine bestimmte Tageszeit. Etwas, damit ich nachschlagen kann, um was für eine Opferung es sich handeln könnte“, erklärte Amrin ihr, ohne ihre Hand loszulassen.

Sie überlegte und dachte an die vielen Gottesdienste und Lehrstunden mit den Priestern zurück. „Es gibt einen Dolch in einer Vitrine, der für die Opferung genutzt werden soll. Und soweit ich weiß, muss der Mond am höchsten Punkt stehen. Die restliche Vorgehensweise sollte mir, wie gesagt, erst in den kommenden Wochen erklärt werden.“

Esmal nickte und eine Stille legte sich über den Raum.

„Ich werde nach Anhaltspunkten suchen“, durchschnitt Amrins feste Stimme ihre Gedanken.

„Du sollst dich ausruhen“, sagte Aurum scharf und fixierte ihren Cousin mit finsterem Blick.

„Ich kann mich ausruhen, während ich in einem Buch blättere“, erwiderte dieser und spiegelte ihren Blick.

Aurum schnaubte laut auf.

„Amrin, sie hat recht“, mischte sich Kalea ein und legte ihre andere Hand auf seine. Hinter ihnen hörte sie, wie Henri an sie heran schritt und eine Hand auf Amrins Schulter legte.

„Ich denke, dass Amrin in der Lage ist zu wissen, was er kann und was nicht.“ Sein Blick duellierte sich stumm mit dem vom Aurum. Ihre Augen sprühten vor Wut, während seine eindringlich in ihre sahen. Amrin starrte auf seinen Schoß und runzelte die Stirn.

„Amrin, mach nur so viel es geht und lass dir helfen", sagte Esmal im Befehlston und ignorierte, wie sich Aurum aufgebracht umdrehte.

Amrin nickte, zog seine Hand aus Kaleas und schüttelte Henris Hände von sich, um aus dem Raum zu gehen. Dieser seufzte und folgte ihm mit einer Verneigung vor Esmal, der ihn mit einer Handgeste aus seinem momentanen Wachdienst entließ.

„Kalea, eine Sache müssen wir noch klären."

„Und die wäre?"

„Dein Mal. Es ist weg. Du konntest die Grenzen passieren", mischte sich eine Frau ein und spuckte ihr die Worte ins Gesicht. Es war dieselbe, die sie beim letzten Mal in den Kerker sperren wollte.

„Ich werde nicht weglaufen", versicherte sie ihnen und suchte den Blick des Ältesten. „Wo sollte ich jetzt noch hin?" Ihre Hände wurden feucht. Sie war nicht scharf darauf, zurück in die Kerker zu gehen, nur, weil ein paar Söldner sich durch ihre Haut gebrannt hatten.

Aurum drehte sich wieder herum. Ihre Miene schien ruhiger als zuvor. „Sie bleibt bei mir, Esmal. Sie wird nicht gehen", stellte sie klar.

„Das ist keine Sicherheit", mischte sich die Frau wieder mit giftigem Unterton ein. Was war eigentlich ihr Problem?

„Selbst, wenn sie weglaufen sollte, kann ich sie finden", erklärte Faun und trat hinter Kalea. Sein Blick ruhte auf der Frau. Seine Zunge bohrte sich in seine Wange, als diese ihre Augen verdrehte.

„Wie willst du sie finden?"

„Wie ich es vor einigen Tagen auch gemacht habe", sagte er trocken und ignorierte Esmals wachsamen Blick. „Ich kann sie spüren und finden. Egal, wo sie ist." Nach dem überraschten und verwirrten Ausdruck der Ratsmitglieder zu urteilen, hatte Esmal ihnen diese Information verschwiegen. Und obwohl es nichts Großes war, spürte sie die Scham in ihren Wangen. Als hätte Faun gerade etwas sehr Intimes offengelegt.

Die Frau blickte verwirrt zu Esmal, der zustimmend nickte: „Es stimmt. Faun trägt ihr Magiemal in sich. Ihre Verbindung ist noch nicht stark erforscht, aber so konnte er die beiden so schnell finden. Dadurch und durch Kaleas Hilfe, die dafür Schmerzen in Kauf nahm, um Amrin zu retten."

Stille legte sich wieder über den Raum.

„Dann wäre das also geklärt", betonte Aurum und blickte die Frau abwartend an, als würde sie nur darauf warten, einen weiteren Kommentar zu hören. Diese blickte jedoch nur zur Seite und mied ihren Blick.

„Kalea, dir steht es frei, dich in Viredis zu bewegen. Ich hoffe, dass du dieses Vertrauen nicht ausnutzt", drückte Esmal seine Entscheidung aus und lächelte erfreut, als sie ohne Zögern nickte. „Du darfst dann gerne wieder deinem Tag nachgehen."

Sie wartete keine Sekunde und floh aus dem Raum, der ihr mit der Anwesenheit dieser Frau die Luft abschnürte. Nicht zurückblickend, humpelte sie hinaus und ging den langen Gang entlang. Sie kam gerade um eine Ecke, als sie Amrins gedämpfte Stimme hörte.

„Du musst nicht für mich sprechen", diskutierte er mit gesenkter Stimme und ging auf Abstand, als Henri seine Schultern ergreifen wollte. Dessen Hände fielen bei dieser Abfuhr zur Seite.

„Amrin, ich -", erwiderte er und blickte ihn flehend an.

„Nein", beendete der Jüngere das Gespräch, drehte sich herum und lief in die entgegengesetzte Richtung. Henri seufzte und blickte ihm sehnsüchtig nach.

„Alles gut, Henri?“, gab Kalea ihre Anwesenheit preis und kam langsam auf ihn zu.

Sein Kopf hob sich und sein schiefes Lächeln erreichte nicht seine Augen, als er ihr antwortete: „Alles gut.“

KAPITEL 40

Kritisch beäugte sie das türkise Gebräu in der kleinen Glasflasche, das Evalin auf den Tisch gestellt hatte. Sie hatte sich gerade frisch gewaschen, als die Köchin mit Faun und Henri im Schlepptau ins Haus kam.

„Ich dachte, dass Amrin das Thema pausiert", fragte sie und wandte den Blick von dem Fläschchen zu Evalin. Ein stolzes Grinsen lag auf ihren Lippen. Faun neben ihr sah ebenso kritisch zu dem Gefäß und ließ ein weiteres zwischen seinen Fingern hin und her gleiten, bevor er es abstellte.

„Hat er auch, aber vor eurer Entführung waren wir fast fertig. Ich habe nach seiner Anleitung den Rest gemacht", erklärte sie stolz.

„Und das ist sicher?", wendete Henri ein. Ihr Blick lag auf ihm, woraufhin er sich duckte und nur mit den Schultern zuckte.

„Wenn es euch beruhigt: Amrin hat seinen Segen gegeben", seufzte die junge Frau und verschränkte ihre Arme vor der Brust. Sogleich sahen sie alle sicherer aus.

„Es ist nicht so, dass wir dir nicht trauen, Lin", begann Faun und grinste breit, als ihre Wangen bei dem Spitznamen rot glühten.

„Ja, ja", wehrte sie ab und schob die Fläschchen näher zu den beiden heran. „Aber jeder fühlt sich sicherer, wenn ein Fünfzehnjähriger seinen Segen gibt."

„Verflucht sei dieses junge Genie“, murmelte Henri gedankenverloren und schnappte sich ebenfalls eines der Getränke.

„Also wie läuft das ab?“, fragte Kalea und blickte zu ihr.

„Ganz simpel. Ihr trinkt jeden Tag eines der Fläschchen und dann sollten eure Kopfschmerzen besser werden, obwohl ihr nicht aufeinander hockt.“

Ja, simpel. Trotzdem spürte sie ein Schwere in ihrer Brust. Mittlerweile hatte sie sich an diese Verbindung gewöhnt, besonders nachdem sie ihr geholfen hatte. Aus dem Augenwinkel schaute sie verstohlen zu Faun, der grübelnd die Glasflasche beäugte. Dann fing er ihren Blick auf. Kurz starrten sie sich an.

„Also dann, ein Liebesshot?“ Sie wandten alle ihre Köpfe zu Henri, der sie amüsiert ansah und eines der Fläschchen zwischen den Finger baumeln ließ. „Ihr wisst schon. Arme miteinander kreuzen, tiefer Augenkontakt und dann runter damit.“ Sein Zwinkern trieb Kalea die Röte ins Gesicht. Evalins Hand schnellte auf die Tischplatte. „Das wir nicht nötig sein.“

„Was ist mit dem Rest?“, meldete sich der Halbelf zu Wort. „Werde ich sie noch finden können und ihren Schmerz spüren?“ In Rückblick auf das vergangene Ratsgespräch, war dies eine berechtigte Frage. Würde der Trank dies ausschalten, hätte die bissige Frau einen weiteren Grund, sie in die Kerker zu sperren.

„Laut Amrins Recherchen dämpft der Trank nur die Kopfschmerzen, wenn ihr euch trennt. Der Rest müsste so bleiben. Das werden wir aber trotzdem die nächsten Tage beobachten.“ Sie nickten. Mit einem schwungvollen Schnippen seines Daumes öffnete Faun die Glasflasche, sodass der Korken auf den Tisch kullerte. Sie beobachtete ihn dabei, wie er die Öffnung an seine Lippen legte und die türkise Flüssigkeit in seinen Mund kippte.

Seine Augenbrauen zogen sich leicht zusammen, als der bittere Geschmack seine Zunge traf. Dann folgte sie seinem Beispiel, nahm Henri das Fläschchen ab und verzog ebenso das Gesicht.

Evalin und Henri starrten sie wartend an. Der Halbelf suchte ihren Blick. Doch es hatte sich nichts verändert. Das beruhigende Summen in ihren Köpfen war noch immer in den hintersten Ecken ihres Kopfes und rief sanft nach dem anderen.

„Ich würde sagen, dass Faun mit ins Schloss geht. Dann können wir direkt sehen, ob der Trank geholfen hat", schlug Evalin nach einigen Minuten vor. Mit ihm im Schlepptau verabschiedete sie sich von den beiden anderen, die am Tisch zurückblieben und ihnen nachsahen.

„Und?", wendete Henri ihre Aufmerksamkeit auf sich, „Kopfschmerzen?"

Unerwartet betrübt schüttelte sie den Kopf. Obwohl sie sich schon auf den Schmerz vorbereitet hatte, als Faun ohne noch einmal zu ihr zu blicken durch die Tür verschwunden war, blieb er aus. Auch der ihr bekannte zweite Herzschlag war verstummt. Sie spürte nur gähnende Leere in ihrem Hinterkopf. Kein Summen. Kein Klopfen.

„Sehr gut", freute sich Henri. Sein Blick huschte über ihr Gesicht, bis sie ihm ein Lächeln schenkte, das ihre Augen nicht erreichte. „Oder nicht?"

„Doch, doch." Verwirrt stand sie vom Stuhl auf und räumte die Teetassen und den Wochenvorrat der Fläschchen beiseite.

„Aber?", ließ Henri sie nicht in Ruhe und folgte ihr mit seinem Blick.

„Es ist nur ungewohnt", gestand sie leise und war froh, als er das Thema beendete und sie zusammen eine weitere Tasse Tee tranken.

Einen Abend später saß sie mit der Freundesgruppe in ihrer Wohnstube. Die Köchin hatte ihnen allen ein wunderbares Abendessen gezaubert, welches sie zusammengerückt am kleinen Esstisch gegessen hatten. Nun lümmelten die einen auf dem Sofa herum, während sich die anderen einen Platz auf dem Boden gesucht hatten. Schallendes Gelächter füllte den warmen Raum, während Henri bildlich eine Geschichte erzählte, die auf Bos Kosten ging. Amrin neben ihr schüttelte sich vor Lachen und hielt dabei die Seite, die ihm bei jeder falschen Bewegung noch immer weh tat. Seine andere Hand spielte dabei mit Henris rechten Hand. Sie selbst konnte mittlerweile im Haus ohne den Stock herumlaufen und auch die Schmerzen hielten sich zum Glück in Grenzen.

„Wann kommt Faun eigentlich wieder?", wandte sich Aurum an ihren Freund, der sein Knie leicht an ihres drückte und ihr die Haare aus dem Gesicht strich.

„Ich denke heute Nacht oder morgen früh", antwortete er mit einem verträumten Lächeln. Die Erwähnung des fehlenden Mannes fing ihre Aufmerksamkeit. Sie hatte nicht gewusst, dass er nicht in Viredis war. Zwar war ihr seine Abwesenheit aufgefallen und auch die Verbindung schien ihn zu suchen, aber trotzdem hatte sie dieses Gefühl nur auf den Trank geschoben. Aus Gewohnheit tastete sie nach der Verbindung in ihrem Kopf, bis sie sich selbst dabei stoppte. Es war noch immer komisch, ihn nicht zu spüren. Sie wusste nur, dass er nördlich von ihr war, konnte ihn aber nicht direkt spüren. Nicht seinen Herzschlag oder seine Anwesenheit in ihrem Hinterkopf. Hatte sich Evalin deswegen so mit dem Trank beeilt? War seine Abwesenheit geplant gewesen?

In Gedanken versunken, nippte sie an ihrem Weinglas. Erst als Amrin sie leicht mit der Schulter anstupste, um sich zu vergewissern, dass es ihr gut ging, wandte sie sich wieder der Gruppe zu. Ein ähnliches Lächeln, wie den Tag davor bildete sich auf ihren Lippen.

Der Abend nahm einen ruhigen Verlauf, wobei Kaleas Brust immer wärmer wurde. Das Gefühl wurde umso stärker, als sie in die lächelnden Gesichter der Anwesenden sah. Vor einigen Wochen hätte sie nicht einmal im Traum daran gedacht, mit ihnen zusammen zu sitzen und ihren Geschichten zu lauschen. Bo und Aurum piesackten sich gerade spielerisch, als plötzlich das Summen in ihrem Kopf begann.

Suchend hob sie ihre grauen Augen zur Eingangstür. Das Summen wurde stärker und gedanklich streckte sie sich danach aus. Sie hatte es vermisst.

„Alles gut?", fragte Henri sie laut. Alle Blicke lagen auf ihr. Zögernd nickte sie und wartete darauf, dass Faun jeden Moment durch die Tür hereinkam. Doch tat er es nicht. Ihr Blick wandte sich auf ihre Zimmertür. Ihr Herzschlag verdoppelte sich.

„Ich bin nur müde. Ich leg mich hin", gähnte sie gespielt und stand langsam vom Boden auf. Die anderen nickten nur verstehend und versprachen leiser zu sein. Sie bedankte sich, obwohl allen klar war, dass diese Gruppe alles sein konnte, außer leise.

Kurz vor ihrer Zimmertür hielt sie inne und versuchte zu lauschen. Als sie nichts hörte, außer dem Summen in ihrem Hinterkopf, überwand sie ihr Zögern und öffnete schnell die Tür, um nicht wenig später in ihrem Zimmer zu stehen.

Seine bunten Augen legten sich auf sie. Seine Gestalt war im sanften Licht des Mondes zu sehen. Sobald er sie erkannte, lächelte er leicht, während sie langsam die Tür schloss.

„Hallo“, flüsterte Faun leise und drehte sich zu ihr. Es war ein ungewohntes Bild, ihn in voller Montur in ihrem Schlafzimmer zu sehen. Er schien gerade von seinem Ausflug zurückgekommen zu sein. Seine Hände ruhten in seiner Manteltasche.

„Hallo“, erwiderte sie nuschelnd und konnte ihren Blick nicht von ihm nehmen. Das Summen in ihren Kopf duellierte sich momentan mit dem rasenden Herzen in ihrer Brust. Sie konnte nicht unterscheiden, was lauter in ihrem Körper war.

„Was machst du hier?“, fragte sie dann mit ruhiger Stimme, nachdem das schallende Gelächter der Gruppe durch die Tür drang. Verlegen strich er sich durchs schwarze Haar, das dringend einen Schnitt nötig hatte. Seine Augen blickten ihr müde und suchend entgegen.

„Esmal hat seine Zustimmung gegeben, dass wir dir die einfache Waffenkunst beibringen“, murmelte er und sagte nach einigen stillen Atemzügen unsicher: „Es ist komisch …“ Tief atmete er ein. „… dich nicht in meinem Kopf zu spüren.“

Er deutete auf seine Stirn. Seine Augen schlossen sich, als könnte er die Worte, die ihm entflohen waren, nicht ertragen. Als wäre dieses kleine Geständnis zu viel für ihn.

Die vorherige Freude über seine Nachricht, wich der Unsicherheit in ihrem Magen. Trotzdem stoppte ihr Herz für einen Moment, ehe es weiter galoppierte. Denn sie verstand ihn. So sehr es sie gestört hatte, seine Anwesenheit zu brauchen, um sich nicht vor Schmerzen zu winden, desto mehr hatten sie sich beide in den letzten Wochen daran gewöhnt, sich beinahe darauf verlassen.

Besonders nach ihrer und Amrins Entführung, erwischte sie sich dabei, wie sie nach einem Albtraum nach dem Schmerz tastete, um sicher zu gehen, dass die Verbindung noch bestand und er noch da war.

Ihre Augen suchten die seinen, sobald er sie wieder öffnete. In dem Moment, in dem sie sich fanden, gingen sie beinahe zeitgleich einen Schritt aufeinander zu.

Reflexartig hob sich ihre Hand zu seiner, die aus seiner Manteltasche zum Vorschein kam. Er hielt aber in der Bewegung inne, sodass auch sie ihre Hand zurückhielt.

Was tat sie hier eigentlich?

Scham stahl sich in ihr Gesicht, während sie ihr Vorhaben abtun wollte und sich durchs offene Haar strich. Der Halbelf folgte mit seinem Blick ihrer Bewegung und blieb an der leuchtenden Strähne hängen, die wie ein Vorhang zurück an ihren Platz fiel. Sein Kiefer verspannte und seine Nasenflügel blähten sich auf. Dann trat er einen Schritt zurück und vergrößerte ihren Abstand zu ihr. Sie musste sich zügeln, ihm nicht zu folgen, denn das Summen drang sie beinahe dazu. Bevor sie diesem jedoch nachgeben konnte, flüsterte Faun ein ersticktes: „*Pois Paaika.*" Und verschwand im nächsten Raumsprung.

Stille herrschte in ihrem leeren Zimmer, während das Summen verstummte.

Er war gegangen.

KAPITEL 41

Die darauffolgenden Tage war sie mit ihrer Genesung beschäftigt. Brav trank sie jeden Morgen das Fläschchen bis auf den letzten Schluck aus und ging ihre regelmäßigen Runden im Dorf, um die Ausdauer ihrer Beine zu stärken. Faun hatte ihr über Bo mitteilen lassen, dass sie mit dem Training pausieren würden, bis es ihr besser ging. Die geschulten Atemübungen sollte sie allein weitermachen. Sie hatte das Gefühl, dass Faun ihr aus dem Weg ging. Selbst fiel ihr die plötzliche Dämpfung der Verbindung ebenfalls schwer. Insgeheim hatte sie das Training und das Summen schon voller Vorfreude erwartet. Nun kribbelte die Abneigung ihm gegenüber bekanntermaßen unter ihrer Haut. Sie hasste es, dass er sie mied. Umso glücklicher war sie, als Henri ihr anbot, ihr wenigstens die Grundlagen der Dolchführung beizubringen. Diese konnte sie seiner Meinung nach auch im Sitzen und von ihm erlernen. Sie stimmte ihm zu. Faun war dazu nicht von Nöten. Henri war genauso gut trainiert wie er und ging ihr nicht aus dem Weg. Zwischen ihnen gab es keine komische Verbindung und kein angespanntes Verhältnis. Außerdem war sie durch den Trank nicht mehr gezwungen, jeden Tag mit Faun zu verbringen. Sie konnte locker Tage verbringen, ohne den Halbelf auch nur einmal zu sehen.

Konzentriert saß sie vor Henri auf der Wiese und ahmte seine Handhabung mit den zwei kleinen Dolchen nach. Bei einer leicht aussehenden Drehung fiel ihr eines der Messer aus der Hand. Sie fluchte.

„Versuch es erstmal langsamer", erklärte er und richtete ihre Finger, die den Griff fest umklammerten.

Nickend sah sie auf ihre Finger, die sich sichtbar lockerten und ahmte die Bewegung erneut nach. Fast hatte sie es geschafft, da fiel er ihr erneut aus der Hand. Henri lachte amüsiert, was sein junges Alter verriet. Meistens vergaß sie auch bei ihm, wie jung er war. Er war gerade mal drei Jahre älter als Amrin. Noch drei Jahre entfernt von der Volljährigkeit. Generell schienen die jungen Menschen hier viel älter, als sie waren. Zu viel hatte sie durchlebt.

„Schon gut, das lernst du noch", grunzte er und versuchte sein Grinsen zu unterdrücken. „Wiederhole nochmal, wie du die Dolche am schnellsten in deine Hand bekommst."

Genervt pustete sie sich die Haare aus dem Gesicht und setzte sich aufrecht hin. Passend zur Lektion trug sie ein langärmeliges Hemd, welches in einen weiten Rock gesteckt war. Auf ihren Unterarmen, versteckt durch den Stoff, hatte er ihr kleine Ledergurte befestigt. In diesen steckten die Dolche. Mit einer raschen Bewegung streckte sie ihre Ellenbogen durch und die Dolche glitten nach vorne. In dem Moment, in dem die Klingen an ihrer Hand vorbei gesaust waren, umgriff sie den Ledergriff und hielt beide Dolche in Position.

Henri klatschte anerkennend, während ihre Brust vor Stolz anschwellte. Es hatte eine Stunde gedauert, bis ihr dieser Trick so flüssig gelungen war. „Sehr gut", lobte er sie und grinste mindestens genauso breit, wie sie. Schnell steckte sie die Dolche zurück und probierte denselben Trick erneut.

Wieder klappte es.

„Ich denke, das reicht für heute. Ich muss gleich meine Schicht beginnen“, seufzte er und blickte zum Baum hinüber. Kalea nickte stumm. Oft vergaß sie, dass die anderen Berufe hatten und, dass Henri und Faun sie in ihrer Freizeit trainierten. Gerade wollte sie die Lederriemen lockern, um ihm die Dolche zurückzugeben, da schüttelte er wild den Kopf.

„Behalte sie. Das sind meine Alten“, wandte er ein und stand mit abwehrenden Händen auf, da sie ihm die Dolche in die Hände drücken wollte.

„Das geht nicht, Henri.“

„Natürlich! Sieh es als ein verspätetes Geburtstagsgeschenk“, erwiderte er zwinkernd und lächelte breit, als sie ihm dankte, die Lederriemen festigte und die Dolche an ihren Ort steckte.

In ihre Unterhaltung vertieft, begleitete sie ihn ins Schloss hinein. Bei den Umkleiden der Wachleute verabschiedeten sie sich, wobei sich Kalea erneut bei ihm bedankte. Mit rotem Kopf scheuchte er sie davon.

Als sie den kleinen Flur wieder zurückging und ohne die Dolche die Drehbewegung im Laufen übte, erhaschte sie eine bekannte Gestalt zu ihrer Linken, die flink die Treppen hinauflief.

„Faun!“, rief sie ihm hinterher, um ihm von ihrem Training mit Henri zu erzählen. Sie wollte nicht länger pausieren. Er konnte wenigstens das Magietraining wieder aufleben lassen.

Nachdem er seinen Schritt nicht verlangsamte, eilte sie ihm hinterher. „Faun!“, wiederholte sie ihren Ruf und bemerkte, dass sie noch nie zuvor in diesem Schlossflügel gewesen war. Doch sie achtete kaum auf ihre Umgebung. Während sie ihn einholte, spürte sie das Summen in ihrem Hinterkopf, welches sie weiter Antrieb.

„Kalea, geh!", rief er ihr zu, nachdem er sie bemerkt hatte und steuerte eine Tür an, die größer aussah, als die anderen in dem Flur.

„Warte!", knurrte sie und stellte ihren Fuß in die Tür, als er sie gerade schließen wollte. Damit zwang sie ihn, sie anzuschauen. Sein Kiefer spannte sich an.

„Was willst du?", knurrte er und öffnete die Tür einen Spalt, um ihren Fuß nicht zu zerquetschen, dessen Haut noch immer sehr empfindlich war.

„Ich will reden", stellte sie klar. Ihre grauen Augen funkelten seinen bunten entgegen. Und gerade, als er etwas erwidern und ihr die Tür vor der Nase zuknallen wollte, hörten sie Stimmen am anderen Ende des Flurs. Überrascht drehte sie sich in die Richtung, um zu sehen, wer um die Ecke kam, als sie eine Hand an ihrem Arm spürte und im nächsten Moment in das Zimmer gezogen wurde. Luft entwich ihr. Mit dem Rücken gegen die Holztür gepresst, starrte sie Faun an, der sie mahnend ansah und an der Tür lauschte. Seine große Hand presste sich gegen ihren Mund. Nur vage hörte sie, wie zwei Personen an dem Zimmer vorbeigingen und sich weiter unterhielten. Warum reagierte er so aufbrausend? Die Leute hatten sie die letzten Tage oft genug zusammen auf dem Trainingsplatz gesehen. So sehr konnte er sich nicht schämen, mit ihr gesehen zu werden. Oder?

„Lass mich los", zischte sie gegen die raue Haut seiner Handfläche und drückte ihn von sich. Die Hitze, die von seinem Körper ausging, erinnerte sie zu sehr an den Moment im Wandschrank.

Sobald er sich sicher war, dass der Flur ruhig war, nahm er seine Hand von ihrem Gesicht, ohne von ihr zu weichen. „Was ist dein Problem?"

„Mein Problem ist", sein warmer Atem streifte ihr Gesicht, „dass ich nicht gerade scharf darauf bin, dass es Gerüchte im Dorf gibt."

„Gerüchte?", erwiderte sie verwirrt und bemerkte ein kleines Muttermal unter seinem Kinn.

„Ja", knurrte er wieder und stützte nun seinen Arm gegen die Tür. „Gerüchte, weil eine ehemalige Gefangene vor meinem Zimmer steht und komplett verschwitzt ist."

Verdutzt sah sie ihn an und blickte dann an sich herab. Sie hatte nur minimal beim Training mit Henri geschwitzt. Nichts Nennenswertes, weshalb Faun sich solche Gedanken machen musste. Doch wanderte ihr Blick danach an Faun vorbei in das Zimmer.

Es war groß. Größer als ihres in Aurums Haus. An den Fensterbögen hingen lange dunkelblaue Vorhänge, die offen waren und das Licht hereinließen. Im Kamin auf der anderen Seite loderte ein kleines Feuer. Davor stand ein kleiner Sessel mit einer Stehlampe und einem unordentlichen Stapel an Büchern. Eines lag aufgeklappt auf der Sessellehne. Zu ihrer Rechten stand ein dunkler Schreibtisch, dessen Papiere ordentlich sortiert waren. Die dahinterliegende Wand bestand aus einem hohen Bücherregal, welches beinahe aus allen Nähten platzte. Einzelne Kerzen in den Wandlampen leuchteten und spendeten dem Zimmer eine ruhige Atmosphäre. Als ihre Augen auf das große Bett fielen, welches von denselben Vorhängen umgeben war, hämmerte ihr Herz verräterisch in ihrer Brust.

Ihre Situation verschlimmerte sich, sobald sie wieder zu ihm blickte und bemerkte, dass er sie die ganze Zeit beobachtet hatte. In seinen Augen lag ein Ausdruck der Neugier. Die Funken schwebten ruhig in seiner Iris umher. Gedämpfte Stimmen drangen vom Flur zu ihnen durch.

„Und wie soll das …" Sie blickte von sich zu ihm, „… das Ganze verbessert haben? Sieht es nicht umso schlimmer für dich aus, wenn ich aus deinem Zimmer komme?"

Er lachte dunkel, wobei seine andere Hand an ihre kam. Ihre Verbindung reagierte direkt und summte aufgeregt, ehe sie sich beruhigte. Sein Adamsapfel hüpfte auf und ab. „Ich gebe zu, dass das nicht einer meiner hellsten Momente war", schmunzelte er, ohne ihren Körperkontakt zu lösen. „Aber du hast recht. Das Szenario würde meinen Ruf ruinieren."

Fassungslos schnaubte sie, löste sich endlich aus seinen Armen und trat in das Zimmer hinein. „Ich wusste nicht, dass es so schlimm ist, mit mir zusammen zu sein", fauchte sie und drehte sich wieder zu ihm um. Das Summen wurde durch den Verlust wieder lauter und kitzelte in ihrem Hinterkopf. Sie bezweifelte, dass es bei ihm anders war.

„Naja, weniger wegen dir, sonders wegen dem, was du repräsentierst", erklärte er brummend und zeigte auf sein eigenes Haar.

Sie verstand und strich sich unwillkürlich die weiße Strähne hinters Ohr. Mit verschränkten Armen erwiderte sie ernst: „Ich habe mich gegen Solas gerichtet."

„Ja." Während er zu seinem Tisch ging, dehnte er das Wort unnötig in die Länge. „Aber wie lange? Der Prinz hat dich verletzt. Wer sagt, dass du immer noch so denkst, wenn du ihm verziehen hast!"

Ihr Auge zuckte irritiert. „Was hat er damit zu tun?"

Faun lachte nach ihrer Aussage. „Für dich hat er mit allem zu tun!"

„Das stimmt doch gar nicht", wandte sie wütend ein und kam auf ihn zu, als er sich gegen den Tisch lehnte.

„Natürlich."

„Hör mir mal zu", sagte sie mit fester Stimme und trat so nah an ihn heran, dass sie ihren Finger in seine Brust bohren konnte, ohne ihren Arm zu strecken. „Ich habe mich gegen sie entschieden, weil es das Richtige war. Er hat damit nichts zu tun und wird an dieser Entscheidung nichts ändern können." Ihre Worte stockten kurz, als ihr bewusst wurde, dass sie dies zum ersten Mal laut aussprach.

„Beweise es", hauchte er ihr so frech grinsend entgegen, dass sie näher auf ihn zu kam und mit ihrer Hand eine Faust ballte. Faun reagierte schnell, blockierte diese und umgriff ihr Handgelenk in der nächsten Sekunde. Sie wehrte sich schnaubend und bekam auch ihre Hände frei. Im nächsten Moment, als Faun wieder nachgriff, war sie sich der Dolche an ihren Unterarmen wieder bewusst und ließ diese wie geübt in ihre Hände gleiten. Es war ein gefährliches Manöver gewesen, ihn offensiv anzugreifen. Als er jedoch die Klinge in ihrer rechten Hand sah, diese ergriff und dann an seinem Hals das Metall spürte, verharrte er in seiner Bewegung.

Fauns dunkler Blick legte sich auf sie. Das Feuer im Kamin knisterte nicht ansatzweise so intensiv, wie das Feuer, welches sich zwischen ihnen mit jeder weiteren Sekunde aufbaute. Ein Feuer, welches schon so lange zwischen ihnen brodelte. Doch immer, wenn sie es unter ihrer Haut spürten, ignorierten sie es und konzentrierten sich auf den Hass in ihren Mägen. Das Summen in ihren Hinterköpfen schrie. Doch wusste sie nicht, was mehr nach Faun schrie, die Verbindung, der Dolch in ihrer Hand oder ihre Lippen.

Faun lächelte bei ihrem Anblick und ließ seinen Blick über ihr Gesicht gleiten. Wie konnte sie nur so schön sein, wenn sie ihn so zur Weißglut brachte? „Ich dachte, dass du beim nächsten Mal besser zielen willst", flüsterte er ihr entgegen und spielte auf ihren allerersten Fluchtversuch an.

„Wer sagt, dass ich es nicht getan habe?", erwiderte Kalea selbstbewusst und verstärkte den Druck ihrer linken Hand, sodass Faun erst dann den zweiten Dolch bemerkte, der ihm warnend in die Seite stach. Faun lachte dunkel, umschlang nun auch ihre zweite Hand und führte sie mit wenig Kraft von seinem Körper weg.

Zunächst sträubte sie sich, ehe sie nachgab und die Dolche auf den Teppich unter ihnen fallen ließ. Sie leckte sich über die Lippen. Die Funken in Fauns Augen sprangen hin und her. Das Summen verschmolz in einen langen, tiefen Ton, ehe das Vibrieren folgte. Ein Holzscheit fiel um und ließ Funken in die Luft sprühen.

Es brauchte nicht mehr viel, das wussten sie beide.

„Ich sollte diese Dolche aufheben und sie dir in den Hals rammen", ergriff der Halbelf das Wort. Ihre Brust hob sich bei seiner Tonlage und ein erneutes Anfeuchten ihrer Lippen brachte ihn dazu, dem Feuer nachzugeben. „Aber ich habe eine bessere Idee."

Fordernd presste Faun seine Lippen auf ihre und als er spürte, dass sie den Kuss erwiderte, seufzte er gegen ihren Mund, umgriff ihre Taille und presste sie an sich. Die Verbindung summte befriedigt und verstummte. Kalea begegnete ihm mit der gleichen Intensität, umschloss sein Gesicht mit ihren zitternden Händen, ließ sich von ihm umdrehen und nach hinten gegen den Tisch führen. Bei allen Göttern, dies war anders als der Kuss mit Emil.

Intensiver.

Echter.

Während er sie auf den Tisch beförderte und sich zwischen ihren Beinen platzierte, wusste sie nicht mehr, wohin mit ihren Gedanken. Einerseits wollte sie ihn von sich stoßen und anschreien, andererseits wollte sie, dass er sich weiter an ihrem Hals hinunter küsste und noch so viel tiefer. Sie wollte ihn erwürgen und küssen und erstechen und ihm die Klamotten vom Leib reisen und am liebsten alles auf ein Mal.

Faun entwich ein tiefes Stöhnen, als sie ihn näher an sich ran zog.

Sie brachte ihn um.

Jeder weitere Kuss war wie Gift in seinen Adern, welches ihn einen langsamen Tod sterben ließ. Aber wenn sich der Tod so anfühlte, verdammt, dann wollte er tausend Tode sterben.

Kalea stieß ihn leicht von sich weg und bevor er sich entfernen konnte, öffnete sie langsam und mit zitternden Fingern die Knöpfe seines Hemdes. Als er dies nicht mehr mitansehen konnte und sich eine Welle der Erkenntnis über ihn legte, umgriff er ihre Hände und legte sie mit etwas Druck zurück auf den Tisch. Gerade wollte sie protestieren, als er seine Lippen wieder auf die ihren drückte und jedes weitere Wort verschluckte. An ihrem Becken zog er sie wieder näher an sich heran, was ihm einen tiefen Ton entlockte. Sie stöhnte leise gegen seinen Mund, während sie sich ganz und gar in seinem Duft verlor.

Ein letztes Mal küsste er sie, biss ihr in die Lippe, atmete tief ein und legte seine Stirn an ihre.

Ihre Augen waren geschlossen.

Keiner der beiden traute sich etwas zu sagen, weshalb in dem Zimmer nur das Knistern des Feuers und ihre Atemzüge zu hören waren.

Sie hasste es, dass sie sich am liebsten wieder vorgelehnt hätte, um ihn zu schmecken. Ein Geschmack nach Zimt und Orangen.

Langsam öffnete sie die Augen und blickte in die violette Iris. Die Funken sprangen so wild hin und her, dass sie diese aus solcher Nähe gar nicht ausmachen konnte. Faun so über ihr zu sehen, mit verwüsteten Haaren, tanzenden Augen und ihr vollkommen zugeneigt, war ihr in diesem Moment genug, weshalb sie, wenige Atemzüge später, ohne einen weiteren gestohlenen Kuss vom Tisch glitt und sich mit einer leichten Berührung an seiner Hand verabschiedete. Schnell schnappte sie ihre Dolche vom Boden, vergewisserte sich, dass der Flur leer war und verschwand.

Sobald die Tür hinter ihr zuging, ließ er langsam den angehaltenen Atem hinaus und legte seinen Kopf mit geschlossenen Augen in den Nacken.

Das würde ein Problem werden.

KAPITEL 42

War sie eine Heuchlerin? Die ganze Zeit hatte sie mit ihm gestritten und war ihm weitestgehend aus dem Weg gegangen. Doch seitdem ihre Verbindung durch den Trank gedämpft wurde, fühlte es sich so an, als würde sie die Nähe des Anderen noch mehr suchen. Und darüber beschwerte sie sich nicht. Vielleicht lag es an dem unterschwelligen Herzschmerz, der sie in den tiefsten Nächten einholte oder es war ein Versuch ihren Verrat an ihrem Land zu vergessen? Sie wusste es nicht. Was sie wusste, war, dass sie immer wieder über die Lippen leckte, um dem Geschmack nach Zimt und Orange hinterher zu jagen.

Wie nicht anders erwartet, hatten sie nicht über den Kuss geredet. Bei allen Göttern, als sie sich am nächsten Tag sahen, dauerte es keine fünf Minuten, da diskutierten sie über ihr Training.

Während Faun sie abgewimmelt hatte und stur bei seiner Entscheidung geblieben war, das Training erst in der nächsten Woche weiterzuführen, war ihr Blick immer wieder auf seine Lippen gefallen. Mit rasendem Herzen hatte sie beobachtet, wie sich seine Lippen um die bissigen Worte formten und obwohl sie sich am liebsten umgedreht hätte, um das Gespräch zu beenden, hatte sie auf der anderen Seite dagegen angekämpft, nicht in seine Arme zu springen.

In seine Arme, die sich gerade gegen sein Hemd spannten und ihr den Atem verschlugen. Leise summte die Verbindung in ihrem Kopf.

Es war unfair, wie unverschämt gut er aussah. Wie tief und melodisch seine Stimme klang. Wie gut er schmeckte und küsste.

Plötzlich spürte sie, wie warm ihr wurde. Ihn mitten im Satz unterbrechend, drehte sie sich auf dem Absatz kehrt und floh vom Trainingsplatz, auf dem sie ihn abgefangen hatte. Im Hintergrund hörte sie ihn etwas rufen. Sobald sie um die Ecke gegangen war, verstummte das Summen in ihrem Hinterkopf und ließ sie endlich einen klaren Gedanken fassen.

Das war immer noch Faun! Der Mann, der sie entführt hatte, den sie eigentlich nicht ausstehen konnte!

Faun war arrogant und sah sie immer so an, als befürchtete er das Schlimmste von ihr. Doch diese Küsse waren atemberaubend gewesen. Kopfschüttelnd verfluchte sie sich selbst und eilte weiter vom Trainingsplatz. Sie musste Abstand von ihm halten. Dafür war schließlich der Trank gedacht gewesen, dass sie nicht ständig aufeinander hockten.

Noch immer war es komisch, ihn nicht im Hinterkopf zu spüren, nicht den unterschwelligen Schmerz zu spüren, wenn er nicht bei ihr war. Aber auch daran würde sie sich gewöhnen. Sie brauchte nur Zeit und die hatte sie Dank der Trainingspause zu Genüge.

Ihr Weg führte sie zu Amrin, der an einem Baum am Fluss lehnte und in einem Buch las. Der kühle Wind zerwühlte sein Haar und erfreut stellte sie fest, dass es ihm besser ging. Er verzog nicht das Gesicht, weil sein Rücken am Baum lehnte und als er sich gähnend streckte, zuckte er nicht zusammen.

Seit ihrer Entführung durch Emils Söldner, hatten sie ihre täglichen Spaziergänge unterbrochen. Einerseits aufgrund ihrer Verletzungen und anderseits, weil sie beide wussten, dass sie an das Geschehene denken mussten, wenn sie den anderen sahen. Selbst in diesem Moment, in dem er so friedlich am Baum lehnte, sah Kalea ihn gefesselt und schreiend vor einem anderen knien.

„Na, du“, begrüßte sie ihn und setzte sich neben ihn ins Gras. Sein Blick hob sich nur kurz vom Buch.

„Hey“, erwiderte er leise und wandte sich wieder seinem Buch zu. Er sagte nichts, als sie ihre Schulter an seine lehnte. Seine Schmerzen schienen vorbei zu sein. Doch wirkten seine Augen noch immer trüber als davor.

Ihr Blick wanderte über das ruhige Gewässer und hielt an einer tanzenden Libelle. Genießend schloss sie die Augen und lehnte den Kopf gegen den Baum. Im Hintergrund hörte sie das bunte Treiben des Dorfes und den Fluss vor ihnen. Es fehlte ihr, mit Amrin zu reden. Obwohl er sie nicht direkt abwies, hatten Aurum und sie bemerkt, dass der junge Gelehrte weniger sprach. Seine Cousine vermutete ein Trauma, das er wie immer allein lösen wollte.

„Wie will er das allein verarbeiten? Er ist fünfzehn“, hatte Kalea eines Abends erwidert, während die beiden Mitbewohnerinnen auf dem Sofa gesessen hatten und ihren Abendtee tranken.

Aurums Augen hatten traurig geschimmert, als sie leise: „Es wäre nicht das erste Mal, dass er so etwas übersteht“, geantwortet hatte.

Sie hatte an diesem Abend noch lange wach gelegen und überlegt, ob und wie sie selbst mit dem Erlebten klarkam. Manchmal träumte sie von der Verbrennung an ihrem Knöchel und von Emil, der sie küsste und ihr dann das Schwert an die Kehle hielt. Aber außer, dass sie mit einer brennenden Wut im Bauch aufwachte, ging es ihr gut. Sie wurde aber auch nicht, wer weiß wie lange, gefoltert. Nicht so wie Amrin.

„Wie klappt es mit dem Trank?", durchschnitt die Stimme des Jungen die angenehme Ruhe. Ihre Augen blinzelten gegen das Licht, als sie den Kopf zu ihm drehte. Er blickte noch immer in sein Buch und knabberte an einem Nagel.

„Gut", murmelte sie und schloss wieder die Augen. „Wir haben bisher nur Evalin gedankt. Dir danken wir natürlich auch."

Er brummte anerkennend. „Hilft er euch?"

Als sie nicht antwortete, wandte er den Blick von seinem Buch über Opferungen ab und musterte ihr Gesicht. Ihre Augen waren noch immer geschlossen, doch ihre Augenbrauen waren zusammengezogen. „Kalea?"

Dann riss sie die Augen auf und drehte den Kopf wieder zu ihm. „Versprich, dass du es niemandem erzählst."

Nun hatte sie seine volle Aufmerksamkeit. Das Buch fiel in seinem Schoss zu, als er mit ernstem Blick nickte.

„Was ist los? Gibt es Nebenwirkungen? Geht es euch nicht gut?"

„Wir …" Sie atmete frustriert aus und blickte Amrin unsicher an. „… haben uns geküsst."

Würde er ihr nicht direkt zuhören, hätte er die Worte, die schneller als jede Kanonenkugel aus ihrem Mund kamen, nicht verstanden. Seine Schulter sackten nach unten. „Was?", fragte er verwirrt.

„Wir haben uns geküsst. Faun und ich", wiederholte sie unter zusammengepressten Zähnen und legte ihr Gesicht in ihre Hände. „Sag' doch was!"

„Ich weiß, um ehrlich zu sein, nicht, was ich sagen soll“, gestand Amrin und unterdrückte ein Lachen. „Ich habe mit vielen gerechnet, aber sicherlich nicht damit. O nein, ich schulde Henri eine Flasche Wein.“

„Was?“

„Ach nichts“, wiegelte er ab, um die Wette, die er mit Henri gehabt hatte, zu verheimlichen. „Aber ich bezweifle, dass der Trank daran schuld ist.“

„Das weiß ich doch. Der funktioniert perfekt“, jammerte Kalea nun, was Amrin endlich ein Lachen entlockte.

Entschuldigend sah er sie an, als sie ihm einen bösen Blick zuwarf. Als sie jedoch das spitzbübische Leuchten in seinen Augen sah, konnte sie nicht anders, wie in das Lachen mit einzusteigen. Vielleicht hatte Aurum recht und Amrin konnte das Erlebte überstehen, ohne dass sie sich Sorgen machen musste.

Und als sie am gleichen Abend in ihrem Zimmer mit einem stürmischen Kuss überrascht wurde, wusste sie, dass sie sich viel lieber an Fauns Lippen gewöhnen wollte, statt an die Leere in ihrem Hinterkopf.

KAPITEL 43

„Was machen wir hier?", flüsterte er atemlos gegen ihre Lippen. Von der Wohnstube aus drangen die Stimmen von Bo und Aurum entgegen, die sich noch unterhielten.

„Ich weiß es nicht", antwortete sie und zog ihn an seinem Nacken wieder an sich heran. Dem Halbelf entkam ein tiefes Seufzen, als sich ihre Lippen berührten. Er hatte sich an diesem Morgen auf dem Trainingsplatz kaum zusammenreißen können. Am liebsten wäre er ihr hinterhergelaufen und hätte sie an die nächste Hauswand gedrückt.

Das alles war verrückt.

Er war verrückt.

Noch immer traute er ihren Motiven nicht. Konnte ihr nicht glauben, dass sie mit Solas abgeschlossen hatte und sich in Viredis wohl genug fühlte. Aber trotzdem schien sein Körper in Flammen zu stehen, wenn sie ihn berührte. Jede Stelle kribbelte, über die ihre Hände strichen. Ihm war bewusst, dass sie kaum Erfahrung in solchen Dingen hatte, umso mehr überraschte es ihn, dass er sich in ihren Küssen verlor. Entweder dieser Prinz hatte sich mehr von ihr geholt, als er gedacht hatte oder sie war einfach gut darin, ihn zu küssen. Insgeheim war ihm die zweite Option lieber.

Stolpernd drückte er sie in Richtung ihres Bettes, ohne seine Lippen von ihren zu nehmen. Als sie etwas forsch mit den Kniekehlen an den Bettrahmen stieß, zischte sie zwischen ihren Küssen: „Pass auf."

Er grinste gegen ihren Mund und erwiderte flüsternd ein weniger bissiges: „Halt die Klappe", ehe er ihr auf das Bett folgte und seine lockeren Schuhe abstreifte.

Sie musste sich nie darüber Gedanken machen, an Gewicht zuzulegen, denn in Solas waren ihre Mahlzeiten immer perfekt portioniert gewesen. Trotzdem hätte sie nie vermutet, dass ihr liebstes Zusatzgewicht der Mann werden würde, der sich in diesem Moment auf sie legte und ihre Lippen wund küsste. Einen Arm stützte er neben ihrem Kopf ab, während die andere Hand ihre Wange hielt. Ihre eigenen strichen über seine Seiten und klammerten sich in sein Oberteil. Seine Knie drückten sich neben ihren Beinen in die Matratze und als sich seine Lippen entlang ihres Kiefers bewegten, begann sie alles zu vergessen und nur seine Nähe zu spüren. Die Verbindung in ihren Hinterköpfen vibrierte seit dem ersten Aufeinandertreffen ihrer Lippen.

Ein Stöhnen entwich ihm, als sie ihn näher an sich drückte. Die Gänsehaut, die sich auf ihrem Körper ausbreitete, verstärkte sich, als seine Finger sanft über die Ringe an ihren Unterarmen strichen. Ohne drüber nachzudenken, klammerte sie ihre Beine um seine Hüften. Er schien zu zögern, bis sie ihn an sich ran zog und er sich vollends auf sie legte. Der Rock rutschte an ihren Oberschenkeln hoch und seine Hose rieb an ihrer Haut.

Für einen kurzen Moment löste er sich von ihren Lippen, um aufgrund des Kontaktes leise zu stöhnen. Doch bevor ein weiterer Ton seinem Mund entweichen konnte, hörten sie näherkommende Schritte. Erschrocken erstarrten sie in der Bewegung und trauten sich nicht zu atmen. Ihre Blicke lagen auf der Zimmertür. Die Schritte verstummten.

Zittrig atmete sie aus und wandte sich wieder seinem Gesicht zu. Fauns Augen ruhten schon längst auf ihr. Nur Zentimeter von ihrem Gesicht entfernt. Sich nach Vernunft sehnend, stütze er sich auf seine Knie und löste sich von ihr. Sein Denkvermögen klärte sich minimal, ehe er die bekannten Worte erstickt sagte und im nächsten Raumsprung verschwand.

Aufgewühlt starrte sie an ihre Zimmerdecke und legte ihre Hand auf ihr bebendes Herz. Von draußen hörte sie Aurums Zimmertür zugehen.

Oh, wenn sie dachte, dass sie vorher Probleme hatte, dann wusste sie nicht, was die Berührungen dieses Mannes mit ihr anstellten. Wenn sie zusammen in Esmals Arbeitszimmer standen, schienen sie sich nicht entscheiden zu können, ob sie lieber stritten oder auf die Lippen des anderen zu starrten. In den einem Moment fauchten sie sich bekanntermaßen an, was Amrin schmunzelnd beobachtete, und im anderen überfiel er sie in einer dunklen Ecke und presste seine Lippen für einen kurzen Kuss auf ihre. Manchmal verschwand er so schnell, dass sie sich fragte, ob er wirklich da gewesen war oder ob sie es sich einbildete. Nur das vorherige Summen in ihrem Kopf warnte sie eine Sekunde vor seinem Erscheinen und das verstummende Vibrieren versicherte ihr, dass er sie wirklich berührt hatte.

Eben lief sie noch alleine durch die Regalreihen der Bibliothek, nun zog seine Hand sie an ihrem Nacken an seine Lippen heran. Sie hatte nur kurz das Summen gespürt, ehe er hinter ihr aufgetaucht war. Sie verlor sich in dem sanften Kuss, den er ihr im gedämpften Licht des Nachmittages schenkte.

„Du sollst morgen zur Beratung dazu kommen“, erklärte er ihr seinen Besuch und küsste sie daraufhin genauso sanft weiter, als sie nickte. Ihre Hände griffen in sein Haar, was ihn aufseufzen ließ. „Ich muss weiter.“

„Nur kurz“, jammerte sie und spürte sein Grinsen gegen ihre Lippen.

„Wir sehen uns später“, versprach er ihr, zog sie ein letztes Mal näher an sich und verschwand daraufhin flüsternd im Raumsprung.

Atemlos strich sie sich durchs Haar, lehnte den Kopf gegen das Regal nach hinten und schüttelte diesen ungläubig, aber grinsend. Diese Woche hatte sich wie in einem Rausch angefühlt. Manchmal kam es ihr surreal vor, wenn sie seine Haut unter ihren kribbelnden Fingern spürte. Außer Amrin hatte sie niemandem von der neuen Dynamik ihrer Beziehung erzählt. Zu sehr fürchtete sie sich vor der Meinung der anderen, die wussten, wie ihre Beziehung normalerweise zu dem Halbelfen war. Und aufgrund des Verhaltens der anderen, konnte sie sich sicher sein, dass auch Faun geschwiegen hatte. Dabei erwischte sie sich, sich selbst zu fragen, wie lange ihr kleines Spiel gut gehen konnte.

So, wie beide sich kannten, nicht mehr lange.

Das Feuer zwischen ihnen schien immer kurz vor einem Inferno zu stehen, bis sich einer von ihnen zwang, sich zu lösen, um das Schlimmste zu verhindern.

Nämlich sich noch näher zu kommen.

„Unsere Männer haben Soldaten mit dem Wappen von Solas an den Landesgrenzen patrouillieren sehen. Mehr als je zuvor“, berichtete Bo im

Beratungszimmer und stützte sich auf seinem Knie ab. Kalea stand diesmal am Rande des Raumes und hüllte sich in dem Schatten, der vom Kaminfeuer geworfen wurde. Es war später Nachmittag, weswegen durch die Risse der Baumrinde nicht genug Tageslicht hindurch schien, um das Schloss zu erleuchten. Deshalb wurden die meisten Kamine und Wandleuchten entzündet.

Noch immer fragte sie sich, warum sie anwesend war. Als eine der Wachen an ihrer Tür geklopft hatte, war sie ihr, dank Fauns Vorwarnung, direkt gefolgt. Außer, dass Esmal sie sprechen wollte, hatte ihr die weibliche Wache nichts Weiteres verraten. Sie wurde selten zu den Beratungen bestellt und aus ihrer bisherigen Erfahrung erwartete sie, dass sie etwas von ihr benötigten. Seitdem sie von ihrer Opferung und der zusammenhängenden Prophezeiung erzählt hatte, suchte Esmal sie weniger auf. Nun wartete sie seit mehreren Minuten auf ihren Einsatz und lauschte interessiert den Berichten. Bis auf die Ratsmitglieder und Esmal, waren noch Aurum, einige hochrangige Wachen, wie Bo und Faun anwesend. Letzterer hatte sie bisher noch keines Blickes gewürdigt. Ihre Lippen kribbelten bei der Erinnerung an ihren letzten Kuss. Seitdem er sie am vorherigen Tag überrascht hatte, hatten sie sich nicht nochmal gesehen. Die Verbindung hatte erfreut gesummt, als sie in den Raum gekommen war und ihr Blick auf ihn fiel. Sein Kinn ruhte in seinen Händen. Er sah müde aus und als er sich in den Sessel gelehnt hatte, bemerkte sie, dass er einige Sorgenfalten auf der Stirn trug.

Die Leute murmelten wild durcheinander, seitdem Bo von den Soldaten erzählt hatte. Sie selbst kam nicht drum herum, sich zu fragen, ob sie nach ihr suchten. Natürlich taten sie das. Nachdem sie ihnen in den Rücken gefallen war, würden sie alles daran setzen, sie zu finden.

Denn sie war nun nicht mehr nur die Eine, sondern auch eine Verräterin.

„Kalea“, bezog Esmal sie in die Unterhaltung mit ein, „wussten sie, wo genau Viredis ist? Hat der Kronprinz etwas angedeutet?“

Verneinend schüttelte sie den Kopf und war froh, dass Amrin nicht anwesend war. „Sie hatten keine Ahnung. Deswegen haben sie Amrin gefoltert, um herauszufinden, wo ich war.“ Ihre Kehle schnürte sich zusammen. Aurum wandte den Blick auf ihre Schuhe.

„Warum sind sie nur an der Grenze? Sie wissen doch, dass sie in Talam ist“, warf ein junger Mann ein, der Teil des Rates war.

„Ich denke, dass sie sich nicht sicher sind. Der Waldabschnitt war zwar in unserem Reich, aber auch nah an der Grenze zu Gaofar“, gab Faun zu bedenken. Das Reich des Windes hatte sich genauso wie Talam inoffiziell gegen Solas gestellt. Würde diese Tatsache offiziell werden, würde ein Krieg ausbrechen. „Ich finde es beunruhigender, dass Hidrig ihre Soldaten in ihrem Reich patrouillieren lassen.“

„Jeder weiß, dass sie mit Solas handeln“, zischte Bo angewidert.

„Trotzdem ist es ein ziemlicher Schritt“, sagte Esmal. „Ich werde der Königin davon berichten. Sie soll entscheiden, ob sie die Herrscher von Hidrig darauf anspricht oder nicht. Faun bitte kundschafte mit weiteren Männern die Grenze aus. Versucht herauszufinden, ob sie planen, sie zu überqueren.“

Bestätigendes Raunen durchfuhr den erwärmten Raum. Schnell notierte Aurum eine Erinnerung für Esmal, der tief in Gedanken schien. Kleine Sorgenfalten traten auf seiner Stirn auf und ließen ihn noch älter wirken.

Kaleas Blick fiel unwillkürlich auf Faun, der ebenfalls nickte und sich dann zu seinem Bruder vorlehnte.

Esmal räusperte sich: „Also gut, ein anderes Thema. Morgen früh kommen weitere Waisen und Flüchtlinge an. Sie stammen aus den südlichen

Regionen, deren Land vollkommen der Dürre erlegen sind. Dort ist vor einigen Tagen ein Feuer ausgebrochen. Ob dies natürlicher Herkunft ist, wissen wir bisher nicht."

Ihr Blick schnellte zu ihm.

„Kalea, ich würde dich bitten, bei den Vorbereitungen im Westflügel zu helfen. Einfache Arbeiten, um den Neuankömmlingen eine gute Anreise zu ermöglichen."

Ein bittendes Lächeln lag auf seinen Lippen und auch Aurum sah sie abwartend an. Generell spürte sie die Blicke der Menschen im Raum auf ihr - auch Fauns.

„Gerne", antwortete sie und nickte zaghaft. Ob sie testeten, wie weit sie sich einbringen wollte?

Euphorie entflammte in ihrem Körper. Durch die Trainingspause langweilte sie sich jeden Tag mehr, während die anderen wichtigen Aufgaben nachgingen.

Als sein intensiver Blick ihre Haut zum Kribbeln brachte, erwiderte sie ihn. Da fiel es ihr auf.

Der Westflügel.

Fauns Zimmer war im Westflügel.

Auch er kam als Flüchtling und Waise nach Viredis, so wie es auch Bo und Amrin waren. Eine Tatsache, die sie zwar wusste, aber nie wirklich wahrgenommen hatte. Bis zu diesem Zeitpunkt.

KAPITEL 44

Der sogenannte Westflügel war größer, als der Umriss des Schlosses vermuten ließ. Evalin, die eine der Helferinnen an ihrem freien Tag war, führte Kalea am selben Tag herum und erklärte ihr, dass es früher wirklich nur der Westflügel war, der für Flüchtlinge und Waisen genutzt wurde. Über die Jahre hatte dieser aber nicht mehr gereicht. Immer mehr Menschen benötigten eine Unterkunft, weswegen sich die Räumlichkeiten auf alle Stockwerke und bis zur Hälfte des Hauptteiles erstreckten. Die meisten zogen nach einer gewissen Zeit in andere Orte weiter oder bezogen ein Haus im Dorf. Wenige, meistens die Waisen, blieben im Westflügel wohnen. So wie Bo und Faun. Amrin war in die Räumlichkeiten der Gelehrten gezogen, die neben der Schlossbibliothek lagen.

Sich umherschauend folgte sie Evalin in einen langen Flur mit vielen Türen. Zum Glück hatten sie bisher einen großen Bogen um Fauns Zimmer gemacht. Seitdem sie wusste, dass sie in den Westflügel gehen würde, huschten ihre Gedanken immer wieder zu ihrem ersten Kuss zurück. Ihre Verbindung in ihrem Hinterkopf suchte seitdem nach Faun, der jedoch direkt mit einer kleineren Gruppe aufgebrochen war.

Es wuselten viele Helfer im Flur herum, die die Bettwäschen wechselten und die Räume entstaubten.

„Wir fangen mit diesem Zimmer an", erklärte Evalin und öffnete die Tür zu einem großen Raum und blickte dann auf einen Zettel in ihrer Hand. „Hier sollen drei Geschwister rein, die ihre Eltern die Woche verloren haben." Ihr Blick senkte sich, ehe sie sich im Raum umsah. Die Fensterbögen waren mit dicken hellbraunen Vorhängen bedeckt. Ein kleiner Kamin war an der einen Wand hineingearbeitet. Ein großes Doppelbett füllte das meiste des Raumes, sowie der große Teppich auf dem Boden.

„Ich würde sagen, dass wir erstmal alles abstauben und dann das Bett neu beziehen", meinte Evalin tatkräftig, ging zu den Vorhängen und riss diese mit einer schwungvollen Bewegung auf.

Gesagt, getan. Zusammen zogen sie die alte Bettwäsche ab und Evalin holte frische Bezüge aus einer Kammer auf dem Stockwerk. Das Gewusel und bunte Treiben im Schloss steckte Kalea an und obwohl Evalin ihr einiges erklären musste, machte ihr die Arbeit Spaß.

Es fühlte sich gut an, gebraucht zu werden.

Neben den aufgeweckten Gesprächen der Helfer, hallte auch eine versteckte Traurigkeit durch die Flure des Schlosses. Mit jedem Neuankömmling, kam auch eine neue Hintergrundgeschichte, eventuelle Traumata und Trauer, sei es um geliebte Menschen, ihr vertrautes Zuhause oder ihrem alten Leben, hinzu.

„Was macht ihr, wenn die Räume nicht reichen?", fragte sie neugierig und beobachtete Evalin dabei, wie sie ihre langen braunen Haare in einen Dutt drehte.

„Das passiert leider öfter, als es uns lieb ist. Wir bekommen die Zahlen nach einer ersten Zählung. Auf diese Menschen versuchen wir uns vorzubereiten. Aber oft kommen danach noch Flüchtlinge dazu, die wir nicht eingeplant haben. Entweder die Zimmer sind dann voller wie vermutet, oder sie kommen im Dorf unter", erklärte Evalin.

„Die Leute im Dorf lassen Fremde bei sich wohnen?"

„Natürlich. Wir kämpfen alle gegen dasselbe." Ihr Blick blieb an Kaleas weißer Strähne hängen. „Da fällt es uns leicht über sowas hinwegzusehen."

Evalins Augen wanderten zurück in Kaleas Gesicht. Leicht lächelte sie, bis sie sich wieder ihrer Aufgabe widmeten.

Kaleas Nackenhaare standen ab. Ein dumpfes Gefühl hatte sich bei ihren Worten in ihren Magen gelegt. Sich in ihrer Haut unwohl fühlend, strich sie die Strähne hinter ihr Ohr und hoffte, dass die umliegenden Haare diese überdeckten.

Den restlichen Tag blieb das dumpfe Gefühl in ihrem Körper und verdrängte die anfängliche Freude des Tages. Sie hatte sich insgeheim auf die Neuankömmlinge gefreut. Ihre Gesichter zu sehen, wenn sie die hergerichteten Zimmer bezogen, ihre erste richtige Arbeit betrachteten.

Doch seitdem dieses klebrige, betäubende Gefühl in ihrem Körper war, wollte sie sich am liebsten in ihrem Zimmer verstecken. Furcht davor, die Gesichter der Neuankömmlinge zu sehen, wenn sie Kalea erblickten. Ihre Strähne. Und damit ihre Herkunft errieten.

Solas hatte ihnen Leid zugefügt, warum sollten sie Kalea freundlich gegenübertreten? Sie hatten genug durchgemacht.

Stumm beschloss sie, die Ankunft der Neuankömmlinge nicht durch ihre Anwesenheit zu verschlimmern, weswegen sie Evalins Angebot, bei der Ankunft am nächsten Tag dabei zu sein, ausschlug. Als sie sich von der Köchin verabschiedete und die Treppe aus dem Westflügel hinunterging, spürte sie ihren Blick im Rücken. Doch sie drehte sich nicht noch einmal herum.

Ihre eigene Aufmerksamkeit war auf den Boden geheftet, während sie über die Steinplatten im Wasserbett balancierte, aus dem Baum trat und durchs Dorf zu Aurums Haus ging. Für einen Moment stoppte sie vor ihrer Zimmertür und wünschte sich, dass ein gewisser junger Mann auf sie wartete und ihre Gedanken auf etwas Anderes lenkte. Als sie jedoch hineintrat und nur die stille Leere sie begrüßte, fiel ihr wieder ein, dass Faun nicht in Viredis war. Wie in den vergangenen Nächten stellte sie leuchtenden Blumen in eine Vase neben ihrem Bett, die sie am Abend aus dem Garten pflückte. Henri hatte sie darauf gebracht, als sie ihm verriet, dass sie schon öfters eingeschlafen war, ohne die Kerze zu löschen.

Erst als der Schlaf sie überrollte, stoppten ihre Gedanken.

Der Mond stand in voller Pracht im Sternenkleid der Nacht, als ein spitzes Gefühl durch ihren Hinterkopf zog und vor ihren Augen ein greller Blitz erschien. Geschockt fuhr sie in ihrem Bett hoch und packte sich an den pochenden Kopf. Es fühlte sich so an, als würden sich tausende Nadeln in ihr Gehirn bohren. Für einen Moment stand sie neben sich und wusste nicht, was los war, bis es sie überkam.

Faun.

Er war verletzt.

Ihre Beine zitterten, während sie die Decke wegschlug und sich auf den kalten Boden stellte. Ihr Kopf dröhnte, obwohl sie ihren Trank getrunken hatte. Denn Faun war verletzt.

Schwer.

Immer wieder durchfuhr sie das spitze Gefühl, welches ihren Puls an den Rand trieb. Sie spürte ihr Herz wild in ihrer Brust schlagen.

Stolpernd rannte sie aus ihrem Zimmer in die dunkle Wohnstube. „Aurum!", schrie sie überfordert und riss die Tür zum Zimmer ihrer Mitbewohnerin auf. Kurz überkam sie Erleichterung, als sie Bo im Bett neben einer verschlafenen Aurum sah. Müde rieb sie sich ihre Augen und rappelte sich im Bett hoch. Bo zuckte zusammen und sah verwirrt im dunklen Raum umher.

„Kalea?", erwiderte sie schlaftrunken und blickte auf die zitternde Gestalt an ihrer Tür, die dank des Mondlichtes zu sehen war.

„Was ist los?", fragte Bo nun wacher, nachdem er Kaleas aufgewühlten Zustand erkannt hatte.

„Faun ist verletzt", stammelte sie und strich sich durchs Haar, „ich weiß nicht, wo er ist, aber er hat starke Schmerzen." Sie hatte kaum ihren Satz fertig gesprochen, da stand Bo schon vor ihr und nahm sein Hemd vom Stuhl.

„Wann hast du es gespürt?", fragte er ernst und zog sich an. Aurum zog sich ebenso schnell an, ohne ihren Blick von ihnen zu nehmen.

„Eben. Ich bin wach geworden", antwortete Kalea noch immer zitternd und folgte ihm in die Wohnstube. Es wunderte sie, dass Bo ihr direkt geglaubt hatte. Faun hatte seinem Bruder wohl alles über ihre Verbindung erzählt.

„Zieh dich an", befahl er ihr und suchte seine Stiefel beisammen.

Schnell rannte sie in ihr Zimmer und griff nach ihren Klamotten des Vortages. Kurz hielt sie inne und atmete durch, als sie merkte, wie stark ihre Hände bibberten, während sie ihr Hemd zuknöpfte.

Ein erneutes spitzes Gefühl durchfuhr sie und riss sie aus ihrer Starre. Ihre Knie sackten beinahe zusammen, ehe sie sich aufraffen konnte. Und dann bemerkte sie, dass neben der puren Panik etwas anderes Besitz von ihrem Körper ergriffen hatte.

Erschütternde, ehrliche Angst um ihren Entführer.

Eine kalte Hand legte sich um ihr Herz und drohte ihren Kreislauf völlig zum Einstürzen zu bringen. Ihr fiel es schwer mit Bos langen Schritten mitzuhalten. Aurum rannte beinahe neben ihm und strich sich die kurzen Haare mit blassem Gesicht aus den Augen. Ihre Lunge brannte von der kühlen Nachtluft, die sich auf ihre leicht bekleideten Beine legte. Die Schritte der drei schienen so unglaublich laut, während sie durch das stille Dorf zum Baum rannten. Sie ignorierte den Protest ihrer Beine. Von weitem sahen sie schon die Fackeln der Nachtwachen am Tor. Bo stolperte und stand fluchend wieder auf. Auch ihm war die Farbe aus dem Gesicht gewichen. Seine Lippen waren fest aufeinandergepresst und seine Augen wirkten so voller Sorge, dass es Kalea erneut die Luft aus der Lunge drückte.

„Wir müssen zu Esmal“, sagte Aurum hektisch zu den Nachtwachen, die sich eben noch unterhalten hatten. Henri war leider nicht unter ihnen.

„Was ist los?“, fragte einer der Männer und öffnete ihnen mit verwirrtem Blick das große Tor.

Gerade wollte sie den beiden hinein folgen, da durchfuhr sie wieder das Gefühl und ließ ihre Knie zusammensacken. Bo fing sie gerade rechtzeitig auf. Sie schluckte, als er sie mit großen Augen anblickte. Er musterte sie besorgt, obwohl sie sich nicht sicher war, ob seine Sorge auch ihr galt oder nur seinem kleinen Bruder, zu dem sie in diesem Moment die einzige Verbindung war.

Ohne ein weiteres Wort zu verlieren, stützte er sie auf dem weiteren Weg hinein. Auch im Schloss herrschte eine nächtliche Ruhe, die durch ihre hallenden Schritte in den Fluren durchbrochen wurde. Die Wandlampen wurden schon vor einiger Zeit gelöscht. Wie viel Uhr es war, wusste sie nicht.

Wenig später saß sie mit zitternden Händen auf einem Sofa in Esmals Arbeitszimmer und wartete mit den beiden auf den Ältesten. Bo lief ungeduldig auf und ab und starrte auf die Tür. Aurum wirkte, als wäre auch sie am Ende ihrer Nerven, riss sich aber für Bo zusammen und riet ihm immer wieder, sich zu setzen. Sie selbst starrte seitdem sie sich gesetzt hatte auf denselben Punkt auf dem Boden und lauschte ihrem rasenden Herzen. Die Angst, dass Faun etwas Schlimmeres geschehen war, durchfuhr sie wellenartig.

Würde sie es spüren, wenn er starb?

Verzweifelt presste sie ihre Augen zu und versuchte, ihre Gedanken auf etwas Anderes zu lenken. Sie spürte seinen Schmerz, das musste bedeuten, dass er noch lebte.

Mehrere Schritte hallten vom Flur her und keine Sekunde später wurde die Tür von zwei Wachen geöffnet. Dahinter kam Esmal im Morgenmantel und panischer Miene herein geflitzt. Hinter ihm zwei Ratsmitglieder, die sie vom Sehen kannte.

„Was ist passiert?“, donnerte die Stimme des Ältesten durch den Raum. Er nahm sich nicht einmal die Zeit zu seinem Tisch zu gehen und blieb mitten im Zimmer stehen. Bos Schritte stoppten.

Mit fester Stimme erklärte er, was los war.

„Seid ihr euch sicher? Was ist, wenn sie es nur sagt, damit wir mehr Männer an die Grenzen schicken?“, erwiderte ein Mann mittleren Alters, der sich seine Robe enger um den Körper zog.

Nun blickte Kalea vom Boden auf und funkelte ihn böse an. „Ich lüge nicht“, sagte sie und war froh darüber, dass ihre Stimme nicht mehr zitterte. Ihre bebenden Hände hielt sie zu Fäusten geballt auf ihrem Schoß.

„Das tut sie wirklich nicht“, kam ihr Aurum zur Hilfe, die jedoch nur Esmal ansah und die Ratsmitglieder keines Blickes würdigte.

Esmal nickte mit zusammengezogenen Augenbrauen und schien zu überlegen.

„Kann er nicht einfach mit seinen Raumsprüngen fliehen, wenn er verletzt ist?“, fragte Kalea geradeheraus. Das war das Erste, was ihr in den Sinn gekommen war.

Bo schüttelte den Kopf und legte seine Hand verzweifelt an seine Stirn. „Er muss sein Ziel vor Augen haben. Je nachdem, wie stark er verletzt ist, kann er kaum einen klaren Gedanken fassen. Und wenn er vorher viel Magie benutzt hat, ist er wahrscheinlich zu erschöpft für einen Sprung. Außerdem wäre er schon längst hier, wenn die beiden Sachen nicht zutreffen würden.“

Aurum legte ihrem Freund tröstend die Hand auf die Schulter, die er mit einem traurigen Lächeln umgriff und ihr dankend in die Augen blickte.

Kalea hatte nach Bos Erklärung wieder betrübt nach unten gesehen und zuckte kaum merklich zusammen, als sie wieder Fauns Schmerz spürte. Schwächer als zuvor, aber noch immer markerschütternd. Nach so viel Schmerz, konnte er bestimmt keinen klaren Gedanken fassen.

„Außerdem würde er nicht noch einmal springen, wenn er damit Männer zurücklassen müsste“, fügte Esmal hinzu.

Nachdem Kalea ihnen grob die Richtung beschrieb, in der sie Faun spürte, schickte der Älteste eine Wache los, um mehrere Männer in diese Richtung aufbrechen zu lassen. Jedoch waren sie alle etwas verwirrt, da die Richtung, die Kalea angab, nicht in der Nähe des letzten Aufenthaltspunktes der verschollenen Gruppe war. Esmal befahl dem aufgewühlten Bo zurück in Aurums Haus zu gehen, als sich dieser dem Suchtrupp anschließen wollte. Doch sah der Älteste, wie aufgelöst er war. Er versicherte ihnen, dass ihm Fauns und auch die Bergung der anderen Männer wichtig war und er jemanden zu ihnen schicken würde, wenn sie eine Nachricht erhalten würden. Aurum musste Bo an der Hand mitschleifen, damit er nicht in das Zimmer seines kleinen Bruders gehen konnte. Sie befürchtete, dass er nur dasitzen und sich den Kopf über ihn zerbrechen würde. Die trübe Stimmung ließ alle drei für einen Moment stumm in der Wohnstube stehen, als sie zurück im Haus waren.

Aurum war die Einzige, die noch ein paar Worte sagte: „Versuch zu schlafen. Wir sehen morgen weiter."

Kalea nickte. Ihr Kopf dröhnte vom Abend und ihrer Panik. Die Kopfschmerzen würden sie bestimmt den nächsten Tag begleiten. Schnell trank sie noch ein Glas Wasser während Bo und Aurum im Zimmer verschwanden. Der fehlende Schlaf machte sich bemerkbar, sodass sie mit schlurfenden Schritten zu ihrer eigenen Tür ging und diese öffnete.

Ein Kribbeln legte sich auf ihren Nacken. Ihr Blick hob sich gefühlt in Zeitlupe vom Boden ins Innere des Zimmers hinein. Ihr Atem stockte. Erst als sie den Mann, der über ihrem Bett gelehnt kniete, sah, bemerkte sie neben den Kopfschmerzen das Summen. Das spärliche Licht der leuchtenden Blumen erhellte das Zimmer.

Dieses verdammte Summen.

Schneller als sie realisieren konnte, was los war, stolperte sie auf Faun zu, der schwer atmend den Kopf hob und sie anblickte.

„O Faun", hauchte sie und kniete sich neben ihn. Er war voller Blut. Seine Stirn aufgeschlagen. Ihr Herz schlug schmerzhaft gegen ihre Rippen, während sie ihn an den Schultern aufrecht hielt. Doch sie spürte seine Wärme und sein zittriges Atmen gegen ihren Körper.

Er lebte.

Die Erleichterung, die sich in ihr breit machte, verschlug ihr für einen Moment die Sprache. Die Funken in seinen Augen schienen fast still zu stehen.

„Ich", stammelte er und schloss vor Schmerzen die Augen.

„Sag nichts", sagte sie und setzte sich hinter ihn, damit er sich gegen sie lehnen konnte. Er zitterte und seine Atmung ging zu flach. „Bo! Aurum!"

Es dauerte keine Minute, da kamen die beiden in ihr Zimmer gestürmt. Sobald sein Blick auf seinen jüngeren Bruder in Kaleas Armen fiel, stürzte Bo zu ihnen.

„Faun, was ist passiert?" Panisch ergriff er das blasse Gesicht und suchte seinen Blick. „Aurum, hol Hilfe und sag den Wachen, dass die Männer zurückgeholt werden müssen!" Sie bekamen nur am Rande mit, dass die Angesprochene aus dem Haus rannte.

„Sie sind alle tot", hauchte Faun und begann plötzlich zu schluchzen. Erschüttert kräftigte sie ihren Griff um ihn und war froh, dass Bo sein Gewicht ebenfalls mit seinen Händen stützte.

„Atme Faun", befahl Bo mit bestimmender Stimme. „Wo bist du verletzt?"

Sein Kopf fiel nach hinten gegen Kaleas Schulter, wobei er angestrengt ausatmete. „Mein Bauch und mein Kopf", erklärte er knapp. Sein Gesicht drehte sich in ihre Richtung und als Bo zur Tür blickte, um zu sehen, ob seine Freundin mit den Heilern zurückkam, konnte sie es sich nicht nehmen lassen, ihre Lippen gegen seine schweißnasse Stirn zu drücken. Hauchzart, wie der Wind, küsste sie ihn und spürte, wie sich das Summen legte und die Stille in ihrem Hinterkopf einsetzte.

Faun atmete erleichtert aus. Auch er fühlte die Stille ihrer Verbindung, wie einen kühlen Lappen auf der heißen Stirn liegen.

Bo blickte wieder zu ihnen, sagte aber nichts dazu, dass nun ihre Wange an seinem Gesicht lag. Er schien froh darüber zu sein, dass sich Fauns Panik mit jeder verstrichenen Sekunde legte.

„Wie ist er hierhergekommen? Ich dachte, dass ein Raumsprung beinahe unmöglich wäre? Sieh ihn dir an, wie konnte er in diesem Zustand springen?“, fragte sie den älteren Bruder flüsternd, um Faun nicht aus seiner Ruhe zu reißen.

Bos Augen, die die ganze Zeit auf ihm lagen, wandten sich zu ihr. „Ich weiß es nicht“, antwortete er mit ebenso gedämpfter Stimme. Überlegend blickte er zwischen den beiden hin und her, was Kalea jedoch ignorierte, da sie gerade Aurum mit den Heilern zurückkehren sah.

„Er ist hier“, sagte diese außer Atem und führte den Mann und die Frau in Kaleas Zimmer. „Esmal weiß Bescheid“, verkündete sie, während sie zusahen, wie Faun aus seiner Position gehoben wurde. Vorsichtig legten sie ihn flach auf den Boden. Mit weichen Knien löste sie sich von ihm und machte den beiden Platz. Doch ihrer und auch Bos Blick hing weiter an Fauns unnatürlich blassem Gesicht. Seine Augen waren noch immer geschlossen, doch seitdem sie sich von ihm gelöst hatte, waren die Falten auf seiner Stirn zurückgekehrt.

„Danke, Kalea“, flüsterte Bo ihr zu und zog sie in eine feste Umarmung, ehe er den Heilern folgte. Aurum transportierte den verletzten Halbelf mit Hilfe ihrer Lianen ins Krankenzimmer.

„Ich sage dir morgen, wie es ihm geht“, versicherte sie ihr und schenkte ihr ein mitleidiges Lächeln.

Kalea traute sich nicht zu fragen, ob sie mitkommen konnte. Also nickte sie stumm und sah ihnen nach, bis sich die Haustür hinter ihnen schloss. Zurück blieb die Stille, gepaart mit dem leisen Schnurren des Hauses und Fauns Blut, welches sie erst dann bemerkte.

Ihr Bettlaken, ihre Hände, sowie der Boden neben ihrem Bett trieften dunkelrot.

Ernüchtert atmete sie aus und ging dann ins Bad, um sein Blut von sich zu waschen. Das Summen in ihrem Kopf war verstummt, seitdem sie ihn aus dem Haus gebracht hatten. Übelkeit fand den Weg hoch in ihre Kehle, als sie in das blutgetränkte Wasser blickte.

Sie wollte zu ihm.

KAPITEL 45

Aurum versicherte ihr am nächsten Tag mehrere Male, dass er es überstanden hatte. Sie konnten ihn gerade rechtzeitig behandeln. Jedoch müsste ihr gemeinsames Training länger ausfallen. Dies war ihr aber herzlichst egal. Die Angst, die sie in der letzten Nacht beherrscht hatte, klammerte sich noch immer um ihren Hals. Sie sehnte sich so sehr nach ihm, seinem lebendigen Herzschlag und seinem verschmitzten Lächeln, dass es ihr beinahe die Luft abschnürte.

Nachdem ihre Mitbewohnerin zur Arbeit gegangen war, schlich sie sich ins Schloss hinein und steuerte das Krankenzimmer an. Mit angehaltenem Atem horchte sie aufmerksam an der geschlossenen Holztür. Es war kein Geräusch von innen zu hören, weshalb sie die Tür vorsichtig einen Spalt weit öffnete und hineinblickte. Das Zimmer war ruhig. Die Heiler waren allesamt ausgeflogen. Nur ein Tisch war belegt, auf dem der Halbelf bedeckt schlief.

Sobald ihr Blick auf ihn fiel, bemerkte sie das vertraute Summen in ihrem Hinterkopf. Die Erleichterung, die ihren Körper überschwamm, brachte sie fast zum Weinen. Leise schloss sie die Tür hinter sich und ging auf den schlafenden Mann zu. Er lag gut gebettet auf seiner rechten Seite und hielt einen Arm unter seinem Kopf. Während sie um den Tisch herumging, um sein Gesicht zu sehen, fiel ihr plötzlich auf, was sie hier gerade tat. Sie war einfach in das Krankenzimmer geschlichen und beobachtete ihn beim Schlafen. Was war nur in sie gefahren?

Ihre Zweifel verschwanden, als sie in sein ruhiges und nun sauberes Gesicht sah. Kein Tropfen Blut war mehr zu sehen. Einzelne Strähnen fielen über die Stirn. Wie magisch angezogen setzte sie sich auf den kleinen Stuhl neben ihm und achtete darauf, ihn nicht zu wecken. Er hatte den Schlaf bitter nötig. Seine freie Hand ruhte neben ihm und war unmittelbar in ihrer Nähe. Nur kurz wollte sie ihn berühren, um die gewohnte Reaktion ihrer Verbindung zu spüren. Sobald ihre Hand aber auf seiner ruhte und das Summen der leichten Vibration wich, blieb ihre Hand an Ort und Stelle. Sie musste an sich halten, um nicht in Tränen auszubrechen. Erst dann wurde ihr bewusst, wie groß ihre Sorge um Faun wirklich gewesen war. Wie sehr sie sich vor einer plötzlichen Stille in ihrem Hinterkopf gefürchtet hatte. Zum Glück hatte er sie gefunden, so wie er es immer tat.

„Es ist nicht nett, jemandem beim Schlafen zu beobachten", erklang seine raue Stimme.

Erschrocken zuckte sie zusammen und strich sich über die nassen Wangen.

Seine Augen öffnete sich langsam und als sie ihre Hand von seiner lösen wollte, drehte er den Spieß um und umgriff ihre zarten Finger. „Wag es ja nicht, jetzt zu gehen."

Zaghaft verschränkte er ihre Hände und legte sie zurück auf den Tisch. Sie wagte es kaum zu atmen, um diesen Moment nicht zu zerstören, der ihr so zerbrechlich vorkam.

„Ich habe gehört, dass du mich gefunden hast“, sagte er nach einigen Minuten und legte seinen Kopf im Kissen zurecht. Anscheinend konnte er sich an seine Rückkehr nicht mehr erinnern.

„Nein, du hast mich gefunden, so wie immer“, erklärte sie ihm. „Wir wussten nicht genau, wo du warst. Wärst du nicht zu mir gekommen, hätten wir wahrscheinlich kaum eine Chance gehabt, dich zu retten. Ich bin nicht so gut darin, wie du, auf die Verbindung zu hören, um dich zu finden.“ Der Kloß in ihrem Hals erschwerte ihr das Reden. Faun blickte sie aufmerksam an und drückte ihre Hand. „Was ist passiert?“

„Sie haben uns entdeckt“, murmelte er und sein Blick sah durch sie hindurch. Instinktiv legte sie ihre andere Hand an sein Haar und strich tröstend darüber. Sie konnte sich nicht ausmalen, was er erlebt hatte, doch sie wusste, wie es geendet hatte. Sie erinnerte sich an sein gebrochenes Schluchzen.

„Es tut mir leid“, flüsterte sie, ohne ihn anzublicken.

„Was tut dir leid? Du kannst nichts dafür.“

„Aber sie gehörten zu Solas und es tut mir leid, dass sie dir das angetan haben.“

Faun verdrehte die Augen. „Du musst dich nicht für das entschuldigen, was sie getan haben“, sagte er mit festem Ton.

„Aber das sollte ich“, widersprach sie ihm und blickte ihn verständnislos an.

„Einen Scheiß solltest du“, erwiderte er nun energischer, löste ihr Hände und setzte sich stöhnend auf.

„Was?“, fragte sie verwirrt und stand besorgt auf. „Du solltest dich wieder hinlegen.“

Er schüttelte ihre Hände ab und blickte ihr Ernst ins Gesicht. „Sag mir, was du denkst, wofür du dich entschuldigen müsstest."

„Ich weiß nicht", stammelte sie, plötzlich unsicher. „Für alles, was sie je getan haben."

„Und wer entschuldigt sich dann bei dir?"

„Bei mir?", lachte sie und verschränkte ihre Arme vor ihrem Oberkörper.

„Ja, Kalea, bei dir. Bist du so naiv?", wiederholte er seine Aussage und schwang seine Beine über den Tisch, um direkt vor ihr zu sitzen. „Sie haben dich eingesperrt und wie eine Trophäe von der Decke hängen lassen."

„Sie wollten mich nur beschützen, um genauer zu sein, vor jemanden wie dir", verteidigte sie sich und trat einen Schritt von ihm weg.

„Jemanden wir mir?" Seine Augen funkelten erbost. „Sag mir bloß nicht, dass ich dich hätte dalassen sollen."

„Na ja, wir hätten dann auf jeden Fall beide weniger Probleme!"

Das Lachen, das ihm entkam, klang kalt. Die Funken in seinen Augen sprangen immer schneller hin und her. Sie ignorierten die Tatsache, dass Bo in das Krankenzimmer kam und verdutzt die Tür hinter sich schloss, als er die beiden sah. Langsam näherte er sich, falls er einschreiten musste. Denn beide sahen den anderen angriffslustig an. Warum mussten sie immer in alte Muster zurückfallen?

„Wie, sag mir, wie hätte ich mich dafür entscheiden sollen, dich dort zu lassen! Nachdem ich dich tagelang beobachtet habe und dich dann stundenlang in diesem goldenen Käfig rumstehen sah, wie hätte ich dann den Pfeil-", er stoppte sich selbst und verstummte. Die Rage, in die er sich geredet hatte, verebbte.

„Was für ein Pfeil?“, hakte sie jedoch eisern nach und kam wieder auf ihn zu. „Faun, wovon redest du?“

„Kalea, ich denke, dass er noch etwas Ruhe braucht“, kam Bo seinem Bruder zur Hilfe, denn er wusste ganz genau, wovon er sprach. Gerade wollte er sie an den Schultern rausführen, da wand sie sich aus seinem Griff und suchte Fauns Blick, der seinen Kopf zum Boden gerichtet hatte.

„Bodan, lass mich los. Was für ein Pfeil?“

Er zuckte zusammen, als sein vollständiger Name über ihre Lippen kam. Es war langer her, seit jemand zuletzt seinen vollen Namen verwendet hatte. „Es war seine Aufgabe zu entscheiden“, erklärte er nach einigen Minuten schließlich, nachdem Faun ihn flehend angesehen hatte. „Er sollte vor Ort entscheiden, ob er dich entweder an diesem Abend direkt tötet oder dich mitnimmt. Die Entscheidung fiel eigentlich auf ersteres.“

„Warum hast du den Pfeil dann nicht abgeschossen?“ Ihre Stimme glich einem Flüstern, als die Realität über sie hereinbrach.

„Weil du seit dem ersten Moment Dinge in mir auslöst, die nicht sein sollten. Ja, ich hätte dich töten sollen an diesem Abend. Es wäre so leicht gewesen! Der Pfeil war schon angelegt, aber du hast dich mit diesen verfluchten Augen zu mir gedreht. Da wusste ich, dass ich dich daraus holen musste.“ Er schloss verbissen die Lider, als ihm dieser Moment wieder in Erinnerung gerufen wurde. Bo hockte damals neben ihm und wartete nur darauf, dass er den Pfeil abschoss. Doch diese elendigen Augen, so grau, wie der lichtdurchbrochene Nebel an einem Sommermorgen, nahm ihn so sehr in ihren Bann, wie die Ruhe der Bibliothek am Nachmittag.

Ihr Magen verkrampfte sich bei seinen Worten. Sprachlos von den Gefühlen, die sie übermannten, lehnte sie sich vor und griff wieder nach seiner Hand, die ihre vorsichtig umschloss.

Bo beobachtete sie wachsam, da er ihre Reaktion nicht einschätzen konnte. Schließlich erfuhr sie gerade, dass er sie eigentlich töten wollte, sie müsste rasend vor Wut sein. Doch was sie spürte, war so fremd, dass sie es ignorierte. Nun verstand sie jedoch, warum es Faun so gequält hatte, seine Männer zurückzulassen. Denn er hatte sich dazu entschieden, sie zu retten. In seinen Augen hatte er sie in diesem Moment nicht entführt, sondern aus ihrem Käfig gerettet.

Sprachlos blickte sie ihm in die tanzenden Augen, die abwartend über ihr Gesicht huschten.

Bevor sie was sagen konnte, löste er seine andere Hand von der Tischkante und umgriff ihren Nacken, um sie an sich heranzuziehen. Kurz vor ihren Lippen hielt er inne und überlegte, ob er dies wirklich wollte. Zuvor war es was anderes gewesen, sie zu küssen. Spielerisch, fast schon neckend. Aber nun, wo er dies gestanden hatte, spürte er, dass es mehr war. Doch ein Blick in ihre Augen genügte, um sich sicher zu sein, dass er nichts anderes wollte, als sie zu schmecken. Und wenn er sie schon nicht töten konnte, dann würde er sie küssen und sie so um den Verstand bringen, wie sie es mit ihm tat.

Er warf die letzten Zweifel über Bord, überbrückte den kurzen Abstand und setzte seine Lippe auf ihre. Bo neben ihnen sog überrascht die Luft ein, drehte sich herum und verließ verwirrt, aber breit grinsend den Raum. Sie ignorierten ihn, denn all ihre Sinne waren auf den Kuss konzentriert. Den Ruhigsten und Zärtlichsten, den sie je zuvor geteilt hatten und trotzdem genauso intensiv, wie seine Vorgänger es waren.

Die untergehende Sonne schien auf sie herab und ließ sie die Frische des Windes vergessen. Neben ihr blätterte Amrin in einem Buch herum und

Aurum saß mit ihr auf einer kleinen Decke. Sie hatten sich ein kleines Picknick zusammengestellt. Die Flüchtlinge würden in den nächsten zwei Stunden anreisen, davor wollte sie sich etwas Ruhe gönnen. Die Vorbereitung waren abgeschlossen, weswegen ganz Viredis nur noch auf die Neuankömmlinge wartete.

„Vielleicht ist ja jemand Nettes für dich dabei", schmatze Aurum, knabberte an ihrem Brot weiter und sah sie verrucht an.

„Bestimmt", antwortete sie und ging nicht weiter drauf ein, da Amrin ihr über den Rand des Buches einen vielsagenden Blick zuwarf. Schließlich wusste er, dass sie und Faun, naja, was eigentlich? Dass sie sich körperliche Zuneigung schenkten? Ja, die Beschreibung passte zunächst für sie.

„Bist du sicher, dass du nicht mitkommen willst, um sie begrüßen?", fragte ihre Freundin später, während sie ihre Sachen zusammensuchten. Kalea nickte entschlossen, woraufhin sich die beiden von ihr verabschiedeten und zum Markplatz gingen, wo Esmal die Neuankömmlinge begrüßte. Sie selbst schritt den Weg nach Hause entlang. Noch immer war sie der Meinung, dass diese Leute nicht gut auf sie reagieren würden, wenn sie die helle Strähne sahen. Aurum hatte ihr stark widersprochen, akzeptierte aber ihren Entschluss.

Aus der Ferne hörte sie die Menschenmenge, die laut applaudierte.

In Gedanken versunken ging sie über die Brücke und blieb für einen Moment stehen, um den Lianen zuzuschauen, die sich langsam um den Baumstamm schlangen. Sie lösten sich nur von ihm, wenn Aurum in der Nähe war. Der Wind strich ihr die Haare ins Gesicht und versperrte ihr die Sicht.

„Warum bist du nicht beim Fest?", erklang neben ihre eine helle Stimme.

Verdutzt drehte sie sich zur Seite und erblickte einen kleinen Jungen, der sie mit großen runden Augen anblickte. Sein langärmeliges Oberteil war von mehreren Löchern geprägt und an seiner Wange hatte er eine Schürfwunde. Leicht lächelnd spielte er mit seinen Händen vor seiner Brust und wartete darauf, dass sie ihm antwortete.

Sie war sich anhand des versteckten Leids in seinen Augen sicher, dass er einer der Geflüchteten war. Wieso er nicht am Marktplatz war, war ihr ein Rätsel. „Mir war nicht danach", erklärte sie ihm und erwiderte sein Lächeln.

„Mir sind da auch zu viele Menschen", erwiderte er griesgrämig und zog die Nase hoch.

Sie lachte belustigt über seine Grimasse, was ihm ein Grinsen entlockte und eine Zahnlücke zum Vorschein brachte. Er konnte nicht älter als fünf sein.

„Komm, wir gehen an den Fluss", sagte der kleine Junge lächelnd.

Überrascht blickte sie ihn an, als er nach ihrer Hand griff und sie an das Flussbett ziehen wollte. Eben wollte er noch seinen Zug verstärken, da kam der Wind erneut auf und pustete ihre Haare nach vorne. Sie konnte den Moment in seinen ängstlichen Augen sehen, als er die helle weiße Strähne erkannte, die in der Dämmerung schimmerte. Direkt ließ er von ihr ab, stolperte zuruck und fiel nach hinten.

„Nein, warte. Ich tue dir nichts", versuchte sie ihn zu beruhigen und wollte ihm gerade wieder auf die Beine helfen, als er laut zu schreien anfing. Panisch redete sie auf ihn ein, doch konnte der Junge sie aufgrund seiner Angst nicht hören. Sie wollte nicht wissen, was ihm Menschen mit ebenso verzaubertem Haar wie ihres, ihm angetan hatten.

„Alles gut, beruhige dich!"

Es dauerte nicht lang, da bemerkten andere den hellen Schrei des Jungen und in wenigen Minuten standen zwei Erwachsene hinter ihnen. Sie erstarrten bei ihrem Anblick und sie spürte, wie die Panik in Scham umschlug. Genau so etwas wollte sie vermeiden. Sie waren ebenfalls Neuankömmlinge, was sie an ihrem geschundenen Aussehen erkannte.

„Lass ihn in Frieden, du Monster!“, schrie der Mann sie lauthals an und schlug ihre Hände von dem Jungen, der sich direkt in die Arme einer Frau warf und bitterlich weinte.

„Ich habe ihm nichts getan“, verteidigte sie sich, nachdem der Mann sie schubste und sie auf ihr Gesäß nach hinten fiel.

„Nichts getan? Ihr habt ihm alles genommen!“, fauchte er und fummelte an seinem Gürtel herum. Als das Metall des Dolches aufblitzte, schnappte sie nach Luft und kroch von ihm weg. Doch er schnappte sich ihren linken Knöchel, ignorierte die große Narbe und zog sie über die Bretter der Brücke wieder zu sich heran. Sie trat nach ihm, als er sich auf sie stürzte. Im Hintergrund hörte sie die Frau zustimmend etwas rufen.

Verzweifelt schrie sie ihn an und versuchte, sich aus seinem Griff zu lösen. Ihre Wunde war zwar verheilt, aber die Narbe war so empfindlich, dass sich seine Hand wie tausende Nadelstiche anfühlte.

„Bitte, das ist eine Verwechslung“, bettelte sie nun und spürte den schwerer werdenden Kloß in ihrem Hals. Doch als sie seinen vor Rache getränkten Blick sah, war ihr bewusst, dass es nichts brachte.

Brüllend riss er den Arm mit dem Dolch nach oben. Plötzlich umgriff eine Hand die Seine und riss ihn von ihr herunter. Die Luft, die er ihr abgeschnitten hatte, sog sich in ihre Lungen, während sie weiter von dem Mann wegkroch.

„Was ist dein Problem?“, meckerte Aurum ihn wutentbrannt an und als er sich gegen sie stemmen wollte, schlug sie ihm den Dolch aus der Hand.

Erschrocken blickte er zu ihr nach oben. „Warum ist eine von ihnen hier?“, keifte er zurück und blickte wieder zu Kalea, die sich an der Reling der Brücke hochzog.

„Weil sie zu uns gehört“, donnerte Esmals Stimme vom anderen Ende der Brücke. Ihr Blick schnellte zu ihm. Die Macht, die er ausstrahlte, brachte alle Anwesenden zum Verstummen. Hinter ihm waren Wachen und Ratsmitglieder versammelt. Sowie mehrere der Neuankömmlinge. Eine von ihnen trat neben Esmal.

„Esmal hat uns eben die Situation mit ihr erklärt. Etwas, was ihr Wissen würdet, wenn ihr bei der Begrüßung anwesend gewesen wärt“, redete sie und sah alle drei an. „Sie wusste selbst, was ihre Anwesenheit in einigen von uns auslösen würde, weswegen sie dem ganzen ferngeblieben ist.“

Der Älteste des Dorfes nickte mit ernstem Blick. „Kalea ist eine Solasia. Aber sie gehört nun zu uns, zu Viredis. Akzeptiert das oder reist in den nächsten Ort weiter. Ich werde es nicht tolerieren, wenn ihr sie erneut angreifen solltet.“ In einer flüssigen Bewegung drehte er sich zu den anderen Neuankömmlingen um. „Das gilt für alle!“

Wärme durchströmte ihren Körper bei seinen Worten. Bisher konnte sie nie einschatzen, ob er das, was er sagte, ernst meinte. Doch, wie er nun mächtig und drohend vor ihnen stand und sie lauthals verteidigte, bewies ihr, dass er alles ernst gemeint hatte. Eine betretende Stille legte sich über die Menge, die sich langsam auflöste, als die Wachen die Neuankömmlinge zum Schloss führten. Die restlichen Dorfbewohner folgten ihnen. Und als nur noch sie mit Esmal und Aurum auf der Brücke stand, überbrückte sie die wenigen Schritte zu dem Ältesten und schlang ihre Arme um ihn.

Überrascht erwiderte er die Umarmung.

„Danke", flüsterte sie und spürte, wie ihr einzelne Tränen aus den Augen entwischten.

KAPITEL 46

Es vergingen mehrere Tage, in denen sie das Schloss und die Neuankömmlinge mied. Die meiste Zeit war sie entweder im Haus, zupfte nach Aurums Anleitung Unkraut aus dem Garten oder lief auf der großen Wiese ihre Runden. Faun war noch immer im Krankenzimmer, würde aber in den nächsten Tagen entlassen werden.

Sehnsucht prickelte in ihrem Magen, während sie an den Halbelf dachte. Sie spürte noch immer die Wärme seiner Lippen auf ihren. Das zaghafte Knabbern seiner Zähne.

Ihr Herz flatterte. Nachdem sie realisierten, dass Bo sie gesehen hatte, lehnte sie sich beschämt gegen seine Schulter. Er selbst lachte jedoch nur herzlich über ihre Scham und versicherte ihr, dass sein Bruder nichts sagen würde. Bisher hatte er auch damit recht gehabt. Bis zu diesem Nachmittag, als sie auf dem Sofa in der Wohnstube saß, in *Die Reise in den Süden* blätterte und über Fauns Anmerkungen schmunzelte.

Ein Klopfen riss sie aus der Geschichte und sobald sie sah, dass es Bo war, legte sie das Buch beiseite.

„Aurum ist bei Esmal“, verkündete sie ihm.

„Ich weiß“, antwortete er nur und stand unbeholfen im Raum herum, „ich wollte zu dir.“

Verwirrt wies sie ihn an, sich zu ihr zu setzen. Dies ließ er sich nicht zweimal sagen. Mit festen Schritten kam er auf sie zu und nahm seufzend Platz.

„Also, was kann ich für dich tun?“, fragte sie und legte das Buch in ihren Schoß.

„Es geht um Faun.“

„Was ist mit ihm? Geht es ihm nicht gut?“, setzte sie sich alarmiert auf. Das letzte, was sie gehört hatte, war, dass seine Wunden normal verheilten.

Bo grinste wissend bei ihrer Reaktion. „Ihm geht es gut. Kein Wunder nach deiner guten Behandlung.“

Sie schlug ihm knallrot gegen die Schulter, was sein Lachen nur noch verstärkte.

„Du bist ein Arsch. Er hat gesagt, dass du es keinem erzählst.“

„Mache ich auch nicht. Aber das heißt nicht, dass ich euch nicht damit nerven kann“, erwiderte er belustigt und verschränkte die Hände hinter dem Kopf.

„Wenn du nur hier bist, um mich zu nerven, kannst du direkt wieder gehen“, schmollte sie und zeigte auf den Ausgang.

„Nein, nein. Ich höre schon auf. Ich wollte mit dir zwar über das Thema reden, aber dich nicht damit aufziehen.“

Nun hatte er ihre Aufmerksamkeit. „Wenn du mir sagen willst, dass das Ganze eine dumme Idee ist, dann keine Sorge: Das ist mir durchaus bewusst“, kam sie ihm zuvor und lehnte sich wieder in das Sofa zurück.

Er schüttelte den Kopf. „Im Gegenteil. Ich denke, dass das wohl die einzig gute Idee ist, die ihr beiden in letzter Zeit hattet“, erklärte er und legte nun seine Hände zurück auf seine Beine. „Aber ich will das dir klar ist, dass *es* nicht leicht sein wird.“

„Bo, warte", unterbrach sie ihn. Sein Spitzname zog sie unnötig in Länge. „Das ist nichts Ernstes."

Durcheinander ließ er sich ihre Worte durch den Kopf gehen. „Was?"

„Wir küssen uns. Aber es ist nicht so ernst, dass du dieses Gespräch mit mir führen musst." Beschämt blickte sie zu ihren Händen.

„Kalea", sagte er durcheinander, „ich habe nicht vor, dich sexuell aufzuklären."

„Ach, nein?"

„Bei allen Göttern, nein!", prustete Bo laut los und schüttelte sich so sehr vor Lachen, dass sie nicht anders konnte, als mit einzusteigen.

„Aber was dann?", fragte sie nachdem sie sich beruhigt hatten.

Bo strich sich eine Lachträne weg. „Es geht um Fauns Herkunft", erklärte er nun deutlicher und wurde wieder ernst. „Er hat mir die Erlaubnis gegeben, dir davon zu erzählen, weil er für einige Tage nicht in Viredis sein wird."

Sie biss sich auf die Zunge, um nicht direkt nachzufragen, wo Faun war.

„Der Grund, warum es ihm damals so wichtig war, dich aus diesem Käfig zu holen, war nicht nur, weil er Mitleid mit dir hatte. Sondern auch, weil er sich in dir wiederfand. Wie du in diesem Käfig standest, der aus dem Gold seines Volkes geschmiedet war, und keine Wahl hattest, außer das zu tun, was sie von dir wollten. Das hat etwas mit ihm gemacht."

Verwirrt folgte sie nur schwer seinen Worten.

„Weißt du den Grund für die Auslöschung der Imiset?"

Stumm schüttelte sie mit dem Kopf.

„Die Imiset waren verflucht. Ein sogenannter Namensfluch, der sie dazu zwang, jeden Befehl auszuführen, der ihnen mit ihren Namen gesagt wurde. Deswegen hatten sie alle ihre wahren Namen abgelegt, um keine

Marionetten zu sein. Als die damaligen Herrscher Solas' davon erfuhren, aber keinen Weg fanden, die wahren Namen herauszufinden, löschten sie das Volk aus, damit andere die Macht der Imiset nicht nutzen konnten. Fauns Familie war eine der wenigen, die entkommen konnten. Jedoch wurden sie weiter verfolgt, bis nur noch er übrig war und hierher kam. Jahre später fand Solas eine Auflistung aller Imiset, weshalb es so gefährlich für Faun ist, erkannt zu werden. Wir wissen nicht, warum es überhaupt eine Auflistung gab. Aber deswegen reist er an seinen freien Tagen in Caldo umher, um diesen Fluch zu brechen, bevor sie ihn entdecken und benutzen können. Morgen wird er wieder aufbrechen und einer Spur folgen."

Fassungslos über diese neuen Informationen, schwieg sie für mehrere Minuten und war froh, dass Bo ihr diese Zeit gab. „Also ist *Faun* nicht sein richtiger Name?"

„Es ist nicht der Name, mit dem er geboren wurde, aber mittlerweile ist es sein Name", antwortete er ihr, woraufhin sie nickte. Es war der Name, den er sich ausgesucht hatte.

Er würde für sie immer Faun sein.

„Also liebst du ihn?", eröffnete Bo ihr vorheriges Thema nach einigen Minuten erneut und wackelte anzüglich mit den Augenbrauen.

„Nein", antwortete sie direkt und sah ihn an, als hätte er das Absurdeste aller Zeiten gesagt.

„Würdest du gern?"

„Ich weiß es nicht."

Der kräftige Duft der Gewürze schwirrte um sie herum, als sie die Schlossküche mit Henri betrat. Evalin hatte sie eingeladen mit ihr zusammen das neue Gebäck für die Soldaten zu backen. Zuvor hatte Kalea schon mal erwähnt, dass sie gerne das Kochen und Backen lernen würde, weshalb ihre Freundin direkt an sie dachte, als die letzten Vorräte zu Ende gingen. Henri wiederum sagte, dass er an seinem freien Tag nichts anderes zu tun hatte und ebenfalls lernen wollte, wie das Gebäck mit Magie versehen wurde. Schließlich aß er regelmäßig davon.

„Es ist wichtig, dass ihr euch genau an das Rezept haltet", erklärte die Köchin den beiden in einer ruhigeren Ecke der Küche. Hinter ihnen wuselten weitere Köche und Aushilfen herum, die das Essen für das gesamte Schloss zubereiteten. Mit den Neuankömmlingen mussten sie mehr einplanen.

Aufmerksam hörten ihr die beiden zu und linsten über ihre Schulter, auf das große Buch, welches auf dem dunklen Eichentisch geöffnet war. Sie hatten vor Zimtschnecken zu backen und diese mit Antistressmagie zu versehen. Diese sollten vor allem den Neuankömmlingen helfen. Um das Buch herum standen die Zutaten vorbereitet und abgewogen.

„Was ist, wenn wir etwas verwechseln?", fragte Kalea neugierig und steckte sich die langen Haare in einen Dutt hoch, während Henri versuchte, die Schürze hinter seinem Rücken festzubinden.

„Das Gebäck würde wahrscheinlich noch schmecken, aber es könnte sein, dass es nicht richtig aufgeht", antwortete Evalin ihr nachdenklich. „Aber die Magie würde auf jeden Fall nicht funktionieren, weil ihr euch dabei stressen würdet. Denn neben dem Rezept ist das Wichtigste für die Magie, dass ihr positive Gefühle beim Backen habt. Nur so können die Zutaten ihre Wirkung entfalten und die Magie wirken."

Nickend gaben sie zu verstehen, dass sie es verstanden, wobei sie spürte, dass sie nervös wurde. Sie hatte nicht damit gerechnet, dass so viel schiefgehen konnte.

„Keine Angst", begann die Köchin, als sie die nervösen Blicke ihrer Schüler sah. „Ich bin ja dabei und die Zimtschnecken mit der Antistressmagie ist die einfachste Kombination."

„Gibt es auch Schwierigere?", fragte Henri und wischte sich die Hände an der Schürze ab.

Evalin nickte energisch. „O ja. Das Schlimmste war, als ich versuchte, gefüllten Blätterteig mit Stärkungsmagie zu versetzen. Der Teig hat mich so gestresst, dass die Zutaten zwar gearbeitet haben, die Magie aber so stark war, dass ich zwei Nächte nicht schlafen konnte." Sie lachten amüsiert, obwohl sie ihnen versicherte, dass es definitiv kein Spaß war. Danach machten sie sich endlich daran, die Zimtschnecken zu backen.

Evalin sorgte dafür, dass beide gelassen blieben, indem sie nur eine kleine Menge des Teiges anrührten, während sie die eigentlichen Vorräte in großen Massen backte.

„Am besten ist es, wenn ihr an die Personen denkt, denen ihr mit dem Gebäck helfen wollt", gab sie ihnen den kleinen Tipp und blickte ihnen über die Schulter.

Kalea nickte, während Henri konzentriert die Zunge herausstreckte. Ohne dass sie direkt darüber nachdenken musste, erinnerte sie sich an das Bild von Faun, der blutend in ihrem Zimmer lag. Als sie merkte, wie ihr Puls in Höhe ging, ermahnte sie sich selbst, atmete tief durch und dachte dann an schönere Momente mit ihm, wie seine Küsse oder wie sich das Licht der Bibliothek in seinen Augen brach, wenn er tief in einem Buch versunken war. Es war nur natürlich, dass sie etwas für ihn backte, schließlich kannte sie niemanden, der so oft verletzt oder erschöpft war, wie er. An Amrin hatte sie auch kurz gedacht, bis sie Henris konzentrierten Blick sah und sich sicher war, dass er etwas für den jungen Gelehrten backen würde. Ihr war schon längst aufgefallen, wie oft er ihn verträumt anblickte oder die beiden sich unwillkürlich berührten. Doch war dieses Thema bei Amrin so heikel, dass es sie nicht ansprach. Aurum hatte sie davor ermahnt, als sie diese darauf angesprochen hatte.

Nach einer halben Stunde kam ihnen der Dampf des Ofens entgegen, als sie die Tür öffneten, um die Zimtschnecken herauszunehmen. Man erkannte direkt, welche von den beiden waren. Sie waren nicht ganz rund und ähnelten eher einer platten Schnecke.

Evalin, die beinahe hundert in der gleichen Zeit gebacken hatte, klopfte ihren Schülern stolz auf die Schultern. „Na, das sieht doch gut aus für das erste Mal", sagte sie lächelnd und begutachtete das Gebäck vor ihnen. Sie waren nicht perfekt, aber für das erste Mal wunderbar. Die beiden strahlten ebenfalls vor stolz. „Dann probiert sie mal und schaut, ob die Magie geklappt hat."

Zögerlich griff sie nach einer ihrer Zimtschnecken. Henri hatte schon längst von seiner abgebissen und schwärmte laut. Als sie in ihre eigene biss, musste sie sich zurückhalten vor Genuss nicht laut zu seufzen. Trotz des Aussehens war es ein Gedicht auf ihrer Zunge und ohne direkt drauf zu achten, bemerkte sie, dass sie entspannt die Schultern hängen ließ. Neben ihr sank auch ihr Freund in den Stuhl zurück und kaute mit geschlossenen Augen weiter.

„Und?", fragte die Köchin aufgeregt.

„Perfekt", schmatzten sie beide genüsslich.

KAPITEL 47

Sanft klopfte sie gegen die Tür seines Zimmers und sog nervös die Luft ein. Sie war froh, kaum einem Neuankömmling im Westflügel begegnet zu sein. Wackelig balancierte sie den großen Teller weiter auf ihrer Hand und klopfte erneut. Aurum hatte ihr den Tag davor verraten, dass Faun zurück war. Er war tatsächlich länger unterwegs gewesen als geplant, weshalb die Gruppe in den letzten Tagen etwas unruhig wurde. Besonders Bo und ihr war die Sorge anzusehen, da sie ständig an den Abend zurückdenken mussten, an dem sie ihn blutend gefunden hatten. Nach ihrem Empfinden war er viel zu schnell wieder abgereist, nachdem er knapp überlebt hatte. Aber Amrin versicherte ihr, dass Faun aufgrund seiner Herkunft schneller wieder bei Kräften war als ein gewöhnlicher Mensch. Hätte einer von ihnen seine Verletzungen erlitten, wären sie wahrscheinlich mehrere Wochen im Krankenzimmer geblieben. Sie verstand, dass er mehr aushielt als ein normaler Mensch, aber dies bedeutete nicht, dass er unsterblich war. Wenn er nicht besser aufpasste, würde es ihn irgendwann teuer zu stehen kommen.

Ihr Magen überschlug sich bei dem Gedanken, sodass sie ablenkend erneut klopfte und endlich Schritte im Zimmer hören konnte.

„Oh, dich habe ich nicht erwartet", sagte der Halbelf überrascht, der ihr verschlafen an der Tür entgegenblickte. Das Summen war zur selben Zeit in ihren Hinterköpfen erschienen, als sich ihre Blicke trafen. Seine Haare standen kreuz und quer und auf seiner Wange war noch ein leichter Abdruck seines Kissens zu sehen.

„Ich wollte dich nicht wecken", sagte sie entschuldigend, als er laut gähnte.

Doch er schüttelte nur den Kopf und öffnete die Zimmertür weiter, damit sie eintreten konnte. Im Raum selbst war es dunkel, weshalb Faun zum Fensterbogen schritt und einen Vorhang öffnete.

„Sind die etwa für mich?", fragte er neugierig und kam wieder näher auf sie zu, nachdem sie die Tür geschlossen hatte. Auf dem Teller lagen zwei Zimtschnecken, die zwar besser aussahen als ihre Ersten, aber trotzdem keine Augenweide waren.

Zögernd nickte sie. Während sie ihr Gebäck anblickte und ihr bewusst wurde, dass er sie auch sah, wollte sie diese am liebsten hinter ihrem Rücken verstecken. Doch bevor sie dies tun konnte, schnappte er sich die erste, leckte den Zuckerguss ab und biss dann genüsslich hinein.

Abwartend beobachtete sie ihn dabei und wartete seine Reaktion ab. Seine bunten Augen tanzten vergnügt, während er erneut hinein biss.

„Und wie sind sie?", fragte sie angespannt und stellte den Teller auf dem Schreibtisch ab.

„Sehr gut. Hast du Magie hineingetan?"

„Ja, Antistressmagie. Das ist leider die einzige Kombination, die ich kenne."

Schnell schnappte er sich die zweite Zimtschnecke. „Sie sind wirklich lecker, obwohl sie nicht danach aussehen." Er grinste, als sie ihn böse anblickte. „Aber die Magie funktioniert. Es ist immer wieder erstaunlich, was die richtige Menge an Zutaten und positive Gedanken für Kräfte haben."

Sie stimmte ihm nickend zu und folgte ihm zum Kamin, worin ein kleines Feuer loderte. Sein Bettzeug lag verwüstet auf dem Bett. Er stellte sich vor den Kamin und aß das Gebäck auf, während sie sich auf den Sessel setzte.

„Und an welche positiven Gedanken hast du beim Backen gedacht?", fragte er, nachdem er endlich fertig gegessen hatte und sich auf das Bett setzte.

Sie bemerkte die Wirkung der Magie anhand seiner lockeren Schultern und des entspannten Gesichtsausdrucks. Ein Anblick, an dem sie sich kaum satt sehen konnte.

Er stützte sich auf seine Hände nach hinten, legte seinen Kopf schief und betrachtete sie aus halb geschlossenen Augen. Das lockere Hemd lag zerknittert an seinem Körper. „Sag's mir."

Rot anlaufend wandte sie ihren Blick ins Feuer und wieder zurück auf ihn. „Ach, du weißt schon", gurrte sie und sah, wie sich seine Atmung vertiefte. „Als erstes an den Moment, in dem ich dir den Dolch in die Seite gerammt habe."

Sein brennender Blick erstarb, was ihr ein helles, kurzes Lachen entlockte. „Oder daran, wie du zusammengebrochen bist, als ich dir zwischen die Beine getreten habe."

Nun lachte auch er kehlig und lehnte sich dabei nach vorne. Seine Hand vergrub sich in seinem pechschwarzen Haar, ehe er zwischen den Strähnen zu ihr sah. Es verschlug ihr die Sprache, wie er sie lächelnd anblickte. Die Funken in seinen Augen sprangen wild hin und her. Unterbewusst erwiderte sie sein Lächeln und freute sich darüber, ihn aufgeheitert zu haben. Ihn, der sonst immer so grimmig blickte oder über alles nachzudenken schien.

„Sehr lustig, Liebes", erwiderte er dann heißer, stand auf und ging zu ihr. Sie rührte sich keinen Zentimeter, als er sich an den Sessellehnen abstützte und sie zwischen der Rückenlehne und sich selbst gefangen hielt. „Also, ich hätte da ganz andere Momente, an die ich denken würde."

„Und welche?" Ihre Stimme glich nur einem Hauchen. Sein Duft umhüllte sie.

„Zum Beispiel daran, wie sehr du dich an mich klammerst, bei jedem einzelnen Raumsprung. An deine Wärme, als du mich in deinem Zimmer gefunden hast. Deine Erleichterung, als ich euch endlich aus diesem verdammten Wald gerettet habe oder an dein Gesicht, dein so schönes Gesicht, das zum ersten Mal den herbstlichen Wald gesehen hat." Mit jedem weiteren Satz kam er ihr näher, bis sie komplett an die Rückenlehne gepresst war und ihren Blick nicht mehr von seinen Lippen abwenden konnte. Ihre Haut kribbelte und das Summen in ihrem Hinterkopf wurde lauter. „Und vor allem hätte ich an den Moment zurückgedacht, als der rote Mond dein durchnässtes Kleid durchsichtig werden ließ."

Ihr Atem stockte. Bevor sie etwas erwidern konnte, lehnte er sich vor und stahl ihr jedes Wort von den Lippen. Und da war er wieder. Der Geschmack von Zimt und Orangen und pure Stille in ihren Köpfen.

Während sie sich weiter in den Sessel hineinlehnte und ihre Hände seinen Kopf näher zogen, wusste er kaum noch, wo oben und unten war. Egal, wie oft er sie küsste, sie schmeckte immer gleich und immer wieder wusste er für einen Augenblick nicht, ob es wahr war. Ihre Küsse schmeckten für ihn wie die Stille vor einem Sturm. Sie waren so aufgeladen, dass es ihn nicht wundern würde, wenn im nächsten Moment ein Chaos ausbrach. Aber anstatt wie sonst vor seinen Gefühlen wegzulaufen, vertiefte er den

Kuss und ließ sich in den Sturm hineinfallen. Seine Finger strichen über ihren Kiefer, sodass sie ihren Kopf ein stückweit anhob. Als er sie dazu bewegte, vom Sessel aufzustehen, tat sie nichts lieber, als ihm zu folgen. Ohne den Kuss zu brechen, führte er sie blind zum Bett. Seine Wärme umschloss sie, während er eine Hand von ihrem Gesicht löste und um ihr Becken legte.

„Pass auf", zischte sie leise, als ihre Kniekehlen gegen das Bett stießen und ihn an eine ähnliche Situation zurückdenken ließ.

Er grinste als Antwort und wanderte mit seinen Lippen ihren Hals hinab, um ihr ein Stöhnen zu entlocken. „Sag, wenn ich aufhören soll", murmelte er gegen ihre Haut. Sein heißer Atem prallte an ihr ab und bescherte beiden eine Gänsehaut. „Sag, dass ich aufhören soll." Knurrend umgriff er sie fester und drückte sie nach hinten auf das Bett, als sie schwieg. Seine Finger zitterten vor Erregung. Mit halbgeschlossenen Augen blickte sie zu ihm hoch. Ein kehliges Geräusch entkam ihm, ehe er sich vor sie kniete und sich zu ihr nach vorne lehnte. Ihre Hände suchten Halt an seinen Schultern, während er ihr Dekolletee hinunterküsste. Zum Glück trug sie ein Kleid, das es ihm ermöglichte, langsam mit seiner Hand an ihrem rechten Bein hochzustreichen. Sie bebte in seinen Armen und kurz wusste sie nicht, ob sie ihn stoppen sollte. Sobald sie aber seinen Blick auffing und er sie fragend ansah, warf sie alle Zweifel über Bord und nickte entschlossen.

Mehr brauchte er nicht, um ihre Lippen in Beschlag zu nehmen und mit seiner Hand weiter zwischen ihre Beine zu gleiten. Sie erschauderte. Ihre Nerven schienen zu vibrieren, sowie ihre Verbindung in ihrem Hinterkopf. Eine Hand glitt zu seinem Arm hinunter, wodurch er für einen Moment stoppte, um eventuelle Zweifel rechtzeitig zu sehen. Doch sobald er den Kopf hob und sich von ihr trennte, wimmerte sie sehnsüchtig auf. Ihre Haare lagen wie eine Krone um sie herum und das sanfte Licht vom Kamin und den Fensterbögen schimmerte in ihren grauen Augen. Für einen Augenblick bewegte er sich bei ihrem Anblick nicht, bis ihre Hand seinen Arm drückte und sie ihn wieder an sich zog. Er verstand und küsste sie wieder, während seine Finger über ihre Unterwäsche strichen. Unter ihrer Hand spürte sie die Muskeln seines Armes arbeiten, die sie in völlige Ektase katapultierten. Wann immer sie an so etwas gedacht hatte, unterbrach sie sich vor eigener Scham. Doch Faun wusste, was er tat. Langsam und mit genügend Druck, strich er über ihre empfindlichsten Stellen und schluckte ihre Geräusche mit seinen Lippen. Der Rock ihres Kleides rutschte ihr bis zum Bauchnabel. Als er über eine ganz besondere Stelle strich, zuckte ihr Bein aus Reflex nach oben, was ihm ein tiefes Stöhnen entlockte.

Überrascht tat sie es erneut und spürte seine Erregung an ihrem Oberschenkel. Die Fähigkeit, diese Geräusche mit dieser simplen Bewegung aus ihm heraus zu kitzeln, spornte sie weiter an. Im selben Rhythmus wie die Kreise, die er zog, bewegte sie ihren Körper gegen seinen. Beide atmeten flach und schnell. Die Hitze des Zimmers schien mit jedem weiteren Atemzug in die Höhe zu steigen, bis der letzte Funke fiel und sie atemlos stoppten. Seine Muskeln waren vom Abstützen ermüdet, weswegen er sich halb neben sie legte. Zeitgleich half er ihr den Rock ihres Kleides hinunterzuziehen. Ungläubig starrte sie gegen die Decke seines Himmelbettes, während er nur Augen für sie hatte.

„Aknun armaas", flüsterte er leise in einer ihr fremden Sprache, wie die Worte, die er vor jedem Raumsprung sagte. Sanft küsste er ihre Schläfe und vergrub sein Gesicht in ihrem Haar, um das zärtliche Lächeln zu verstecken. Noch nie hatte er solch intensive Gefühle gehabt, obwohl er noch sämtliche Klamotten trug. Sein Lächeln verstärkte sich, als er spürte, wie sie ihren Kopf gegen seinen lehnte und mit ihrer Hand nach seiner suchte.

KAPITEL 48

Sie erwachte in einem Kokon aus Wärme. Die Decke schlang sich um ihren ermüdeten Körper und ließ sie nur langsam in die wache Welt zurück. Die Sonne schien direkt auf ihr Bett. Ohne viele Worte hatte sie sich am vorherigen Tag von Faun verabschiedet, der sie stummer als sonst mit einem zaghaften Kuss entließ. Sein Angebot, sie nach Hause zu bringen, schlug sie mit einem Kribbeln im Bauch aus. Ein Lächeln bildete sich in ihrem Gesicht, als sie an den Moment mit ihm zurückdachte. Hitze stieg in ihr auf, weswegen sie schnell die Decke wegschlug und aufstand.

Nach wenigen Stunden holte Bo sie ab und brachte sie auf Wunsch von Esmal ins Schloss. Ein Treffen wurde einberufen, da es neue Erkenntnisse über die Opferung gab. Im Beratungszimmer des Schlosses stellte sie sich an eine Wand neben Bo und beobachtete die Anwesenden. Der gesamte Rat, einige Neuankömmlinge, Esmal und vereinzelte Wachen waren anwesend. Außerdem Amrin, der mit mehreren Büchern gehetzt hineinkam, sich neben Henri setzte und Faun, der kurz bevor die Türen geschlossen wurden, hinein huschte. Sie hätte ihn nicht gesehen, wenn ihr Hinterkopf nicht leise gesummt hätte, als ihr Blick über ihn glitt. Er stand ihr direkt gegenüber im Schatten einer Säule und blickte sie gerade heraus an. Es wunderte sie, dass er sich vor den Neuankömmlingen zeigte. Ohne die Maske war es schwer, seine Herkunft geheim zu halten. Nur die Kapuze, die ihm tief ins Gesicht hing, versteckte die spitzzulaufenden Ohren und die unnatürlich dunklen Haare. Seine Augen jedoch konnten nicht verschleiert werden. Bisher hatten sie ihn zwar nicht wirklich bemerkt, doch würde dies nicht lange auf sich warten lassen. Wenn er sprach, neigte er dazu, die gesamte Aufmerksamkeit des Raumes auf sich zu ziehen. Sobald man ihn dann erblickte, konnten nur die wenigsten ihren Blick wieder von ihm wenden. So wie Kalea, die ihn unverhohlen anstarrte, bis er ihr unzüchtig zuzwinkerte.

Bo neben ihr grinste über die beiden und wandte sich dann Esmal zu, der das Treffen eröffnete. Eine der Neuankömmlinge schien eine Priesterin aus Gaofar zu sein, die ebenfalls von der Prophezeiung und der Flut gehört hatte.

„Diese Opferung, von der mir euer junger Gelehrter erzählt hat, wird in vielen Schriften vereinzelt erwähnt. Die ersten Aufzeichnungen sind Jahre vor dem Massaker und der Auslöschung des Reiches Baistar geschrieben und jede Ausführung hat einen anderen Wortlaut“, erklärte die ältere Frau und kramte ein dickes Buch heraus, indem sie alles zusammengefasst hatte. Amrin hätte sich dieses am liebsten direkt unter den Nagel gerissen und studiert, als sie erzählte, was sie alles darin niedergeschrieben hatte. Henri hielt ihn mit einer kleinen Berührung zurück. Der ungeduldige Gelehrte zappelte daraufhin mit seinem Bein und schenkte ihm einen bissigen Blick, was dem Älteren nur ein Lächeln entlockte.

„Zusammengefasst heißt es, dass ein Orakel den Herrschern von Caldo prophezeit haben soll, dass die Kinder des Sturms das Licht verschlingen werden. Die Rettung von Caldo, dem Land der fünf Reiche, wird ihren Weg finden, aber erst, wenn sie ein nicht dazugehöriges, volljähriges Kind dem Tod bringen. Dann wird sich ihr Leid unter dem Mond der Ernte lindern.“

der Blick der Priesterin erhob sich nach dem letzten Satz von ihrem Buch und legte sich auf Kalea, die gegenüber von ihr an der Wand stand. Nicht nur die Priesterin starrte sie an, sondern auch die anderen im Raum.

Angespannt hielt sie Luft an und erwiderte den Blick der Frau. Jeder wusste, dass sie das nicht dazugehörige, nun volljährige Kind war. Mit ihren Haaren passte sie weder nach Solas noch woanders hin.

„Aber das wird keine Option sein", brach Amrin die Stille und zog somit die Aufmerksamkeit auf sich. „Wir werden keine Opferung zulassen."

„Du willst ein ganzes Reich einfach ihrem Schicksal überlassen?", sagte einer der Männer, der zu den Neuankömmlingen gehörte und hinter der Priesterin stand.

„Es ist ja nicht so, als hätte Solas nicht selbst zwei Genozide durchgeführt", mischte sich Henri ein und baute sich neben Amrin auf. Sein Blick sah herausfordernd zu dem Mann, der zuvor gesprochen hatte. „Sag den Imiset oder den Baistari, dass du ihre Mörder retten willst. Ach stimmt, das geht ja nicht." Provozierend hob er die Augenbraue. Dass Faun ein Überlebender der Imiset war, wussten die Neuankömmlinge nicht. Esmal erklärte ihr, dass der Halbelf bei neuen Bewohnern selbst entschied, ob er sich offenbarte oder nicht. Doch würde die zweite Wahl für ihn bedeuten, sich zu verstecken, da sie seine Maske zerstört hatte.

„Ist gut, Henri, wir haben deinen Standpunkt verstanden", unterbrach der Älteste von Viredis die kleine Auseinandersetzung und stützte sein grübelndes Gesicht in die Hände. „Kalea, was sagst du dazu? Schließlich ist es dein Leben."

Mit einem mulmigen Gefühl stellte sie sich aufrecht hin und versuchte die Anspannung aus ihren Schultern zu lockern. Dies war etwas, worauf sie keine klare Antwort hatte. „Ich weiß es, um ehrlich zu sein, nicht. Solas hat ungeheure Taten vollbracht und diese Dürre über Caldo gelegt. Aber die Kinder, die unschuldigen Bürger, die vielleicht genauso wenig über die Wahrheit wissen, wie ich es tat, haben es nicht verdient, zu sterben", sagte sie mit trockenem Mund und ließ ihren Blick von Esmal zu ihren Freunden und dann zu Faun wandern. Freunde, die sie nie erwartet hatte, in diesem Leben zu finden und ein Mann, dessen Mimik nicht einzuschätzen war. Sein Blick senkte sich zu Boden, sodass sie nur die Kapuze sah.

„Also willst du dich opfern?", fragte die Priesterin mit neutraler Tonlage und sah sie neugierig, aber auch ehrfürchtig an.

Aurum, die bisher ruhig neben Esmal gestanden hatte, blickte sie empört an, als ihr die nächsten Worte über die Lippen kamen: „Ich kann den Gedanken nicht vollends ablehnen."

Fauns Kopf sank ein Stück weiter und Amrin stand auf, unfähig etwas zu sagen.

„Das kann nicht dein Ernst sein", murmelte Bo fassungslos und sah sie bestürzt an. Die Arme, die vor seiner Brust verschränkt waren, spannten sich an und sie bemerkte, wie sein Blick kurz zu seinem Bruder und wieder zu ihr wanderte. Eine Diskussion brach im Raum aus, in der die einen der Meinung waren, dass sie Solas nicht komplett auslöschen könnten und andere meinten, dass sie genau das tun sollten. Sie selbst hörte aber nur ein lauter werdendes Rauschen in ihrem Kopf. Zum ersten Mal wünschte sie sich mit Faun über ihre Verbindung reden zu können, denn egal wie lang sie seinen gesenkten Kopf anblickte, er verharrte in seiner Position.

„Was sagt die Königin dazu?", meinte ein Mann nun etwas lauter und drehte sich energisch zu Esmal herum.

„Ich warte noch auf die Meinung der Königin. Die Nachricht müsste in den nächsten Tagen eintreffen", erklärte er ruhig und hielt dem erzürnten Blick des Mannes stand.

„Gibt es überhaupt eine Garantie für diese Prophezeiung?", erkundigte sich Aurum. „Was ist, wenn sie Kalea opfern und die Flut trotzdem über sie kommt oder noch schlimmer, sie leben und ihre Macht wird immer größer, bis wir anderen sterben."

Einige nickte zustimmend.

„Es gibt keine Garantie für Prophezeiungen. Die gab es noch nie", antwortete Amrin seiner Cousine. „Ich bin auch für keinen Völkermord, aber was wir durch ihren Gewinn verlieren könnten, wäre umso größer. Wir haben vor einigen Wochen diesen Schritt gewagt und sind ins Schloss hineingegangen, um genau diesen Untergang von Caldo zu verhindern." Seine Worte regten sie zum Nachdenken an. Sie verstand seinen Standpunkt und stimmte ihm auch zu. Aber sie wusste nicht, ob sie es tat, weil sie wusste, dass er recht hatte oder weil sie nicht sterben wollte. Denn das war etwas, was die letzten Wochen über in ihr herangewachsen war. Der Wille zu Leben. Die Akzeptanz über ihr Schicksal, welches sie die vergangenen Jahre begleitete, war allmählich verschwunden. Ihr kam es so vor, als hätte jeder Moment mit ihren Freunden und jeder Kuss von Faun, diese Akzeptanz wie kleine Wellen fortgespült.

„Was ist, wenn wir sie in einem anderen Ritual opfern? Einem, das uns die Macht sichert? So etwas muss es doch geben", äußerte eine kleine Frau, die mit großen ängstlichen Augen in den Raum blickte.

Kalea schluckte hart bei ihren Worten und als sie zustimmendes Nicken von anderen Anwesenden sah, schnürte sich ihr Hals zu. „Wehe ihr kommt auch nur auf die Idee, sie für ein anderes Ritual zu opfern!", donnerte plötzlich Fauns tiefe Stimme durch den Beratungssaal. Alle erstarrten bei dem Klang seiner gereizten Tonlage und beobachteten ihn, wie er sich von der Wand abstieß und seinen Kopf anhob. Ihren Blick mied er und starrte die Frau an, die eben gesprochen hatte. Diese zitterte wie Espenlaub.

Esmal versuchte ihn zu beruhigen. „Faun, wir werden nicht -"

„Warum nicht? Wieso unsere Zukunft für ein Mädchen opfern? Wenn wir einen Weg finden, unsere Völker zu retten, ist es dieses eine Leben wert zu opfern", bestärkte ein weiterer Mann die vorherige Idee. Ein säuerlicher Geschmack breitete sich ihrem Mund aus, als sie ihnen zuhörte und auf den Boden unter sich starrte.

„Bevor ihr sie opfert, werde ich ganz Caldo in einem Inferno dem Erdboden gleichmachen", zischte der Halbelf drohend und kam einen Schritt auf den Mann zu, der ihm die Stirn bot. Dieser hatte zwar die außergewöhnlichen Augen bemerkt, konnte aber nicht erkennen, dass er ein Imiset war.

„Du wirst uns nicht davon abhalten können, Caldo zu retten."

„Unterschätze mich nicht", grinste Faun drohend und richtete sich weiter auf, bis Henri aufstand und ihn von dem Mann trennte.

Kalea wandte sich wieder dem Gespräch zu, als die Übelkeit zu kontrollieren war.

„Du würdest den Untergang der Welt nur für sie riskieren?", meldete sich der Mann wieder zu Wort.

„Jederzeit", fauchte der Halbelf ohne zu überlegen, was sie nicht erwartet hätte.

Bevor sie sich aber auf die Gefühle einlassen konnte, die sie durchströmten, rief der Mann noch hinterher: „Für eine Solasia Hure, eine verdammte Todgeweihte, willst du uns alle opfern!“

Im nächsten Moment verfiel der Raum im Chaos, als sich Faun schnell herumdrehte und ihm mit der Faust ins Gesicht schlug.

KAPITEL 49

Jederzeit.

Seine Worte hallten ihr noch immer in den Ohren nach. Wann immer sie an diesen Moment dachte, kribbelte ihr Bauch unaufhaltsam, was sie auf die Verbindung in ihrem Kopf schob. Nach dem Treffen, welches nach der Prügelei beendet wurde, hatte sie sich von den anderen abgekapselt, um ihre eigenen Gedanken zu sortieren. Es war mittlerweile Abend geworden, doch hatte sie sich schon so sehr an das Klima gewöhnt, das ihr mit ihrer dünnen Jacke um die Schultern nicht sonderlich kalt war.

Konnte sie es zulassen, dass Solas unterging? Dass die Flut das Reich in wenigen Tagen überschwamm? Ja, sie hatten schlimme Dinge getan und sie ihr Leben lang belogen, doch was war mit den guten Menschen? Ele, die für ihre jetzigen Verbündeten gearbeitet hatte, lebte noch immer im Schloss. Baria, die junge Prinzessin, hatte nie einer Seele Schaden zugefügt. Die Kinder, die ihr ganzes Leben noch vor sich hatten! Sie wollte nicht sterben, doch würde sie mit der Schuld leben können?

„Hier bist du." Sie drehte sich nicht um, als er langsam auf sie zu kam und sich schließlich neben sie ins Gras setzte. Anhand des Summens wusste sie, dass er es war.

„Jap, hier bin ich."

Der Halbelf richtete seinen Blick ebenfalls auf den Sternenhimmel über ihnen, den sie seit mehreren Minuten begutachtete. Es war eine klare Nacht, weswegen sie tausende Sterne über ihren Köpfen sahen. Tief in Gedanken drehte sie ihren Kopf zu ihm und wusste nicht, was sie länger ansehen wollte. Die Sterne über ihr oder den Mann neben sich, dessen Augen in der Nacht umhertanzten. Ein kleines Veilchen bildete sich an seinem Wangenknochen.

Ihre Strähne schimmerte wie gewohnt. Als er dieses Mal aber seinen Blick auf sie wandte, und das Leuchten sah, ergriff er nicht die Flucht.

Im Gegenteil.

Sanft strich er ihr die Strähne hinter das Ohr. Er lehnte sich zu ihr, griff locker ihren Kiefer und zog sie zu sich, um sie zu küssen. Zufrieden atmete sie aus.

„Danke", murmelte sie gegen seine Lippen. „Dass du mich verteidigt hast." Die Funken in seinen Augen schwammen langsam hin und her.

„Ich hatte keine andere Wahl", murmelte er grinsend. „Keiner außer mir, darf dir den tot wünschen."

Sie lachte erheitert und lehnte ihre Stirn gegen seine.

„Würdest du dich wirklich opfern lassen?", fragte er gegen ihre Lippen und folgte ihnen ein stückweit, als sie sich zurücklehnte.

Sie betrachtete sein fragendes Gesicht und zuckte schließlich mit den Schultern. „Ich weiß es nicht. Würde ich nicht wieder die Böse sein, wenn ich es nicht täte? Ein ganzes Volk auszulöschen …" Sie atmete tief durch. „Ist nichts, was in meiner Hand liegen sollte."

Ein Brummen entkam ihm. „Du warst nie die Böse."

„Ach, nein? Warst du es nicht, der mir das am meisten gezeigt hat?" Sie grinste, als er sie mit seiner Schulter anstupste.

„Du weißt, was ich meine. Du kannst für all das nichts und du hast recht, dass du das nicht entscheiden solltest."

„Gibt es keinen Weg die Unschuldigen und Caldo zu retten?"

„Du bist unmöglich. Willst alle retten, ohne dir Gedanken darüber zu machen, wer dich rettet."

„Wie würdest du entscheiden?"

Er verstummte nach ihren Worten und sah einfach in ihren Augen, die ihn erwartungsvoll anblickten. Sie wusste nicht ganz, was sie erwartete. Eigentlich hatte sie es nur gesagt, um ihn aus der Fassung zu bringen. Was er jedoch als nächstes sagte, sorgte dafür, dass sie ihn sprachlos anblickte.

„Was ich vorhin sagte, entspricht der Wahrheit: Ich würde die ganze Welt opfern, um dein Leben zu verschonen. Ich wäre der Funke, der das Inferno über Caldo legt." Dann lehnte er sich vor und küsste ihr die Sprachlosigkeit von den Lippen. Sein Gewicht drängte sie sanft auf die Wiese.

Wie waren sie nur in diese Situation gekommen? Säßen sie so beieinander, wenn dieser Unfall mit dem Magiemal nicht passiert wäre? Sie wusste es nicht und es war ihr auch egal.

Froh darüber, ihn bei sich zu haben, drängte sie diese Gedanken unter die dickflüssige Welle in ihr Unterbewusstsein. „Wann können wir eigentlich endlich weiter trainieren?", unterbrach sie die angenehme Stille, die sich danach über sie gelegt hatte. Bis zu diesem Zeitpunkt hatten sie die Ringe an ihren Unterarmen nicht abgenommen.

„Ich befürchte, dass wir länger pausieren müssen", seufzte er und sah sie entschuldigend an, als sie leicht enttäuscht nickte. „Ich bin eigentlich zu dir gekommen, weil ich mich verbschieden wollte. Ich werde heute Nacht wieder für einige Tage abreisen."

Ihr Blick hing an ihm, bis sie schließlich nickte. Sie musste nicht aussprechen, dass sie wusste, was er zu tun hatte, denn es war ihm bewusst.

Plötzlich sprang er auf die Beine und hielt ihr seine Hand hin, die sie fragend entgegennahm und ebenfalls ins Stehen kam.

„Was hast du vor?", fragte sie verwirrt, als er seinen Arm um ihre Taille schlang.

„Tanz mit mir", bat er sie und anhand der schneller tanzenden Funken in seinen Augen, wusste sie, dass er nervös war.

„Hier? Wir haben doch keine Musik", erwiderte sie, wehrte sich aber nicht dagegen, als er ihre Hand auf seine muskulöse Schulter legte.

„Das ist doch egal", flüsterte er neben ihrem Ohr und begann ein ruhiges Lied zu Summen. Sie lächelte, als seine tiefe Stimme an ihr Ohr drang. Langsam bewegten sie ihre Füßen nach links und rechts und drehten sich dabei in kleinen Kreisen. Als er sie unter seinem Arm drehte, lachte sie herzlichst und legte dann ihren Kopf auf seiner Brust ab, sobald sie wieder bei ihm war. Sein Herz klopfte laut und fest.

Genießend schloss sie die Augen und tanzte weiter mit Faun, nur zum Summen seines Liedes unter dem Sternenhimmel.

Nach einer gefühlten Ewigkeit, die sie am liebsten nie beenden wollte, lösten sie sich voneinander und er bedankte sich überschwänglich für den Tanz, was sie erwiderte und spielerisch in einen Knicks sank.

Nachdem er sie nach Hause gebracht hatte, standen sie für einen Moment stumm voreinander, nicht wissend, was zu sagen war. Abwartend sah er sie an und hoffte, dass sie einen Schritt auf ihn zu machen würde.

„Bis bald, *armaas*", verabschiedete er sich nach einer Weile und schenkte ihr ein letztes, verhaltenes Lächeln.

„Bis bald", erwiderte sie und fragte sich, was dieses Wort bedeutete. In Gedanken versunken blickte sie ihm nach und hasste sich dafür, ihn nicht noch einmal geküsst zu haben.

Die Nacht über war sie noch lange wach und starrte von ihrem Bett zum Himmel empor. Der Mond war fast voll. Obwohl der Erntemond in ihr eine große Unruhe auslöste, kam sie nicht drum rum, seine Schönheit zu betrachten. Eine Wolke schwebte über ihm und verdunkelte das Mondlicht für einen kurzen Moment. Ihre Gedanken wichen zu Faun, der wahrscheinlich schon längst aufgebrochen war. Hatte er darauf gewartet, dass sie ihn zum Abschied küsste? Warum hatte er nicht wie immer den ersten Schritt getan? Sie konnte sich noch nicht dazu überwinden, diese Sehnsucht in sich zu akzeptieren, die am liebsten jede Möglichkeit nutzen wollte, Zimt und Orange zu schmecken.

Gedankenverloren strich sie sich über die Lippen und spürte, wie ihr Magen einen Salto tat. Ihre Lippen kribbelten. Dann blickte sie wieder zum Mond, der drohend auf sie hinab schien. Vielleicht sollte sie diese Anziehung bald akzeptieren.

Bevor es zu spät war.

KAPITEL 50

Der Vollmond war beinahe gekommen. Über ihr stand der fast vollständige Erntemond, der in der folgenden Nacht seine Fülle erreichen würde. Sie war noch ganz aufgekratzt von dem Tag. Stundenlang saßen sie im Beratungszimmer und diskutierten über die Opferung. Amrin hatte mehrere Schriften rausgesucht, um die Prophezeiung zu widerlegen und legte sich mit zwei Leuten an, die der festen Überzeugung waren, dass sie geschehen würde. Sie selbst stand die meiste Zeit stumm in der Ecke und lauschte ihnen. Erst als Esmal den Brief der Königin laut vorlas, hob sie den Blick.

Die Königin schrieb, dass sie selbst nicht kommen konnte, da sie am anderen Ende von Talam war und sich um die Wasserversorgung des Waldes kümmerte. Sie selbst war eine sehr pragmatische Person, die nicht an Prophezeiungen oder Ähnliches glaubte. Ebenso sah sie kein Problem damit, Solas seinem Untergang zu überlassen. Esmal sollte mit Kalea zusammen entscheiden, was zu tun war. Mit den folgenden Worten endete der Brief: „Wenn sich das Mädchen dazu entscheidet, sich zu opfern, um einen kleinen Anteil von unschuldigen Menschen aus Solas zu retten, dann lasst sie gehen. Wir werden mit den Konsequenzen klarkommen. Die Verhandlungen mit Hidrig stehen unter einem guten Stern."

Unruhe entstand danach im Beratungszimmer. Sie selbst ging jeden geschriebenen Satz des Briefes im Geiste durch.

„Welche Verhandlungen?“, hatte sie schließlich gefragt und blickte den Ältesten an, der sich die Schriften von Amrin durchlas.

„Die Herrscher von Talam und Gaofar versuchen seit Monaten Hidrig auf unsere Seite zu ziehen. Denn auch Solas wird ohne die Wasserversorgung des Landes nicht klarkommen“, erklärte er ihr.

„Hidrig muss sich endlich entscheiden. Sie haben schon zu lang Solas mit Wasser versorgt. Entweder sie entscheiden sich für uns oder sie gehen mit Solas unter“, fügte ein Ratsmitglied hinzu.

Nach mehreren Stunden entschied Esmal, dass Kalea morgen früh selbst entscheiden sollte, ob sie nach Solas gehen wollte oder nicht. Faun würde die Nacht zurückkommen und könnte sie, wenn nötig, dorthin bringen. Dabei betonte er jedoch, dass es ihr auch freistand, zu bleiben und das Solas Schicksal nicht ihre Schuld sein würde. Seitdem saß sie auf der gewohnten Stelle in der Wiese und überlegte angestrengt.

„Du wirst ihn nicht bitten, dich dorthin zu bringen, oder?“, erklang Bos Stimme hinter ihr. Sie drehte sich leicht zu ihm um und erkannte, dass auch die anderen bei ihm waren und zu ihr gingen.

Aurum setzte sich dicht neben sie und ergriff ihre Hand.

„Würde er es denn überhaupt tun?“, fragte Evalin, die sich ihr gegenübersetzte und eine kleine Laterne in die Mitte stellte.

„Natürlich“, antwortete Henri verbissen und starrte in das Licht hinein. „Was würde er nicht für sie tun?“

Sie schwieg.

„Aber es würde ihn zerstören", fügte Amrin hinzu und lehnte sich mit seiner Schulter gegen ihre. Zwischen den beiden Cousins fühlte sie sich geborgen und merkte, wie die Schwere ihres Herzens leichter wurde.

„Was würdet ihr an meiner Stelle tun? Könntet ihr ein ganzes Volk sterben lassen?", flüsterte sie und blickte wieder zum Mond empor.

„Na klar", antwortete Aurum zornig und drückte ihre Hand fester. „Es ist nicht irgendein Reich. Es ist Solas. Sie haben dich in diesen Käfig gesperrt, die meisten in diesem Dorf zu Waisen gemacht und zwei ganze Völker selbst hingerichtet. Ich verstehe nicht, warum du es überhaupt in Erwägung ziehst!"

Bo versuchte sie mit einer leichten Berührung zu beruhigen, doch sie schüttelte ihn ab.

„Ich weiß das alles. Aber ich bin dort aufgewachsen und es gibt auch gute Menschen in Solas. Was ist mit Ele? Sie hat euch geholfen."

„Beide wussten, was ihre Hilfe bei deiner Entführung für sie bedeuten würde. Wir wollten sie mitnehmen, aber sie lehnten ab", erklärte Amrin ihr ruhig. Dass er von mehreren Personen sprach, bemerkte sie gar nicht.

„Ich werde nicht einfach zusehen, wie du dich opferst", sagte ihre Freundin ernst und als sie sah, wie auch die anderen zustimmend nickten, spürte sie eine wohlige Wärme in ihrem Körper. Vielleicht hatte sie unterbewusst schon längst eine Entscheidung getroffen.

Denn sie wollte nicht sterben.

Wartend saß sie in ihrem Zimmer auf ihrem Bett. Bo meinte, dass Faun bestimmt zu ihr kommen würde, um ihre Entscheidung zu erfahren. Nervös spielte sie mit ihren Fingern und merkte, wie feucht sie waren. Sie wollte ihm nicht nur ihre Entscheidung zum Erntemond mitteilen - nein, sie würde ihn auch zum ersten Mal von sich aus küssen und diese Anziehung zulassen, die sich seit ihrem ersten Treffen zwischen ihnen aufgebaut hatte. Das Summen ertönte und nach dem nächsten Wimpernschlag stand er vor ihr. Er trug noch seine volle Montur und blickte sie unter dem Saum seiner Kapuze an.

„Da bist du ja“, begrüßte sie ihn erfreut und stand von ihrem Bett auf. Zaghaft nahm sie seine Hände in ihre und verschränkte sie miteinander. Er schwieg und starrte sie ausdruckslos an. „Warst du erfolgreich?“, fragte sie unbeholfen, nachdem er noch immer nicht reagiert hatte. Unsicher biss sie auf die Lippe, ehe sie sich vorlehnte, um ihn zu küssen. Doch bevor sie den Geschmack von Zimt und Orangen schmecken konnte, lehnte er sich von ihr weg. Verwirrt und verletzt blickte sie ihn an und versuchte etwas aus seinem Blick zu lesen. Die Funken seiner Augen schwirrten in Zeitlupe um seine Iris.

„Was ist los?“

„Bo!“, schrie er zwischen zusammengepressten Lippen, seine Hände legte sich an ihre Unterarme. Er zitterte und blickte wartend ihre Zimmertür an. Sie wusste nicht, was mit ihm los war. Im nächsten Moment stand sein Bruder beunruhigt im Türrahmen und blickte zwischen ihnen hin und her. Hinter ihm tauchte Aurum auf. Sie hatte mit ihrer Mitbewohnerin an diesem Abend nicht mehr viel geredet.

„Was ist los?“, fragte Bo ernst und kam auf die beiden zu. Langsam tat ihr Fauns Griff an den Armen weh. Dieser blickte vielsagend zu seinem Bruder. Ohne ein Wort zu hören, verstand er ihn anscheinend, denn im nächsten Moment fluchte er laut. Aber bevor er sie erreichen konnte, verschwand Faun mit ihr im nächsten Raumsprung.

Der Wirbel in ihrem Kopf wuchs mit jeder vergangenen Sekunde weiter an und ängstlich klammerte sie sich an seinen Körper. Sie verstand nicht, was los war und wohin er sie brachte. Als sie aber Boden unter ihren Füßen spürte, sich der Wirbel lichtete und sie die Wärme auf ihrer Haut wahrnahm, wusste sie es augenblicklich.

Sie waren in Solas.

KAPITEL 51

Blinzelnd öffnete sie die Augen. Das Licht der Lampen blendete sie. Über ihnen schien der Vollmond. Sie befanden sich vor den Toren des Schlosses. Vor ihnen stand der König, mehrere Wachen und Emil. Verängstigt wich sie in seine Arme zurück und blickte Faun verwirrt an.

„Was soll das?“, fauchte sie mit zittriger Stimme. Er schwieg.

„Ah, schön, dass du wieder zu Hause bist“, begrüßte der König sie breit lächelnd und wandte sich dann an Faun, der sie noch immer fest im Griff hielt. „Danke, mein Lieber.“

Wie ein Schiff mit einem Leck füllte sich ihr Körper mit der niederschmetternden Realisation, die ihr wie ein Fausthieb entgegen geschleudert wurde. Egal, wie sehr sie versuchte, das rauschende Gefühl aufzuhalten, welches sich in ihren Körper zwang, es nutzte nichts. Ihre Augen brannten und ihre Lippen zitterten. Fassungslos blickte sie zu ihm empor, doch er wagte es nicht einmal, in ihre Richtung zu blicken.

„Wachen führt *die Eine* in ihr Gemach. Sie soll noch etwas schlafen, bevor es morgen losgeht“, befahl der König breit lächelnd. Als die Wachen auf sie zukamen, wehrte sie sich gegen ihre Griffe und versuchte sich an seinem Hemd festzukrallen. Sie wollte das nicht! Dafür hatte sie sich nicht entschieden!

„Faun! Faun, bitte“, schrie sie ihn an, doch seine Arme lockerten sich. Ohne die Miene zu verziehen, ließ er es zu, dass die Wachen sie mitnahmen. Tretend und kratzend wand sie sich in ihrem Griff und schrie vor Verzweiflung auf. Emil blickte sie nicht einmal an, als sie an ihm vorbei getragen wurde.

„Faun!“

Das Tor schloss sich hinter ihr und schnitt ihre Sicht auf den Halbelf ab. Er hatte sie hintergangen.

In ihrem Zimmer schmissen die Wachen sie auf ihr Bett und verschlossen die Tür hinter sich. Verzweifelt rüttelte sie an dieser und versuchte, sie zu öffnen. Panik dominierte ihren Körper, während sie sich in ihrem alten Gemach umblickte. Es war viel großer als ihr Zimmer in Aurums Haus. Doch es wirkte so kalt und düster auf sie. Ihr fehlte Luft zum Atmen. Ihr Herz pochte wild gegen ihre Brust und ihre Augen brannten, ehe sie weinend an der Tür zusammenbrach.

„Lasst mich raus“, schrie sie und klopfte wild gegen das Holz der Tür. Aber niemand antwortete ihr.

Warum hatte er sie hierhergebracht?

Sie verstand es nicht.

Was hatte er davon? Was hatte sich in der Zeit zwischen ihrem Tanz unter dem Sternenhimmel bis zu diesem Abend geändert? Hatte er sie nur an der Nase herumgeführt, um ihr Vertrauen zu bekommen? Denn das hatte er geschafft.

Sie schluchzte laut, als sie bemerkte, wie ihr Herz in tausend Scherben zersprang. Dieser Verrat tat ihr mehr weh als der Moment, in dem Emil ihr das Schwert an die Kehle gehalten hatte.

Augenblicklich dachte sie daran, dass ihre Freunde davon ausgingen, dass sie bei ihnen bleiben würde. Nur Bo und Aurum hatten gesehen, dass Faun sie weggebracht hatte. Dachten sie, dass es ihre Entscheidung gewesen war? Wenn ja, dann würden sie nicht kommen, um sie retten. Sie würden denken, dass sie sich dazu entschieden hätte. Aurum würde sie hassen.

Wütend stand sie auf, ging auf die Frisierkommode zu und riss sämtliche Utensilien zu Boden. Henris Dolche, die sie jetzt so gerne bei sich gehabt hätte, lagen in ihrem Zimmer auf ihrem Stuhl.

Blind vor Zorn griff sie die Bürste und blickte sich im Spiegel an. Die weiße Strähne schimmerte leicht. Schreiend hämmerte sie auf ihr Spiegelbild ein, bis der Spiegel nur noch einem Scherbenhaufen glich und sie sich erschöpft auf das Bett setzte. Die restliche Nacht machte sie kein Auge zu. Ihr Gemüt schwank zwischen Wut und Trauer hin und her. Entweder sie zerlegte das gesamte Gemach oder sie lag schluchzend auf dem Boden. Es gab kein dazwischen.

Am nächsten Morgen kamen die Wachen mit dem goldenen Käfig herein. Sie lachte ungläubig, als sie ihn durch die Tür schoben. Er wirkte auf einmal so viel kleiner auf sie.

Zwei Wachen schliffen sie hinein, wobei diese nicht nur einmal in Berührung mit dem goldenen Metall kamen und sich Brandwunden zuzogen. Auch sie kam nicht unverletzt davon, doch es scherte sie nicht.

Wutentbrannt starrte sie die Wachen an, als sie auf den Knien und gefesselt im Käfig hockte und über den Flur geschoben wurde. Wo war Ele?

Suchend blickte sie in jedes Gesicht, das ihr entgegenkam und ihren Blick mied. Sie hatte ganz vergessen, dass diese Leute sie so gut es ging nicht anblickten. Doch an diesem Tag des Erntemondes, schienen sie es umso stärker zu vermeiden.

Im Speisesaal angekommen, wurde der Karren, auf dem der Käfig stand, an die Wand geschoben. Der lange Esstisch war übersät mit den besten Speisen. Die Gäste, allesamt mit weißem Haar, waren verstummt als sie hereingeschoben wurde. Nur der König, der am Kopf des Tisches saß, hatte sie überschwänglich begrüßt und ihr direkt ins Gesicht geblickt. Sie spuckte ihm zur Antwort auf die sauberen Fliesen.

Emil, der zu seiner rechten saß, konzentrierte sich auf seinen Teller und hob nicht einmal den Blick. Er war ein Feigling. Was sie jedoch am meisten wunderte, war, dass die Prinzessin, Baria, sie zum ersten Mal unverhohlen anblickte. Fassungslosigkeit lag in ihrem Blick, ehe sie sich zu ihrem Nebenmann hinüberlehnte. Dieser nickte und dann erkannte sie, dass es der reiche Lord war, mit dem die Prinzessin am Ball des roten Mondes getanzt hatte. Da er anwesend war, befürchtete Kalea, dass er der jungen Prinzessin wirklich einen Antrag gemacht hatte.

„So, meine Gäste, jetzt wo alle anwesend sind, möchte ich das Festmahl eröffnen. Trinkt und esst so viel ihr wollt, denn heute wollen wir unsere Rettung feiern", sprach der König laut und hob seinen goldenen Kelch empor. Die Gäste erwiderten seine Geste und stoßen miteinander an.

Es ekelte sie an, wie sie in ihren besten Roben dort saßen und fröhlich speisten, während sie geschunden und gefesselt in einem Käfig saß. Wie konnte sie jemals glauben, dass dieser für ihre Sicherheit war?

Ihr Blick wanderte durch den Speisesaal. Sie wollte es nicht zugeben, doch sie suchte nach dem Halbelf. Jedoch war er nicht anwesend. Außer den Speisenden waren nur noch die Bediensteten und die Wachen anwesend. Nun erkannte sie erst, dass auch diese ihre prächtigsten Roben trugen.

Selbst die Wachen waren in weiß-gold gekleidet und hatten ihre Uniformen abgelegt.

„Auf die Eine!“, verkündete ein Lord laut und hob seinen Kelch für ein erneutes Anstoßen an. Die Leute lächelten zustimmend.

„Ich hoffe, dass ihr daran erstickt“, sagte sie laut und wandte nicht ihren Blick ab, als der König sie zornig anstierte. Auch Emil sah auf und schaute sie fassungslos an. Einige hatten sich verschluckt.

„Wie kannst du so etwas sagen?“, erwiderte der König mit schriller Stimme und erhob sich, um auf den Käfig zuzugehen. „Verstehst du nicht, was das für eine Ehre ist? Du wirst uns alle retten. Du bist eine Heldin!“ Sein strenges Parfüm verätzte ihr die Nase.

„Habt ihr euch das auch eingeredet, als ihr Baistar niedergemetzelt habt?“ Die Gäste rangen nach Luft.

Baria beobachtete sie interessiert.

„Du hast doch keine Ahnung“, zischte der König mit gedämpfter Stimme. „Würde ich nicht wissen, dass du in wenigen Stunden verbluten wirst, hätte ich dich hier und jetzt getötet. Du hast mir besser gefallen, als du wusstest, wann du die Klappe zu halten hast.“

„Du meinst, als ich noch unter eurer Gehirnwäsche litt?“

Der König lachte laut und wand sich von ihr ab. „Ich glaube auch der Einen ist der heutige Tag zu Kopf gestiegen. Vielleicht war der Wein, den ich ihr zu Feier des Tages gegeben habe, etwas zu viel“, wandte er sich an seine Gäste, die amüsiert lachten. Nur die beiden Königskinder stiegen nicht mit ein.

Einige Stunden später wehrte sie sich gegen die Frauen, die sie versuchten, zu baden. Die Wachen stürzten hinein und banden ihre Arme und

Beine mit Seilen fest, ohne sie nur einmal anzublicken. Sie spürte die Scham in ihrem Körper, als die Männer hereinkamen, obwohl sie vollends entkleidet war. Die Frauen verloren kein Wort, als sie ihre Haut wund schruppten und ihre Haare säuberten. Mit jeder weiteren Minute, die verging, manifestierte sich in ihr ein taubes Gefühl, da sie sich sicher war, dass es keinen Ausweg mehr gab. Ele und Faun hatte sie den gesamten Tag nicht gesehen. Und obwohl sie ihn für seinen Verrat hasste, wünschte sie sich, ihn nur noch einmal zu sehen.

Nachdem sie ihren kompletten Körper mit dem teuersten Öl eingecremt hatten und ihre Haare frisiert waren, starrte sie sich im Spiegel an. Die weiße Strähne hing offen neben ihrem Gesicht. Die restlichen Haare waren in einem tiefen Dutt zusammengebunden. Übelkeit stieg in ihr auf, als sie sich selbst betrachtete und sie erbrach sich keine Sekunde später auf dem Boden.

Das alles ging ihr zu schnell. Sie war kaum in der Lage, einen klaren Gedanken zu fassen, da schoben sie den Käfig in ihr Gemach. Die Luft war zu dünn um sie herum. Der Erntemond strahlte in vollem Glanz über Solas.

Kühles Metall legte sich auf Kaleas erhitzte Haut. Sie fluchte leise, als ihr eine Frau den goldenen Gürtel zu fest um ihre Hüften legte.

„Arme hoch", sagte die ältere Frau leise, kletterte auf das kleine Podest und stülpte Kalea ein goldenes Geschirr über den Kopf. Die Frauen kämpften damit, ihre Arme durch die verschiedenen Riemen zu bringen. Aber am Ende hatten sie es geschafft und blickten beinahe stolz Kaleas Spiegelbild an. Sie selbst schüttelte es bei ihrem Anblick. Das Geschirr wurde auf der Höhe ihres Bauchnabels mit dem Gürtel verbunden, zog in der Mitte hoch und teilte sich am Brustbein in zwei Riemen zu den Schultern. Zwischen den Riemen prangte ein goldener Kreis, der direkt auf ihrem Herzen lag.

Eine Zielscheibe. Das kurze, weiße Hemd bedeckte nur ihre Brüste und der wallende Rock begann knapp unter dem Gürtel. Die Armreifen hatten sie ihr gewaltsam abgenommen, sodass dünne rote Striemen ihre Unterarme zierten. Sie lagen in irgendeiner Ecke.

„Ist sie fertig?“, brummte der Wachmann ungeduldig, der in der Ecke saß und die Frauen fragend anblickte. Er war ungefähr in Esmals Alter, dachte sich Kalea, als sie ihn anblickte. Doch strahlten seine Augen keinerlei Freundlichkeit aus.

Ein schweres Gefühl setzte sich in ihren Magen, als sie an Viredis dachte. Ein unbekanntes Gefühl von Heimweh durchzog sie.

„Ich will laufen“, stoppte sie die Wache, die gerade den Käfig öffnete. Er blickte zum Priester, der wartend vor ihrem Gemach stand und sie vorsichtig musterte. Dieser nickte nach einigen Sekunden.

Als sie wenige Augenblicke später in Begleitung von fünf Wachen und dem Priester den Flur entlangging, konzentrierte sie sich auf den Boden vor sich. Sie sah nur die Füße der Bediensteten, die sich in einer Reihe an den Wänden und den Fenstern positioniert hatten und nach unten blickten. Nur die Königsfamilie, die Priester und die Wachen würden der Opferung beiwohnen. Das Volk würde durch ein Freudenfeuer Bescheid bekommen, wenn es vorbei war. Sie würden daraufhin die restliche Nacht ihre Rettung feiern. Niemand würde mehr an die Eine denken. Niemand würde sich an ihren Namen erinnern.

Links und rechts, sagte sie sich immer wieder vor und starrte auf ihre nackten Füße. Der beige Teppich unter ihr war rau und pikste in ihre Fußsohlen. Selbst die Hornhaut, die sich in der letzten Zeit gebildet hatte, schützte sie nicht vor dem Grauen dieses Teppichs. Das Herz pochte in einem unnatürlichen Tempo in ihrer Brust. Ihr Magen rebellierte gegen das

Ganze. Schnell neigte sie sich zur Seite und verfehlte nur knapp die Füße eines Bediensteten. Außer ihren Würgegeräuschen herrschte bleierne Stille im Flur. Niemand half ihr, als sie sich mit zittrigen Knien aufrichtete. Kalter Schweiß stand auf ihrer Stirn und als sie stockend einatmete, hob sie endlich den Kopf. Ihr Kinn war leicht nach oben geneigt, während sie wieder los schritt und dabei jedem Anwesenden einen vernichteten Blick schenkte. Ihr letzter Weg sollte nicht voller Scham enden.

Bevor sie um die Ecke bogen, meinte Kalea ein Augenpaar auf sich zu spüren. Er war direkt, ungefiltert und ihr stellten sich die Nackenhaare auf. Doch bevor sie auch nur den Gedanken fassen konnte, nach hinten zu sehen, war das Gefühl weg und die Wachen führten sie weiter.

KAPITEL 52

Die hohe schmale Treppe, die zum heiligen Platz führte, war von kleinen Lichtkugeln erleuchtet. Hoch oben sah sie weitere Lichter, die den Platz erhellten. Der Mond hing, wie eine Guillotine über ihrem Kopf, als die Wachen sie die Treppe hinaufführten. Die Wärme des Bodens drang durch ihre Füße in ihren Körper. Es war so warm, dass sie sich wünschte, dass ein kühlerer Wind durch ihr Gesicht strich.

Oben angekommen, verharrte sie in ihrem Schritt. Der schwarze Steintisch in der Mitte des weißen Platzes, lag in einem Kreis aus Kerzen und wartete nur auf sie. Auf einem Podest saß der König mit den Priestern und seinen Kindern. Beide wirkten nervös, doch rührten sich nicht, als die Wachen sie auf den Stein beförderten.

Sie wehrte sich, konnte aber gegen die Kraft der Männer nichts ausrichten, weshalb sie nicht wenig später, auf dem niedrigen Steintisch lag. Ihre Arme und Beine lagen in Ketten, sodass sie sich kaum bewegen konnte. Ihr Gesicht war auf der Höhe der Schienbeine der Wachen. Ihr war nie bewusst gewesen, wie niedrig dieser Tisch wirklich war.

Benommen ignorierte sie das Gebet der Priester und starrte zum Mond hinauf, der direkt über ihr war.

Sie hatte immer gedacht, dass sie ruhig daliegen würde, wenn es endlich so weit war. Doch spürte sie nun, wie schnell ihr Herz schlug und wie ihre Haut aufriss, während sie sich gegen die Kette wehrte.

Ihr Blick suchte die Hügel ab, die hinter dem Tempel waren, doch sie erblickten niemanden. Es würde ihr niemand zur Hilfe kommen.

„Der Mond ist nun an der höchsten Stelle“, gab ein Priester bekannt und beförderte sie wieder ins Hier und Jetzt.

„Dann lasst uns beginnen“, befahl der König und stand vom Stuhl auf, um die beste Sicht auf alles zu haben. „Holt ihn.“

Die Welt um sie herum schien in Zeitlupe weiterzulaufen, als sich die Türen des Tempels öffneten und Faun herauskam. Da war er endlich. Langsam kam er auf sie zu. Würde er sich doch umentscheiden und sie retten?

„Wartet!“ unterbrach die Prinzessin mit Angst verzerrtem Blick und trat neben ihren Vater. „Vater, überlege es dir bitte.“

Dieser sah sie zunächst verwirrt, dann entsetzt an. „Du warst es, oder? Die, die dieser Kammerzofe geholfen hat“, brüllte er sie an und schlug ihr mit seiner Ringbesetzten Hand ins Gesicht.

Geschockt sah Kalea zu der Prinzessin auf dem Boden, die sich die blutenden Lippen hielt. Ihr Bruder kniete sich zu ihr hinunter und versuchte, ihr aufzuhelfen. Stimmte es? War Baria eine Verbündete?

„Wachen haltet diese Verräterin fest. Ich widme mich ihr, wenn das hier vollbracht ist. Sorgt dafür, dass sie zuschaut“, befahl er zornig und blickte seine junge Tochter nicht an, als die Wachen sie vom Podest schliffen und an einem Stein absetzten. Ihre tränenden Augen blickten in ihre und stumm entschuldigte sie sich bei Kalea. Diese schüttelte aber nur den Kopf, denn dies war nicht ihre Schuld.

Sorge breitete sich in ihr aus. Nun wurde auch sie unter ihrem Vater leiden müssen. Neben ihr bewegte sich jemand, sodass sie sich wieder dem Halbelf zuwandte, der auf sie zukam.

„Faun?", sagte sie unsicher und versuchte, zurückzuweichen. Doch die Ketten an ihren Händen und Füßen hinderten sie daran. Ohne eine Reaktion kam er näher auf sie zu. Sie begann unaufhaltsam zu zittern, sobald er aus seiner Manteltasche einen Dolch zog.

Und o Götter, sie erkannte ihn. Wie könnte sie nicht? Er lag jahrelang in einer Vitrine im Tempel und türmte bei jedem Gebet über ihr, als wusste er, was seine Aufgabe war.

Der Dolch, der die Opferung durchziehen sollte. Ein uralter Gegenstand, der schon seit Generationen im Besitz der Königsfamilie von Solas, den Withleighs, war. Aber wieso hatte Faun ihn? Er würde doch nicht -

„Faun! Was hast du vor?", fragte sie panisch und trat mit den Füßen aus, als er in den Kreis aus Kerzen trat und sich zu ihr kniete. Pure Angst erfasste sie, da sie nicht wusste, was Faun vorhatte und warum es ihr so schien, als würde er sie nicht einmal richtig sehen. Sie schrie, als er ihre Beine packte und sie zwischen seinen Knien fixierte.

„Lass mich los!", kreischte sie und spürte das Brennen in ihrem Hals und in ihren Augen. „Du elender Mistkerl!" Doch es schien ihn nicht zu kümmern, was sie sagte. Seine spitzen Knie bohrten sich seitlich in ihre nackten Oberschenkel und zum ersten Mal war sie von seiner Berührung angeekelt. Er sollte von ihr runtergehen und er sollte sie retten. So wie er es immer tat. Wie er es ihr gesagt hatte.

Jederzeit.

Ich würde die ganze Welt opfern, um dein Leben zu verschonen.

Ihre Schulter pochte, als er sie mit einem festen Stoß zu Boden drückte, sein Gesicht war nun über ihrem, während sie die Spitze des Dolches an ihrer Haut spürte. Direkt an ihrem Herzen. Erschöpft von den letzten Stunden und dem Verrat, gab sie nach und starrte ihn einfach nur an. Ihr Atem ging zittrig und schnell, es brauchte nicht mehr lange, dann würde sie Hyperventilieren.

„Warum machst du das?", flüsterte sie erschüttert und suchte nach irgendeiner Regung in seinem Gesicht. Oh, wie sehr sie sich die Maske herbeiwünschte. Dann müsste sie nicht in sein Gesicht sehen.

In dieses gutaussehende Gesicht.

Ihr Blick wich zu dem kleinen Muttermal unter seinem Kinn.

„Sei nicht sauer", sagte der König und verschränkte zufrieden seine Hände hinter seinem Rücken. „Er hat keine andere Wahl." Sie konnte sein selbstgefälliges Lächeln hören. Ihre Augen huschten weiter über sein Gesicht und als sie die Worte des Königs gedanklich wiederholte, fiel es ihr wie Schuppen von den Augen.

O mein Faun.

Mein lieber Faun.

Die Tränen sammelten sich nun schneller in ihren Augen und sie schluchzte laut auf. Ihre Hände versuchten sein Gesicht zu erreichen, welches einem Stein ähnelte, doch reichten sie nur bis zu seinem Hals.

Natürlich.

Wie konnte sie nur einen Augenblick daran glauben, dass Faun seine Ansichten und sie verraten würde? Er war die letzten Tage ohne seine Maske unterwegs gewesen, weil sie diese zerstört hatte. Und wahrscheinlich war er ihnen direkt in die Arme gelaufen. Er, der letzte Überlebende des Volks der Imiset.

Der letzte Verfluchte.

Das letzte Opfer des Namensfluches. Ein verdammtes Wort, Fauns richtiger Name, genügte, und er würde so wie in diesem Moment über ihr knien und ihr den Dolch an Herz halten. Was musste er nur die Tage erlebt haben, bis sie seinen wahren Namen in dieser Auflistung gefunden hatten?

Ihre Hände bebten. Ihre Lippen zitterten bei dem Anblick, der sich vor ihrer tränenden Sicht abspielte. Die so bekannten Augen sahen ihr ruhig und leer entgegen, während die Hände, die sie sonst so sanft berührten, ein Messer an ihr Herz hielten. Die tanzenden Punkte in seinen Augen waren beinahe zum Stillstand gekommen. Langsam, nur in Bruchstückchen, bewegten sie sich weiter. Kämpften gegen den Zwang an.

„Es ist okay", flüsterte sie Tränen erstickt und strich über seinen Hals, während er sich die Lippe blutig biss. Ohne den Schmerz wahrzunehmen, bohrte er seine Zähne weiter in das weiche Fleisch seiner Unterlippe. Sie sah, dass er innerlich kämpfte und sie wusste, dass er den Kampf nie gewinnen würde. Es war ein Fluch, gegen den selbst er nichts unternehmen konnte.

„Das ist nicht deine Schuld", versicherte sie ihm und versuchte, über die Angst hinweg zu lächeln, denn sie wusste, wie sehr er darunter leiden würde. Spürte die Bewegung ihrer Mundwinkel, wusste aber, dass das Lächeln nicht in ihren Augen ankam.

Sie wuchs mit dem Wissen auf, einen frühen Tod zu sterben. Nie richtig leben zu können und alles für ihr Volk zu opfern. Und eigentlich dachte sie, dass sie sich damit abgefunden hatte. Doch nun, als ihr Schicksal so entschlossen vor ihr stand und es keinen Ausweg gab, fürchtete sie den Tod. Fürchtete den Tod, der sie ihr Leben lang, wie ein Schatten begleitet hatte. Sie hatte erwartet, ihn am Ende mit offenen Armen zu empfangen und ihn wie einen alten Freund zu begrüßen, doch nun, nachdem sie das Leben gekostet hatte, sei es noch so kurz gewesen, wollte sie vor ihm davonrennen. Sie wollte viel lieber in Fauns Armen bleiben.

Eine Träne rann an ihrer Schläfe entlang und setzte sich in ihren Haaransatz. Die weiße Strähne war feucht von ihrem Schweiß und ihren Tränen und klebte entlang ihrer Kehle.

Fauns Hände zitterten. Ihm ein Lächeln zu schenken, obwohl er ihr die Messerspitze ins Fleisch bohrte, war ihr letzter Wunsch. Er hatte in ihr Gefühle entfacht, von denen sie glaubte, sie nie erleben zu können. Brennender Hass und pures Verlangen.

Faun schluckte ruhig, blickte sie eine weitere Sekunde an und verkrampfte seinen Griff um das Messer. Der König schritt langsam vom Podest hinab, neigte sich zu ihm hinunter und sie hörte gedämpft, wie er seinen Befehl wiederholte. Und als sie sah, wie der letzte Funke in Fauns Augen zum Stillstand kam, wusste sie, dass es vorbei war. Dass sie ihn niemals zurückgeben konnte, was er ihr geschenkt hatte. Und sie hasste es. Sie hasste die Gewissheit, dass ihn diese Nacht bis ans Ende seiner Tage quälen würde.

Er holte tief Luft. Seine Nasenflügel bebten bei ihrem Anblick. Denn neben dem Lächeln und den Tränen, die an ihrem Gesicht hinunterliefen, sah er, dass sie aufgegebene hatte. Sah, wie sie sich mit der Tatsache zufriedengab, durch seine Hand zu sterben.

Und er schrie.

Er schrie so laut, dass sein Hals rebellierte, bis ihm die Luft wegblieb. Voller Verzweiflung schrie er ihr entgegen sich gegen ihn zu wehren. Das anzuwenden, was er ihr beigebracht hatte. Sich zu wehren! Zu kämpfen! Verdammt nochmal, zu leben!

Doch kein Ton wich über seine versiegelten Lippen.

„Ich -", ihre Worte erstickten, als das Messer mit einem festen Ruck in ihrer Brust versank. Blut quoll aus ihrem Mund, während ihre Hand zu Fauns Schulter hinabfiel und sich festkrallte.

Das Blut gurgelte in ihrem Mund, doch über den Schmerz hinweg suchte sie seinen Blick. Sie versuchte sich an die Vertrautheit seines Gesichtes zu klammern, während sie merkte, wie ihr jeder Atemzug schwerer fiel und jeder Augenaufschlag die größte Mühe war. Ihre Augen hingen an seinen Lippen. Gefangen zwischen dem Schmerz, dem Tod und dem verzweifelten Versuch, am Leben zu bleiben, verschwamm ihre Sicht. In dem einen Moment sah sie ihn auf der anderen Seite des Raumes. Er zwinkerte ihr provozierend zu. Dann saß er vor ihr in der Wiese, während sie von der Sonne geblendet wurde und versuchte, sein Gesicht zu erkennen. Mit dem nächsten zittrigen Atemzug sah sie ihn wieder mit diesem leeren Ausdruck über sich knien, mit dem Messer in ihrem Herzen. Und als ihre Sicht wieder verschwamm, sah sie, wie er ihr seine Hand hinhielt und sie liebevoll anlächelte. Hinter ihm ihre Freunde, die sie zu sich riefen. Henri hatte einen Arm um Amrin gelegt und Evalin und Aurum wanken ihr zu. Bo sah sie grinsend an. Das war alles, was sie in diesem Moment wollte, weswegen sie nicht mehr überlegte, den Schmerz losließ und ihre Hand an seine legte. Ihre Brust hob sich ein letztes Mal, ehe ihr letzter Atemzug flach durch ihre leicht geöffneten Lippen wich.

Das Leben war ein Ozean und sie ließ sich unter die Wellen hinabgleiten.

In die Stille *des nächsten Tages*.

KAPITEL 53

Der Dolch raste auf ihre Brust hinunter, bevor Henri auch nur den Pfeil ansetzen konnte. Sie waren die letzten Stunden ohne Pause durchgeritten, nachdem Bo sie geweckt hatte und erzählte, was passiert war. Er hatte direkt erkannt, dass Faun unter dem Namensfluch lag. Sein Bruder hatte ihm immer wieder erklärt, worauf er achten sollte, wenn er sich unnatürlich verhielt. Die Funken hatten ihn verraten. Sie waren dunkler als sonst und bewegten sich in Zeitlupe in seinen Augen, bevor er Kalea entführte.

Hoffnung wuchs in ihnen heran, als sie sahen, dass sie nicht zu spät waren. Neben der kleinen Freundesgruppe war eine Handvoll Wachen mitgekommen. Esmal hatte nicht einmal versucht, sie aufzuhalten, als er sie bei den Stallungen abfing. Sie hatten nicht vorgehabt, nach Erlaubnis zu fragen.

„Bringt sie beide zurück", hatte der Älteste nur gesagt, bevor sie in der Nacht verschwanden. Evalin hatte ihnen besorgt nachgesehen.

Aurum schrie neben ihm auf und hielt sich fassungslos den Mund. Und bevor jemand reagieren konnte, schnappte sich Bo sein Schwert und rannte brüllend den Berg hinab. Seine Männer und Freunde folgten ihm auf Schritt und Tritt, unwissend ob er eher Kalea oder seinen Bruder retten wollte.

Faun wich von ihrer Seite und schritt mit zittrigen Händen zurück auf das Podest.

„Gut gemacht. Das müssen wir feiern", sagte der König schmeichelnd und klopfte ihm auf die Schultern. In diesem Moment hörten sie die Schreie von den Wäldern und sahen keine Sekunde später ein Dutzend Menschen aus den Wäldern rennen.

Erschrocken wich der König zurück. Die Wachen auf dem Podest leiteten die Evakuierung ein, während eine Handvoll auf die Angreifer zu rannte. Faun rührte sich nicht. Auch nicht, als er Bo an der Spitze auf ihn zu rennen sah.

„Eigentlich wollte ich, dass du dich in diesem Zustand selbst tötest und somit dein eigenes Schicksal erfüllst", zischte der König von hinten in sein Ohr und sagte dann seinen wahren Namen flüsternd, ohne den Blick von dem Kampf einige hunderte Meter vor ihnen zu lösen. „Aber ich habe es mir überlegt. Bleib, du Bastard. Bleib und erwache erst, wenn dich einer deiner Leute berührt. Erst wenn sie sehen, was du angerichtet hast. Ich bin mir sicher, dass du dich dann auch ohne Befehl selbst töten wirst. Wir ziehen uns zurück! Versperrt das Schloss." Seine Worte, die so laut waren, dass auch Bo sie gehört hatte, hallten noch immer nach, als die Wachen den König die Treppe hinuntergebracht hatten. Die Priester und Emil waren schon längst verschwunden. Nur Baria, die Prinzessin, war zurückgeblieben. Noch immer mit blutender Lippe lehnte sie an den Steinen und wich ängstlich von dem immer näherkommenden Kampf zurück.

„Faun!", schrie Bo ihm entgegen. „Ich weiß, dass du mich hörst! Ich bin gleich da!" Mit einem letzten Hieb brachte er eine Wache zur Strecke und widmete sich direkt der nächsten, die sich zwischen ihn und seinen kleinen Bruder stellte.

Faun beobachtete ihn dabei, schrie innerlich, dass er sich beeilen sollte. Kaleas Brust hatte aufgehört sich zu bewegen. Er stöhnte innerlich erleichtert auf, als Bo die letzte Wache bezwang und auch die anderen Wachen zu Boden sackten. Mit festem Schritt kam er auf Faun zu, der immer noch regungslos auf dem Podest stand, packte sein Schwert weg und blieb kurz vor ihm stehen. Bo hatte nicht in Kaleas Richtung geblickt, als er an ihrem Körper vorbeigekommen war.

„Okay, mein Bruder", sagte er vorsichtig, unwissend ob der König einen weiteren Befehl gegeben hatte. „Komm zurück." Und dann schloss er Faun endlich in eine Umarmung und löste somit den letzten Befehl des Königs auf. Faun brach in sich zusammen. Seine Beine klappten unter ihm weg, wodurch Bo ihn stützen musste und er sich an seinem Oberkörper hochzog.

„Ich- Ich-", begann er zu stottern und blickte Bo voller Schrecken an. Dieser schluckte den Kloß hinunter bei seinem Anblick. Seine Augen tobten. Plötzlich brüllte Faun gebrochen auf, als er zu ihr hinüberblickte.

„Was habe ich getan?!", sagte er fassungslos und schubste seinen Bruder von sich, um zu ihr zu gehen. Wenige Meter vor ihren Füßen brach er wieder in sich zusammen und landete mit den Knien auf dem harten Boden. Niemand versuchte den Flüchtenden zu folgen.

Aurum kam schluchzend auf den Platz. Ihr Cousin kam direkt auf sie zu und stützte sie. Henri stand stumm und mit zusammengepressten Lippen daneben.

„O nein", schluchzte Baria laut und ließ sich von einem der Männer auf die Beine helfen. Faun kroch auf Kalea zu, sich nicht bewusst, dass er weinte.

„Hey", flüsterte er leise und nahm ihren Körper in seine Arme, wodurch ihr Kopf leblos an seiner Brust hing und die Ketten klapperten. Mit seiner zitternden Hand drückte er auf die Wunde. „Mach die Augen auf, Kalea.“ Er bemerkte nicht, wie sehr sein Körper bebte oder das Aurum neben ihm zum Sitzen kam und sich weinend über Kaleas Beine lehnte.

„Bitte. Kalea, wach auf. Schrei mich an, weil ich zu spät war. Schlag mich, trete mich. Du kannst alles machen, aber bitte wach auf.“ Behutsam schüttelte er ihren Kopf und sah panisch dabei zu, wie er ihr Blut in ihr schönes Gesicht schmierte „O nein. Das tut mir leid.“ Schluchzend wischte er sich die Hand an seinem Hemd ab und legte sie dann gedankenverloren wieder auf die Wunde, die langsam aufhörte, Blut aus ihrem leblosen Körper zu pumpen.

„Faun“, hörte er Bo hinter sich leise sagen und spürte seine Hand auf seiner Schulter. Doch er schüttelte nur den Kopf und vergrub sein Gesicht in ihrem Haar.

„Sie ist tot.“ Aurums Weinen verschlimmerte sich, während sie sich den Kommentar verkniff, dass er sie getötet hatte.

„Sag das nicht“, schluchzte Faun erneut auf und hob endlich seinen Kopf aus ihrem Haar, sodass sie sahen, dass er noch immer weinte, dass seine Funken nach dem tobenden Sturm aufhörten um seine Pupille zu tanzen. „Ich muss ihr nur den Schmerz nehmen, dann wird das schon.“

Langsam senkte er ihren Körper zurück auf den kalten Stein und schüttelte Bos Arme von sich, als er ihn aufhalten wollte. Seine Hände umgriffen Kaleas Arme und innerlich betend schloss er seine Augen und versuchte die Magie heraufzubeschwören, doch spürte er nichts. Keinen Schmerz, den er stillen könnte. Nichts.

„Komm schon.“ Seine Hände wanderten an ihre Wunde. Nichts. „Kämpfe, verdammt nochmal!“, schrie er verzweifelt und wanderte mit seinen Händen an ihre Schultern.

„Faun. Lass es gut sein", schniefte Aurum und versuchte, ihn von ihr weg zu bekommen. Doch er schlug ihre Hände weg und legte seine eigenen an Kaleas Wangen.

„Bitte, bitte, bitte. Komm zu mir zurück", flüsterte er an ihrer Stirn und küsste diese, während eine einzelne Träne über seine Nase auf ihr Gesicht lief.

„Faun. Es ist zu spät", sagte nun Henri, umgriff Faun an seinem Bauch und zog ihn langsam von dem Leichnam weg. Er selbst schaffte es nicht einmal, Kalea anzublicken, als er Faun wegzog. Dieser brach in Henris Armen zusammen, als er realisierte, dass sie nicht wiederkommen würde. Als er realisierte, dass er keinen leisen Puls in der hintersten Ecke seines Kopfes spürte. Er spürte nichts. Sie war weg.

Die Trauer packte ihn am Hals und schnürte ihm die Luft ab, mischte sich mit dem Hass auf den König und auf sich selbst. Schreiend ließ er seinen Kopf in seine Hände fallen und rang um Atem. Die tröstende Berührung auf seinem bebenden Rücken spürte er kaum, während er immer und immer wieder ihren Namen flüsterte. Irgendwo hörte er Amrin weinen.

„Faun", ertönte die Stimme seines Bruders neben ihm. Eine warme Hand legte sich auf seine Schulter. „Wir müssen gehen."

Verwirrt hob er den Kopf und blickte Bo mit tränenden Augen an. Wo sollten sie hingehen? Kalea war doch hier?

„Bitte, Faun."

„Dann hilf mir ihre Ketten zu lösen", flüsterte Faun energielos und rappelte sich langsam auf die Beine. Mit schlurfenden Schritten ging er auf sie zu und fokussierte ihr erschlafftes Gesicht. Als ein weißer Haarschopf vor ihm stehen blieb, erstarrte er. Ihre Augen sprühten vor Hass.

„Fass sie nicht an. Wir machen das", zischte Baria und er merkte, wie sie um Kontrolle rang. Ihr Gesicht war rot, das Blut an ihrer Lippe getrocknet. Sie hatte ebenfalls geweint.

Er stockte in seiner Bewegung und ließ sie an Kalea heran. Angeekelt von sich selbst, blickte er auf seine blutbesudelten Hände und wieder zurück zu ihrem Leichnam. Was hatte er nur getan?

Sein Bruder bemerkte seine Panik und ging langsam auf ihn zu. Seine Hände zitterten und entsetzt schmierte er ihr Blut an sich ab.

„Faun, das ist nicht deine Schuld", sagte er eindringlich und stellte sich in sein Sichtfeld.

Doch er nahm schnell Abstand von ihm. „Nicht meine Schuld? Sieh doch, was ich getan habe!", schrie er verzweifelt und deutete auf den Leichnam, dessen Kopf in Aurums Schoß lag.

Diese presste die Augen zu, weinte und flüsterte leise: „Bis zum nächsten Tag, meine Freundin."

„Bleibt von mir fern", sagte er harsch, als Bo und Henri vorsichtig auf ihn zukamen. „Ihr wisst nicht, ob er mir nicht noch einen Befehl gegeben hat."

„Faun, ich kann dir helfen, das weißt du", murmelte Bo und hob beruhigend seine Hand. Schließlich kannte er den richtigen Namen seines Bruders und konnte ihm befehlen, die bisherigen Befehle zu vergessen. Doch die Funken in seinen Augen flitzten wieder schnell hin und her und da wusste er, dass Faun sich nicht beruhigen konnte. Er atmete rasch und flach, griff sich ins pechschwarze Haar und blickte wieder zu ihr hinüber. Etwas in ihm zerriss bei ihrem Anblick.

„Nein, das kannst du nicht", antwortete er ihm betäubt und verschwand im nächsten Raumsprung.

„Nicht!“, schrie Bo auf und versuchte nach ihm zu greifen, doch griff er ins Leere. Er fluchte laut und schleuderte sein Schwert auf den Boden. Seine Wut und seine Sorge wichen in den Hintergrund, als Henri ihn berührte und herumdrehte. Es zerbrach ihm das Herz. Amrin, Aurum und Baria neigten sich über Kaleas leblosen Körper und weinten auf sie hinab. Auch Henris Augen glänzten, als er sich neben seinen Freunden niederließ. Die anderen Männer schwiegen in betretener Stille, beobachteten aufmerksam die Treppe und ließen ihnen diesen Moment. Ein herzzerreißendes Schluchzen von Amrin durschnitt die Luft und brachte auch die anderen beiden Männer dazu, in Tränen auszubrechen. Ihr Gesicht war so unnatürlich bleich. Allesamt weinten auf sie hinab und betrauerten beide.

Faun und Kalea.

Ein sanftes helles Licht erhaschte die Aufmerksamkeit der Anwesenden. Das Schluchzen wurde für einen Moment leiser. Als sie jedoch erkannten, was geschah, weinten sie umso stärker. Amrin schmiegte sich Trost suchend in Henris Arme. Eine weiße Lichtkugel, so groß wie eine Handfläche, stahl sich durch Kaleas Wunde aus ihrer Brust und schwebte für einen Moment über dem Leichnam.

„Mögen wir uns im nächsten Tag wiedersehen“, flüsterte die Gruppe schniefend und blickte der Manifestierung der Seele ihrer Freundin nach. Langsam schwebend erhob sie sich in den Himmel und verschwand in den aufkommenden Wolken über ihnen. Sobald sie aus ihrer Sicht verschwunden war, wandten sie alle den Blick vom Himmel ab und richteten ihn wieder auf sie.

Wie sollten sie zurück nach Viredis gehen und gestehen, dass sie es nicht geschafft hatten? Sie war tot und Faun flüchtete vor seiner Schuld. Die Sorge, dass er sich was antun könnte, brachte Bo stärker zum Weinen.

Plötzlich berührte etwas nasses seinen Nacken. Schluchzend hob er seinen Kopf empor, als ein erneuter Tropfen ihn berührte. Auch die anderen bemerkten die Nässe und blickten nach oben. Als sie realisierten, was in diesem Moment geschah, brachen sie erneut in Tränen aus.

Denn es regnete.

Das erste Mal seit Jahren regnete es in Caldo und das Wasser tränkte das trockene Land in heilende Nässe. Zunächst regnete es stark und die dicken Tropfen durchnässten ihre Klamotten. Amrin zog direkt seine Jacke aus, um Kaleas Unterleib zu bedecken. Nach einer Weile nieselte es nur noch.

„Seht mal", flüsterte Baria schniefend, stoppte Henri dabei auch Kaleas Oberkörper zu bedecken und zeigte auf die Wunde in ihrem Herzen. Mit weit aufgerissen Augen sahen sie dabei zu, wie der Regen das Blut wegwischte und makellose Haut offenbarte. Niemand wagte es, etwas zu sagen. Alle Blicke waren auf den leblosen Körper in ihrer Mitte gerichtet. Die Luft stand unter Spannung.

Ruckartig hob sich ihre Brust und erschrocken öffneten sich ihre grauen Augen.

Doch wütete in diesen ein unbändiger Sturm.

ENDE BAND 1

EPILOG

Der Wind des Regens peitschte ihm wütend ins Gesicht, als er erschöpft zu Boden sank. Mehrere Raumsprünge waren von Nöten gewesen, um sein Ziel zu erreichen. Ein Ziel, welches er eigentlich niemals ansteuern wollte. Die Wellen schlugen gegen die Klippen und brachen sich. Sein Herz bebte wild und schmerzhaft gegen seine Brust. Seinen Mantel hatte er nach dem zweiten Raumsprung von sich gerissen, da er ihn zu sehr eingeengt hatte. Nun kniete er auf dem harten Gestein der Klippe und scherte sich nicht darum, dass sein Hemd durchnässt an seinem Körper klebte. Wann immer er seine Augen schloss, sah er sie vor sich liegen. Wie sie ihm im Auge des Todes zulächelte und ihm versicherte, dass es nicht seine Schuld war. Obwohl er ganz genau wusste, dass es seine war.

Nach einer gestellten Falle war er den Solasia in die Arme gerannt. Nicht viel später, hielt er den Dolch, den er ihr in das flatternde Herz gerammt hatte. Das Bild ihres leblosen Körpers verfolgte ihn. Die Schuld schnürte ihm die Luft ab.

Sobald er den Regen bemerkt hatte, war er erneut weinend zusammengebrochen, ehe er sich brüllend in den nächsten Raumsprung warf. Er konnte sich nicht über dieses Wunder freuen, da er wusste, was es gekostet hatte. Denn jeder Tropfen, der seinen zitternden Körper berührte, erinnerte ihn daran, was er getan hatte. Dass er sie ermordet hatte.

Sie, seine *armaas*.

Sein *Herz*.

Seinen *Liebling*.

Keine Übersetzung kam an die eigentliche Bedeutung dieses Wortes heran. Er brüllte vor Trauer gegen den tobenden Sturm und legte seine Stirn auf den Boden, wo er sich seinen Schluchzern hingab. Er wollte es nicht tun, sah aber keinen anderen Ausweg. Wie sollte er ihren Verlust sonst überleben? Dafür brauchte er seine Familie und seine Freunde, würde sich aber erst wieder in ihre Nähe trauen, wenn er keine Gefahr mehr für sie darstellen würde.

Wenn er kein Monster mehr war. Bis dahin musste er durchhalten.

Die Steinplatten unter ihm senkten sich, sodass er sich aufrichtete und den Regen seine Tränen fortwaschen ließ. Mit wackeligen Beinen stand er auf, während sich die Steinplatten in das Innerste der Klippen hinabsenkten. Mit jedem Atemzug versuchte er seinen Gesichtsausdruck zu kontrollieren, bis keine Emotion mehr zu erkennen war. Die Dunkelheit verschluckte ihn, ehe Fackeln entzündet wurden und ihm ins Gesicht schienen. Seine Haare lagen durchnässt auf seinem Kopf und gaben die Sicht auf seine Ohren frei.

„O, was verschafft mir die Ehre?“, begrüßte ihn eine überraschte, wohlklingende Stimme.

Sein Blick richtete sich auf die Frau, die in hohen Schuhen auf ihn zukam. Ihre aschblonden Haare, die ihr bis über die Hüften reichten, schwangen bei jedem Schritt zur Seite. Ihr glattes, schönes Gesicht neigte sich fragend zur Seite. Um sie herum standen hunderte von Männern und Frauen, während hinter ihr großgewachsene schwarze Hunde knurrten.

„Du weißt, warum ich hier bin“, erwiderte er zwischen zusammengebissen Zähnen und ballte seine Hände zu Fäusten.

Sie lächelte kalt. „Und warum sollte ich dich nach so vielen Abweisungen mit offenen Armen empfangen?“, fragte sie nach und kam einen weiteren Schritt auf ihn zu. Erst als sie ebenfalls auf der Steinplatte stand, blieb sie stehen. Wenige Meter über ihnen tobte der Sturm weiter.

Ihr Blick wich zur Öffnung und mit glänzenden Augen und einem hellen Lachen, wandte sie sich wieder zu ihm. „Oh, was hast du nur getan?“

Er schluckte hart, ohne seinen Blick von ihr zu nehmen. „Genug. Es tut mir leid, dass ich dein Angebot zuvor ausgeschlagen habe. Aber ich nehme es jetzt an, Vera“, sagte er und spannte seinen Kiefer noch fester an, als ihr linker Mundwinkel amüsiert zuckte.

Ihre Augenbraue ging nach oben. „Dass ich diese Worte mal von dir höre, Einar.“

Er zuckte unwillkürlich zusammen und kniff die Augen zusammen, als sie seinen wahren Namen sagte.

„Was bist du gewillt zu tun, damit ich dir helfe, diesen Fluch zu brechen?“

„Alles.“

DANKSAGUNG

The Season of Change hat tatsächlich mehr Änderungen und Neuanfänge hinter sich, als ich zugeben möchte. Es wurden Konflikte geändert, Handlungen komplett verworfen, Charaktere hinzugeschrieben oder weggelassen, aber am Ende ist etwas entstanden, auf das ich stolz bin. Eine Geschichte, die hoffentlich auch dich für einige Stunden in ihren Bann ziehen konnte. Ohne nachfolgenden Personen, würde dieses Buch nicht in deinen Händen liegen:

Meine Eltern, die mir immer den Rücken freigehalten haben und mir die Liebe zum geschriebenen Wort und der Fantasie gezeigt haben.

Meine große Schwester, die seit dem ersten Tag mein größter Fan und größte Kritikerin ist. Ohne deinen Zuspruch wäre dieses Buch nie entstanden.

Mein B., du lässt mich selbst in der dunkelsten Zeit an das Licht glauben und hast dieses Werk mit vielen heißen Getränken unterstützt.

Bells Testleserinnen: Jette, Jana, Jessi, Finia, Charisma, Lilly, Lara und Vanessa. Ihr habt mich vom ersten Kapitel an begleitet und mir geholfen, das größte Potenzial aus meiner Geschichte zu schöpfen. Ich danke euch für eure Geduld und Flexibilität. Jeder Einzelnen schicke ich eine warme Umarmung!

Finia, dir gehört mein gesonderter Dank. Du hast immer ein offenes Ohr für mich und meine Charaktere gehabt. Du hast mir dein ungefiltertes Leseerlebnis offenbart, was mich am meisten angespornt hat. Ohne dein Engagement und deine minutenlangen Sprachmemos über mein Werk, wäre ich bestimmt des Öfteren verzweifelt und hätte weniger zu schmunzeln gehabt.

Ebenso wichtig ist die Nennung meiner Lektorin und Korrektorin Susanne Schober, die mir in allen Frage freundlich zur Seite stand und dem ganzen Buch den letzten Feinschliff verlieh. Ich bin dankbar darüber, dich bei meinem Debüt an meiner Seite zu haben und freue mich auf zukünftige gemeinsame Arbeit!

Zu guter Letzt gilt mein Dank natürlich der Person, die diesem Debüt eine Chance gegeben hat, es in den Händen hält und es bis hierhin gelesen hat. Dein Interesse und dein Vergnügen an meinem Werk ist mein größtes Lob. Ich freue mich schon darauf, dich in *Band 2 der Chroniken von Caldo* zu begrüßen!

Und nun als Abschied, ganz nach Caldos Sitten:

Mögen wir uns im nächsten Tag wiedersehen!
Norah Bell

Folge der Autorin auf Instagram @buecherkaeffen, um keine Neuigkeiten zu verpassen!